Wolfgang Hohlbeins Fantasy Selection 1999

WOLFGANG HOHLBEINS FANTASY SELECTION 1999

Weitbrecht

Inhalt

Wolfgang Hohlbein
PROUDLY PRESENTS

Nein, erschrecken Sie nicht – was so hochtrabend mit einer Jahreszahl versehen daherkommt wie eines dieser ach so anspruchsvollen Jahrbücher, das ist in Wirklichkeit eine ganz normale Kurzgeschichtensammlung.

Oder vielleicht doch nicht *ganz* so normal …

Als mein Verleger vor einem knappen Jahr mit dieser Idee herausrückte, da habe ich, ehrlich gesagt, erst einmal den Kopf geschüttelt und versucht eine möglichst diplomatische Ausrede zu finden, um dieses Projekt *nicht* zu machen. (Um ehrlich zu sein, *innerlich* hat es mich gegraust. Nein! Nicht schon wieder ein *Jahrbuch*. Nicht *noch* eine Sammlung überflüssiger Rezensionen, beckmesserischer Beurteilungen und hämischer Verrisse, gespickt mit einigen Selbstbeweihräucherungen und Auszügen aus alten Magisterarbeiten, die keiner versteht, die aber *sehr* klug klingen.)

Gut, am Ende des Gespräches war ich dann sehr froh, all dies nicht ausgesprochen zu haben, und habe Hansjörg Weitbrecht innerlich Abbitte getan, ihn auch nur *verdächtigt* zu haben so etwas zu planen.

Hat er natürlich nicht. Was wir dann bei einem guten schwäbischen Essen und etlichen Schoppen noch besseren schwäbischen Weins ausgeknobelt haben, ist das, was nun vor Ihnen liegt: eine gute, altmodische Anthologie mit Kurzgeschichten. Ich bin mit dieser Art von Storys groß geworden und ich liebe sie noch heute; Geschichten, die uns in fremde Welten entführen und Herzklopfen bereiten oder auch einmal zum Lachen bringen und die vor allem *kurz* sind – eben kein literarisches Sechsgängemenü, sondern kleine Appetithappen für zwischendurch, die ihren ganz eigenen Reiz haben, sowohl für den Autor als auch für den Leser.

Leider gibt es in deutschen Landen viel zu wenige solcher Projekte. Also heben wir doch einfach eines aus der Taufe: kleine Geschichten aus der Welt der Phantastik. Storys von fremden Welten, verzauberten Wesen, von Drachen und Elfen, tapferen Prinzessinnen und fiesen Außerirdischen, die einfach nicht kapieren wollen, dass ihre Invasionspläne scheitern, ganz egal wie oft sie es auch probieren.

Das war die Theorie …

Praktisch machten wir uns an die Arbeit und hielten Ausschau nach Gleichgesinnten, die die Tradition der Kurzgeschichten ebenso lieben wie wir und bereit waren einen Beitrag zu schreiben. Die Vorgaben waren ganz einfach: keine. Es sollte eine bunte Mischung werden, in der sich die Autoren einmal so richtig nach Herzenslust austoben konnten.

Und dann geschah etwas Seltsames: Mit jeder Story, die auf meinem Schreibtisch bzw. in meiner Mailbox landeten, wurde die Sache unheimlicher. Im wahrsten Sinne des Wortes. Ohne irgendeine Absprache, ohne irgendwelche Vorgaben, schrieben *alle* Autoren *ausnahmslos* eine *unheimliche* Geschichte. *Weird-Fantasy*, wie es so schön neudeutsch heißt. Und einige davon haben es wirklich in sich. Als Nachtarbeiter war ich im Nachhinein sehr froh, dass es Sommer war und somit bereits wieder hell, wenn ich mein Arbeitszimmer verließ und mich die Treppe hinaufschlich …

Bliebe noch die Frage zu beantworten, warum diese Storysammlung trotzdem immer noch wie ein Jahrbuch aufgemacht ist, aber Sie ahnen es vermutlich schon. Weil sie (hoffentlich) nicht die Letzte ihrer Art bleibt. Wir wollen mit dieser Sammlung nicht nur ausschließlich deutschsprachigen Autoren ein kleines Forum schaffen, um auch die Ideen einmal vorzustellen, die vielleicht nicht für ein 3000-seitiges Epos ausreichen, sondern auch dann und wann einmal einem »Neuling« die Chance geben hallo zu sagen. Die endgültige Entscheidung liegt natürlich bei Ihnen als Leser, aber wir würden es gerne fortsetzen. Wenn Ihnen meine Auswahl also gefallen hat (schreiben Sie mir ruhig. Mit ein bisschen Glück kommt Ihr Brief in die Lostrommel, und ich beantworte ihn sogar …), wenn Sie wie ich den Spaß an der Kurzgeschichte nicht verloren haben und noch etwas suchen, um sich an dem einen oder anderen Winterabend vor dem Einschlafen noch ein paar Minuten zu gruseln, dann gibt es möglicherweise im nächsten Jahr eine weitere Ladung Gänsehaut.

Und in dem danach …

Und in dem danach …

Und in dem danach …

Und …

Wolfgang Hohlbein

FEUERVÖGEL

Agenten sind ein seltsames Völkchen. Wohlgemerkt, ich spreche nicht von Geheimagenten à la James Bond, sondern von literarischen Agenten; der wirklich gefährlichen Spezies also. Obwohl der Unterschied gar nicht so groß ist, wie man glauben mag.

Mein Agent zum Beispiel: Er ist manchmal wochenlang spurlos verschwunden, redet oft in einer sonderbaren Sprache, die niemand so richtig versteht, und ich argwöhne schon seit einer geraumen Zeit, dass seine Arbeit so streng geheim ist, dass er manchmal selbst nicht so richtig weiß, was er eigentlich tut.

Warum ich das alles erzähle? Keine Ahnung. Mit irgendetwas muss ich ja schließlich die Seiten füllen.

Oder vielleicht weiß ich es doch: Manchmal verdienen sich Agenten ihr exorbitantes Honorar nämlich wirklich; auch wenn meiner ständig behauptet, er würde nur von mir bezahlt, um gemein zu meinen Verlegern zu sein. (Das ist nicht wahr. Dafür zahle ich keinen Pfennig, das macht er ganz umsonst ...)

Die nachfolgende Geschichte jedenfalls hat mir mein Agent erzählt. Er hat sie nämlich selbst erlebt. Ich glaube ihm das, denn sie ist einfach zu bizarr, um sie sich auszudenken. Wenn Sie sie gelesen haben, werden Sie vielleicht besser verstehen, warum ich immer behaupte, dass die besten Horrorgeschichten die sind, die das Leben selbst schreibt.

Ich habe die Charaktere, die Personenkonstellation und (aus dramaturgischen Gründen) das Ende geändert, aber die Geschichte selbst hat sich vor einigen Jahren genau so zugetragen.

Behauptet jedenfalls mein Agent.

Und Agenten würden doch niemals lügen. Oder?

»Das ist es?!« Noras Unterkiefer klappte in einer ungläubigen Grimasse herab und ihre Augen quollen tatsächlich ein Stück weit aus den Höhlen. Sie sagte noch einmal: »Das ist es? Das ist es wirklich?«, und ihre Stimme wurde dabei zu einem fast komisch klingenden Piepsen; als hätte ihr der Anblick im wahrsten Sinne des Wortes den Atem verschlagen.

Nicolas zündete sich eine Zigarette an – die erste seit dem Frühstück. Die Flamme des Feuerzeuges warf tanzende rote Lichtreflexe auf Noras Gesicht, was die Grimasse ungläubigen Staunens noch bizarrer erscheinen ließ. Er sog den Rauch tief und fast gierig in seine Lungen und genoss das leichte Schwindelgefühl, das er hinter seiner Stirn auslöste. Für einen starken Raucher wie ihn waren die letzten acht Stunden die reinste Tortur gewesen, aber zusammen mit drei militanten Nichtrauchern im Wagen hatte er keine Chance gehabt.

Aber nun hatten sie es geschafft. Vor ihnen lag noch ein kurzer Fußmarsch, und dann ein Bad und zwölf Stunden Schlaf, und die Welt sah schon wieder ganz anders aus.

Nora konnte gar nicht aufhören von dem Haus zu schwärmen. »Das ist ja phantastisch!«, murmelte sie immer wieder. »So etwas habe ich ja noch nie gesehen. Ich kann kaum fassen, dass du uns so etwas gemietet haben sollst!«

Das konnte Nick im Grunde auch nicht. Und Frank würde es erst recht nicht glauben, wenn er die Rechnung bekam. Aber er hatte ihm gesagt, er solle etwas Außergewöhnliches suchen, etwas Schnuckeliges mit Atmosphäre. Er hatte nichts von billig gesagt.

Er selbst fand das Haus eher unheimlich. Als sie über den Hügel gefahren waren, hatte es zu dämmern begonnen. Jetzt war die Sonne untergegangen, nur hinter dem Haus war noch ein schnell verblassender grauer Schimmer zu sehen, gegen den sich das Gebäude als scharf umrissener Schatten abhob. Mit seinen Erkern und Türmchen, ineinander geschachtelten Giebeln und hohen Kaminen wirkte der Umriss wie aus einem Walt-Disney-Film. Das Haus der bösen Hexe vielleicht, oder das Schloss des Magiers. Im Erdgeschoss brannte nur hinter einem einzigen Fenster Licht, was die Schwärze des umgebenden Schattens noch zu verstärken schien. Das Haus hatte Atmosphäre. Die Frage war nur, welcher Art.

Der nichts ahnende Finanzier dieser pittoresken Idylle sah die ganze Angelegenheit etwas nüchterner. »Das sind mindestens dreihundert Meter«, nörgelte er. »Konntest du kein Haus finden, an das man mit dem Wagen heranfahren kann?«

»Doch«, antwortete Nick. »Das *Holiday Inn* in Rostock. Oder das *Vier Jahreszeiten* in Berlin.« Er verdrehte die Augen. »Du hast nicht den geringsten Sinn für Romantik, weißt du das?«

»Und ob ich den habe«, knurrte Frank. »Sobald mich jemand dafür bezahlt.«

Cora kicherte albern und Nick verdrehte abermals die Augen, sparte sich aber jede Antwort. Frank hatte in einer Beziehung Recht: Es waren ziemlich genau dreihundert Meter bis zum Haus hinauf, noch dazu mit einer nicht zu unterschätzenden Steigung und auf einem uralten Schotterweg, auf dem bei Dunkelheit jeder Schritt zu einem nicht mehr kalkulierbaren Risiko wurde. Sie waren alle müde und geschafft von der langen Fahrt und sie hatten eine verdammte Menge Gepäck mitzuschleppen.

Während Frank und er die Koffer aus dem Wagen luden, kramte Nora ihren Fotoapparat hervor und begann Aufnahmen von dem Haus zu machen. Nick lachte in sich hinein. Sie würde sich wundern, wenn sie den Film entwickeln ließ und herrliche Bilder von einer schwarzen Fläche und einem winzigen leuchtenden Rechteck bekam.

Er schulterte Noras Reisetasche – die Tasche war so schwer, als hätte Nora bei ihrem letzten Ägyptenurlaub die Spitze der Cheopspyramide eingepackt –, griff sich seinen und Franks Koffer – nicht aus Höflichkeit, sondern einzig, weil es der erste war, der ihm entgegenfiel – und machte sich auf den Weg zum Haus. Frank folgte ihm in zehn Metern Abstand, während Nora noch fotografierte und Franks neue Bettgespielin (Hieß sie überhaupt Cora? Frank wechselte seine Damenbekanntschaften im Moment so schnell, dass Nick sich kaum noch die Mühe machte sich ihre Namen zu merken) wie üblich herumtrödelte; wahrscheinlich, bis jemand kam, um ihr auch noch das letzte Gepäckstück abzunehmen.

Der Weg zum Haus hinauf zog sich. Die Koffer schienen mit jedem Schritt ein wenig schwerer zu werden und der Riemen der Reisetasche schnitt schmerzhaft in seine Schulter. Außerdem glitt er tatsächlich auf dem lockeren Geröll aus und rettete sich nur durch einen hastigen Schritt davor, zur Erheiterung aller anderen auf der Nase zu landen.

Nick war vollkommen außer Atem, als sie das Haus erreichten. Außerdem war er zwar am ganzen Körper in Schweiß gebadet, fror aber trotzdem so sehr, dass seine Zähne klapperten. Die gut funktionierende Heizung des Volvo und der wolkenlose Himmel hatten sie alle vergessen lassen, dass Weihnachten noch keine zehn Wochen her war. Nick trug nur Jeans und eine dünne Strickjacke über seinem ärmellosen T-Shirt.

Je näher sie dem Haus kamen, desto mehr schien es an Atmosphäre zu gewinnen. Die Nacht war mittlerweile vollends hereingebrochen, aber der Himmel blieb sternenklar und es herrschte beinahe Vollmond, sodass es nicht ganz dunkel wurde. Das Haus kam ihm sehr viel größer vor als auf dem Foto. Und es war in eindeutig schlechterem Zustand. Etliche Fenster in den oberen Stockwerken waren zerbrochen und mit Brettern vernagelt, die Hälfte der Fensterläden fehlte. Sämtliche Scheiben starrten vor Schmutz und über den Zustand des Daches wagte Nick erst gar nicht nachzudenken.

Er steuerte die Tür neben dem einzigen erleuchteten Fenster an und biss die Zähne zusammen, um nicht auf den letzten Metern schlappzumachen. Plötzlich schoss etwas Kleines, Dunkles auf ihn zu, streifte um ein Haar sein Gesicht und verschwand schimpfend in der Dunkelheit. Nick duckte sich erschrocken und ließ nun tatsächlich einen der Koffer fallen – Franks, nicht seinen eigenen. Sein Herz begann heftig zu pochen.

Frank, der nur zwei Schritte hinter ihm ging, lachte leise. »Das war nur ein Sperling, du Held! Seit wann bist du so schreckhaft?«

Nick schaute dem davonflatternden Schatten nach, bis er in der Dunkelheit verschwunden war. »Nur ein Spatz?« Ihm war es größer vorgekommen, viel größer.

»Nur ein Spatz«, bestätigte Frank grinsend. »Was hast du geglaubt, was es ist? Der Hund von Baskerville?«

Nur ein Spatz, dachte Nick noch einmal. Frank hatte Recht. Es war nur ein Spatz gewesen. Das sollte ihn eigentlich beruhigen, tat es aber nicht. Er nahm den Koffer wieder auf und ging weiter. Er sagte nichts.

Das Haus schien irgendwie noch mehr an Unheimlichkeit zu gewinnen, je näher sie kamen. Nick war mittlerweile in einer Verfassung, in der es ihn kaum noch erstaunt hätte, wäre die Tür aufgegangen und Tim Curry in Strapsen herausgetreten, um sein unverwechselbares sardonisches Grinsen zu zeigen.

Tatsächlich ging die Tür auf, als sie noch zwei Schritte entfernt waren. Ein vielleicht vierzigjähriger, ungepflegt wirkender Bursche mit langem Haar und schmutzigen Händen starrte eine Sekunde lang finster zu ihnen heraus, fokussierte seinen Blick dann auf Nick und sagte: »Sie müssen dieser Schriftsteller sein.«

Nick setzte den Koffer zu Boden, schüttelte den Kopf und deutete mit dem Daumen über die Schulter zurück. »Das ist er. Aber wenn Sie Peter Vanlo sind, dann haben wir miteinander telefoniert. Mein Name ist Nicolas. Aber Sie können mich Nick nennen. Das tun alle.«

Er ignorierte Vanlos Aussehen, so gut er konnte, zwang sich zu einem offenen Lächeln und streckte die Hand aus. Kälte und Erschöpfung ließen seine Finger zittern.

»Ich bin Peter«, bestätigte der andere. Er ignorierte Nicks Hand ebenso wie Franks grüßendes Nicken, schob die Tür weiter auf und trat gleichzeitig vollends aus dem Haus. »Haben Sie noch Gepäck unten im Wagen? Ich hole es. Gehen Sie schon mal rein. Kaffee steht auf dem Herd. Ist aber schon eine Stunde alt. Sie kommen zu spät.«

»Wir hatten Mühe die richtige Straße zu finden«, sagte Frank. »Ihr kleines Tal liegt ziemlich versteckt.«

Peter sah ihn eine Sekunde lang verständnislos an, dann zuckte er wortlos mit den Schultern, drehte sich um und schlurfte davon, um das restliche Gepäck zu holen.

Frank sah ihn verwirrt – und vielleicht ein ganz kleines bisschen vorwurfsvoll – an, aber Nick konnte nur mit den Schultern zucken. Nick hatte nur zweimal mit Vanlo telefoniert und da hatte er vollkommen ... anders geklungen. Aber irgendwie war hier eigentlich alles anders, als er es sich vorgestellt hatte.

Er nahm den Koffer wieder auf – nur seinen eigenen – rückte den Tragriemen der Tasche zurecht und legte rasch die letzten Schritte bis ins Haus zurück.

Dort erlebte er die nächste Überraschung und auch sie war nicht besonders angenehm. Nick hatte keine konkrete Vorstellung vom Inneren des Hauses gehabt – das aber hatte er jedenfalls nicht erwartet. Der Raum maß höchstens acht mal fünf Schritte und wirkte so heruntergekommen und ungepflegt wie sein Besitzer. Das spärliche Mobiliar musste hundert Jahre alt sein und gehörte nach Nicks Dafürhalten auf den Sperrmüll. Es gab eine Vitrine mit glasgefüllten Türen, die so schmutzig waren, dass man nicht mehr hindurchsehen konnte, einen zerschrammten Tisch mit drei wenig Vertrauen erweckend aussehenden Stühlen und einen gewaltigen Kanonenofen, der im Umkreis von drei Metern eine schier unerträgliche Hitze verbreitete, trotzdem aber nicht in der Lage war das gesamte Zimmer zu heizen. Ein unangenehmer Geruch hing in der Luft – das typische Aroma eines Kohleofens, aber auch noch etwas, das Nick nicht einzuordnen vermochte, das aber sehr unangenehm war.

Nick stellte den Koffer zu Boden, ließ die schwere Reisetasche von der Schulter gleiten und massierte sein schmerzendes Schlüsselbein, während er sich zur Tür herumdrehte.

Frank kam herein und sah sich stirnrunzelnd um. Ohne seinen Koffer. »Hübsch«, sagte er. »Ein Ort, an dem man sozusagen den Atem der Geschichte spürt.« Er seufzte.

»Sag mir nicht, dass du mein gutes Geld dafür ausgegeben hast.«

Nick rang sich die Andeutung eines Lächelns ab, und ein noch schwächeres Schulterzucken. Er war nicht unbedingt schockiert, aber nicht weit davon entfernt. »Warten wir ab, bis Peter wiederkommt. Wahrscheinlich ist das hier nur so etwas wie das ... Gesindezimmer.«

»Gesindel würde eher passen«, sagte Frank. »Ich hoffe, der Rest der Bude sieht nicht genauso aus. Aber was kann man schon von einem Kaff erwarten, das Crailsfelden heißt!«

Nick sagte vorsichtshalber nichts dazu. Frank war heute nicht besonders gut drauf – aber das war im Grunde schon seit Monaten so. Einer der Gründe, aus denen sie hierhergekommen waren. Vielleicht war es doch keine so gute Idee gewesen.

Schritte näherten sich, aber es war nicht Peter mit ihrem Gepäck, sondern Cora und Nora. Nicht zum ersten Mal musste Nick innerlich über diesen Gleichklang lachen. Die beiden Frauen waren sich so unähnlich, wie es nur ging. Nora war dunkelhaarig, nicht mehr ganz so schlank wie vor fünf Jahren, als sie sich kennen gelernt hatten, aber alles andere als dick, hatte dunkle Augen und ein einfach unwiderstehliches Lächeln. Sie war eine sehr kluge Person, hatte sich aber eine kindliche Begeisterungsfähigkeit erhalten und baute ihn nur zu oft wieder auf, wenn er down war. Ohne sie hätte er die letzten Jahre mit Frank wahrscheinlich nicht durchgestanden.

Cora hingegen war ... nun, eben Cora. Frank hatte vor zwei Wochen im Suff behauptet, dass er sie sich im Grunde nur geangelt (er hatte tatsächlich geangelt gesagt) hatte, weil er die Namensgleichheit zwischen ihr und Nora so komisch fand, und Nick glaubte ihm. Es lohnte sich nicht, sich den Kopf über sie zu zerbrechen. In wenigen Wochen würde sie sowieso der Vergangenheit angehören, wie alle anderen vor ihr.

Cora jedenfalls kam herein, riss die Augen auf und ließ eine Kaugummiblase vor dem Mund platzen, als sie ihr neues Domizil erblickte. Nora drehte sich rasch herum, sah in Nicks Richtung und zog eine so komische Grimasse, dass es Nick schwer fiel, nicht vor Lachen laut loszubrüllen.

»Gemütlich«, sagte sie. »Vielleicht hätte ich doch ein paar Fotos weniger machen sollen.«

»Aber wieso?«, fragte Frank. »So hast du wenigstens eine Erinnerung an die schönsten dreißig Sekunden unseres Aufenthaltes.«

Nick seufzte. Er sagte nichts.

»Aber das ... ist nicht unser Zimmer, oder?«, piepste Cora. »Ich meine, es ist ein ... bisschen klein.«

Nick drehte sich hastig herum und biss sich so heftig auf die Zunge, dass es wehtat. Die Kleine musste wirklich vollkommen gut im Bett sein, wenn Frank alles andere ertrug. Ungeheuer gut sogar.

Nora ging zum Herd, hob mit spitzen Fingern den Deckel der Kaffeekanne an und schnüffelte daran. »Er scheint wirklich schon lange hier zu stehen«, sagte sie.

»Was hier so übel riecht, ist nicht der Kaffee«, sagte Frank. »Es ist das Haus.« Er durchbohrte Nick bei diesen Worten regelrecht mit Blicken, aber Nick zog es vor, auch darauf nicht zu reagieren. Er hatte keine Angst vor Frank – Gott bewahre, bestimmt nicht – aber er hatte keine Lust mit ihm zu streiten. Sich mit ihm herumzuschlagen war wie ein Kampf gegen Windmühlenflügel: Es war nicht besonders schwer, ungeschoren davonzukommen, aber man konnte auch nicht gewinnen.

Ihre Unterhaltung versiegte, bis Peter zurückkam, in jeder Hand einen Koffer und zwei weitere unter die Arme geklemmt. Der Bursche schien das Klischee vom dummen Muskelprotz wirklich zu erfüllen. Er schob die Tür mit dem Fuß hinter sich zu, ließ seinen Blick misstrauisch durch den Raum schweifen, als ob er sich davon überzeugen wollte, dass seine Besucher auch ja nichts verändert hatten, und deutete dann mit einer Kopfbewegung auf die Tür am anderen Ende des Zimmers.

»Kommen Sie mit«, brummte er. »Ich zeige Ihnen Ihre Zimmer.«

»Sie sind doch hoffentlich etwas besser eingerichtet als dieses hier?«, fragte Frank.

»Sie sind größer«, antwortete Peter. »Passt auf, wo ihr hintretet. Das Licht funktioniert nicht überall.«

Frank verdrehte die Augen, aber er sagte nichts, sondern hakte sich kopfschüttelnd bei Cora unter und folgte ihm. Als Nick dasselbe tun wollte, schüttelte er erneut den Kopf und sagte: »Ich glaube, mein Koffer steht noch draußen vor der Tür.«

Nick biss sich auf die Unterlippe und machte zugleich eine kaum sichtbare, besänftigende Geste in Noras Richtung. Er war ziemlich sicher, dass Frank sie trotzdem bemerkte, aber sein Grinsen wurde nur noch breiter.

»Warum zum Teufel lässt du dir das gefallen?«, fragte Nora, als er mit Franks Koffer in der Hand wieder ins Haus kam.

»Weil er mein Boss ist«, antwortete Nick.

»Er ist ein Arsch!«, ereiferte sich Nora. »Ein überheblicher, großkotziger Arsch, dem es Spaß macht, Menschen herumzuschubsen!«

»Das stimmt«, bestätigte Nick. Er setzte den Koffer ab und zündete sich eine neue Zigarette an. Die erste hatte er fallen gelassen, als er die Beinahekollision mit dem Sperling gehabt hatte. »Aber rein zufällig ist er auch einer der höchst bezahlten Drehbuchautoren des Landes. Und von jeder Mark, die er verdient, bekommen wir zehn Pfennig.«

»Das ist es nicht wert!«, behauptete Nora. »Kein Geld der Welt gibt ihm das Recht sich so aufzuführen!«

Nick war ein bisschen verwirrt über die Heftigkeit ihres Ausbruchs. Objektiv betrachtet war es nur eine Kleinigkeit. Frank hatte ihn gebeten seinen Koffer hereinzuholen – na und? Schließlich wurde er dafür bezahlt. Sie ereiferte sich auch nicht wirklich darüber. Es war nur der berühmte Tropfen, der das Fass zum Überlaufen gebracht hatte. Frank benahm sich seit Monaten unerträglich. Gutmütige kleine Sticheleien hatten seit eh und je zu ihrem Verhältnis gehört. Das war in Ordnung, und Nick genoss diese halb spielerischen, halb ernsten Frotzeleien dann und wann sogar. Oder hatte sie einmal genossen. Aber seit einigen Monaten zog Frank die Schraube immer enger an. Aus dem Spiel begann allmählich Ernst zu werden.

»Vielleicht dauert es ja nicht mehr lange«, sagte er.

»Das höre ich jetzt schon seit Jahren«, antwortete Nora. Sie klang nicht mehr wirklich wütend, sondern eigentlich nur noch trotzig. Einer ihrer wenigen Fehler war es, eine schlechte Verliererin zu sein.

»Diesmal meine ich es aber so«, sagte Nick. »Warum glaubst du wohl, sind wir hier? Wenn er dieses verdammte Skript endlich fertig bekommt und ich den Vertrag unter Dach und Fach bringe, haben wir ausgesorgt.«

»Und dann suchst du dir einen vernünftigen Job?«

»Du meinst einen, bei dem ich von acht bis fünf im Büro sitze, nur noch ein Drittel verdiene und irgendwann aus purer Verzweiflung ein Verhältnis mit meiner Sekretärin beginne?«

»Ich bin deine Sekretärin«, erinnerte ihn Nora.

»Eben«, sagte Nick. »Ich sagte doch: aus reiner Verzweiflung.«

Nora boxte ihm spielerisch in die Rippen, lachte und deutete in die Richtung, in der Frank, Peter und Kaugummi-Cora verschwunden waren. »Komm. Sehen wir nach, ob die anderen Zimmer auch so mondän eingerichtet sind.«

Nora sagte nicht noch einmal: Das ist ja phantastisch, als sie das Zimmer betraten – obwohl sie diesmal allen Grund dafür gehabt hätte. Sie waren Peter quer durch das Haus gefolgt, das zwar – wie er gesagt hatte – kaum beleuchtet war, dafür aber umso größer, und Nick war der Verzweiflung nahe gewesen, noch bevor sie die Hälfte der Strecke hinter sich gebracht hatten. Was ihm der Makler als altes Herrenhaus angepriesen hatte, das entpuppte sich zumindest auf den ersten Blick als verfallene Bruchbude, in der bei jedem Schritt der Staub hochwirbelte, dass es zum Husten reizte, und in der anscheinend nichts mehr wirklich intakt war. Unter den meisten Türen fauchte ein eiskalter Luftzug hindurch, und zwei von drei Lampen brannten nicht mehr. Sie durchquerten eine große, vollkommen leere Halle und Nick konnte sogar in der spärlichen Beleuchtung erkennen, dass etliche Bodenfliesen gesprungen waren und dass von der Decke staubverkrustete Spinnweben wie schmutzige Bettlaken hingen, danach einen etwas kleineren Raum, in dem sämtliche Möbel mit weißen Tüchern verhängt waren. Schließlich ging es eine pompöse Treppe hinauf, die ganz bestimmt beeindruckend gewirkt hätte, hätten die Stufen nicht bei jedem Schritt so lautstark geknarrt, dass Nick es fast mit der Angst zu tun bekam. Überall im Haus hingen Bilder, aber sie waren zum größten Teil auch mit weißen Tüchern verhängt. Außerdem wäre es ohnehin zu dunkel gewesen, um zu erkennen, was sie darstellten. Nick war auch nicht nach Bilderbetrachten zumute. Frank würde ihn erschießen. Gleich morgen früh würde er ihn erschießen, falls er nicht schon heute Nacht in sein Zimmer geschlichen kam, um ihn mit einem Kissen zu ersticken.

Umso überraschter war er, als Peter sie in ihr Zimmer führte, das ganz am Ende des langen Korridors lag, zu dem die Treppe hinaufgeführt hatte. Es war riesig. Seine genaue Größe war aufgrund seiner verwinkelten Form schwer zu schätzen, aber Nick glaubte nicht, dass seine komplette Wohnung sehr viel größer war. Die Einrichtung hätte die jedes Ersteklassehotels in den Schatten gestellt: teure Seidentapeten an den Wänden, kostbare Teppiche und Läufer auf dem Boden und Stuckarbeiten an der Decke, die nicht die geringste Beschädigung zeigten. Das Mobiliar bestand aus relativ wenigen, aber erlesenen Stücken – ein geschnitzter Schrank, ein wertvoller Schreibtisch mit einem dazu passenden Stuhl und in dem abgewinkelten, kürzeren Teil des L-förmigen Raumes ein gewaltiges Himmelbett mit gedrechselten Beinen und kostbaren Schnitzereien an Kopf- und Fußteil waren im Grunde schon fast alles. Darüber hinaus gab es nur noch einen kleinen Tisch mit zwei Sesseln und einer zierlichen Couch, die sich vor einem gewaltigen Marmorkamin gruppierten. Im Inneren dieses Kamins brannte ein behagliches Feuer, dass den Raum nicht nur mit anheimelnder Wärme, sondern auch mit Licht und tanzenden

Schatten erfüllte. Obwohl die Einrichtung ausnahmslos alt und vermutlich selbst die Tapeten antik waren, blitzte alles nur so vor Sauberkeit.

»Das ist ... erstaunlich«, sagte Nick. »Ich bin wirklich überrascht.«

»Die Heizung funktioniert nicht richtig«, sagte Peter, während er ihre Koffer zum Bett trug und behutsam daneben absetzte. »Deshalb habe ich ein Feuer im Kamin angezündet. Holz liegt in der Kiste da hinten, wenn Ihnen nicht warm genug ist. Morgen früh kommt jemand, der nach der Anlage sieht.« Er ging zur Tür, streckte die Hand nach der Klinke aus und drehte sich noch einmal zu ihnen herum. »Wenn Sie noch Hunger haben, kann ich Ihnen etwas aus der Pizzeria im Dorf bringen lassen.«

Nick war überrascht, dass ein Ort wie Crailsfelden überhaupt eine Pizzeria hatte. Aber ihm war nicht nach Essen. Er fühlte sich hundemüde und wollte nur ins Bett.

»Nein, danke«, sagte er. »Ich möchte einfach nur schlafen.«

»Dann wünsche ich Ihnen eine gute Nacht«, sagte Peter. »Ich komme morgen um sechs wieder und bereite das Frühstück vor.«

»Lieber um acht«, sagte Nick hastig. »Oder besser noch um neun. Keiner von uns steht so früh auf.«

Peter betrachtete ihn, als hätte er einen obszönen Vorschlag gemacht, zuckte aber dann nur mit den Schultern und ging ohne ein weiteres Wort.

Nora wartete, bis er die Tür hinter sich geschlossen hatte, dann sagte sie mit einem übertrieben geschauspielerten Schaudern: »Hoffentlich kommt er mit gewaschenen Händen. Sag mal – haben wir diesen Burschen eigentlich mitgemietet?«

»Ich habe keine Ahnung«, gestand Nick achselzuckend. »Würde es dich stören? Oder hast du vielleicht Lust die nächsten drei oder vier Wochen für Frank und Kaugummi-Cora zu kochen und das Haus sauber zu halten?«

»Ganz bestimmt«, versicherte Nora mit todernstem Gesicht. »Ich kann mir gar nichts Schöneres vorstellen.« Sie begann mit langsamen Schritten im Zimmer auf und ab zu gehen, wobei sie der Einrichtung einer zweiten, sehr viel eingehenderen Prüfung unterzog. Sie sagte nichts, aber Nick erkannte allein an ihren Bewegungen, wie sehr sie das Zimmer beeindruckte.

Der Anblick versetzte ihm einen Stich. Nora liebte Luxus, ganz einfach, weil sie das Leben liebte. Sie stammte aus wohlhabenden, wenn auch nicht direkt reichen Verhältnissen, und war in einer Welt aufgewachsen, in der es weder finanzielle Sorgen noch die Notwendigkeit eines gut bezahlten Jobs gab. Nichts von alledem hatte er ihr in den letzten fünf Jahren bieten können. Ganz im Gegenteil. Sie hatte sich niemals beschwert. Sie hatte niemals auch nur eine entsprechende Andeutung gemacht. Aber er wusste, wie sehr sie unter den Bedingungen litt, unter denen sie leben mussten, und vor allem unter den Demütigungen, die sie sehr viel mehr trafen als ihn.

»Eines Tages … «, begann er.

»Eines Tages«, unterbrach ihn Nora mit leicht erhobener Stimme, »können wir uns so etwas ganz bestimmt nicht leisten. Und ich wollte es auch nicht haben. Ist dir aufgefallen, in welchem Zustand sich diese Bruchbude befindet?«

Sie drehte sich zu ihm herum und ein angedeutetes, sehr vertrautes Lächeln erschien in ihren Augen. »Andererseits … das Bett scheint mir ganz in Ordnung zu sein.«

»Das käme auf einen Versuch an«, antwortete Nick. Er erwiderte ihr Lächeln, trat auf sie zu und wollte sie in die Arme schließen, als irgendetwas mit einem dumpfen Knall gegen die Fensterscheibe schlug. Nora fuhr erschrocken zusammen und wirbelte herum. Mit zwei schnellen Schritten war Nick am Fenster und riss die Vorhänge zurück.

Im ersten Moment fiel ihm nichts Außergewöhnliches auf. Hatte er im ersten Augenblick angenommen, jemand habe einen Stein gegen das Fenster geworfen, revidierte er seine Meinung schon in der nächsten Sekunde. Das Glas war unbeschädigt und der Laut hatte auch viel zu weich geklungen.

Etwa so, als wäre der Spatz, der benommen auf der Fensterbank hockte und aus seinen stecknadelkopfgroßen Augen zu ihm hochsah, gegen die Scheibe geflogen …

»Oh, der arme Kerl!« Nora war ihm gefolgt. Ohne zu zögern, schob sie ihn zur Seite, entriegelte das Fenster und zog den rechten Flügel auf. Nick war nicht begeistert, aber da er Noras Tierliebe nur zu gut kannte, erhob er auch keine Einwände, als sie sich vorbeugte und den Spatz behutsam aufhob.

»Hoffentlich hat er sich nichts gebrochen, der arme kleine Kerl.« Nora hielt den verletzten Vogel in der hohlen Hand und strich ihm mit zwei Fingern der anderen Hand über den Kopf. Nick beobachtete sie mit gemischten Gefühlen. Er war nicht so vernarrt in Tiere wie Nora, mochte sie jedoch, so wie beinahe jeder Tiere mochte. Aber er musste an den Zwischenfall von vorhin denken. Was stimmte mit diesen Vögeln hier nicht?

»Wenn ja, können wir uns den Anruf in der Pizzeria sparen«, witzelte er. Es war kein besonders guter Scherz und er kam auch nicht besonders gut an. In Noras Augen blitzte es wütend auf – zumindest für eine Sekunde war es echte Wut, die er in ihrem Blick las! – und selbst der Vogel hob mit einem Ruck den Kopf und schien ihn vorwurfsvoll anzustarren.

»Du bist geschmacklos, Nicolas, hat man dir das schon einmal gesagt?«, fragte sie.

»Mehrmals«, antwortete Nick. »Aber im Ernst: Was hast du vor? Den Sperling in ein Krankenhaus bringen?«

Der Spatz piepste – es klang eindeutig vorwurfsvoll, fand Nick – schlug zweimal mit den Flügeln und flatterte dann schnurstracks durch das offen stehende Fenster hinaus.

»Siehst du?«, fragte Nick. »Ich sollte Arzt werden. Ich würde jeden Patienten wieder auf die Füße bekommen. Oder auf die Flügel.«

»Idiot«, lachte Nora. Sie schloss das Fenster, drehte sich mit übertriebenem Schaudern herum und ging mit schnellen Schritten zum Kamin.

Nick zog die Vorhänge wieder zu, ehe er ihr folgte. In den wenigen Minuten, die das Fenster offen gestanden hatte, war es tatsächlich empfindlich kalt in dem großen Zimmer geworden. Nora war vor dem Kamin in die Hocke gesunken, hatte einen frischen Scheit ins Feuer geworfen und wartete darauf, dass der Funkenregen aufhörte, um ein zweites Stück Brennholz nachzulegen, das sie in der rechten Hand hielt.

Nick betrachtete sie nachdenklich. Die rote Glut des Kaminfeuers ließ ihre Silhouette leicht verschwimmen und wäre es im Raum nur ein wenig dunkler gewesen, hätte es wahrscheinlich ausgesehen, als stünde ihr Haar in Flammen. Der kleine Zwischenfall mit dem Vogel hatte die beginnende erotische Spannung zwischen ihnen nur unterbrochen, nicht zerstört. Nick trat langsam näher, berührte sie aber nicht und machte sich auch sonst mit keinem Laut bemerkbar, sondern beschränkte sich darauf, auf sie hinabzusehen und sie zu bewundern. Nora war in den Jahren, die sie sich kannten, eindeutig schöner geworden. Vom jungen Mädchen zur Frau.

Sie warf den letzten Holzscheit ins Feuer, erhob sich mit einer ebenso komplizierten wie anmutigen Bewegung, drehte sich zugleich herum, schlang die Arme um seinen Nacken und küsste ihn.

Nick erwiderte ihren Kuss leidenschaftlich, zog sie noch enger an sich – und die Tür ging auf und Frank kam herein.

»Ups!«, sagte er. »Ich störe doch nicht etwa?«

Nick löste sich mit einer Sekunde Verzögerung von Nora, warf ihr einen fast beschwörenden Blick zu und drehte sich dann betont langsam herum. »Meine Mutter hat mir beigebracht anzuklopfen, bevor ich in ein fremdes Zimmer gehe«, sagte er kühl.

»Sie kannte diese Bruchbude aber nicht«, konterte Frank grinsend. »Wenn man hier irgendwo anklopft, muss man ja Angst haben, dass die ganze Tür umfällt.«

»Du meinst, du könntest mit der Tür ins Haus fallen?«, fragte Nora. Sie lächelte nicht.

»Noraliebling, ich bin hier der Schriftsteller«, antwortete Frank. »Für lahme Kalauer bin ich zuständig.«

»Was willst du?«, fragte Nick rasch, bevor das Geplänkel

zu einem echten Streit ausufern konnte. »Es ist wirklich spät.«

Frank sah ihn vorwurfsvoll an. »Eigentlich nichts«, gestand er. »Ich wollte nur nachsehen, ob ihr auch so ein katastrophales Zimmer habt wie wir.« Er ließ seinen Blick demonstrativ durch das Zimmer schweifen. Auf dem breiten Bett verharrte er eindeutig länger als nötig, fand Nick.

»Wir sind zufrieden«, sagte er.

»Zufrieden?!« Frank ächzte. »Ich würde sagen, ihr habt das große Los gezogen! Ihr habt sogar einen Kamin. Wisst ihr, womit wir heizen? Mit einem mickrigen Elektro-Radiator! Wenn du genau davor stehst, wirst du geröstet, und im Rest des Zimmers frierst du dir den Arsch ab.«

»Dann solltest du es dir mit Cora unter der Bettdecke gemütlich machen«, sagte Nora. »Ich bin sicher, euch fällt schon etwas ein, um euch aufzuwärmen.«

Franks Grinsen verschwand für einen Moment. Natürlich wusste Nick, warum er wirklich gekommen war. Offensichtlich war er verwirrt. Er war Widerspruch nicht gewohnt und musste angenommen haben, dass Nick ihm ganz selbstverständlich anbot die Zimmer zu tauschen. Nick hätte es auch getan, aber dann hätte Nora ihn vermutlich umgebracht.

»Ja, da … könntest du Recht haben«, sagte er zögernd und mit einem Blick in Nicks Richtung, der klarmachte, dass das Thema damit keineswegs erledigt war.

»Dann solltest du sie nicht warten lassen«, sagte Nora. Nick betete, dass sie aufhörte. Sie hatte ja Recht, hundertmal Recht, aber musste sie es denn unbedingt auf die Spitze treiben? Aber Nora nahm kein Blatt vor den Mund: »Ich meine, bevor ihr hübscher kleiner Hintern wirklich erfriert.«

»Oh, keine Sorge, den kriege ich schon wieder warm«, antwortete Frank mit einem anzüglichen Grinsen. Dann wandte er sich an Nick. »Und wir beide müssen morgen ein ernsthaftes Gespräch führen, mein Lieber. Über deine Fähigkeiten als Agent kann ich nicht klagen – jedenfalls nicht allzu oft – aber als Immobilienmakler bist du ein glatter Versager.«

»Das liegt vielleicht daran, dass ich nicht als Immobilienmakler von dir eingestellt wurde«, antwortete Nick. »Du wolltest doch etwas mit Atmosphäre, oder?«

»Anscheinend verwechselst du Atmosphäre mit Zugluft«, antwortete Frank. Jede Spur von Humor war aus seinem Grinsen verschwunden. Er wartete zwei oder drei Sekunden vergeblich auf eine Antwort, dann hob er die Schultern und fuhr fort: »Aber ich sehe schon, ich störe. Ihr wollt in die Heia, nicht wahr?«

Er drehte sich halb herum, hielt noch einmal inne und sagte: »Apropos. Habt ihr auch solchen Ärger mit Vögeln?«

»Vorgestern jedenfalls noch nicht, weder Nick noch ich«, antwortete Nora. Anzüglichkeiten wie diese waren überhaupt nicht ihre Art und allein diese Bemerkung machte Nick klar, dass er Frank schnellstens aus dem Zimmer bugsieren musste, ehe die Situation vollends eskalierte.

»Gerade ist einer gegen das Fenster geflogen«, sagte er rasch.

»Hoffentlich hat er sich den Hals gebrochen«, knurrte Frank. »Auf dem Dachboden über uns muss eine ganze Kompanie von den Mistviechern hausen. Ich werde diesem Peter morgen ein paar passende Worte dazu sagen. Ich wollte ein Zimmer, in dem man schlafen kann!«

»Mit einem Mädchen wie Cora neben mir würde mir etwas Besseres einfallen«, sagte Nick rasch, legte die flache Hand auf Franks Schulter und schob ihn mit schon etwas mehr als sanfter Gewalt aus der Tür. Sein eigener Mut überraschte ihn fast.

»Ich werde gleich morgen mit Peter reden«, sagte er, trat einen Schritt zurück und schloss die Tür, ehe der Ausdruck von Fassungslosigkeit auf Franks Gesicht endgültig zu Zorn werden konnte.

»Arschloch«, sagte Nora mit Nachdruck.

Trotz allem schlief Nick in dieser Nacht gut, wenn auch nicht sehr lange. Was dem Spatz, der gegen die Scheibe geprallt war, nicht gelungen war, das hatte Frank dafür umso gründlicher geschafft: Weder Nora noch ihm war nach seinem Besuch noch nach irgendetwas anderem zumute gewesen, als möglichst rasch ins Bett zu kommen und einzuschlafen.

Kurz nach Sonnenaufgang weckte ihn ein anhaltendes Poltern und Rumoren. Nick öffnete verschlafen die Augen, blinzelte auf die Uhr – es war halb sechs. Halb sechs, verdammt noch mal! – unterdrückte ein Gähnen und setzte sich auf. Das Poltern und Rumoren hielt an. Im gleichen Maße, in dem seine Benommenheit verflog, wurde es zum Geräusch schwerer Schritte, die auf der Decke über ihm polterten. Wenn das die Vögel waren, von denen Frank gesprochen hatte, dann musste es sich wohl um Strauße handeln, dachte er.

»Das geht schon seit einer halben Stunde so. Mindestens. Jedenfalls bin ich vor einer halben Stunde davon wach geworden.«

Nora lag mit weit offenen Augen neben ihm im Bett und starrte die Decke an. »Was zum Teufel tut der Kerl da oben?«

»Keine Ahnung«, sagte Nick gähnend. »Aber ich sehe nach.« Er schlug die Decke zurück, schwang die Beine aus dem Bett und fuhr deutlich zusammen, als seine nackten Fußsohlen den Boden berührten. Er war eisig. Das Feuer im Kamin war über Nacht ausgegangen und es war so kalt, dass er seinen eigenen Atem als grauen Dampf vor dem Gesicht erkennen konnte.

»Das musst du nicht«, sagte Nora.

»Doch«, erwiderte Nick. »Weil du in der Zwischenzeit versuchen wirst diesen verdammten Kamin wieder in Gang zu kriegen. Ich habe für so etwas kein Talent, das weißt du doch.«

Er stand auf, bückte sich umständlich nach seinen Kleidern und zog sich an. Er brauchte viel länger dazu als gewohnt. Er war müde, noch nicht ganz wach, und die Kälte biss wie mit dünnen gläsernen Zähnen in seine Glieder. Über ihm polterte und krachte es noch immer.

»Ich frage mich wirklich, was er da oben treibt«, murmelte er.

»Vielleicht sucht er nach einem genialen Einfall«, antwortete Nora schlecht gelaunt.

Nick grinste humorlos, schlüpfte in seine Schuhe und ging ohne ein weiteres Wort aus dem Zimmer. Der Lärm nahm ein wenig ab, aber nur, weil er sich von seiner Quelle entfernte, während er den langen Flur hinabging.

Es war hier draußen ebenso kalt wie in ihrem Zimmer, aber feuchter und nicht ganz so hell, was dem Haus nicht nur etwas eindeutig Ungemütliches, sondern eine fast gespenstische Atmosphäre verlieh. Gestern Abend war ihm dieses Gebäude romantisch vorgekommen. Pittoresk. Jetzt fielen ihm eine ganze Reihe sehr viel weniger schmeichelhafte Bezeichnungen ein.

Die Tür zu Franks und Coras Zimmer war nur angelehnt. Er klopfte, wartete fünf Sekunden lang vergeblich auf eine Antwort und schob die Tür dann mit der flachen Hand vollends auf.

Frank war nicht da, wie er erwartet hatte, aber Cora saß mit dem Rücken zur Tür am Schreibtisch und war ganz in ein Computerspiel vertieft, das auf Franks mitgebrachtem Laptop lief. Sie trug ein knappes Babydoll, das zwar seit mindestens fünfzehn Jahren aus der Mode gekommen war, dafür aber eine Menge von ihrer sonnenstudiogebräunten Haut zeigte. Nick sah sie ein paar Sekunden lang ungeniert an und kam zu dem gleichen Ergebnis, zu dem er auch schon beim Anblick der angezogenen Cora gekommen war. Sie war jünger und aufgedonnerter, hielt aber einem ehrlichen Vergleich mit Nora nicht stand. Nicht eine Sekunde lang.

»Guten Morgen«, sagte er.

Cora drehte sich am Schreibtisch herum und lächelte ihm zu. »Oh, Nick! Hast du gut geschlafen?«

»So weit man mich gelassen hat«, antwortete Nick. »Wo ist Frank?« Er versuchte Coras aufreizendes Dekolleté nicht zu offen anzustarren – aber es blieb bei dem Versuch.

Cora deutete mit einer Kopfbewegung nach oben. »Er versucht diese blöden Vögel zu verjagen. Die Mistviecher haben uns die halbe Nacht wach gehalten.« Sie kicherte. »Nicht, dass uns langweilig gewesen wäre.«

Ganz bestimmt nicht, dachte Nick. Laut fragte er: »Er ist oben?«

»Auf dem Dachboden«, bestätigte Cora.

Nick verließ rasch das Zimmer, zog die Tür diesmal ganz hinter sich zu und sah sich suchend um. Die Treppe führte nicht weiter nach oben, aber nur ein paar Schritte entfernt gewahrte er eine weitere, sehr schmale Tür, die ebenso wie die erste nur angelehnt war. Er ging hin, schob sie auf und entdeckte eine schmale Treppe, deren ausgetretene Holzstufen steil in die Höhe führten und alles andere als Vertrauen erweckend aussahen. Der Lärm kam vom oberen Ende der Treppe.

»Frank?«, rief er.

Er bekam keine Antwort, und er sparte sich auch die Mühe noch einmal zu rufen, sondern lief mit raschen Schritten die Treppe hinauf. Er gelangte auf einen Dachboden, wie erwartet, aber das allein war auch schon alles, was seinen Erwartungen entsprach.

Der Raum war riesig und erstreckte sich ohne Unterbrechung über das gesamte Gebäude. Ein halbes Dutzend aus rohem Backstein gemauerter Kamine erhob sich wie ein Wald bizarrer Stützpfeiler vom Boden bis zur Decke und soweit er sehen konnte, war der gesamte Dachboden mit Müll und zerbrochenen und halb vermoderten Möbelstücken nur so voll gestopft. In der Luft lag ein derart durchdringender Ammoniakgestank, dass er kaum noch atmen konnte, und die Farbe Weiß überwog bei weitem: Buchstäblich jeder Quadratzentimeter war von einer dicken Guanoschicht bedeckt. Von den Verursachern dieser Verzierung war nichts zu sehen.

Dafür entdeckte er Frank, der lautlos vor sich hin fluchend durch das Durcheinander aus Brettern und zerbrochenen Möbeln stampfte und sein Möglichstes tat, um das Chaos noch zu verschlimmern.

Nick räusperte sich übertrieben, um Franks Aufmerksamkeit zu erlangen. Als es ihm nach dem fünften oder sechsten Versuch gelungen war, fragte er: »Ist das deine neue Art von Frühsport oder suchst du hier oben nach Inspirationen?«

Frank hielt in seinem sinnlosen Randalieren inne und wandte mit einem Ruck den Kopf. Um ein Haar hätte Nick laut aufgelacht, als er in sein Gesicht sah. Auch Frank war über und über verdreckt, voller Staub, Schmutz und Vogeldreck. Das Lachen blieb Nick allerdings im Halse stecken, als er in Franks Augen sah. Der Ausdruck darin war nur noch mit Mordlust zu beschreiben.

»Ich bringe diese verdammten Biester um!«, grollte Frank. »Einen nach dem anderen, das schwöre ich! Ich fange sie ein und drehe ihnen den Hals herum. Erst ihnen, dann diesem Peter und zum Schluss dir. Schau dir diesen Saustall nur an! Alles voller Vogelscheiße! Ich könnte Millionen verdienen, wenn ich Guano verkaufen würde!«

Nick sparte sich den Hinweis, dass sie nur die unteren Etagen gemietet hatten, und selbst die nur zum Teil. Er kannte Frank weiß Gott gut genug, um zu wissen, dass er sich im Grunde alles sparen konnte.

»Komm lieber da raus«, sagte er, so vorsichtig er konnte. »Du könntest dich verletzen.«

»Ich werde jemanden verletzen!«, versprach Frank aufgebracht. »Diese verdammten Mistviecher nämlich! Cora und ich haben die ganze Nacht kein Auge zugetan! Zum Teufel, es hat sich angehört, als ob Dschingis Khans Reiter für den Ernstfall proben!«

»Und du hast ihnen den Krieg erklärt«, vermutete Nick. »Du allein gegen die hunnischen Horden?«

Für einen ganz kurzen Moment flammte der Zorn in Franks Augen noch stärker auf, aber dann zog er eine Grimasse, schüttelte den Kopf – und begann leise zu lachen.

Nick atmete innerlich auf. »Komm da raus«, sagte er, »bevor du dich wirklich noch verletzt. Ich rede nachher mit Peter, damit er ein anderes Zimmer für euch herrichtet. Es sind ja schließlich genug da.«

»Das Zimmer ist schon in Ordnung«, sagte Frank verdrießlich. »Oder wäre es, wenn die Heizung funktionieren würde.«

»Und was wolltest du dann hier oben?«

»Diese verdammten Vögel verscheuchen, was sonst?« Frank begann sich vorsichtig in seine Richtung zu bewegen, wobei er ununterbrochen über irgendetwas stolperte und zweimal um ein Haar gefallen wäre. »Ich dachte, jemand hätte vielleicht ein Fenster offen gelassen oder so was. Aber dieses ganze so genannte Dach ist ein einziger Schweizer Käse.«

Wie fast alles, was Frank sagte oder tat, war das hoffnungslos übertrieben. Aber auch nicht ganz falsch. Der Dachstuhl wies tatsächlich zahlreiche Löcher und Ritzen auf. Die meisten davon waren nicht besonders groß, reichten einem Vogel aber allemal als Durchschlupf.

»Außerdem wollte ich nachsehen, warum dieser beschissene Kamin nicht zieht«, fuhr er fort, sah sich suchend um und deutete schließlich – wie es Nick vorkam, ziemlich wahllos – auf einen der wuchtigen Backsteinkamine. »Das müsste er sein.«

Und bevor Nick auch nur richtig klar wurde, was er vorhatte, ging er zu einem der zahlreichen schmalen Dachfenster, stieß es auf und begann hinauszuklettern.

»Was hast du vor?«, fragte Nick nervös. »Frank – lass den Quatsch!«

Aber Frank dachte gar nicht daran, den Quatsch zu lassen, sondern schob sich mit erstaunlichem Geschick durch die schmale Öffnung und war verschwunden, ehe Nick ihn erreichen konnte.

Nick fluchte, griff nach oben und zog sich mit einiger Mühe ebenfalls in die Höhe. Eiskalte Luft und ein Schwall unangenehmer Feuchtigkeit schlugen ihm ins Gesicht und sein Herz machte einen erschrockenen Satz, als er sah, wie tief der Boden unter ihm lag. Das Dach war nicht besonders steil geneigt, aber die Ziegel waren glitschig und schimmerten vor Nässe und die Beschädigungen sahen von hier oben betrachtet viel schlimmer aus als von unten.

Was Frank nicht daran hinderte, mit scheinbar traumwandlerischer Sicherheit über das Dach zu balancieren und sich schließlich sogar auf die Zehenspitzen zu stellen, um in den Kamin hineinzusehen.

»Das habe ich mir doch gedacht!«, rief er. »Diese verdammten Mistviecher!«

»Komm da runter«, sagte Nick. »Bitte!«

»Diese blöden Biester haben doch tatsächlich ein Nest in den Kamin gebaut!«, fuhr Frank kopfschüttelnd fort. »Unglaublich! Das musst du dir ansehen!« Er klammerte sich mit der linken Hand am Kaminrand fest, streckte den anderen Arm aus, griff, so tief er konnte in den Kamin, und hielt schließlich etwas in die Höhe, was Nick erst auf den zweiten oder dritten Blick als winzigen, noch fast nackten Jungvogel identifizierte. Wahrscheinlich war er gerade erst geschlüpft.

»Da drin sind Dutzende von diesen Biestern. Und noch mehr Eier!«

»Bitte komm wieder rein«, sagte Nick. Seine Stimme klang belegt und er zitterte immer stärker. Selbst wenn er es gewollt hätte, hätte er nicht zu Frank hinaus auf das Dach steigen können.

»Mistviecher«, sagte Frank noch einmal – und keuchte vor Schmerz, als sich der winzige Schnabel des jungen Sperlings tief in die Haut zwischen Daumen und Zeigefinger grub.

Wahrscheinlich wollte er es gar nicht, aber er drückte ganz instinktiv zu und tötete den Spatz damit auf der Stelle.

Was dann geschah, hätte geradewegs aus einem von Franks eigenen Drehbüchern stammen können. Aus dem Kamin stoben nacheinander fünf, sechs, acht, schließlich ein gutes Dutzend Spatzen, die sich ohne zu zögern auf ihn stürzten und mit Schnäbeln und Krallen nach seinem Gesicht schlugen.

Frank keuchte vor Überraschung, zog den Kopf zwischen die Schultern und schlug mit der freien Hand um sich. Er traf tatsächlich einen der winzigen Angreifer, der haltlos davonflatterte, aber die anderen setzten ihre Attacken nur umso wütender fort. Nick bemerkte mit einer Mischung aus Unglauben und Entsetzen, dass Franks Hände bereits mit winzigen Risswunden und Schnitten übersät waren.

»He!«, brüllte Frank. »Aufhören! Haut ab, ihr Mistviecher!« Er schlug immer wütender um sich, fegte einen zweiten Vogel aus der Luft und schrie plötzlich in echtem Schmerz auf. Einer der winzigen Angreifer hatte sein Gesicht attackiert und ihm eine kleine, aber heftig blutende Wunde im Augenwinkel beigebracht. Frank schlug instinktiv mit beiden Händen nach dem Spatz. Er verfehlte ihn, verlor auf den nassen Dachpfannen aber das Gleichgewicht und stürzte. Verzweifelt griff er nach oben, verfehlte den Kamin um Haaresbreite und schlug lang hin. Unverzüglich begann er auf dem abschüssigen Dach zu rutschen.

Nick erstarrte für eine einzige, aber endlos scheinende Sekunde. Alles schien in bizarrer Langsamkeit zu geschehen, als wäre die Zeit plötzlich um einen Faktor fünf oder noch mehr verlangsamt; aber unglücklicherweise erstreckte sich dieser sonderbare Zauber auch auf ihn. Nicks Gedanken rasten. Er weigerte sich zu glauben, was er sah. Dinge wie diese passierten in Franks Filmen, in Büchern von Dean Koontz und Stephen King, aber nicht in Wirklichkeit. Und trotzdem schlitterte Frank jetzt vor seinen Augen kreischend über das Dach. Seine Fingernägel scharrten mit einem Geräusch wie Kreide auf einer Schiefertafel über die Dachziegel und in wenigen Augenblicken würde er über die Dachkante schlittern und zehn oder zwölf Meter in die Tiefe stürzen. Und es gab nichts, was er dagegen tun konnte. Er versuchte es, aber zu spät und zu langsam.

Frank stürzte nicht. Seine wild herumfuhrwerkenden Hände fanden an einer zerborstenen Dachpfanne Halt und seine Schlitterpartie endete mit einem solchen Ruck, dass Nick den grausamen Schmerz regelrecht zu fühlen glaubte, der durch Franks Hand- und Schultergelenk pulsieren musste.

Nick schüttelte die Lähmung ab, die von ihm Besitz ergriffen hatte, ignorierte die aufkeimende Höhenangst und zog sich mit einem entschlossenen Ruck so weit in die Höhe und aus der Dachluke heraus, wie er es gerade noch konnte, ohne selbst den Halt zu verlieren. Während er sich mit der linken Hand festklammerte, beugte er sich vor, griff nach Frank und bekam irgendwie seinen Ärmel zu fassen. Frank packte seinerseits zu, suchte mit den Füßen irgendwo nach Halt und kroch mit zusammengebissenen Zähnen Zentimeter um Zentimeter wieder in die Höhe. Nick kam es vor wie eine Ewigkeit, aber vermutlich brauchte er nicht einmal eine Minute, um die Dachluke wieder zu erreichen.

Als er versuchte ihm hereinzuhelfen, verloren sie beide das Gleichgewicht und stürzten aneinander geklammert auf den Dachboden hinab. Franks Knie bohrten sich so unsanft in seine Rippen, dass ihm die Luft wegblieb, und seine Schläfe prallte wuchtig gegen etwas Hartes. Nick sah buchstäblich Sterne und für einen kurzen Moment wurde ihm übel.

Das Erste, was er wieder klar registrierte, war Franks aufgebrachte Stimme. »Verdammt noch mal, bist du wahnsinnig geworden?«, brüllte er. »Warum hast du mir nicht geholfen? Wolltest du zusehen, wie ich mir den Hals breche, verdammt?«

»Ich bin nicht schwindelfrei«, verteidigte sich Nick lahm.

»Verdammte Scheiße, hast du gesehen, was diese kleinen Mistviecher getan haben?«, ereiferte sich Frank. »Die hätten mich um ein Haar umgebracht!«

Nick richtete sich mühsam auf und betastete seinen Kopf und sein Gesicht, als müsse er sich selbst davon überzeugen, nicht verletzt zu sein. Erst dann blickte er Frank ins Gesicht.

Frank bot einen erschreckenden Anblick. Seine Wangen waren mit Rissen und Kratzern übersät und die Wunde in seinem Augenwinkel blutete immer noch, wenn auch nicht mehr so heftig wie vorher. Frank betastete sie vorsichtig, zog eine Grimasse und blickte dann kopfschüttelnd auf seine zerschundenen Hände hinab. »Diese kleinen Ungeheuer haben mich doch tatsächlich angegriffen! Ich meine: Hast du gesehen, was sie getan haben?«

»Red keinen Unsinn«, murmelte Nick, während er sich umständlich erhob. »Alles, was ich gesehen habe, waren ein paar Tiere, die ihre Brut verteidigt haben.«

Die Erklärung überzeugte nicht einmal ihn selbst. Vögel taten so etwas nicht. Sie mochten durchaus in der Lage sein ihre Jungen zu verteidigen, aber nicht so.

»Das war ein koordinierter Angriff!«, beharrte Frank. »Und er hätte um ein Haar Erfolg gehabt. Eine Sekunde später und ich wäre vom Dach gesegelt.«

»Was ist denn da oben los?«, drang Noras Stimme die Treppe herauf. »Nicolas? Frank? Alles in Ordnung?«

»Es ist alles okay!«, antwortete Frank mit erhobener Stimme, noch bevor Nick etwas sagen konnte. Zugleich warf er ihm einen fast beschwörenden Blick zu, dann fuhr er mit erhobener Stimme fort: »Wir kommen runter!«

Sie verließen den Dachboden. Die beiden Frauen erwarteten sie am unteren Ende der Treppe. Nora hatte einen schlichten Morgenmantel übergeworfen und sah darin zwanzigmal besser aus als Cora in ihrem durchsichtigen Nichts. Als sie Frank erblickte, rutschte ihre linke Augenbraue fragend nach oben. Sie sagte nichts. Cora stieß jedoch ein erschrockenes Piepsen aus und schlug die Hände vor den Mund.

»Aber Liebling! Was ist denn passiert?«

»Nichts«, antwortete Frank. »Ich bin ausgerutscht und gefallen, das ist alles. Da oben ist alles voller Müll.«

»Was habt ihr eigentlich dort oben gesucht?«, fragte Nora.

»Nichts«, sagte Frank noch einmal. »Ich habe nur ein paar Vögel verjagt.«

Der Heizungsmonteur kam zwei Stunden später, zusammen mit Peter, der Franks viertelstündige Schimpfkanonade wortlos über sich ergehen ließ und ihn dann mit ungerührtem Gesicht fragte, ob er Rühr- oder Spiegeleier zum Frühstück wünsche.

Nachdem sie gefrühstückt hatten, holte Nick das restliche Gepäck aus dem Wagen und entschuldigte sich dann unter einem Vorwand, um zusammen mit Nora in die Stadt zu fahren.

Stadt war eine glatte Übertreibung. Crailsfelden war ein Kaff – und das war noch geschmeichelt. Der Ort bestand im Grunde nur aus einer einzigen Straße, einem hübschen, aber vor hundert Jahren veralteten Marktplatz und einer Hand voll Häuser, die an kleinen, ungeteerten Seitenstraßen vor sich hin moderten.

Auf einer kleinen Erhebung unweit des Stadtzentrums thronte eine niedergebrannte Ruine, von der Nick nicht mit Sicherheit sagen konnte, ob sie einmal ein Kloster, eine kleine Burg oder einfach nur ein zu groß geratenes Herrenhaus gewesen war. Und damit hörte der interessante Teil auch schon auf.

»Wunderbar«, kommentierte Nora ihre Sightseeingtour. »Ich hoffe, dein Schützling braucht nicht länger als ein paar Wochen, um sein neuestes Meisterwerk zu Papier zu bringen.«

»Wieso?«

»Das fragst du noch?« Sie befanden sich bereits wieder auf dem Rückweg. Nora drehte sich auf dem Beifahrersitz herum und machte eine Geste, die das ganze Tal einschloss, in dem Crailsfelden lag. »Vier Wochen in dieser Weltstadt, und ich bin reif für die Klapsmühle.«

»Sieh es einfach als bezahlten Urlaub an«, sagte Nick unbehaglich. Er war ziemlich sicher, dass Frank nicht in einer oder zwei Wochen mit seinem Drehbuch fertig werden würde. Sein wichtigster – und einziger – Klient hatte seit einem guten Jahr eine Schaffenskrise und er selbst war der Einzige, der das nicht zu wissen schien. Oder es wenigstens nicht wahrhaben wollte. Die selbst gewählte Klausur in diesem gottverlassenen Kaff war nichts anderes als ein letzter, verzweifelter Versuch, die alte Kreativität noch einmal zum Vorschein zu bringen.

Nick bezweifelte insgeheim, dass es ihm gelingen würde. Seiner Meinung nach war das Feuer in Frank erloschen. Da war keine Glut mehr, die man wieder entfachen konnte.

Es war auch nicht nötig. Nicht wirklich. Der Vertrag, den er für Frank ausgehandelt hatte, verlangte kein geniales Meisterwerk, sondern ein Mindestmaß an Handwerk und etwas Fleiß. Wenn er etwas ablieferte, aus dem die unterbezahlten Ghostwriter der Filmgesellschaft einen Film machen konnten, würde es Frank genug Geld einbringen, um seinen aufwändigen Lebensstil noch einige Jahre halten zu können. Und Nora und ihm genug, um einen neuen Start zu probieren. Er musste nur das Kunststück bewältigen, Frank für eine oder zwei Stunden täglich von Cora herunter und an den Computer zu schaffen.

Sie fuhren langsam den Hang hinauf und näherten sich dem Haus. Als Nick den Motor abstellte, beugte sich Nora vor und sah mit gerunzelter Stirn zum Dach empor. Ein ganzer Schwarm winziger Vögel hatte sich über das Dach erhoben. Nick sah, dass viele von ihnen aus den Kaminen aufstiegen oder darin verschwanden.

»Sie nisten da oben«, sagte er. »In den Kaminen. Sonderbar, nicht?«

Nora nickte, dann fragte sie unvermittelt: »Was ist heute Morgen wirklich da oben passiert?«

Nick zögerte einen Moment, aber dann zuckte er mit den Schultern, zog die Hand wieder vom Türgriff zurück, nachdem er sie bereits ausgestreckt hatte, und erzählte ihr in aller Ausführlichkeit, was geschehen war.

»Unglaublich!«, murmelte Nora, als er fertig war.

»Ich habe auch noch nie gehört, dass Vögel sich so benehmen«, stimmte Nick ihr zu, aber Nora schüttelte heftig den Kopf.

»Das meine ich nicht«, sagte sie empört. »Du hast dem Kerl das Leben gerettet und er beschimpft dich dafür?«

»Habe ich nicht«, antwortete Nick. »Ich habe wie gelähmt dabeigestanden und zugesehen. Er wäre auch ohne mich wieder hereingekommen. Er hatte Recht mich zu beschimpfen, weißt du?«

»Aber du bist nicht schwindelfrei!«, ereiferte sich Nora.

»Darum geht es nicht«, widersprach Nick. »Ich war feige, weißt du? Ich meine: Für eine oder zwei Sekunden war ich fest davon überzeugt, dass er vom Dach fallen würde. Ich war davon überzeugt, aber ich habe keinen Finger gerührt, ihm zu helfen.«

»Erwartest du jetzt, dass ich dir Vorwürfe mache, dass du nicht dein eigenes Leben riskiert hast, um das dieses Angebers zu retten?«, fragte Nora. »Wenn ja, kannst du lange warten. Du wärest vom Dach gefallen, weißt du das? Dir wird ja schon schlecht, wenn du auf einem Schemel stehst!«

Natürlich hatte sie damit Recht. Aber sie hatte anscheinend gar nicht verstanden, worüber er sprach. Es ging nicht darum, dass er Frank nicht hatte helfen können. Er war gar nicht auf die Idee gekommen ihm zu helfen. Was, so fragte er sich, wenn eines Tages vielleicht Nora in Lebensgefahr geriet, und er wieder nur einfach dastand, gelähmt vor Schrecken, und gar nicht auf die Idee kam ihr zu helfen?

Er stieg aus, bevor sie eine weitere Frage stellen oder etwas sagen konnte, und ging mit schnellen Schritten zum Haus. Die Tür ging auf und Frank kam ihm entgegen. Nick war in diesem Moment beinahe froh ihn zu sehen.

Allerdings nur so lange, bis Frank zu reden begann.

»Wo zum Teufel bist du gewesen?«, fauchte er. »Wieso bist du nie hier, wenn ich dich brauche?«

Nick überging die Frage und bemühte sich so ruhig wie möglich zu bleiben. »Was ist jetzt schon wieder passiert?«, fragte er.

»Dieser bescheuerte Heizungsmonteur war hier!«, antwortete Frank. Er war äußerst aufgebracht und trat vor lauter Nervosität von einem Fuß auf den anderen. »Er hat eine Stunde an der Heizung herumgepusselt und dann erklärt, dass er irgend so ein beschissenes Ersatzteil braucht, das er frühestens in drei Tagen bekommen kann. Was denkt sich dieser Idiot? Wir werden uns hier den Arsch abfrieren!«

Nick seufzte. Frank hatte sich offensichtlich vorgenommen an diesem Tag keinen einzigen Satz ohne ein Schimpfwort oder einen Fluch auszusprechen. »Das ist ärgerlich«, sagte er. »Aber wir finden schon eine Lösung. Das Haus ist groß genug. Vielleicht zieht ja einer der Kamine gut genug, damit wir ein Feuer machen können.«

»Eine phantastische Idee«, sagte Frank böse. »Mit Volldampf zurück in die Steinzeit, wie? Habe ich dir schon gesagt, was ich von deinen Fähigkeiten als Makler halte?«

»Mehrmals«, antwortete Nick kühl. »Aber ich bin es nun einmal nicht. Ich habe auch nie behauptet, so etwas zu können. Wenn dir nicht gefällt, was ich gefunden habe, suchen wir etwas anderes. Aber das machst du dann vielleicht besser selbst.«

Frank blinzelte. Er war Widerspruch von Nick nicht gewohnt, und in so aggressivem Ton schon gar nicht. Nick wunderte sich ein bisschen über sich selbst und plötzlich musste er sich beherrschen, um nicht noch einmal nachzulegen. Die Überraschung auf Franks Gesicht tat ungemein wohl. Aber jetzt war nicht der richtige Zeitpunkt. Abgesehen davon hatte Frank Recht. Sie bezahlten eine astronomische Summe, um in diesem Gebäude wohnen zu können. Das Mindeste, was sie erwarten konnten, war eine funktionierende Heizung.

»Ich rede gleich noch einmal mit Peter«, versprach er. »Auch über den Dachboden.«

»Tu das«, sagte Frank. Er klang immer noch verwirrt.

Nick ging an ihm vorbei, betrat das Haus und machte sich auf die Suche nach Peter.

Zum ersten Mal sah er das Gebäude im hellen Tageslicht. Es wirkte jetzt größer, nicht mehr ganz so düster und unheimlich, aber noch verfallener. Die Dunkelheit gestern hatte einen barmherzigen Schleier über alles gebreitet, aber das helle Sonnenlicht, das die Räume nun erfüllte, zeigte ihm dafür jedes winzige Detail mit umso deutlicherer Brutalität. Das Haus war wenig mehr als eine Ruine. Auch wenn Nick es nicht gerne zugab: Frank hatte Recht. Der Makler, der ihm dieses Haus vermittelt hatte, hatte sie betrogen. Oder war selbst betrogen worden, was aber im Endeffekt keinen Unterschied machte.

Er fand Peter da, wo sie ihn auch gestern Abend getroffen hatten: In einem winzigen Raum auf der anderen Seite des Hauses. Er saß am Tisch und aß mit einem rostigen Taschenmesser Ölsardinen aus einer Dose.

Nick kam ohne Umschweife zur Sache. »Das mit der Heizung geht so nicht«, sagte er.

»Der Monteur war gerade hier«, antwortete Peter, aber Nick schnitt ihm sofort und in scharfem Ton das Wort ab.

»Das weiß ich. Und ich weiß auch, dass er mindestens noch drei Tage braucht, um die Heizung wieder in Gang zu bringen. Aber das ist inakzeptabel.«

»Die Anlage ist schon seit Jahren nicht mehr benutzt worden«, antwortete Peter. »Da kann es schon einmal vorkommen, dass ein Teil ausfällt.«

»Das ist nicht mein Problem«, sagte Nick. Er machte eine zornige Geste, als Peter antworten wollte, und fuhr in hörbar schärferem Ton fort. »Wir zahlen eine Menge Geld für dieses Haus und Sie hatten weiß Gott Zeit genug sich um die Heizung zu kümmern. Immerhin habe ich den Mietvertrag vor drei Wochen unterzeichnet.«

»Ich habe es erst gestern erfahren.«

»Wie gesagt«, antwortete Nick, »das ist nun wirklich nicht mein Problem. Es wird hier abends ziemlich kalt und ich zahle kein Vermögen dafür zu frieren.«

Peter sah ihn vorwurfsvoll an. »Ich kann versuchen noch ein paar Radiatoren aufzutreiben«, sagte er.

»Tun Sie das«, grollte Nick. »Oder noch besser, jemanden, der die Heizung repariert.«

»Heute ist Samstag«, erinnerte Peter. »Ich müsste den Notdienst rufen. Aber der kommt aus der Stadt, und das wird teuer. Und ich weiß nicht, ob sie überhaupt kommen.«

»Warum versuchen Sie es nicht einfach?«, fragte Nick ärgerlich. »Es gibt da so eine neumodische Erfindung, die sich Telefon nennt, wissen Sie? Man tippt eine Nummer ein und schon kann man mit Menschen sprechen, die kilometerweit entfernt sind.«

Peter sah ihn vier oder fünf Sekunden lang schweigend an. Er sah verletzt aus, aber es hätte dieses Blickes nicht einmal bedurft, damit Nick sich mies fühlte. Schließlich stand Peter auf, klappte sein Taschenmesser zusammen und verließ, noch immer ohne ein Wort gesagt zu haben, das Zimmer.

Der Tag hatte schlecht angefangen und er ging nicht sehr viel besser weiter. Frank und Cora verschwanden für den Rest des Vormittages in ihrem Zimmer, um das zu tun, was sie immer taten, wenn Cora nicht Computer spielte oder Frank auf der Tastatur herumhämmerte, ohne irgendetwas wesentlich Sinnvolleres als die Highscores von Coras Spielen zustande zu bringen, und Nora ließ sich von Peter die Räume zeigen, die sie offiziell gemietet hatten. Wie sich herausstellte, handelte es sich um ein Viertel des weitläufigen Gebäudes, und noch dazu um einige kleinere, eher spärlich ausgestattete Räume.

Nick konnte sich Franks Kommentar dazu so lebhaft vorstellen, dass er es vorzog, ihn sich gar nicht erst anzuhören. Als er hörte, dass die Tür oben auf der Galerie geöffnet wurde, verließ er die Halle und machte sich daran, den Rest des Hauses einer neuerlichen, eingehenderen Inspektion zu unterziehen.

Das Ergebnis entsprach seinen Erwartungen, war aber trotzdem überraschend. Das Haus befand sich in einem erbärmlichen Zustand. Es war noch nicht wirklich eine Ruine, aber auch nicht mehr sehr weit davon entfernt. Der Verfall hatte es fest im Griff, Nicks Schätzung nach seit mindestens zehn Jahren und er würde es in spätestens zehn Jahren vernichtet haben. Nick liebte alte Häuser und diese Passion brachte es mit sich, dass er auch die Spuren ihrer schlimmsten Feinde erkannte. Im Mauerwerk des Hauses hatte sich Schwamm ausgebreitet und viele – wenn auch noch nicht zu viele – der schweren Stützbalken waren vom Holzbock oder anderen Schädlingen befallen. Feuchtigkeit und Moder hatten ein Übriges getan. Das Haus war zweifellos zu retten, aber nicht mehr lange. Zumindest nicht zu einem akzeptablen Preis. Das war der Teil, den er erwartet hatte. Was ihn überraschte, war das, was er nicht erwartet hatte: Das Haus war eine Schatztruhe. Das Zimmer, das Nora und er bewohnten, war nicht die Ausnahme, sondern die Regel. Die vom Schwamm befallenen Wände verbargen sich zum Großteil hinter kostbaren Seidentapeten. Die mit fleckigen weißen Tüchern abgedeckten Möbel waren ausnahmslos antik und entsprechend wertvoll und allein die Kronleuchter aus geschliffenem Kristall waren wahrscheinlich mehr wert, als Frank mit seinen letzten beiden Drehbüchern verdient hatte. Mit jeder Minute, die Nick durch das Haus streifte, verstand er weniger, warum sein Besitzer es einfach dem Verfall anheim gegeben hatte. Es konnte unmöglich am Geld liegen. Es hätte genügt, einen kleinen Teil des Mobiliars zu verkaufen, um das nötige Geld für die Renovierungsarbeiten aufzutreiben.

Aber was ihn am meisten überraschte, waren die Bilder. Angesichts der späten Stunde und der nicht besonders glücklichen Umstände ihrer Ankunft hatte er ihnen zwar gestern Abend kaum Beachtung geschenkt, aber zumindest ihre große Anzahl war ihm bereits aufgefallen. Es mussten buchstäblich hunderte sein. Nahezu jeder freie Quadratmeter der Wände wurde von Bildern in allen nur erdenklichen Größen und Ausführungen bedeckt: Es gab postkartengroße Farbfotografien in schmucklosen Glasrahmen, kunstvolle Ölgemälde und Drucke, Lithographien und Holzschnitte in Rahmen, die für sich allein genommen schon ein Vermögen wert sein mussten, und sie zeigten ausnahmslos die gleichen Motive: Vögel. Jede nur erdenkliche Art von Vögeln. Es gab Bilder einfacher Spatzen und gemeiner Schwalben, farbenprächtige Ölgemälde schreiend bunter Papageien und exotischer Singvögel, stilisierte Schwarzweißdarstellungen und fotorealistische Gemälde, selbst eine oder zwei Abbildungen längst ausgestorbener, prähistorischer Vögel.

Nick lief sicher eine halbe Stunde oder länger durch das Haus und betrachtete die Abbildungen von Vögeln, Sorten, von denen er zum allergrößten Teil noch nicht einmal etwas gehört, geschweige denn sie gesehen hatte. Vor allem ein überlebensgroßes, in fotorealistischer Manier gemaltes Bild, das an der Wand über der Treppe aufgehängt war, schlug ihn in seinen Bann. Es zeigte einen graubraunen Greifvogel, den er auf den ersten Blick für einen Falken hielt. Allerdings erschien er ihm dafür zu klein, zumindest, wenn die Äste und Blätter im Hintergrund in realistischen Proportionen dargestellt waren. Und er kam ihm auch auf schwer in Worte zu fassende Weise ... edler vor. Der Künstler hatte einen Ausdruck von Klugheit und Wissen in die Augen des Tieres gebannt, der fast unheimlich war.

»Es ist schön, nicht?«

Nick erkannte die Stimme als die Peters, drehte sich aber nicht zu ihm herum, sondern nickte nur und sah weiter zu dem goldgerahmten Bild empor. »Was ist das?«, fragte er.

»Ein Merlin«, antwortete Peter. »Jedenfalls glaube ich es. Ganz sicher bin ich nicht. Es gibt so viele Bilder von Vögeln hier.«

Nick trat einen Schritt zurück, sah noch zwei oder drei Sekunden lang zu dem Bild hinauf und drehte sich dann doch zu Peter um. »Das ist mir auch aufgefallen«, sagte er. »Warum?«

Peter hob die Schultern, aber Nick hatte das sichere Gefühl, dass die Geste nicht echt war. »Der Besitzer des Hauses war vernarrt in Vögel«, sagte er. »Jedenfalls sagt man das.«

»Sagt man?«

Peter zuckte erneut mit den Schultern. »Ich habe ihn nicht gekannt«, erklärte er. »Die Leute behaupten, dass er ein bisschen verrückt gewesen ist. Er hat sein ganzes Leben den Vögeln gewidmet. Hat sie dauernd fotografiert, ihre Stimmen auf Band aufgenommen und so weiter.« Er lachte. »Er hat sogar sein Haus den Vögeln vermacht.«

»Was?«, fragte Nick.

Peter machte eine flatternde Geste, die das gesamte Haus einschloss und seiner Hand selbst etwas von einem Vogel verlieh. »Er hat eine … wie nennt man das: Stiftung?« Nick nickte, und Peter fuhr fort. »Eine Stiftung gegründet. Eine ziemliche Stange Geld, sagt man jedenfalls. Einzige Bedingung ist, dass das Haus nicht verkauft oder vollständig vermietet werden darf. Es gehört den Vögeln. Sie nisten überall, wissen Sie? Selbst in den Kaminen.«

»Das haben wir gemerkt«, sagte Nick.

»Ich darf nur die Zimmer vermieten, in denen keine Vögel nisten«, fuhr Peter fort. Er seufzte. »Es werden immer weniger. In ein paar Jahren werden sie wohl das ganze Haus übernommen haben.«

»Und ein paar Jahre später ist nichts mehr davon übrig«, fügte Nick hinzu. »Das ist Ihnen doch klar, oder?«

»Was soll ich machen? Ich bin nur der Verwalter.«

»Trotzdem«, beharrte Nick. »Es ist schade. Es ist so ein wunderbares altes Haus. Ich finde nicht, dass man es einfach so verfallen lassen sollte.«

»Ich bin nur der Verwalter«, sagte Peter noch einmal. Dann wechselte er sowohl das Thema als auch die Tonlage. »Ich muss jetzt gehen. Ich habe noch zu tun.«

Er wollte gehen, aber Nick hielt ihn mit einer raschen Bewegung zurück. »Peter.«

»Ja?«

»Wegen heute Morgen«, begann Nick. Ihm war ein wenig unbehaglich zumute und in der ersten Sekunde wusste er nicht genau, was er sagen sollte. Er war nie besonders gut darin gewesen, sich zu entschuldigen. Aber er hätte sich noch unbehaglicher gefühlt, hätte er geschwiegen. »Ich war ein bisschen grob zu Ihnen, fürchte ich. Es tut mit Leid. Ich entschuldige mich dafür.«

»Das ist nicht nötig«, antwortete Peter. »Sie haben ja Recht.«

»Trotzdem«, beharrte Nick. »Ich war ein bisschen nervös.«

»Er ist Ihr Freund, nicht?«

Die Frage kam so plötzlich, dass Nick ganz automatisch nickte, und Peter fuhr fort: »Er ist kein guter Mensch.«

»Ich weiß«, antwortete Nick. »Unglücklicherweise ist er mein Boss.« Er blieb sehr ernst, als er diese Worte sagte, und er fragte sich gleichzeitig, warum er es überhaupt tat. Peters Worte enthielten eine Vertrautheit, die ihm nicht zustand.

Peter schien den Stimmungswechsel zu spüren, denn er sprach nicht weiter, sondern sah ihn nur noch eine oder zwei Sekunden fragend an und drehte sich dann endgültig herum, um zu gehen. Diesmal hielt Nick ihn nicht zurück.

Nora hatte ein mittelgroßes Wunder vollbracht. Obwohl selbst Peter behauptet hatte, dass es unmöglich sei, hatte sie die Küche aufgeräumt und zumindest einige der Elektrogeräte wieder in Gang gebracht, sodass sie am späten Nachmittag zu einer einfachen, aber sehr wohlschmeckenden Mahlzeit zusammenkommen konnten.

Überhaupt war der Rest des Tages weitaus angenehmer – und vor allem stressfreier – verlaufen, als Nick zu hoffen gewagt hatte. Cora und Frank hatten sich bis zum Abendessen praktisch nicht blicken lassen, aber offensichtlich hatten sie nicht nur im Bett gelegen, denn als sich Nick nach dem Essen – unter Noras missbilligenden Blicken, aber trotzdem mit großem Genuss – eine Zigarette anzündete, stellte Frank mit einem triumphierenden Lächeln seinen Laptop auf den Tisch, schaltete ihn ein und präsentierte ihm die ersten zehn Seiten seines neuen Skripts.

Und es war gut. Vielleicht war das die größte Überraschung überhaupt. Nick ließ die Zeilen mit wachsender Verblüffung über den kleinen Bildschirm des Computers rollen und wartete darauf, dass das Feuer, das er in den ersten Zeilen spürte, wieder erlosch, aber das geschah nicht. Im Gegenteil. Es wurde von Zeile zu Zeile besser.

»Nun?«, fragte Frank, als er zu Ende war und das Gerät ausschaltete. Er bemühte sich ein möglichst gelangweiltes Gesicht zu machen, aber Nick spürte seine Nervosität deutlich. Frank war ein Mensch, der Lob brauchte. Sogar wenn er selbst wusste, dass es nicht berechtigt war. Aber in diesem Fall war es berechtigt.

»Das ist phantastisch«, sagte er.

»Du übertreibst.« Offensichtlich hatte Nick noch nicht genug gelobt.

»Nein«, sagte Nick. »Es ist wirklich gut. Das ist wieder der alte Frank, den ich kenne. Wenn du so weitermachst, wird es ein grandioses Skript.«

Er sah aus den Augenwinkeln, dass Cora einen Kaugummistreifen auswickelte und in den Mund schob, während Nora ihn mit einem fragenden Stirnrunzeln ansah, als überlege sie, ob diese Worte wirklich ernst gemeint waren.

»Und ob es so bleibt!«, behauptete Frank. »Ich platze vor Ideen! Ich habe fast das komplette Buch fertig im Kopf. Ich glaube, ich mache heute Abend noch weiter.« Er klappte den Laptop mit einem Knall zu und grinste über das ganze Gesicht. »Ich nehme alles zurück, was ich über dich gesagt habe – und sogar das meiste von dem, was ich gestern und heute über dich gedacht habe.«

Nick blickte fragend und Cora bemühte sich ohne großen Erfolg eine Kaugummiblase zu produzieren.

»Dieses Haus ist zwar eine Ruine, aber es scheint mich zu inspirieren«, erklärte Frank.

Das hatte Nick bereits gespürt, als er Franks Text las. Die Geschichte begann auf einem Dachboden, der ziemlich viel mit dem gemein hatte, auf dem sie heute Morgen gewesen waren.

»Nur das Haus?«, fragte Cora.

»Natürlich nicht, Liebling«, antwortete Frank zynisch. »An dir gibt es auch zwei oder drei Dinge, die mich inspirieren. Wenn auch nicht unbedingt dazu, Geschichten zu schreiben.« Er machte eine fast herrische Geste und wechselte wieder das Thema. »Aber du hast vollkommen Recht, Nick: Der alte Frank ist wieder da und ich kann dir sagen, er ist besser in Form denn je. Was haltet ihr davon, wenn wir diese Wiedergeburt heute Abend ein bisschen feiern?«

»Feiern?« Die Aussicht noch einmal nach Crailsfelden hineinfahren zu müssen, um etwas zum Feiern zu besorgen, stimmte ihn nicht gerade fröhlich. Außerdem war er nicht einmal sicher, ob um diese Uhrzeit in einem Kaff wie Crailsfelden noch ein Geschäft geöffnet hatte.

»Hältst du das für klug?«, fragte er vorsichtig. »Ich meine: Wenn man einmal eine Serie hat, sollte man sie nicht unterbrechen, sondern laufen lassen, oder?«

»Sei nicht langweilig«, antwortete Frank. »Außerdem habe ich nicht gesagt, dass ich mich sinnlos voll laufen lassen will. Ich sprach von feiern.«

Was auf dasselbe hinauslaufen würde, dachte Nick. Aber er sparte es sich zu widersprechen. In dieser Beziehung war Frank wie ein kleines Kind: Wenn er seinen Willen nicht bekam, schaltete er auf stur.

»Fahr in die Stadt und besorg ein paar Sixpacks«, sagte Frank. »Die beiden Frauen und ich sehen uns inzwischen nach einem Zimmer zum Feiern um. Es sind ja genug da.«

»Lasst euch von Peter die Räume zeigen, die ihr benutzen dürft«, sagte Nick, mehr an Nora als an Frank gewandt. Er hatte ihr erzählt, was er von Peter erfahren hatte. Sie antwortete mit einem Blick, der ein Stück Kohle zum Gefrieren gebracht hätte, und Nick entschuldigte sich in Gedanken bei ihr. Die Vorstellung, mit Frank und Cora allein hier bleiben zu müssen, stimmte sie offenbar nicht besonders fröhlich.

»Ich beeile mich«, versprach er.

Ganz wie er erwartet hatte, hatte an einem Samstagnachmittag in Crailsfelden kein Geschäft mehr geöffnet. Aber es gab eine kleine Tankstelle, nur einen viertel Kilometer außerhalb der Stadt, an der er ein paar Knabbereien, eine halbe Kiste Cola und genau das besorgte, was Frank ihm aufgetragen hatte: zwei Sechserpacks Bier. Kleine Dosen. Genug, um fröhlich zu werden, aber nicht genug, um sich richtig zu betrinken. Auch, wenn Frank das anders sah, war er der Meinung, dass sie die Glückssträhne nicht unterbrechen sollten. Was Frank ihm vorhin gezeigt hatte, war gut. Vielleicht, wenn er ihn richtig motivierte, würde er in ein, zwei Wochen das Skript fertig haben, das sie beide so dringend brauchten, und dann ...

Adieu, Crailsfelden, und vor allem: Adieu, Frank. Auf hoffentlich Nimmerwiedersehen.

In einer Beziehung hielt er nicht Wort: Er beeilte sich nicht, sondern ließ sich im Gegenteil eine Menge Zeit. In der Tankstelle investierte er eine gute Viertelstunde, um ein Schwätzchen mit dem Tankwart zu halten und auf diese Weise vielleicht ein wenig mehr über das Haus und vor allem seine Vorgeschichte herauszufinden. Allerdings ohne Erfolg. Der Mann konnte ihm kaum mehr sagen, als er bereits von Peter wusste. Der ehemalige Besitzer des Hauses war ein Sonderling gewesen, der die letzten zehn Jahre seines Lebens ausschließlich den Vögeln gewidmet und Menschen gemieden hatte, wo es nur ging.

Er fuhr nicht auf dem direkten Weg zurück, sondern machte eine zweite, gemächliche Runde durch den Ort, ohne dabei mehr zu entdecken als beim ersten Mal. Crailsfelden war ein Kaff, das von Gott und der Welt verlassen zu sein schien. Wären nicht die Fernsehantennen und Satellitenschüsseln gewesen, die Tankstelle und die sauber asphaltierte Straße, hätte der Ort genauso gut aus dem letzten oder vorletzten Jahrhundert stammen können. Oder auch aus dem vorvorletzten. Das einzig Interessante war die verbrannte Ruine in seiner Mitte. Nick spielte einige Minuten ernsthaft mit dem Gedanken hinaufzufahren und sie etwas genauer in Augenschein zu nehmen, verschob diese Idee aber auf später. Nur für den Fall, dass Frank eine weitere Inspiration brauchte. Schließlich konnte er nicht damit rechnen, dass er jeden Morgen fast vom Dach fiel.

Was er schon einmal erlebt hatte, wiederholte sich: Als er sich dem Haus näherte, wurde er immer langsamer, ohne es auch nur zu merken. Es begann zu dämmern. Im blasser werdenden roten Licht des Abends erschien das Haus wie ein schwarzer, tiefenloser Scherenschnitt, in dem die beiden einzigen erleuchteten Fenster wie herausgestanzte, gleißende Löcher wirkten. Zahllose winzige dunkle Punkte umtanzten das Dach. Vögel. Die Spatzen, die sie am Morgen gesehen hatten. Kein Wunder, dass Frank und Cora kein Auge zugetan hatten, dachte Nick. Es war unmöglich, die Zahl der Tiere auch nur zu schätzen, aber sie ging mit Sicherheit eher in die tausende als in die hunderte.

Benahmen sich Vögel so? Nick hatte keine Ahnung, bezweifelte es aber instinktiv. Vogelschwärme waren eine Sache, aber dass sich tausende von Sperlingen zusammenfanden und wie ein Fledermausschwarm in einem alten Dachstuhl nisteten, hatte er noch nie gehört.

Andererseits, dachte er spöttisch, gehörte ihnen das Haus. Immerhin hatten sie es ganz offiziell geerbt.

Er parkte den Wagen ein gutes Stück weiter vom Haus entfernt als nötig, nahm die beiden Plastiktüten mit seinen Einkäufen vom Beifahrersitz und stieg aus. Als er die Tür abschloss, stellte er sich dabei so ungeschickt an, dass er den Schlüsselbund fallen ließ. Mit einem gemurmelten Fluch bückte er sich danach, tastete einen Moment blind im Gras herum und fand ihn.

Etwas berührte mit einem weichen, sonderbar gedämpften Laut den Wagen. Nick sah hoch und hätte um ein Haar aufgeschrien.

Unmittelbar vor seinem Gesicht hockte ein winziger Spatz. In der Dunkelheit war das Tier selbst kaum mehr als ein Schatten, der eigentlich nur zu erkennen war, weil er sich gegen den hellen Lack des Wagens abhob. Trotzdem konnte er seine Augen deutlich erkennen.

Etwas lag in diesem Blick, was nicht hineingehörte. Keine Intelligenz. Keine verschlagene Schläue oder irgendetwas Böses, Dämonisches. Nichts von alledem, was in einem von

Franks Manuskripten gestanden hätte, hätte er diese Szene beschrieben. Und trotzdem … war da etwas.

Nick konnte es nicht in Worte fassen, aber es war da. Und es machte ihm Angst.

Er rief sich in Gedanken zur Ordnung. Es war nur ein Vogel, mehr nicht. Ein harmloses kleines Tier, das mit Sicherheit sehr viel mehr Angst vor seinem Gegenüber hatte als Nick umgekehrt. Er begann hysterisch zu werden. Ausgerechnet er! Er lachte nervös, richtete sich vollends auf und das Grinsen erstarrte auf seinen Lippen.

Der Vogel war nicht allein gekommen.

Auf den Kotflügeln, der Motorhaube, dem Dach und dem Kofferraum, überall auf dem Wagen, saßen winzige geflügelte Bälle, die ihn aus schimmernden Knopfaugen anstarrten. Und nicht nur sie. Plötzlich wurde ihm klar, dass auch die Wiese, auf der er den Volvo geparkt hatte, nicht mehr leer war. Überall rings um ihn herum hockten Vögel. Hunderte.

Keines der Tiere bewegte sich oder gab auch nur den mindesten Laut von sich. Sie hockten einfach da und starrten ihn an und es dauerte nur eine Sekunde, bis aus Nicks Unbehagen etwas wurde, was verdächtig an nackte Angst grenzte.

»He«, sagte Nick nervös. »Was … was soll denn das? Ich meine: Habe ich was falsch gemacht? Stehe ich vielleicht auf eurem Parkplatz oder so was?«

Die Vögel reagierten weder auf seine Bewegung noch auf den Klang seiner Stimme, sondern starrten ihn weiter an. Es war unheimlich. Und es machte ihm mit jeder Sekunde mehr Angst. Sein Herz schlug so hart, dass er es bis in die Fingerspitzen fühlen konnte. Diese Vögel waren nicht zufällig hier. Er war nicht versehentlich in irgendein Familientreffen bei Spatzens hineingestolpert. Sie hatten eindeutig auf ihn gewartet. Und sie blickten auch nicht zufällig oder aus reiner Neugier in seine Richtung, sondern starrten ihn an.

Aber warum?

Natürlich war das Unsinn. Vögel taten so etwas nicht. Es musste irgendeine natürliche Erklärung für dieses seltsame Verhalten geben. Und trotzdem stand er da, spürte die Blicke der Tiere wie die Berührung unzähliger winziger kalter Hände auf sich und versuchte mit aller Kraft sich nicht vor Angst nass zu machen. Zu seiner eigenen Überraschung hörte er sich sagen: »Es ist alles in Ordnung, Leute. Versteht ihr? Ich meine: Wir wollen euch nicht stören. Wir bleiben nur ein paar Tage und wir respektieren euer Gebiet. Das Haus ist schließlich groß genug für uns alle. So etwas wie heute Morgen kommt nicht noch einmal vor. Versprochen.«

Die Vögel starrten ihn weiter an. Fünf Sekunden. Zehn. Eine gute halbe Minute verging weiter in absoluter, unheimlicher Stille, dann erhob sich der erste Vogel mit raschen Flügelschlägen in die Luft und alle anderen folgten ihm. Für einige Augenblicke schien das Universum nur noch aus schwirrenden Flügeln und flatternder hektischer Bewegung zu bestehen, dann war der Spuk vorbei.

Nick starrte dem Vogelschwarm fassungslos nach. Seine Finger zitterten plötzlich so stark, dass er Mühe hatte die beiden Plastiktüten zu halten. Nachdem das Geräusch des Vogelschwarms verklungen war, war es beinahe noch stiller geworden und er hätte erleichtert sein müssen, aber das Gegenteil schien der Fall. Das unheimliche Erlebnis hatte ein Gefühl in ihm hinterlassen, mit dem er so schnell nicht fertig werden würde.

Unsicher drehte er sich noch einmal im Kreis, sah aber keine weiteren Vögel mehr und machte sich schließlich auf den Weg zum Haus. Das war lächerlich. Hatte er gerade wirklich mit Spatzen geredet?

Er schüttelte den Kopf und zwang ein Grinsen auf seine Lippen, das Äquivalent eines nervösen Pfeifens. Seine Schritte wurden schneller. Noch ein bisschen mehr und er wäre gerannt.

Das Haus kam ihm sonderbar leer vor, als er es betrat, und auf schwer fassbare Weise verändert. Düsterer?

Nick schüttelte ärgerlich den Kopf. Das Haus hatte sich in keiner Weise verändert. Er hatte etwas mit hereingebracht, aber es war nichts Unheimliches oder gar Mystisches, sondern nichts anderes als eine gehörige Portion Hysterie.

Er rief laut zuerst Noras, dann Franks Namen, bekam keine Antwort und ging mit schnellen Schritten zur Treppe. Kurz bevor er sie erreichte, gewahrte er einen Lichtschimmer, der unter einer der Türen hervordrang. Mit einem unguten Gefühl registrierte er, dass es sich um eines der Zimmer handelte, die sie nicht gemietet hatten. Vogelgebiet.

Nick verscheuchte den Gedanken. Er ärgerte ihn. Gut, sein Erlebnis war unheimlich gewesen, aber er würde eine Erklärung dafür finden. Und selbst wenn nicht, machte er es nicht besser, wenn er mehr hineingeheimniste, als darin war.

Er öffnete die Tür und blieb verblüfft stehen.

Es war eines der Zimmer, die er tagsüber inspiziert hatte, aber er erkannte es kaum wieder. Die weißen Tücher, mit denen die Möbel abgedeckt gewesen waren, waren verschwunden und Frank und die beiden Frauen hatten bereits den schlimmsten Staub entfernt und einen Teil des Mobiliars umgruppiert: Zwei kleine Couchs und ein Tisch waren vor den Kamin gerückt worden und Frank hatte sein Kofferradio aus dem Zimmer geholt und eingeschaltet. Die Musik war das übliche Techno-Gedudel, das Frank zwar ebenso wenig mochte wie er, aber trotzdem fast ununterbrochen hörte – wahrscheinlich, weil er glaubte, es verleihe ihm ein jugendliches Image. Was es nicht tat. Frank hatte die vierzig schon seit einer geraumen Weile hinter sich, und man sah es ihm an.

Nora kam auf ihn zu, blieb mitten in der Bewegung stehen und sah ihn fast erschrocken an. »Nick? Was ist los? Du … siehst aus, als hättest du ein Gespenst gesehen!«

Sah man es ihm so deutlich an? Nick zwang sich zu einem Lächeln und hob die Schultern. »Ein Kaninchen«, log er. »Ich hätte es fast überfahren. Aber keine Angst – es ist nichts passiert.«

Frank sah ihn stirnrunzelnd an und Nick fügte rasch hinzu: »Dem Wagen ist auch nichts passiert.« Er lud die beiden Plastiktüten auf dem Tisch ab und sah sich mit offenkundiger Missbilligung um. »Würdet ihr mir verraten, was ihr hier tut?«

»Wir räumen auf«, antwortete Frank.

»Das meine ich nicht«, sagte Nick. »Ich meine dieses Zimmer. Wir haben hier eigentlich nichts verloren.«

»Jetzt mach dich nicht nass«, sagte Frank spöttisch. »Peter der Große ist nicht da und diesen blöden Geiern wird es wohl nichts ausmachen, wenn wir uns eines ihrer Zimmer leihen. Außerdem machen wir nichts kaputt.«

»Ganz im Gegenteil«, fügte Cora hinzu. »Wir haben aufgeräumt!«

Nick sparte sich eine Antwort. Davon abgesehen, dass er keine Lust hatte, sich mit Kaugummi-Cora zu streiten, hatte sie Recht. Das Zimmer hatte sich auf erstaunliche Weise verändert. Die wenigen Handgriffe, die die drei getan hatten, hatten aus einer Rumpelkammer ein fast behagliches Zimmer gemacht. Vor den hohen Fenstern hingen schwere, dunkelrote Samtvorhänge, die ihm zuvor nicht einmal aufgefallen waren. Der Kronleuchter unter der Decke funkelte, als wäre er frisch poliert.

Trotzdem hatte er kein gutes Gefühl. Es war albern. Durch und durch idiotisch. Und trotzdem war da das nagende Gefühl in ihm, dass er das Wort, das er den Vögeln gegeben hatte, nicht ungestraft brechen durfte.

»Ich … finde das nicht gut«, sagte er lahm. »Wir haben einen Mietvertrag, in dem eindeutig –«

»Jetzt reicht's«, unterbrach ihn Frank, nicht einmal lauter als bisher, aber mit einem scharfen Ton in der Stimme, den Nick nur zu gut kannte. »Über diesen so genannten Mietvertrag werden wir bei passender Gelegenheit noch reden. Wir zahlen einen Wucherpreis für zwei Zimmer, von denen eines nicht einmal richtig beheizt ist. Und wenn es Ärger gibt, dann bekomme ich ihn, nicht du.«

»Hört auf«, mischte sich Cora ein. »Müsst ihr unbedingt streiten?«

»Natürlich nicht«, sagte Frank. »Du hast Recht, Liebling. Kommt! Lasst uns einen draufmachen.« Er trat zum Tisch, blickte in Nicks Plastiktüte und machte ein enttäuschtes Gesicht. »Ist das alles?«

»Es wird schon reichen«, antwortete Nick. »Oder willst du

bis zur Besinnungslosigkeit trinken? Falls du das gesagt haben solltest, muss es mir entgangen sein.«

Frank holte tief Luft, um entsprechend zu antworten, aber diesmal war es Nora, die schlichtend eingriff. »Jetzt streitet euch nicht«, sagte sie. »Ich habe noch eine Flasche Champagner im Koffer. Eigentlich für eine besondere Gelegenheit, aber ich spendiere sie gerne.«

»Es ist eine besondere Gelegenheit«, behauptete Frank, ohne diese Worte jedoch weiter zu erklären. Er griff in die Tüte, nahm eine der Bierdosen heraus und riss sie auf.

»Können wir den Kamin anmachen?«, fragte Cora. Mit einem albernen Kichern fügte sie hinzu: »Das wäre doch toll. Ein kuscheliger Abend vor dem Kamin.«

»Wenn du auf Hustenanfälle stehst«, sagte Nick.

»Husten?«

»Er zieht garantiert nicht«, antwortete Nick mit einer entsprechenden Geste auf den Kamin. »Wir waren heute Morgen oben auf dem Dach.« Frank warf ihm einen beschwörenden Blick zu, aber plötzlich bereitete es Nick eine fast gehässige Freude, fortzufahren und ihr kleines Geheimnis vom Morgen aufzudecken: »Die Kamine sind hoffnungslos verstopft. Die Vögel nisten darin.«

»Ihr wart … auf dem Dach?«, fragte Cora stirnrunzelnd.

Frank ignorierte sie, gab sich aber alle Mühe Nick mit Blicken regelrecht zu durchbohren. Statt der erwarteten scharfen Bemerkung jedoch sagte er plötzlich: »Warum zündest du dir nicht eine Zigarette an?«

Nick sah ihn überrascht an, aber Frank nickte nur. »Das Zimmer ist groß genug. Es stört hier niemanden, wenn du rauchst.«

Nick war nun vollends verwirrt. Frank war normalerweise ein schon fast militanter Nichtraucher, der keine Gelegenheit ausließ ihn mit seinem Laster zu hänseln. Nach ein paar Sekunden zog er jedoch die Packung aus der Tasche, schnippte eine Zigarette heraus und zündete sie an. Frank wartete, bis er den ersten Zug genommen hatte, dann nahm er ihm die Zigarette aus der Hand, ging damit zum Kamin und hielt sie hinein. Der Rauch zog kerzengerade nach oben.

»Wie du siehst – er zieht einwandfrei«, sagte er.

»Und?« Nick nahm seine Zigarette wieder an sich, nahm einen tiefen Zug und blies den Rauch ganz zufällig in Franks Richtung.

»Dann können wir Feuer machen?«, fragte Cora hoffnungsvoll.

»Natürlich«, sagte Frank.

»Nein«, sagte Nick praktisch gleichzeitig.

»Und wieso nicht, wenn ich fragen darf?«, erkundigte sich Frank.

»Die Vögel.« Nick machte eine Geste zur Decke hinauf. »Sie nisten in den Kaminen, schon vergessen? Die Nester sind voller Junge.«

»Ist das wahr?«, fragte Cora.

»Ja.« Frank zuckte gleichmütig die Achseln. »Aber das ist kein Problem.«

»Willst du sie verbrennen?« Noras Stimme klang regelrecht entsetzt, aber Frank machte erneut eine rasche, beruhigende Bewegung.

»Natürlich nicht«, sagte er betont. »Ich habe sie gesehen. Sie sind längst flügge. Sobald ihnen der Hintern warm wird, fliegen sie garantiert davon.«

»Und wenn nicht? Du bist doch verrückt!«

»Ich weiß, was ich tue, Liebling«, sagte Frank zynisch. »Wir machen erst ein ganz kleines Feuer. Nur ein bisschen Rauch, mehr nicht. Gerade genug, um sie zu verscheuchen. Wir warten mindestens eine halbe Stunde, bis wir ein richtiges Feuer machen.« Er trank einen Schluck Bier, stellte die Dose auf den Tisch und packte rasch die beiden Plastiktüten aus. Er knüllte sie zusammen, legte sie in den Kamin und stapelte sorgsam einige Holzscheite um sie herum.

»Was wird das?«, fragte Nick misstrauisch.

»Kaminanzünder«, erklärte Frank. »Ganz bestimmt nicht im Sinne von Greenpeace, ich weiß. Aber wirkungsvoll. Eure kleinen Lieblinge werden sich die Seele aus dem Leib husten und machen, dass sie davonkommen.« Er hob den Arm und streckte die Hand in Nicks Richtung aus. »Leihst du mir dein Feuerzeug?«

Nick zögerte. Franks Idee klang geradezu haarsträubend – aber er musste gleichzeitig zugeben, dass sie wahrscheinlich funktionieren würde. Nora verdrehte die Augen und warf ihm einen Blick zu, dem er lieber nicht länger als eine Sekunde standhalten wollte.

»Also?«, fragte Frank. »Ich meine … ich kann auch nach oben gehen und mein eigenes holen.«

Es hatte keinen Sinn, die Situation noch zu verschärfen. Nick hatte nicht mehr die geringste Lust zu feiern und er war auch ziemlich sicher, dass es den anderen – Frank eingeschlossen – ebenso erging. Aber es gab keinen Grund, den Abend mit einem Streit enden zu lassen. Alles, was im Moment wichtig war, war Frank bei Laune zu halten. Und sei es nur, um diesen Alptraum so schnell wie möglich hinter sich zu bringen. Er griff in die Jackentasche und reichte Frank sein Feuerzeug. Mit einem schlechten Gewissen, aber er gab es ihm. Noras fassungslose Blicke, die ihn dabei verfolgten, taten beinahe weh.

Frank ließ das Bic aufflammen, beugte sich weiter vor und hielt die Flamme an eine Ecke der zusammengerollten Plastiktüte. Das weiße Plastik schmolz, begann mit winzigen blauen Flämmchen zu brennen und tropfte brennend auf das ausgetrocknete Holz hinab.

»Wenn dabei auch nur ein einziger Vogel zu Schaden kommt, reise ich auf der Stelle ab«, sagte Nora. Ihre Stimme bebte, aber Nick spürte, dass der Zorn darin viel mehr ihm galt als Frank. Er wich ihrem Blick aus und sah erst auf, als sie sich herumdrehte und mit schnellen Schritten aus dem Raum ging.

»Mach dir keine Sorgen«, sagte Frank. Er griff mit der linken Hand nach dem Kaminsims und zog sich ächzend daran in die Höhe. »Sie beruhigt sich schon wieder.«

»Sie hat Recht, weißt du?«, grollte Nick.

Frank zog eine Grimasse und beschränkte seine Reaktion darauf, einen Moment lang angestrengt ins Feuer zu blicken. Die Plastiktüten zerschmolzen langsam zu einem brennenden See, aber die Flammen breiteten sich nun auch auf das aufgestapelte Holz aus.

»Ich gehe nach oben und hole noch ein bisschen Brennholz«, sagte er. »Inzwischen könnt ihr euch ja beruhigen.«

Er ging. Nick starrte ihm zornig nach und drehte sich dann mit einem Ruck herum, um seine kaum angerauchte Zigarette ins Feuer zu schnippen. Cora sah ihm schweigend dabei zu, legte die Stirn in Falten und versuchte wieder einmal erfolglos eine Kaugummiblase zu produzieren.

»Muss das eigentlich sein?«, fragte Nick ärgerlich. Was er tat, war nicht unbedingt konstruktiv, aber er war nicht mehr in der Stimmung, sich zu beherrschen. »Es sieht widerlich aus.«

Cora zog die linke Augenbraue hoch. »Du kannst mich nicht leiden«, sagte sie.

Nick schluckte die Antwort herunter, die ihm auf der Zunge lag. Er wollte auf Cora herumhacken, aber sich nicht ernsthaft streiten.

Sie offensichtlich schon. »Ich frage mich nur, warum. Es ist wirklich nicht meine Schuld, wenn du mit Frank nicht klarkommst.«

»Wie kommst du auf die Idee?«, fragte er, ohne sich zu ihr herumzudrehen. Das Gespräch begann unangenehm zu werden, aber schließlich hatte er es selbst angefangen. »Frank und ich verstehen uns prächtig.«

»So?«, fragte Cora. »Da hat er mir etwas anderes erzählt.«

Nick drehte sich nun doch zu ihr herum. Er tat ihr nicht den Gefallen sie zu fragen, was er ihr erzählt hatte, aber ihr Anblick überraschte ihn. Sie kaute noch immer ihren Kaugummi, hatte noch immer ihre alberne Frisur und blickte ihn noch immer mit ihrem aufgesetzten Schlafzimmerblick an und doch schien er plötzlich einem vollkommen anderen Menschen gegenüberzustehen. Sie war nicht das blonde Dummchen, für das er sie gehalten hatte, und er begriff auch mit einem Mal, dass sie das niemals gewesen war. Sie spielte eine Rolle, und das perfekt, aber für einen ganz kurzen Moment hatte sie die Maske fallen gelassen. Nick war nicht einmal sicher, ob ihm das Gesicht dahinter wirklich besser gefiel.

»Wahrscheinlich ist es ein blöder Moment«, sagte sie,

»aber ich schätze, es wird kein besserer kommen. Nimm dich vor Frank in Acht. Er hat vor, dich abzuschießen.«

»Das kann er nicht«, sagte Nick impulsiv, wusste aber zugleich, dass das nicht stimmte. Es hatte Frank nie interessiert, was er konnte. Er tat es einfach. Als sie nicht antwortete, fuhr er in verändertem Ton fort: »Warum sagst du mir das?«

»Weil ich dich für ein überhebliches, eingebildetes Arschloch halte«, sagte Cora ernst. »Aber du bist nicht halb so schlimm wie er.«

»Warum verkaufst du dich an ihn?«, fragte Nick.

»Aus dem gleichen Grund wie du«, antwortete Cora. »Geld. Ein angenehmes Leben. Spaß ...« Sie zuckte mit den Schultern.

»Das ist ja wohl ein Unterschied!«, protestierte Nick. »Ich lasse mich nicht von ihm bumsen.«

»Oh doch«, antwortete Cora. »Und ob du das tust. Und du weißt das auch ganz genau. Ist nicht meine Sache. Ich habe dich gewarnt. Mach daraus, was du willst.«

Nick war verwirrt, gelinde ausgedrückt. Ihm war klar, dass er Cora vollkommen falsch eingeschätzt hatte – aber er konnte beim besten Willen nicht sagen, in welcher Richtung. Er war fast erleichtert, als Frank und Nora nach einigen Minuten zurückkamen, praktisch gleichzeitig, aber ohne ein Wort miteinander zu sprechen. Franks Arme waren mit Holzscheiten voll geladen, unter deren enormen Gewicht er sichtbar wankte, während Nora einen undeutbaren, aber alles andere als erfreuten Gesichtsausdruck zur Schau trug.

»Nun?«, fragte Nick. Er rührte keinen Finger, um Frank zu helfen.

Nora hob die Schultern. »Es ist zu dunkel, um etwas zu erkennen«, sagte sie. »Aber ich hoffe für euch zwei, dass er Recht hat und die Jungen wirklich schon flügge sind.« Du elender Feigling, fügte ihr Blick hinzu.

Frank lud das Feuerholz mit gewaltigem Getöse neben dem Kamin ab und blickte voller Befriedigung ins Feuer. Mittlerweile entwickelte das Feuer einen gehörigen Qualm, der aber zuverlässig abzog. Vielleicht war ja auch die ganze Aufregung umsonst gewesen, überlegte Nick. Schließlich hatten sie nur einen Kamin untersucht und das Haus verfügte über ein gutes halbes Dutzend. Möglicherweise waren ja nicht alle von den Vögeln okkupiert. Vielleicht ja sogar nur dieser eine, in den Frank hineingesehen hatte.

»Na, das brennt ja schon wunderbar!«, freute sich Frank. Er ging in die Hocke, rieb übertrieben die Hände aneinander und warf einen weiteren Scheit ins Feuer, obwohl es im Moment wirklich nicht nötig war. »Es geht doch nichts über ein gemütliches Feuer.«

Etwas fiel aus dem Kamin herab, prallte gegen den Scheit, den Frank gerade hineingeworfen hatte, und rollte vor seine Füße.

Es war ein Vogel. Ein junger Spatz, noch nicht ausgewachsen, aber bereits flügge. Cora stieß einen piepsigen Schrei aus und prallte erschrocken einen halben Schritt zurück und Nora wurde kreidebleich. Nick wollte die Hand nach dem Vogel ausstrecken, aber Nora kam ihm zuvor.

»Oh mein Gott!«, murmelte sie. »Das arme Tier!«

»Ich denke, es kann nichts passieren?«, fragte Nick spitz.

»Wahrscheinlich war er einfach zu langsam«, murmelte Frank. »Oder krank.«

»Nicht halb so krank wie du!« Nora warf ihm einen zornsprühenden Blick zu und konzentrierte sich dann wieder ganz auf den Vogel. Sie schob seinen winzigen Kopf mit dem kleinen Finger hin und her, hob einen seiner Flügel an und sog plötzlich scharf die Luft ein.

»Er lebt noch!«

»Wie?« Nick war mit einem Schritt bei ihr und blickte auf den jungen Vogel in ihrer hohlen Hand hinab. Das Tier atmete tatsächlich noch.

»Sein Flügel ist gebrochen«, sagte Nora. Sie funkelte Frank an. »Du dämlicher Idiot!«

»Was kann ich dafür, wenn sich das dumme Vieh den Flügel bricht?«, verteidigte sich Frank. »Jetzt hör aber auf!«

»Was du dafür kannst?!« Nora deutete mit einer wütenden Kopfbewegung auf das prasselnde Feuer. »Du und deine genialen Ideen! Weißt du, was passiert ist? Es war der Rauch! Deine idiotischen Plastiktüten! Der Qualm hat den Vogel nicht verscheucht, sondern bewusstlos gemacht! Den Flügel hat er sich erst gebrochen, als er heruntergefallen ist!«

»Unsinn«, sagte Frank. Es klang nicht besonders überzeugt.

»Und wenn noch mehr Vögel oben im Nest sind?«, fragte Cora.

»Dann werden sie gebraten. Bei lebendigem Leibe.« Nora legte das verletzte Tierchen behutsam auf den Tisch und drehte sich dann zum Kamin. »Wir müssen das Feuer ausmachen. Sofort!«

Es war unmöglich, und das musste ihr auch vollkommen klar sein. Das zundertrockene Holz brannte, als wäre es mit Benzin getränkt. Selbst wenn sie einen Eimer Wasser in den Kamin geschüttet hätten, würden sie das Feuer damit vermutlich nicht löschen. Auf jeden Fall nicht schnell genug, um die Jungvögel oben im Nest zu retten, sollte es wirklich noch welche geben.

Es gab sie.

Ein zweiter bewusstloser Vogel stürzte aus dem Kamin herab und landete diesmal direkt in den Flammen. Sein Gefieder fing auf der Stelle Feuer. Nick konnte Nora gerade noch zurückreißen, bevor sie die Hand ausstrecken und direkt ins Feuer greifen konnte, um den Vogel zu retten.

»Bist du verrückt?«, schrie er. »Was hast du vor? Dich verkrüppeln, um einen Spatz zu retten?«

»Aber du … «

Cora schrie gellend auf und auch Frank stieß einen erstickten Schrei aus und prallte einen Schritt zurück.

Der Vogel war nicht tot. Der giftige Rauch hatte ihn nur betäubt, wie das Tier, das Nora gerettet hatte, aber plötzlich sprang er mit einem qualvollen Piepsen auf, schlug mit den Flügeln – und flog brennend aus dem Kamin heraus!

Nora griff mit beiden Händen nach dem Tier, verfehlte es aber, weil sein Flug nichts anderes als ein unberechenbares Taumeln war. Der Vogel streifte Coras Schulter, überschüttete sie mit Funken und brennendem Gefieder und torkelte schließlich zu Boden. Nora setzte ihm nach, aber Nick war auch diesmal schneller: Er war mit zwei Schritten neben ihr, stieß sie fast grob zur Seite und tötete den Vogel mit einem gezielten, harten Fußtritt.

»Nick!«, keuchte Nora.

»Verdammt noch mal, was sollte ich tun? Zusehen, wie sich das arme Vieh weiter quält?« Er fuhr auf dem Absatz zu Frank herum. »Das Feuer aus! Sofort!«

Aber es war zu spät. Noch während sich der Ausdruck von Schrecken auf Franks Gesicht zu Ratlosigkeit wandelte, stürzte ein dritter Vogel in die Flammen, und dann ein vierter, fünfter ... Nick hörte auf, die Tiere zu zählen, die wie schwarze flaumige Hagelkörner herabprasselten und auf der Stelle Feuer fingen.

Nur die allerwenigsten blieben liegen.

Die Tiere stoben brennend, schreiend und wahnsinnig vor Schmerzen und Furcht aus dem Kamin heraus. Es musste ein Dutzend sein, wenn nicht mehr, und sie verwandelten das Zimmer binnen einer einzigen Sekunde in einen Alptraum. Cora schrie auf, als ein brennender Vogel ihr Haar streifte und es prompt zu schwelen begann. Nora machte eine Bewegung, die nichts anderes als Hilflosigkeit und Entsetzen ausdrückte, während Frank zu Cora sprang und mit beiden Händen auf ihren Kopf einschlug, um die Flammen zu ersticken, die aus ihren Haaren züngelten, und Nick sah mit einer Mischung aus Fassungslosigkeit und Entsetzen zu, wie sich das Dutzend brennender Vögel mit fast unheimlicher Schnelligkeit im Zimmer verteilte. Die meisten stürzten nach wenigen Metern zu Boden, wo sie hilflos zappelnd verendeten, aber zwei oder drei hatten auch noch die Kraft weiterzufliegen. Eines der Tiere landete auf der Couch und setzte augenblicklich das Polster in Brand. Zwei weitere steuerten blind vor Schmerzen die vermeintlich rettenden Fenster an und verfingen sich in den Vorhängen. Der uralte Samt ging fast explosionsartig in Flammen auf.

»Frank!«, brüllte Nick. Er wartete Franks Reaktion nicht ab, sondern stürmte los. Zwei der vier Meter langen Vorhänge standen bereits lichterloh in Flammen und das

Feuer fraß sich mit rasender Geschwindigkeit weiter in die Höhe.

Nick erreichte das Fenster, packte mit beiden Händen zu und riss den Vorhang mit einem solchen Schwung herunter, dass er sich in der nächsten Sekunde mit einem verzweifelten Sprung in Sicherheit bringen musste, um nicht unter brennendem Stoff begraben zu werden.

Beim zweiten Fenster hatte er weniger Glück. Er griff mit beiden Händen zu, ignorierte den tobenden Schmerz, als die Flammen über seine Hände strichen, und zerrte mit seiner ganzen Kraft. Brennende Stofffetzen und Putz regneten auf ihn herab, aber der Vorhang selbst hielt. Noch wenige Sekunden, und die Flammen würden sich bis zur Decke hinaufgefressen haben. Wenn sie die uralten Balken erreichten und in Brand setzten, war das ganze Haus verloren.

Frank stürzte herbei, warf sich mit ausgestreckten Armen in den Vorhang und riss ihn mit seinem puren Körpergewicht herunter. Er hatte weniger Glück als Nick vorhin und geriet unter den brennenden Stoff, der wie ein lodernder roter Wasserfall auf ihn herabstürzte, aber Nick war sofort bei ihm, fegte den Samtberg mit einem Fußtritt beiseite und schlug mit bloßen Händen die Flammen aus, die bereits aus Franks Jacke züngelten. Seine Hände schmerzten mittlerweile so grässlich, dass er kaum noch denken konnte.

Und es war noch nicht vorbei. Noch lange nicht. Immer mehr und mehr bewusstlose Vögel stürzten den Kamin herab und nur die wenigsten starben sofort in den Flammen. Der Raum war erfüllt von winzigen, lodernden Sternen, die torkelnde Flammenspuren durch die Luft zogen und alles in Brand setzten, was ihren Weg kreuzte. Nicht nur die Couch, sondern auch die beiden Sessel standen lichterloh in Flammen und selbst die Textiltapeten an den Wänden schwelten hier und da.

»Die Fenster!« Frank kam stöhnend auf die Füße und torkelte zu einem der beiden anderen Fenster. Die Vorhänge davor standen noch nicht in Flammen, aber es konnte nur noch Sekunden dauern, ehe die brennenden Vögel auch sie in Brand setzten.

Nick traute sich nicht zu, auch nur eine der Gardinen allein herunterzureißen, so schlimm, wie seine Hände zugerichtet waren, also folgte er Frank und half ihm, so gut er konnte. Sie brauchten nur wenige Augenblicke, auch die restlichen Gardinen herunterzureißen, und doch reichte dieser kurze Moment aus, auch noch den dritten Vorhang in Brand zu setzen. Während Frank mit hektischen Bewegungen die Flammen austrat, wagte es Nick zum ersten Mal, auf seine Hände herabzusehen. Er war überrascht. Die Verbrennungen waren nicht so schlimm, wie er angenommen hatte; und nicht annähernd so schlimm, wie der tobende Schmerz glauben machte.

Er biss die Zähne zusammen und lief zu den beiden Frauen hin. Die linke Seite von Coras Frisur hatte sich in hässliche schwarze Schlacke verwandelt, und ihre Wange war gerötet. Vermutlich sah es schlimmer aus, als es war. Und wenigstens Nora war nicht verletzt. Sie schien sogar als einzige einen einigermaßen kühlen Kopf bewahrt zu haben, denn sie versuchte nicht die Flammen mit bloßen Händen zu bekämpfen, wie es Nick und Frank in ihrer Panik getan hatten, sondern hatte einen der heruntergerissenen Samtvorhänge herbeigezerrt und erstickte die Flammen, die aus einem der Sessel schlugen, mit dem schweren Stoff.

Nick sah hastig zum Kamin. Noch immer hagelte etwas Dunkles, Formloses prasselnd in das Feuer herab. Aber es waren nun keine Vögel mehr. Nick benötigte eine oder zwei Sekunden, um zu begreifen, dass es Teile des Nestes waren, die offensichtlich unter der ungeheuren Hitze auseinander brachen und in den Kamin stürzten. Die meisten Vögel waren mittlerweile tot. Nur noch sehr wenige Tiere taumelten brennend durch die Luft. Die meisten lagen reglos oder verendend am Boden.

Trotzdem war die Gefahr keineswegs vorüber. Die Tapeten brannten an einem halben Dutzend Stellen und auch der Parkettboden vor dem Kamin hatte Feuer gefangen. Die Hitze war unerträglich und die Luft war so voller Qualm, dass sie ununterbrochen husten mussten.

»Nick!«, schrie Nora. »Verdammt noch mal, hilf … « Sie

sah auf seine Hände, riss erschrocken die Augen auf und sagte mit Nachdruck: »Ach du Scheiße!«

»Halb so schlimm«, log Nick. Er versuchte den Schmerz in einen abgelegenen Winkel seines Bewusstseins zu drängen (was ihm zu seiner Überraschung sogar einigermaßen gelang), lief zu ihr und half ihr dabei, einen zweiten Vorhang herbeizuschleppen, mit dem sie das brennende Sofa löschen konnten.

Währenddessen löschten Frank und Cora die Flammennester, die sich in den Tapeten festgesetzt hatten, und anschließend erstickten sie mit vereinten Kräften die Flammen, die aus dem Fußboden schlugen. Es dauerte gute zehn Minuten, aber sie schafften es, die Flammen nach und nach ganz zu ersticken. Das Haus wurde kein Raub der Flammen.

Als sie fertig waren, taumelte Cora hustend und qualvoll nach Luft ringend zum Fenster, um es aufzureißen. Frank stürzte ihr nach, hielt sie grob am Arm zurück und versetzte ihr einen Stoß, der sie beinahe zu Boden geschleudert hätte. »Bist du wahnsinnig?«, schnappte er.

»Ich bekomme keine Luft mehr!«, protestierte Cora. »Willst du, dass ich ersticke?«

»Er hat Recht«, sagte Nora. »Ein einziger Luftzug und alles könnte von vorne losgehen. Hast du schon einmal das Wort Schwelbrand gehört?« Sie hustete, öffnete die Tür und wandte sich dann an Nick. »Wir müssen die Feuerwehr rufen.«

»Kommt nicht in Frage!«, sagte Frank scharf.

»Bist du verrückt?«, fragte Nora. »Das Feuer kann jederzeit wieder ausbrechen! Die Bude ist doch trocken wie ein Reisigbesen!«

»Dann überzeugen wir uns doch davon, dass nirgendwo mehr etwas glüht«, sagte Frank heftig. »Ich habe keine Lust eine Million dummer Fragen zu beantworten.«

»Das müssen wir sowieso«, sagte Nick müde. Von draußen stürmte frische, sauerstoffreiche Luft herein, sodass er wieder ein wenig freier atmen konnte. Aber wirklich nur ein wenig. Er hustete und fuhr fort: »Oder glaubst du etwa, Peter merkt nicht, was hier passiert ist?«

»Lass das meine Sorge sein«, sagte Frank herrisch. »Mit diesem Dorftrottel werde ich schon fertig. Wir ruhen uns einen Moment aus und dann inspizieren wir diesen Raum gründlich. Basta!«

»Nein«, sagte Nora. Ihre Stimme klang müde, aber trotzdem sehr entschlossen.

Frank blinzelte. »Wie?«

»Nein«, wiederholte Nora. »Das mache ich nicht mit. Es reicht mir.«

»Was wird das?«, fragte Frank. »Ein Zwergenaufstand? Nick, bring deine Kleine zur Räson, bevor ich es tun muss.«

Nick kam nicht einmal dazu, zu antworten. »Es ist vorbei, Frank«, sagte Nora ruhig. Sie sah Nick nicht einmal an. »Ich weiß nicht, wie Nick es sieht, aber ich gehe. Ich werde jetzt ins Dorf hinunterfahren und die Feuerwehr alarmieren. Und von dort aus fahre ich nach Hause.«

»Und womit, wenn ich fragen darf?«, fragte Frank kalt. »Es ist mein Wagen.«

»Dann gehe ich eben zu Fuß. So weit ist der Weg ja nicht.«

Franks Gesicht verfinsterte sich unter der Maske aus Ruß und Schmutz noch weiter. »Wenn du das tust, schmeiße ich deinen Mann raus, Schätzchen.«

Nora lachte bitter. »Weißt du, Schätzchen, wenn Nick auch nur eine Sekunde länger für dich arbeitet, dann … «

»Hört auf«, sagte Cora und irgendetwas war in ihrer Stimme, das Frank und Nora tatsächlich verstummen und sich zu ihr herumdrehen ließ.

Cora war ans Fenster getreten, während sich die beiden gestritten hatten. Sie stand stocksteif da, in einer Haltung, die ihr Erschrecken hundertmal stärker ausdrückte, als alle Worte es gekonnt hätten. Nick, Nora und Frank traten rasch neben sie und blickten durch die rußigen Scheiben hinaus.

Nick konnte nicht einmal sagen, was er wirklich empfand. Wenn es Entsetzen war, dann von einer Art, die er bisher noch nicht kennen gelernt hatte, und auch nicht wirklich in Worte fassen konnte.

Das Fenster ging auf den verwilderten Garten der Villa hinaus. Im blassen Licht des Mondes schienen die herbstlich blattlosen Büsche und Bäume zu bizarren Skulpturen geworden zu sein, die den fußballplatzgroßen Rasen wie unheimlich stumme Wächter umstanden.

Jedenfalls nahm Nick an, dass es Rasen war. Zu erkennen war es nicht, denn der Boden war schwarz von Vögeln.

»Großer Gott, was … was ist das?«, flüsterte Frank.

Niemand antwortete. Nick starrte fassungslos weiter in den Garten hinaus. Sein Herz schlug schwer und sehr langsam. Es waren tausende. Tausende und tausende und tausende von Vögeln, die vollkommen reglos dasaßen und zu ihnen hereinstarrten, auf die gleiche, unheimliche Art, auf die ihn die Vögel vorhin draußen beim Wagen angestarrt hatten.

»Aber das … das ist doch nicht möglich!«, stammelte Cora. »So etwas gibt es doch gar nicht!«

»Still!«, zischte Frank. »Keinen Laut. Und bewegt euch ganz vorsichtig.«

Er hatte Recht, erkannte Nick. Wenn sie den Vogelschwarm – und sei es nur durch eine unbedachte Bewegung – provozierten, war es aus. Das Fenster würde dem Ansturm dieser geflügelten Armee keinen Sekundenbruchteil standhalten.

»Wir gehen raus«, flüsterte Frank. »Rückwärts. Und ganz, ganz langsam. Vielleicht gibt es hier einen Keller oder irgendeinen anderen sicheren Raum. Los jetzt!«

Unendlich behutsam setzten sie sich in Bewegung. Nick versuchte erst gar nicht, eine rationale Erklärung für das zu finden, was sie erlebten. Es gab keine. Sie waren unversehens zu Darstellern in einem von Franks Filmen geworden.

Die Vögel rührten sich nicht, obwohl Nick sicher war, dass ihren aufmerksamen Blicken keine ihrer Bewegungen entging. Als sie den Raum bereits zur Hälfte durchquert hatten, blieb Cora jedoch wieder stehen und fragte: »Hört ihr das? Was ist das?«

Ein sonderbares, rasch lauter werdendes Rauschen war zu hören, ein Geräusch wie von einem gewaltigen Bienenschwarm, aber heller, seidiger.

»Es … kommt aus dem Kamin«, sagte Frank verblüfft. »Was … «

Es geschah viel zu schnell, als dass einer von ihnen auch nur einen klaren Gedanken fassen konnte, geschweige denn in diesem Moment begriff, was geschah. Das Geräusch schwoll zu einem dröhnenden Vibrieren an. Eine Wolke aus Ruß und Staub quoll aus dem Kamin – und dann fuhr eine kompakte Säule aus Dunkelheit den Kamin herab, stanzte wie der Stößel einer Hochdruckpresse in die heruntergebrannte Glut und explodierte zu einer brodelnden Wolke aus flatternder Schwärze, aus Krallen und Schnäbeln und Flügeln.

»Raus hier!«, kreischte Frank.

Sie waren vielleicht noch fünf Meter von der Tür entfernt und trotzdem hätten sie es beinahe nicht mehr geschafft. Hunderte, tausende, vielleicht zehntausende von Vögeln quollen aus dem Kamin und gleichzeitig hörte Nick ein gewaltiges Klirren und Bersten, als sich eine zweite, nicht weniger gewaltige Vogelarmee gegen die Fenster warf und sie zerschmetterte. Nick zog den Kopf zwischen die Schultern, riss schützend den linken Arm vor das Gesicht und wollte mit der anderen Hand nach Nora greifen, doch da hatte sie ihn bereits gepackt und auf die Tür zugerissen.

Sie brauchten nur zwei Sekunden, um die Tür zu erreichen und aus dem Zimmer zu stürmen, und trotzdem erschien es Nick hinterher wie ein Wunder, dass sie es überhaupt geschafft hatten. Die Luft war so voller flatternder Bewegung, Krallen und Schnäbeln und kleiner gefiederter Körper, dass sie sich fast wie durch eine kompakte, lebende Mauer kämpfen mussten. Winzige Schnäbel hackten auf Nicks Kopfhaut ein, bohrten sich in seine Hand und seine Stirn und noch winzigere Krallen zerrissen seine Haut, gruben sich in seine Haare und zerrten an seinen Kleidern. Eine Million mikroskopisch feiner Nadeln stachen auf seinen Rücken und seinen ungeschützten Nacken ein, jeder Schmerz für sich kaum der Rede wert, in der Gesamtheit aber war es unerträglich. Schnäbel hackten nach seinen Augen, bohrten sich tief in seine Ohrmuscheln und hieben nach dem empfindlichen Fleisch über seinen Fingernägeln. Der Aufprall der Vögel war wie ein Bombardement weicher, leichter Tennisbälle, kaum zu spüren, und trotzdem machtvoll genug, ihn taumeln zu lassen.

Nora ließ seine Hand los. Er strauchelte, fiel auf die Knie herab und schlug mit beiden Händen nach den Vögeln, die sich in seinen Haaren verkrallt hatten. Zwei, drei Tiere stürzten tot oder sterbend zu Boden, die anderen ließen endlich von ihm ab und flogen davon.

»Die Tür!«, schrie Nora.

Nick taumelte auf die Füße, aber was er sah, ließ ihn mitten in der Bewegung erstarrten.

Das Zimmer war verschwunden. Wo es sein sollte, tobte eine kompakte Masse aus lebender Schwärze, die sich in rasendem Tempo der Tür näherte. Er war einfach gelähmt vor Schrecken, unfähig, auch nur einen Finger zu rühren.

Gottlob reagierten Nora und Frank auch diesmal schneller als er. Mit vereinten Kräften packten sie die schwere Tür und schmetterten sie ins Schloss. Keine Sekunde zu früh, denn praktisch im selben Augenblick erbebte die massive Tür wie unter einem gewaltigen Schlag. Putz rieselte herab, und das Bombardement auf der anderen Seite hielt an. Es klang, als prassele weicher Hagel gegen das Holz.

Frank drehte den Schlüssel herum, trat zurück und wischte sich mit dem Unterarm das Blut aus dem Gesicht. Er bot einen grauenhaften Anblick. Jeder Quadratzentimeter seiner ungeschützten Haut war mit Rissen und Schrammen bedeckt. Sein Gesicht und seine Hände waren blutüberströmt und seine Kleider hingen in Fetzen. Cora und Nora sahen kaum besser aus und Nick war sicher, dass auch er keinen angenehmeren Anblick bot. Und dabei waren sie dem Angriff des Vogelschwarms kaum länger als zwei oder drei Sekunden ausgesetzt gewesen.

Umso erstaunlicher war es, dass der Angriff ebenso jäh wieder aufgehört hatte. Trotz allem waren hunderte von Vögeln mit ihnen durch die Tür herausgekommen, immer noch mehr als genug, um die Attacke fortzusetzen und sie wahrscheinlich zu töten. Die Tiere hatten sich jedoch einfach in der Halle verteilt und benahmen sich jetzt wieder ganz so, wie sich normale Spatzen benehmen sollten. Die meisten flatterten unter der Decke herum und suchten nach einem Ausweg, verschwanden am oberen Ende der Treppe oder hatten sich auf Türrahmen oder dem Treppengeländer niedergelassen.

»Unheimlich«, murmelte Nora. Sie kam zu ihm, streckte wortlos die Hand aus, um ihm auf die Füße zu helfen, und sah dann wieder zu den Vögeln hoch. »Ist alles in Ordnung?«

»Ich glaube schon«, murmelte Nick, er wankte. Es gab keinen Quadratzentimeter seines Körpers, der nicht wehtat. Seine Gedanken rasten so schnell, dass ihm fast körperlich schwindelte.

»Aber wie … wie ist denn das möglich?«, stammelte Frank. In seiner Stimme war ein schriller, hysterischer Ton, der Nick alarmiert aufsehen ließ.

Frank zitterte am ganzen Leib. Unter all dem Blut und Schmutz war er kreidebleich geworden und in seinen Augen flackerte etwas, das viel mehr als Hysterie war. »So etwas ist doch nicht möglich! So etwas … tun Vögel nicht! Niemals! Das kann es doch gar nicht geben. Vögel tun so etwas nicht!«

»Es sei denn, man gibt ihnen sein Wort und hält es nicht«, murmelte Nick.

Er hatte sehr leise gesprochen. Niemand hatte die Worte hören sollen, aber zumindest Nora hatte sie gehört, denn sie legte den Kopf schräg und sah ihn stirnrunzelnd und auf sehr nachdenkliche Weise an. Zu seiner Erleichterung sagte sie jedoch nichts.

»Wir müssen hier raus!«, wimmerte Cora. »Bitte!«

»Beruhige dich«, sagte Nick. »Wir sind sicher. Wenigstens im Moment.«

»Und wenn sie durch die Tür kommen?«

Nick antwortete nicht sofort, sondern maß die Tür mit einem langen, prüfenden Blick. Es war eine sehr alte – und entsprechend massive – Tür. Wahrscheinlich würden die kleinen Monster hindurchkommen, aber sie würden eine ganze Weile dafür brauchen. Ganz gleich, wie viele sie waren – die Tür bot nur Platz für eine bestimmte Anzahl von

Vögeln, die gleichzeitig mit ihren Schnäbeln auf das fünf Zentimeter dicke Holz einhacken konnten.

Irgendwo in der oberen Etage zerbrach ein Fenster. Eine Sekunde später antwortete das Klirren von Glas aus einem anderen Teil des Hauses und dann hörten sie wieder dieses unheimliche, seidige Rauschen. Keiner von ihnen musste fragen, was es bedeutete.

»Oh nein«, stöhnte Frank. »Nicht schon wieder. Raus. Raus hier! Raus hier!«

Die letzten beiden Worte hatte er geschrien, mit schriller, überschnappender Stimme. Bevor Nick oder einer der anderen ihn daran hindern konnten, fuhr er herum, stürzte durch die Halle und riss die Tür auf.

Womit Nick fest gerechnet hatte, geschah nicht. Der Bereich vor dem Haus war leer. Auf der schlammigen Wiese hockte kein einziger Vogel. Frank stürmte schreiend aus dem Haus, ohne angegriffen zu werden, und verschwand in der Dunkelheit.

Das seidige Rauschen war lauter geworden und als Nick hochsah, erkannte er, dass das obere Ende der Treppe verschwunden war, genau wie die Decke der Halle. Über ihnen brodelte ein lebendiger Himmel aus Flügeln und winzigen gefiederten Leibern.

Cora schrie gellend auf und rannte hinter Frank her und auch Nora fuhr herum und stürmte los. Der kochende Himmel aus Klauen und Schnäbeln begann sich auf sie herabzusenken.

»Nein!«, schrie Nick. »Nora, bleib hier!«

Er wusste nicht einmal, warum er das schrie. Er war halb wahnsinnig vor Angst, zu keinem klaren Gedanken mehr fähig. Aber er wusste einfach, dass sie das Haus nicht verlassen durften. Er konnte nicht sagen, was sie hier drinnen erwartete, aber draußen war es der sichere Tod. Er wusste es einfach.

Natürlich hörte Nora nicht auf ihn. Das Summen und Rauschen wurde lauter, verschluckte seine und Noras Schreie und der Raum schmolz buchstäblich zusammen, als sich der lebende Himmel auf sie herabsenkte. Nick legte einen verzweifelten Spurt ein, warf sich mit weit ausgestreckten Armen nach vorne und riss sie von den Füßen und noch bevor sie richtig auf den Boden aufschlugen, rauschte eine schwarze brodelnde Masse über sie hinweg.

Nicht einer der Vögel verletzte sie. Was wie eine zerschmetternde Faust hätte wirken können, drückte sie nur kraftvoll, aber trotzdem schon fast sanft zu Boden. Nick presste sich schützend auf Nora, verbarg das Gesicht zwischen den Armen und wartete darauf, in Stücke gerissen zu werden.

Es geschah nicht. Der rasende, lebendige Strom über ihnen hielt an, sicher länger als eine Minute. Es mussten unvorstellbar viele Vögel sein. Aber keiner von ihnen fügte Nick oder Nora auch nur einen Kratzer zu.

Als es vorbei war, blieb Nick noch zehn oder fünfzehn Sekunden lang reglos liegen, ehe er sich von Nora herunterwälzte und die Arme vom Gesicht nahm. »Bist du okay?«, fragte er.

Sie schüttelte ein paarmal den Kopf, ehe sie sich auf die Ellbogen aufrichtete. »Ja. Was ist passiert? Wieso … ?«

»Sie tun uns nichts«, unterbrach Nick sie. »Sie wollen nur Frank.«

Er deutete auf die offene Haustür. Der Himmel über dem Haus hatte sich verdunkelt. Millionen, dachte er. Es mussten Millionen sein. Genug Tiere, um dieses Haus dem Erdboden gleichzumachen, in wenigen Augenblicken. Der Schwarm, der Frank und Cora aus dem Haus gejagt hatte, gesellte sich zu ihnen, war plötzlich nur noch ein winziger Teil einer viel, viel größeren Masse. Es sah aus, als wäre der Himmel zum Leben erwacht.

Frank hatte mittlerweile den Wagen erreicht, riss den Schlüssel aus der Tasche und nestelte ihn mit ungeschickten, hastigen Bewegungen ins Schloss. Kurz bevor Cora ihn einholte, riss er die Tür auf, warf sich in den Wagen und schlug die Tür hinter sich wieder zu. Trotz der Dunkelheit konnte Nick erkennen, wie er mit der linken Hand die Verriegelung herunterdrückte, während er mit der anderen den Zündschlüssel ins Schloss rammte.

»Frank!«, kreischte Cora. »Mach die Tür auf! Um Gottes willen, mach doch auf!«

Frank startete den Wagen, ließ den Motor aufheulen und fuhr mit durchdrehenden Rädern los; so schnell, dass er prompt den Motor abwürgte. Cora wurde zu Boden gerissen, rappelte sich aber sofort wieder auf und stürzte hinter dem Volvo her.

»Frank! Lass mich rein! Bitteeee!«

Der Anlasser des Volvo arbeitete wimmernd und der Motor erwachte zum zweiten Mal röhrend zum Leben. Der Wagen machte einen regelrechten Satz nach hinten. Die Stoßstange traf Coras Schienbeine und Nick konnte hören, wie sie brachen. Die junge Frau wurde meterweit in die Höhe geschleudert, überschlug sich in der Luft und prallte mit fürchterlicher Wucht auf den Kofferraum des Volvo auf. Der Wagen kam mit einem Ruck zum Stehen. Unter den Hinterrädern spritzten Schlammfontänen hervor, als Frank mit brutaler Gewalt den Vorwärtsgang hereinhämmerte und Vollgas gab.

Diesmal würgte er den Motor nicht ab. Cora wurde vom Kofferraumdeckel herabgeschleudert, während der Volvo schlingernd an Tempo gewann.

Nick wusste, dass er es nicht schaffen würde. Er hatte keine Vorstellung, was geschehen würde, aber er war kein bisschen überrascht, als es geschah.

Der gigantische Vogelschwarm geriet in Bewegung. Es war ein schwerfälliges und trotzdem beinahe majestätisches Wogen, als bestünde es nicht aus unzähligen kleinen, sondern einem einzigen, gewaltigen Körper. Er stürzte sich nicht zur Gänze auf den Wagen, wie Nick halbwegs erwartet hatte. Stattdessen geschah etwas viel Unheimlicheres: Aus dem brodelnden Strom wuchs ein zitternder Tentakel hervor, der sich gleich einem riesigen, vielfach gebogenen Finger vom Himmel senkte und nach dem Wagen griff.

Glas splitterte. Durch die Nacht und das vibrierende Dröhnen des Vogelschwarms wehte ein gellender, unbeschreiblich qualvoller Schrei zu ihnen, dann wieder das Splittern und Bersten von Glas. Franks Schreie verstummten abrupt.

Nick konnte nicht erkennen, was im Wagen geschah. Der Volvo hatte keinen Innenraum mehr, nur eine zuckende, brodelnde schwarze Masse, die ihn zur Gänze ausfüllte. Trotzdem wurde er immer noch schneller und schoss, ziellos hin und her schlingernd, den Hügel hinab.

Als er den Weg zur Straße halb zurückgelegt hatte, explodierte er.

Es geschah nicht einfach so. Den Bruchteil einer Sekunde, bevor sich der Volvo in einen Feuerball verwandelte, konnte Nick sehen, wie hinter seinen eingeschlagenen Fenstern unzählige winzige Funken aufglommen. Er glaubte auch Frank zu erkennen, obwohl das natürlich vollkommen ausgeschlossen war: eine brennende Gestalt, die in reiner Agonie mit den Armen um sich schlug und mit verzweifelten Bewegungen versuchte, aus ihrem rasenden Metallsarg zu entkommen.

Der Wagen explodierte. Der Lichtblitz war so grell, dass Nick vor Schmerz aufstöhnte, obwohl er die Augen zusammenpresste. Flammen breiteten sich lodernd über den Himmel aus und nur einen Augenblick später regneten Millionen brennender Trümmerstücke auf den Rasen nieder. Wenigstens redete sich Nick ein, dass es brennende Trümmerstücke waren. Aber auch wenn er nicht hinsah, wusste er doch, dass sich viele von ihnen bewegten.

Wenigstens für eine Weile.

Sie fanden Cora gute fünfzig Meter von der Stelle entfernt, an der der Volvo explodiert war. Sie lag auf der Seite, hatte die verletzten Beine an den Körper gezogen und weinte vor Schmerz. Aber ihre Augen waren klar. Sie war bei Bewusstsein und sie spürte in aller brutalen Deutlichkeit, was mit ihr geschah.

»Bleib ganz ruhig«, sagte Nora. »Hilfe ist schon unterwegs. Keine Angst. Es kommt alles wieder in Ordnung.« Sie wandte sich an Nick. »Wir brauchen einen Krankenwagen.«

Nick starrte aus blicklosen Augen auf das brennende Autowrack. Das einzige Telefon weit und breit war das in Franks Volvo gewesen und er hatte einfach nicht die Kraft, jetzt aufzustehen und ins Dorf hinunterzulaufen, um jemanden zu alarmieren. Er redete sich ein, dass er die beiden Frauen nicht allein lassen konnte, aber das war nicht der wirkliche Grund.

»Geh schon!«, sagte Nora. »Ich bleibe so lange bei ihr.«

»Nein.« Coras Stimme bebte vor Schmerz, aber sie war trotzdem so klar, wie er sie bisher selten gehört hatte. »Haut ab! Beide! Ihr könnt mir … nicht helfen.«

»Unsinn!«, widersprach Nora, aber Cora schüttelte nur heftig den Kopf.

»Sie hat Recht«, sagte Nick leise. »Wir müssen hier verschwinden. Wir können gar nichts für sie tun. Und wir können das alles hier vor allem nicht erklären!«

»Feigling«, sagte Nora. Die Verachtung in ihrer Stimme war echt. Und sie tat weh.

»Aber Ihr Freund hat Recht«, sagte eine Stimme hinter ihnen. »Sie sollten ausnahmsweise einmal auf ihn hören.«

Peter Vanlo trat aus der Dunkelheit. Er trug seine gewohnten, zerschlissenen Kleider, sah übernächtigt und genauso ungepflegt wie immer aus und trotzdem hatte er sich verändert. Nick konnte nicht einmal sagen wie, aber die Veränderung war fast unheimlich und sie machte ihm Angst.

»Gehen Sie«, sagte er, »beide. Ich kümmere mich um ihre Freundin.« Er ließ sich neben Cora in die Hocke sinken und ergriff ihre Hand. Zum ersten Mal, seit Nick ihn kennen gelernt hatte, sah er ein Lächeln auf seinem verwitterten Gesicht.

»Aber …«

»Niemand wird Sie fragen, wo Sie gewesen sind, oder was passiert ist«, fuhr Peter fort. »Aber Sie sollten nicht bleiben. Jemand hat bestimmt das Feuer gesehen und Alarm geschlagen.«

»Geht schon«, stöhnte Cora. »Keine Angst. Ich schiebe alles auf Frank. Und jetzt haut endlich ab!«

Nick stand langsam auf und nach einem sekundenlangen, quälenden Zögern erhob sich auch Nora. Sie gingen wortlos den Hügel hinab, wobei sie den brennenden Wagen in weit größerem Bogen umgingen, als nötig gewesen wäre. Keiner von ihnen sprach ein Wort.

Als sie die Hauptstraße erreichten, hörten sie das dünne, noch weit entfernte Wimmern einer Sirene.

Aber vielleicht war es auch nur ein Vogel, der in die Nacht schrie.

Dieter Winkler

AMADONS OPFER

Dieter Winkler ist nicht nur mein ältester und bester Freund, sondern auch mein schlimmster Alptraum. Oder jedenfalls trägt er eine gehörige Portion Schuld an vielen meiner üblen Träume. Seit wir uns kennen, verbindet uns eigentlich ein *großes Hobby – die Liebe zur Phantastik. Wir haben sozusagen gemeinsam angefangen zu lesen, in perfider Kooperation unsere Lehrer in den Wahnsinn getrieben, indem der eine immer genau* das *Perry-Rhodan-Heftchen gekauft (und dem anderen geliehen) hat, das besagter Lehrer dem anderen gerade unter der Schulbank weg beschlagnahmt hatte. Mehr als eine Nacht haben wir spazierengehenderweise damit zugebracht, uns Geschichten von fremden Welten und grässlichen Aliens auszudenken, während unsere Altergenossen sich in Discos und nicht jugendfreien Kinovorstellungen herumgetrieben haben.*

Später sind wir das Ganze dann etwas ernsthafter angegangen. »Enwor« zum Beispiel, »meine« (... ja, ja ...) Fantasy-Welt, in der mittlerweile zehn umfangreiche Romane und eine Hand voll Kurzgeschichten spielen, ist unser gemeinsames *Kind.* Wer *von uns es nun eigentlich wirklich erfunden hat, weiß keiner mehr so genau. Jedenfalls war es von Kindesbeinen an beschlossene Sache, dass wir beide berühmte, erfolgreiche und wohlhabende Starautoren werden würden.*

Ich ging seinen Eltern mit meinen ersten literarischen »Ergüssen« auf den Wecker, und er meinen (wir entschuldigen uns hiermit in aller Form dafür: Ihr wart wirklich sehr *geduldig). Unsere Zukunft war klar und übersichtlich geregelt.*

Manchmal kommt es im Leben aber anders.

Während ich es vorzog, weiter mit selbstgebastelten Raumschiffmodellen zu spielen und tonnenweise Papier vollzukritzeln und Verleger damit zu bombardieren, wurde Dieter erwachsen, studierte und beging Verrat an der Heiligen Sache, indem er Ingenieur wurde und später dann als Computerjournalist Karriere machte. Wir haben noch das eine oder andere Buch zusammen geschrieben, aber bei ihm blieb es eben mehr Hobby.

Ich hasse es, wenn jemand sein Talent vergeudet. Von so etwas kriege ich Alpträume.

Und da Dieter Winkler, wie erwähnt, noch immer mein bester und liebster Freund ist, konnte er es nicht mehr mit ansehen, dass ich den Großteil meiner sauer verdienten Tantiemen zu meinem Psychoanalytiker tragen musste, um wenigstens dann und wann wieder eine Nacht durchschlafen zu können.

Also hat er wieder angefangen zu schreiben. Danke.

Nur – möglicherweise kriege ich ja jetzt von diesen Geschichten Alpträume …

Er hörte das Geräusch knackender Zweige hinter sich, ein Geräusch, als würde eine ganze Hundemeute durch den Wald stürzen. Ein Eichhörnchen huschte an ihm vorbei, neugierig und gleichzeitig ängstlich, und normalerweise wäre er ruhig stehen geblieben, um es nicht zu verscheuchen und ihm in Ruhe nachzusehen. Aber nicht jetzt. Das Eichhörnchen achtete sowieso nicht auf ihn, sondern hetzte in großen Sprüngen davon, aufgescheucht von dem gleichen Geräusch, das auch ihn in Angst und Schrecken versetzte.

Obwohl er wusste, dass er keine Sekunde verlieren durfte, blieb er einen Herzschlag lang wie erstarrt stehen. Sein Blick schweifte verwirrt in die Richtung, die er eben noch als Rettung betrachtet hatte. Fast schien es ihm, als würde das berstende Geräusch seines Verfolgers von dort kommen, aber dann war er sich wieder nicht sicher und glaubte das Krachen der Zweige dicht hinter sich zu hören. In seinem Kopf dröhnten die Angst und die Gewissheit, das nun alles aus war.

Doch dann lief er los. Es war, als hätten seine Beine den Befehl zum Loslaufen nicht aus seinem Kopf, sondern irgendwo anders her bekommen. Mit keuchendem Atem setzte er seine Flucht weiter in Richtung Waldrand fort. Seine Lungen schmerzten bei jedem Atemzug und seine Beine waren hart und verkrampft. Mit ein paar Schritten hetzte er eine Anhöhe hinauf, trampelte über Blaubeeren, Farn und ein Gewirr heruntergefallener Tannennadeln, Rindenstücke und abgebrochener Zweige. Die Bäume standen hier dicht aneinander gedrängt und tief sitzende Zweige peitschten ihm ins Gesicht. Er brach taumelnd durch das Unterholz, in der Hoffnung den Waldweg zu erreichen, der ihn zur Hauptstraße führen würde. Das Krachen der Zweige, das Stampfen seiner Füße und sein rasselnder Atem übertönten jedes andere Geräusch. Mit ein paar letzten Sätzen erreichte er das Ende der Anhöhe, schlug mit der linken Hand ein paar dichte Zweige zur Seite …

… und sah direkt vor sich die massige Gestalt Direktor Kleins aufragen. Von seinem eigenen Schwung getragen lief er geradewegs in ihn hinein.

Trotz des Kuchens und des dampfenden Kakaos, die auf dem Kaffeetisch vor ihm standen, fühlte sich Peter im höchsten Maße unbehaglich. Er warf einen verstohlenen Blick auf das Fenster, durch das das spärliche Licht des ausklingenden Herbsttages in das Wohnzimmer des Direktors fiel. Nur drei schnelle Schritte, eine Sekunde, um den Hebel zu öffnen, eine weitere, um das Fenster aufzureißen, um dann mit einem Satz in die Freiheit zu springen. Die Idee faszinierte ihn, aber sie hatte leider wenig Aussicht auf Erfolg. Direktor Klein saß ihm direkt gegenüber und beobachtete ihn aus seinen kleinen Schweinsäuglein. Sein träge wirkendes Gesicht verriet keine Regung, aber Peter wusste aus bitterer Erfahrung, dass sich hinter der gemütlichen Fassade höchste Aufmerksamkeit verbarg. Schon mehr als einmal hatte sich ein Schüler von dem gemütlichen Äußeren täuschen lassen. Er gehörte zu den Leuten, die immer genau das mitbekamen, was man vor ihnen verbergen wollte.

»Greif ruhig zu«, sagte Klein. »Du wirst die Stärkung gebrauchen können, nachdem du dich bei deiner lächerlichen Flucht so verausgabt hast.«

»Ich weiß überhaupt nicht, was Sie von mir wollen«, begann Peter.

»Wollen?« Der Direktor runzelte die Stirn. »Was meinst du mit ›wollen‹? Die Dinge sind halt so, wie sie sind, und weder du noch ich können daran etwas ändern.«

Peter verzog das Gesicht. Ihm brannten tausend Fragen auf der Seele, aber er ahnte, dass es sinnlos sein würde, sie Klein zu stellen. Wenn er irgendetwas angestellt hätte, etwas, das in die Kategorie grober Unfug fiel, dann hätte er Kleins Verhalten verstehen können. Zumindest ansatzweise. Aber so verstand er nur, dass es hier nicht mit rechten Dingen zuging. Was auch immer der Direktor von ihm wollte: Er würde sich nicht davon abbringen lassen.

»Ich nehme an, du möchtest wissen, warum ich auf dieser – eh – kleinen Unterredung bestehe.« Der Direktor nahm die Pfeife, die vor ihm auf dem Tisch lag, in die Hand und drehte sie einen Moment lang unschlüssig hin und her. Sein glattes, rundes Gesicht verzerrte sich, dann hatte er sich wieder in der Gewalt. »Aber ich denke, es ist besser, wir warten damit, bis die anderen da sind.«

»Welche anderen?«, fragte Peter.

»Nun.« Die Augen des Direktors wanderten nach oben, als suche er an der Zimmerdecke einen Halt. »Die anderen sind Freunde von mir, sehr gute Freunde sogar. Noch aus meiner Schulzeit.« Er lächelte leicht. »Du wirst es dir kaum vorstellen können, aber es gab einmal eine Zeit, da war ich nicht Direktor einer Schule, sondern ganz normaler Schüler, so wie du und deine Klassenkameraden. Und kurz nach dieser Zeit ist etwas geschehen. Etwas, das mich und meine Freunde immer wieder zusammenbringt und letztlich auch dazu führt, dass du jetzt mit mir hier in diesem Zimmer sitzt und ein Stück Kuchen vor dir hast, um das dich so manch einer beneiden würde. Wenn du den Kuchen nicht anrührst, lässt du dir wirklich etwas entgehen.«

»Warum erzählen Sie mir das alles?«, fragte Peter. Er wollte nichts hören, nichts von irgendwelchen Jugendgeschichten seines Direktors, nichts über die seltsamen Vorgänge der letzten Tage, und nichts darüber, warum ihn Klein nach der Schule zu einem Gespräch zu sich nach Hause gebeten hatte, um ihm dann, nach seiner Weigerung mitzukommen, auf dem Schulweg aufzulauern, ihn wie einen Verbrecher durch den Wald zu hetzen und ihn dann ungeachtet seiner heftigen Proteste hierhin zu bringen.

»Ich kann mir vorstellen, dass du verwirrt bist, aber das wird sich schnell legen, wenn du erst einmal alles weißt.« Er betrachtete stirnrunzelnd die Pfeife und legte sie schließlich wieder vor sich auf den Tisch.

»Ich will überhaupt nichts wissen«, sagte Peter trotzig. »Ich will ganz einfach nach Hause. Meine Mutter wird sich schon Sorgen machen.«

»Deine Mutter, ja«, sagte Klein. Er richtete den Blick wieder auf Peter. »Es tut mir Leid, dass deine Mutter auf und davon ist. Du hast es zurzeit bestimmt nicht leicht.«

»Woher wissen Sie davon?«, fragte Peter überrascht. Er spürte, wie sich sein Magen verkrampfte. Dass seine Mutter vor drei Wochen mit irgendeinem schmierigen Typen von der Tankstelle durchgebrannt war, wussten bislang nur er und sein Vater. Zumindest hatte Peter das bis jetzt geglaubt. Denn schließlich hatte sein Vater darauf bestanden, die Sache unter den Teppich zu kehren, getrieben von der verzweifelten Hoffnung, seine Frau würde schon nach wenigen Tagen zu ihm und ihrem Sohn zurückkehren. Peter hatte ihm hoch und heilig versprechen müssen niemandem ein Sterbenswörtchen zu verraten. Und er hatte sich daran gehalten.

»Nun, ich muss ja schließlich über meine Schüler Bescheid wissen, oder?«, fragte Direktor Klein.

Bevor Peter zu einer Entgegnung ansetzen konnte, hörte er ein Geräusch an der Haustür. Der Direktor erhob sich mit einer überraschend schnellen Bewegung und drehte sich um. Peters Herz schlug hart und heftig. Nun geh schon, flehte er in Gedanken. Sobald Klein das Zimmer verließ, hatte er eine reelle Chance durch das Fenster zu entkommen. Aber der Direktor schien seine Gedanken erraten zu haben. Er wandte sich wieder zu Peter um und lächelte traurig.

»Jetzt nehmen die Dinge ihren Lauf«, sagte er leise.

In diesem Moment wurde die Tür zum Wohnzimmer aufgestoßen und drei Männer betraten den Raum. Zwei von ihnen kannte Peter: Edgar Fischer, den dicklichen Inhaber des Eisenwarengeschäfts in Eikesbühl und Thomas Meier, Apotheker und tragendes Mitglied der Kirchengemeinde. Der dritte Mann war ihm unbekannt. Er war hoch gewachsen, Ende vierzig – mit dichtem blondem Haar und einem eckigen, freundlichen Gesicht. Die Männer nickten dem Direktor kurz zu und setzten sich wie selbstverständlich an den Tisch. Fischer betrachtete stirnrunzelnd den Kuchen und den Kakao, dann traf sich sein Blick mit dem Peters.

»Hallo, mein Junge. Das mit deiner Mutter tut mir Leid. Aber wir werden sehen, was wir machen können.«

»Vorsicht, Edgar«, sagte der Direktor und Peter bemerkte den warnenden Blick, den er dem Neuankömmling zuwarf.

»Was soll das eigentlich alles?«, fragte Peter. Seine Stimme klang schrill und übertrieben laut und er wurde sich bewusst, dass er fast schrie. »Was wollt ihr eigentlich alle von meiner Mutter?«

»Was wir wollen?«, fragte Meier. Seine Stimme klang hart und gepresst wie die eines Mannes, der unter großem Druck steht und trotzdem versucht die Kontrolle über sich zu bewahren. »Du siehst da etwas komplett falsch.«

»Schluss jetzt damit!«, unterbrach ihn Klein. Er setzte sich wieder Peter gegenüber. Ein kleiner Muskel unterhalb seines rechten Auges begann unmerklich zu zittern. »Ich bin noch nicht dazu gekommen, dem Jungen alles zu erzählen. Es gab ein paar … Probleme.«

»Probleme?«, lächelte Meier. »Was für Probleme?«

»Nun, Peter ist nicht ganz freiwillig mit mir gekommen.«

»Was soll das heißen?«, fragte Meier. »Ich dachte, es sei für dich kein Problem, den Jungen unter irgendeinem Vorwand hierhin zu bringen.«

»Ruhe!«, sagte der Mann, den Peter nicht kannte. »Wenn wir jetzt anfangen zu streiten, bringen wir das ganze Unternehmen in Gefahr.«

Peter fühlte sich immer unbehaglicher. Die vier Männer wirkten fast nervöser als er selbst und es schien irgendein schreckliches Geheimnis zu geben, das sie miteinander verband. Das Schlimme daran war, dass er im Mittelpunkt ihres Interesses stand. Der unnahbare und allmächtige Direktor Klein stopfte sich jetzt mit einer nervösen Geste seine Pfeife und Peter war sich nur zu deutlich dessen bewusst, dass etwas Furchtbares geschehen sein musste, um diesen Mann so zu erschüttern.

Aber vielleicht war ja auch noch gar nichts passiert, vielleicht stand das Ereignis, das ihn so beunruhigte, ja auch noch bevor. Ein nicht gerade beruhigender Gedanke.

Es war schnell dunkel geworden. Die Wohnzimmerlampe verbreitete ein fahles, unnatürlich wirkendes Licht. Peter saß stocksteif auf seinem Stuhl und starrte geistesabwesend auf den Becher mit dem kalten Kakao, von dem er bis jetzt keinen Schluck getrunken hatte. Es herrschte nahezu vollkommene Stille in dem Raum. Nachdem Fischer die Wahrheit, die »ganze, entsetzliche Wahrheit«, wie er es nannte, ausgesprochen hatte, lag sie wie ein erstickendes Tuch über ihnen. Die vier Männer schienen allesamt in Gedanken versunken zu sein, und es waren keine angenehmen Gedanken, konnten es nicht sein nicht, wenn an dem, was Fischer erzählt hatte, auch nur ein Quäntchen Wahrheit war.

Es war ungeheuerlich. Es war total bescheuert. Die Worte von vier ernst zu nehmenden Männern, von denen einer Direktor Klein war, wogen schwer; ansonsten hätte Peter das Ganze für das Produkt einer übersteigerten Phantasie gehalten. Es war typisches Dumme-Jungen-Gequassele, eine von diesen Geschichten, die man sich beim Anbruch der Dunkelheit in einem selbst gebauten Baumhaus erzählt oder mitten in der Nacht in einer Jugendherberge. Peter konnte die Geschichte nicht fassen und schon gar nicht die Rolle, die er in ihr spielen sollte. Und doch war irgendetwas in ihm, das ihn nicht eine Sekunde daran zweifeln ließ, dass das Ungeheuerliche einen Weg in die Realität gefunden hatte.

Er hatte gleich gewusst, dass ihn seine Mutter nicht einfach so verlassen würde. In der Ehe seiner Eltern hatte es in letzter Zeit bestimmt mehr Tief- als Höhepunkte gegeben, begleitet von seiner Angst, dass sich seine Eltern eines Tages trennen würden. Aber das hatte nie etwas daran geändert, dass er ein gutes Verhältnis zu beiden Elternteilen hatte. Und dass seine Mutter eines Tages weglief, mit irgendeinem dahergelaufenen Kerl durchbrannte, war ungefähr genauso wahrscheinlich, wie dass Mister Spock geradewegs aus einer alten Enterprise-Folge heraus in sein Zimmer spaziert kam. Er hatte sich schon gefragt, ob er irgendetwas getan hatte, das seine Mutter so stark verärgert hatte, dass sie sich ohne jedes Wort, ohne eine persönliche Verabschiedung aus seinem Leben stahl. Nein, das war Blödsinn, und er wusste es, er hatte es immer gewusst, vom ersten Augenblick an, und es hatte ihn fast in den Wahnsinn getrieben. Was auch immer seine Mutter vorgehabt hatte, sie hätte ihn zumindest unterrichtet, ihm versucht zu erklären, warum es für sie keinen anderen Weg gab.

»Uns bleiben nur noch knapp vier Stunden«, sagte Fischer. »Es wird Zeit, dass wir mit den Vorbereitungen beginnen.«

»Richtig«, sagte Klein, »wir werden tun, was getan werden muss.«

»Was muss getan werden?«, fragte Peter.

»Das haben wir dir doch gerade erklärt«, sagte der Mann, den Peter heute zum ersten Mal sah und der sich mit Henry Deyber vorgestellt hatte. »Wir müssen rechtzeitig an dem Ort der Begegnung sein und wir müssen uns verdammt gut vorbereiten, sonst holt uns allesamt der Teufel.«

Peter zuckte zusammen. Er wusste, dass das nicht nur so eine Redensart, sondern nahezu wörtlich zu verstehen war. Es war vielleicht nicht gerade der Teufel, mit dem sie es zu tun bekommen würden, aber der Unterschied war mehr eine Frage des Geschmacks als eine Frage des Ausmaßes des sie erwartenden Grauens. Peter war übel, so als müsse er sich jeden Moment übergeben, als habe er fünf Stück Kuchen gegessen und danach noch ein paar Tafeln Schokolade in sich hineingestopft. Dabei hatte er seit dem Frühstück nichts mehr gegessen. Es war etwas ganz anderes, das seinen Magen in Aufruhr versetzte: Die Gewissheit, an der Schwelle zu einem Abenteuer zu stehen, auf das er liebend gern verzichtet hätte. Seine Angst war viel größer als je zuvor, größer sogar als damals, als ihn die Horde schwarz gekleideter Jugendlicher angegriffen hatten, um ihn gnadenlos zusammenzuschlagen.

Das hier war etwas ganz anderes. Henry Deyber sah ihm geradewegs in die Augen, als erwarte er eine bestimmte Reaktion von Peter. Natürlich, er wollte wissen, ob er sich auf den Jungen verlassen konnte. Aber was, wenn die vier Männer nun wirklich verrückt waren? Was, wenn sie ihn mitten in der Nacht in den Wald schleppten und das einzige Grauen, das er da vorfand, von ihnen ausgehen würde? Aber Peter wusste, dass es keinen Unterschied machen würde. Nicht im Moment. Wenn sie ihm etwas antun wollten, dann hatte er sowieso keine Chance.

»So, Junge, bist du nun bereit oder nicht?«, fragte Henry Deyber.

»O. K.«, antwortete Peter. »Ich bin bereit und ich werde tun, was ich kann, um meine Mutter aus den Händen dieses Ungeheuers zu befreien.«

Henry Deyber nickte, als habe er nichts anderes erwartet. »In Ordnung, Junge. Und vergiss nie, wir haben es bereits einmal geschafft. Wir haben bereits eine Frau aus den Händen dieses Ungeheuers befreit. Die vier alten Männern, die du hier vor dir siehst, sind vielleicht die Einzigen, die überhaupt bemerken, wenn es zuschlägt. Vielleicht. Vielleicht gibt es aber noch mehr Menschen wie uns und wir können mit jedem Sieg, den wir über das Ungeheuer erringen, es schwächen und ein Stück aus unserer Welt drängen.«

Fischer nickte. »Das hoffe ich auch«, sagte er. »Und nun lasst uns gehen. Lasst uns vollenden, was vielleicht schon vor tausenden von Jahren begonnen hat.«

Meier ließ den Wagen langsam ausrollen und lenkte ihn in eine Lücke zwischen den Bäumen. Es hatte etwas Gespenstisches an sich, mit vier Männern durch die beginnende Dunkelheit übers Land zu fahren, zu denen er – mit Ausnahme Direktor Kleins – bislang kaum oder gar keinen Kontakt gehabt hatte. Sie hatten auf der Fahrt kaum ein Wort miteinander gesprochen und Peter hatte es vermieden, irgendeine Frage zu stellen, die ihn tiefer in die Sache mit hineinzog. Obwohl das natürlich Blödsinn war, denn er steckte so tief mit drin, wie es nur möglich war. Es war seine Mutter, um die es hier ging, und der Schuldirektor hatte es ihm eindeutig klargemacht, dass er deswegen für den Erfolg des Unternehmens unverzichtbar war.

Die Männer stiegen schweigend aus. Meier und Fischer gingen zum Kofferraum und holten die in dunkles Segeltuch eingeschlagenen Utensilien.

»Alles in Ordnung, Junge?«, fragte Henry Deyber.

Peter nickte automatisch, doch dann runzelte er die Stirn und schüttelte langsam den Kopf. »Nein«, sagte er leise. »Nichts ist in Ordnung. Gibt es nicht … irgendeine andere Möglichkeit?«

Deyber presste die Lippen aufeinander. »Nein«, sagte er schließlich. »Leider nicht. Wir müssen es auf diese Weise tun, sonst ist deine Mutter verloren.«

Peter atmete tief durch. Die ausgestoßene Atemluft bildete kleine, nebelähnliche Fetzen vor seinem Gesicht und ihm wurde mit einem Mal bewusst, wie kalt es war. Mit einer hastigen Bewegung schloss er den Reißverschluss seiner Goretex-Jacke. Die Männer machten sich auf den Weg und es blieb ihm nichts anderes übrig, als ihnen zu folgen.

Während sie dem gewundenen Verlauf des Wegs folgten, dachte Peter an das letzte Mal, als er seine Mutter gesehen hatte. Sie war in dieser abwesenden, zerstreuten Stimmung gewesen; der Wechsel zwischen aufdringlicher Mütterlichkeit und eisiger Kälte war ein neuer Wesenszug von ihr. Das Wechselbad ihrer Stimmungen hatte im Frühjahr begonnen, schleichend und fast unbemerkt. Mittlerweile war sie das, was man allgemein als launisch bezeichnete, obwohl es nicht genau ihre Stimmungen traf.

Sie war immer öfter … entrückt. Ja, dieses altmodische Wort passte gut zu ihrer Stimmung; Peter hatte einmal in einer Fernsehserie eine Frau gesehen, die von den anderen ständig als entrückt bezeichnet wurde. Seine Mutter war in letzter Zeit häufig in dem gleichen Zustand. Sie war dann kaum ansprechbar, reagierte nur widerwillig auf Fragen und blieb mitunter vollkommen die Antwort schuldig. Ihr Blick schweifte in die Ferne, aber es war nicht zu erkennen, ob es angenehme oder unangenehme Dinge waren, die sie vor ihrem inneren Auge sah.

Er war sich immer klar darüber gewesen, dass seine Mutter eine außerordentlich attraktive Frau war – vielleicht keine glänzende Schönheit wie Claudia Schiffer oder Demi Moore, aber dennoch mehr als hübsch. Sie besaß den Reiz der schmal gewachsenen jugendlichen Rothaarigen und die Unbekümmertheit eines Segelboots, das weit draußen am Rand einer Bucht mit dem Wind segelt. Die Männer begehrten sie, er wusste das, obwohl er nur ungern daran dachte. Es machte ihm Angst.

Und dann dieser Tag, kurz vor ihrem Verschwinden, als das Telefon geklingelt hatte und er vom Badezimmer in das Büro seines Vaters geeilt war, in dem das zweite Telefon stand. Es konnte nur Paul sein, der ihm mitteilen wollte, ob sie sich heute Nachmittag zum Fußball trafen. Hastig riss er den Hörer hoch, wollte sich gerade melden, als er merkte, dass er sich unfreiwillig in ein Gespräch eingeklinkt hatte. Eine Männerstimme sagte etwas und er begriff, dass er aus Versehen in ein Gespräch geraten war, dass seine Mutter schon im Wohnzimmer entgegengenommen hatte.

»Wir sollten uns nicht mehr sehen«, sagte die fremde Stimme gerade.

Die Stimme war ihm unbekannt. Seine Neugier war geweckt.

»Jemand ist in der Leitung«, sagte seine Mutter.

»Du leidest unter Verfolgungswahn«, sagte die Stimme. »Es würde zu nichts führen, wenn wir uns noch einmal sehen würden, Lisa. Das weißt du.«

»Peter, bist du das? Horchst du?«

Peter hielt den Atem an, aber er hängte nicht ein. Wenn seine Mutter noch einmal ein Knacken in der Leitung hören würde, wüsste sie nur zu genau, dass er gehorcht hatte; diese Blöße wollte er sich nicht geben. Außerdem wurde es jetzt richtig spannend.

»Lenk nicht ab«, sagte der Mann. »Peter hört nicht zu, das weißt du ganz genau.«

»Verdammt, bist du in der Leitung?« Die Stimme seiner Mutter klang scharf wie ein Messer, das mühelos durch Holz schneidet. Er hielt den Hörer ein Stück von seinem Ohr weg und kämpfte gegen die Versuchung, jetzt einfach aufzulegen und den spannenden Teil zu versäumen.

»Wie du willst«, sagte der Mann. »Aber mit deinem lächerlichen Verhalten änderst du gar nichts. Es hört uns niemand zu, es sind nur du und ich und dieses du und ich hört jetzt endgültig auf. Lebwohl.«

»He!«, schrie seine Mutter, aber dann knackte es in der Leitung, und ein paar Sekunden hörte er noch ihren Atem. Dann legte auch sie auf.

Peter warf den Hörer auf die Gabel, als wäre er eine giftige Schlange. Er stand da, mit weichen Knien, und er war sich nahezu sicher, was dieses Gespräch zu bedeuten hatte. Als er die Schritte seiner Mutter auf der Treppe hörte, reagierte er zu spät. Er eilte auf die Tür zu, aber seine Mutter kam ihm schon entgegen. Sie sah vollkommen aufgelöst aus. In ihren Augen schimmerten Tränen, ihr Gesicht war unnatürlich rot, aber ihr Mund war zu der wütenden Grimasse verzerrt, die Peter nur zu gut kannte und fürchtete.

»Na, Spion?«, fragte seine Mutter giftig. »Zufrieden mit dem, was du gehört hast?«

»Ich ... ich«, stotterte Peter.

»Ich, ich«, äffte ihn seine Mutter nach. »Mehr kannst du nicht sagen?«

»Ich ... Mir tut es Leid.«

»So, es tut dir Leid.« Seine Mutter stemmte die Hände in der Hüften und betrachtete ihn wütend. »Ist das alles, was du dazu sagen kannst?«

Der Streit war fürchterlich gewesen; seine Mutter hatte ihn beschimpft und er war kaum dazu gekommen, ihr zu erklären, warum er überhaupt abgehoben hatte. Ein paar Stunden später hatte sich seine Mutter bei ihm entschuldigt mit der Begründung, dass sie wohl übertrieben reagiert habe. Und sie hatte ihm das Versprechen abgenommen, dass er seinem Vater nichts erzählte. Ein paar Tage später war sie verschwunden.

Er begriff es trotzdem nicht.

Und jetzt war er hier, in einem unwirtlichen, ihm unbekannten Waldstück, weitab von Eikesbühl und der Schule, die Direktor Klein leitete, und die ihn und den Direktor zusammengebracht hatte. Zusammengebracht, um seine Mutter zu retten? Oder war es nur ein grausamer Witz von vier verschrobenen, alternden Männern, die ihn hierhin gelockt hatten unter einem abstrusen Vorwand, um … ja, um was?

Es machte einfach keinen Sinn. Die schreckliche Wahrheit war, dass er genau wusste, dass die Männer die Wahrheit gesagt hatten.

Sie kamen an eine Abzweigung; der Weg gabelte sich und verlor sich irgendwo in dem dichten Dunkel eng stehender Bäume. Ein kleiner Pfad führte hügelaufwärts, verschwand hinter einer Biegung im Gebüsch, während der breitere Weg gerade durch den Wald schnitt. Die Männer blieben unschlüssig stehen.

»Wo müssen wir jetzt lang?«, fragte Fischer.

»Ich glaube, es war der nächste Hügel«, meinte Meier.

Deyber schüttelte den Kopf. »Nein«, sagte er entschieden. »Auf gar keinen Fall. Es kann nur dieser Hügel sein.«

Peter wurde immer unbehaglicher zumute. Wenn sie noch nicht einmal wussten, wo sie hinmussten, konnte es ja heiter werden. Sie hatten schon einmal jemanden zurückgeholt, die eisige Umklammerung gesprengt, die vor vielen, vielen Jahren eine junge Frau in die Unendlichkeit des Grauens, in die andere, die böse Welt hatte reißen wollen, um sie selbst in etwas unvorstellbar Böses zu verwandeln. Damals waren sie erfolgreich gewesen. Aber was gab ihnen die Gewissheit es wiederholen zu können?

Deyber schritt den schmalen Pfad entlang und die anderen folgten ihm. Direktor Klein gab Peter einen Schubs in den Rücken und murmelte irgendetwas Unverständliches. Der Junge setzte sich widerwillig in Bewegung. Zuerst war er vollkommen in seinen Gedanken gefangen, doch dann hörte er etwas, und ein eiskalter Schauer überlief ihn. In das Geräusch ihrer Schritte mischte sich ein heller, singender Laut, zu schwach, um seinen Ursprungsort zu erkennen, aber laut genug, um ihn abrupt anhalten zu lassen.

»Hören Sie das auch?«, flüsterte Peter.

Klein prallte gegen ihn. Peter stolperte ein paar Schritte vorwärts und kämpfte verzweifelt um sein Gleichgewicht. Klein packte seinen Arm und hielt ihn im letzten Augenblick fest.

»Was ist das?«, fragte Meier.

Deyber, der jetzt direkt vor Peter war, zuckte mit den Achseln. »Keine Ahnung«, sagte er leise.

Das Geräusch hatte inzwischen abgenommen und war dann ganz verstummt. So sehr Peter sich auch bemühte, er hörte nichts mehr. Vielleicht hatte er sich auch getäuscht. Es war womöglich nichts weiter als ein Windstoß gewesen, der durch die dicht stehenden Bäume am Wegesrand gefahren war und ein Rascheln im Laub verursacht hatte.

»Gehen wir weiter«, sagte Deyber mit rauer Stimme.

Peter setzte sich wieder in Bewegung. Er fühlte nichts weiter als einen dumpfen Druck im Kopf und Nervosität, die durch die Anwesenheit der vier Männer eher noch verstärkt als gemindert wurde. Mit jedem weiteren Schritt begann sich sein Unbehagen zu verstärken; er konnte sich nicht des Eindrucks erwehren, dass er geradewegs in eine Falle lief.

Die Dunkelheit legte sich wie ein erstickender Schleier über den Wald und der Nebel, der in zerrissenen Fetzen herantrieb, verstärkte den Eindruck des Unwirklichen. Irgendwo über ihnen regte sich etwas. Er kniff die Augen zusammen und glaubte einen trüben Lichtschein zu sehen, etwas wie eine Taschenlampe, die durch die Bewegung ihres Trägers hin und her zu tanzen schien oder der Scheinwerfer eines Flugzeugs beim Landeanflug. Doch bevor er genauer erkennen konnte, was es war, verschwand der Schein auch schon wieder; ein huschendes Irrlicht in der Einsamkeit des Waldes.

Dafür trieben verstärkt graue, dünne Nebelfetzen den Pfad entlang und er spürte, wie die Feuchtigkeit in ihm hochkroch und sich in seinen Gliedern festzukrallen begann. Der Nebel senkte sich schnell und endgültig über den Pfad, wie eine überdimensionale Glasschüssel, die sie endgültig von der Außenwelt abschnitt.

Dann ging alles ganz schnell. Es ging so schnell, dass er zu spät die Gefahr begriff, in der er schwebte. Ein fernes Geräusch, das so leise war, dass er es kaum wahrnahm. Es war dem hellen Singen nicht unähnlich und doch anders, durchdringender und … gewalttätiger.

Er verlangsamte seine Schritte und wollte die Männer auf das Geräusch aufmerksam machen, aber dann …

Es war fast so, als blicke er durch die Dunkelheit auf eine Kinoleinwand. Vor ihm tauchte eine entsetzliche Gestalt auf. Skeletthafte Züge verzerrten sich zu einem höhnischen Grinsen, krallenartige Hände streckten sich ihm entgegen und plötzlich wurde etwas erhellt, etwas Großes, Massiges, das wie eine gigantische Spinne vor ihnen auf dem Pfad hockte. Für einen winzigen Augenblick sah er die Alptraumgestalt mit der Deutlichkeit, mit der man in einem schweren Gewitter für die Dauer eines Blitzes ein fernes Haus sieht. Er wollte schreien, aber er konnte es nicht. Der Kopf einer Alptraumgestalt, ein grotesk verunstaltetes Frauengesicht, mit grässlichen Auswüchsen am Kopf, Wucherungen, die aus Ohren und Nase quollen, zerfressenen Lippen, wie hingemalt stand es vor ihnen, einen winzigen Augenblick nur, dann zerriss es und löste sich in einem Wirbel bunter Farben auf.

»Oh mein Gott!«, schrie Fischer. »Was ist das?«

»Schnell«, keuchte Deyber. »Es dürfte eigentlich noch gar nicht beginnen. Wenn wir nicht rechtzeitig den Ort der Begegnung erreichen, ist alles verloren.«

Er gab Fischer einen Schubs. »Schnell! Wir müssen los!«

Peter riss sich aus seiner Erstarrung und rannte los. Es ist also wahr, schoss es ihm durch den Kopf. Schlagartig wurde er sich bewusst, dass sein Leben nie wieder so sein würde wie zuvor. Das, was hier geschah, sprengte alle seine Vorstellungen von Realität. Es war ein grauenvolles Stück Wirklichkeit, dessen Existenz er bislang immer geleugnet hatte. Und das Furchtbare daran war, dass er rettungslos in dieses aberwitzige Abenteuer verstrickt war. Der Rückweg war ihm versperrt. Er hätte sich nichts sehnlicher gewünscht, als jetzt im Wohnzimmer zu sitzen und diese Szene auf dem Bildschirm wegzappen zu können, wann immer er wollte. Ein vollkommen sinnloser Wunsch.

Sie beeilten sich, als sei ihnen der Teufel höchstpersönlich auf den Fersen. Die Anspannung der Männer war fast körperlich spürbar; ihre Bewegungen wirkten eine Spur zu hastig und unbeholfen, so, als treibe sie nur der Wunsch vorwärts, so schnell wie möglich wieder von hier verschwinden zu können. Der Pfad blieb auf ganzer Länge nebelfrei, aber die dichten Schwaden an den Seiten verdeckten fast vollständig den Blick auf den Himmel. Peter hatte jeden Zeitsinn verloren und es kam ihm vor, als ob er schon seit Stunden der in den Nebel geschlagenen Schneise folgen würde.

Dabei hatte er das Gefühl, geradewegs in sein Verderben zu laufen. Seine Mutter retten? Deyber hatte behauptet, dass ihr eine schreckliche Umwandlung bevorstand in irgendetwas, das sich mit dem Wort Hexe möglicherweise noch am präzisesten umschreiben ließ. Sie veränderte sich. Sie wurde zurückgeführt bis zum Anfangs- und Endpunkt ihrer Existenz und dabei geschah etwas Furchtbares mit ihr. Danach würde es sie nicht mehr geben, sie würde etwas anderes sein, ein Wesen, das mit allgemeinen menschlichen Vorstellungen nichts mehr gemein hatte.

Aber selbst wenn er geradewegs in sein Verderben lief, konnte er nicht mehr zurück. Eine unbekannte Kraft trieb ihn weiter und er ahnte, dass es so oder so zu einer Auseinandersetzung kommen würde. Die Kraft, die sich seine Mutter endgültig einverleiben wollte, würde auch vor ihm nicht Halt machen.

Schließlich lichteten sich die Baumreihen, der Pfad verbreiterte sich und lief in einem schlammigen Feldweg aus. Der Nebel, der über dem Wald lag, floss vor ihnen zurück und gab den Blick auf eine mondbeschienene Lichtung frei.

»Ist es das?«, fragte Fischer leise.

Deyber nickte.

Obwohl Peter noch nie hier gewesen war, wusste er, dass er am Ziel war. Er spürte fast körperlich die Anwesenheit einer unbekannten Kraft. Es, was immer es auch war, war hier, hier auf dieser Lichtung, die vom wallenden Nebel eingeschlossen war und dennoch von hellem Mondlicht beschienen wurde.

Mit jeder Faser seines Körpers spürte er die Gefahr, in der sie schwebten. Angst kroch in ihm hoch, Angst von etwas unvorstellbar Bösem einfach überrollt zu werden. Er rang mühsam nach Atem und versuchte die Lähmung, die seinen Körper ergriffen hatte, zurückzudrängen.

»Ist dir nicht gut?«, fragte Deyber besorgt.

»Doch, doch«, brachte Peter mühsam hervor. »Es geht schon wieder.«

Er setzte sich wieder in Bewegung, mühsam, mit verkrampften Beinen und zitternden Händen. Schon nach wenigen Metern endete der Weg auf dem weichen Waldboden der Lichtung. Ein abgebrochener Zweig knirschte unter seinen Füßen und der Nebel, der ihn noch gerade umklammert hatte, zog sich fast fluchtartig zurück.

Das also war der Platz der Begegnung und er konnte nur hoffen, dass sie die Begegnung auch unbeschadet überstehen würden. Das Vertrauen in seine Begleiter war in den letzten Minuten vollkommen dahingeschmolzen. Trotz ihres fortgeschrittenen Alters kamen sie ihm mit einem Mal wie eine aufgescheuchte, ängstliche Gruppe von Schulkindern vor, die sich zu weit vorgewagt hatten und nun nicht mehr wussten, wie sie mit der neuen Situation fertig werden sollten.

Eine spürbare Spannung lag mit einem Male in der Luft. Er fühlte, dass sie nicht mehr allein waren, es war, als ob sich etwas zu ihnen gesellt hätte, schwach erst, aber mit einer

Andeutung geballter Kraft; wie eine unsichtbare Faust, die sich über ihnen ballte.

Meier setzte die Utensilien auf den Boden ab und sah sich ängstlich um.

»Wir haben noch zwei Stunden Zeit«, stellte Fischer fest. Seine Worte hatten wohl beruhigend klingen sollen, aber das leichte Zittern in seiner Stimme verriet, dass er kurz davor stand, von Panik übermannt zu werden.

Deyber schüttelte entschieden den Kopf. »Ich fürchte, so viel Zeit bleibt uns nicht mehr«, sagte er. »Diese … Vision auf dem Pfad bedeutet, dass es anders abläuft als beim letzten Mal. Was das heißt, brauche ich euch ja wohl nicht zu sagen.«

»Was hei…hei…heißt es denn?«, stotterte Peter.

Deyber kam nicht mehr zu einer Antwort. Ein bläuliches, unerträglich helles Licht brach zwischen den Bäumen hervor und hielt wie ein Kugelblitz auf sie zu. Kurz vor ihnen kam es abrupt zum Stillstand, als wäre es gegen ein massives Hindernis geprallt. Seine Farben verblassten schlagartig. Es wurde durchsichtig, schien für einen kurzen Moment zu zerfließen wie ein Spiegelbild im klaren Wasser, in das jemand einen Stein geworfen hatte. Dann veränderte es sich, nahm feste Formen an, löste sich wieder auf, um dann endgültig Gestalt zu gewinnen.

Zuerst begriff Peter gar nicht, was er da sah. Mit der linken Hand umklammerte er den Ärmel von Kleins Jacke, unbewusst; er hatte gar nicht gemerkt, dass er bei dem grauenvollen Anblick nach ihm gegriffen hatte. Kälte umgab ihn, eine Kälte, wie er sie noch nie in seinem Leben gespürt hatte. Todesangst überschwemmte den winzigen Rest seines Bewusstseins, der ihm noch geblieben war. Sein Herz hämmerte wie rasend.

Sein Mund war zu einem stummen Schrei geöffnet und er starrte fassungslos auf die Gestalt, die vor ihm materialisiert war. Es war ein grauenvoller Anblick, durchdrungen von der Kraft des Bösen, dem Lauern des endgültigen Tods, von entfesselten Kräften, von denen er sich bislang keine Vorstellung hatte machen können.

Es war die Gestalt einer Frau, eines Wesens, das vor ihren Augen zerfiel. Langsam, ganz langsam begann sich die welke Haut abzulösen; blanke Knochen kamen darunter zum Vorschein. Ihr Bild verzerrte sich zu der Fratze eines Totenschädels, ihre Augen krochen in die Höhlen zurück und funkelten ihn mit dem Rest ihrer Kraft satanisch an. In der Mundhöhle steckte eine Reihe schwarzbrauner Zähne, die nacheinander herausbrachen und zu Boden fielen. Gleichzeitig setzte ein feines Singen ein, ein hoher schriller Ton, der von überall her zu kommen schien, sich zu einem hellen Kreischen verdichtete und mit einem hellen, splitternden Geräusch abbrach.

Die Gestalt barst. Eine Woge Ekel erregender Flüssigkeit überschüttete ihn, prallte mit brutaler Kraft auf seine Gesichtshaut und riss sie an unzähligen Stellen auf. Er merkte es nicht einmal. Noch immer hielt ihn das Grauen gepackt und schnürte ihm mit seinen unbarmherzigen Klauen die Luft ab. Der Nachhall des unmenschlichen Kreischens drohte seinen Verstand mit sich zu reißen.

Seine Gedanken waren wie gelähmt und in seinem Inneren bäumte sich ein starker, unmenschlicher Schrei auf. Eine Saite, zum Zerreißen gespannt, mehr war er in diesem Augenblick nicht, und doch wusste er mit absoluter, tödlicher Sicherheit, dass es nichts weiter als eine Illusion gewesen war, gewesen sein musste.

Und dann, ganz plötzlich, hatte er wieder ein Bild vor Augen, das Bild einer jungen Frau, fast noch eines Mädchens. Fassungslos starrte er auf das Gesicht, das vor seinen Augen erschien, eingerahmt von einem blau flackernden Leuchten. Zuerst begriff er nicht, was er da sah; zuerst sah er nur dieses Gesicht und bemerkte nicht die Ähnlichkeit …

»Mama«, krächzte er.

Die braunen, ausdrucksvollen Augen musterten ihn mit einer Kälte, die er nur zu gut kannte und die er doch fürchtete; war es seine Mutter oder die Hexe, vor der ihn die Männer gewarnt hatten?

Deyber trat einen Schritt nach vorne. »Lisa«, sagte er eindringlich. »Gib dich zu erkennen. Komm zurück!«

Von eine Sekunde auf die andere erinnerte er Peter an ein Raubtier, das nur darauf wartete, zu einem tödlichen Angriff losspringen zu können. Während die anderen Männer gleich ihm wie versteinert dastanden, unfähig, ihr Entsetzen zu überwinden und zielgerichtet zu handeln, wusste Deyber offenbar ganz genau, was er zu tun hatte.

Die Erscheinung verlor an Konsistenz, flackerte ein paar Mal auf, als würde sie von einem Sturm durchgeschüttelt. Deyber ging mit langsamen, überlegten Schritten weiter auf sie zu, mit erhobenen Händen und nach außen gedrehten Handflächen.

»Lisa!«

Diesmal schrie er fast. Seine Hände zuckten vor, schnell und zielsicher wie Schlangen, die ihr Opfer mit einem Giftbiss erledigen wollen. Aber er war zu langsam. Die Erscheinung flimmerte und flirrte, schoss ein paar Meter zurück, und stabilisierte sich dann wieder. Deyber blieb wie erstarrt stehen und plötzlich wusste Peter, wo er seine Stimme schon einmal gehört hatte: Er war der Mann, mit dem Mutter telefoniert hatte und der gesagt hatte, dass sie sich nie wieder sehen sollten!

»Peter.«

Es war kein gesprochenes Wort, keine Stimme, es war eine starke Kraft, die durch die Luft peitschte, ihm seinen Namen entgegenschleuderte und ihn zurücktaumeln ließ.

»Peter«, wiederholte die Kraft. Er schlug die Hände vor die Ohren, keuchte und kämpfte mühsam gegen den Wahnsinn, der seine Finger nach ihm ausstreckte. Er wusste nicht, woher die Stimme kam; sie war diffus und genauso zerrissen wie die Vision, aber es war eindeutig die Stimme seiner Mutter.

»Peter! Hör mir zu!«

Das schöne, mädchenhafte Gesicht verzerrte sich zu einer Grimasse des Schreckens und einen Moment fürchtete er, dass er wieder dem grauenhaften Anblick des Totenschädels ausgeliefert sein würde. Aber dann stabilisierten sich ihre Gesichtszüge und ihre Mundwinkel verzogen sich sogar zur Andeutung eines Lächelns.

»Peter«, flüsterte die Kraft, als würde sie mit jeder Sekunde an Leben verlieren. »Hilf mir.« Ihre Stimme klang schleppend, flach und kraftlos, als müsse sie sich zu jedem einzelnen Wort zwingen. »Er will mich holen«, fuhr sie mühsam fort. »Hilf mir. Rette mich.«

Er wollte antworten, aber seine Stimmbänder fühlten sich so ausgetrocknet an, als ob er tagelang durch die Sahara marschiert wäre und tonnenweise Wüstensand geschluckt hätte. Seiner Kehle entrang sich ein Laut, der kaum mehr zu verstehen war. Er schluckte krampfhaft, räusperte sich, und versuchte es dann noch einmal.

»Wo … wo bist du?«, brachte er schließlich hervor.

»Deyber«, stieß seine Mutter hervor und diesmal spürte er, dass wirklich sie es war, und dass sie die Kraft benutzte, um mit ihm in Verbindung zu treten. »Deyber … hat mir eine Falle gestellt. Er kommt, um mich zu holen.«

»Schon gut«, sagte Deyber und drehte sich zu ihm um. Mit einer fast bedächtig wirkenden Bewegung griff er in seine Jackentasche und holte einen Revolver hervor. Er ging ein paar Schritte auf Peter zu und betrachtete ihn stirnrunzelnd. »Gut, dass du hier bist, Junge«, sagte er leise. »Das gibt mir die Gewissheit, dass sie nicht einfach wie ein Wirbelwind über uns herfallen wird.«

»Was soll der Blödsinn, Henry?«, kreischte Fischer. Der dickliche Inhaber des Eisenwarengeschäfts, der sonst immer vollkommen ruhig und beherrscht wirkte, schien vollkommen die Fassung verloren zu haben. »Steck diese verfluchte Waffe weg!«

»Halt die Schnauze, Edgar«, sagte Deyber ruhig. »Ich werde jetzt das tun, was ich vor mehr als zwanzig Jahren nicht habe schaffen können, weil ich damals ein unwissender junger Narr war. Ich werde den Zugang öffnen und ich werde ihn durchschreiten! Ich werde auf die andere Seite gehen und mir die Macht und die Unsterblichkeit holen, die mir zusteht!«

»Du bist verrückt!«, keuchte Fischer. »Total übergeschnappt!«

»Amadon holt sich alle 23 Jahre sein Opfer. Und diesmal ist es Lisa.« Deyber lachte meckernd. »Wenn ich nicht etwas nachgeholfen hätte, wäre es vielleicht jemand anders gewesen. Als wir damals Karin aus dem Zugriff Amadons befreiten, habe ich begriffen, auf welche Goldader wir da per Zufall gestoßen sind. Die beiden letzten Jahrzehnte habe ich mich ganz dem Studium alter Schriften und Geheimwissenschaften gewidmet. Wir hatten damals nur einen Teilsieg errungen, oder vielleicht auch gar keinen. Statt Karin holte sich Amadon ein anderes Opfer; für ihn waren wir nur ein paar lästige Fliegen, die man mit einer Handbewegung zur Seite wischen konnte.«

»Bitte«, sagte Peter flehend, »hören Sie bitte auf, hören Sie bitte sofort auf damit.«

Sein Blick saugte sich in Deybers Augen fest, aber die kalte Entschlossenheit, die er darin las, zerstörte vollends seine Hoffnungen.

»Wir sind armselige Kreaturen gegen das, was sich hinter den Wirbeln auf der anderen Seite der Macht verbirgt«, fuhr Deyber ungerührt fort. »Nichts weiter als Fischfutter für einen gefräßigen Hai. Aber es gibt eine Möglichkeit! Beim Studium alter Schriften kam ich dahinter, dass es im Mittelalter schon einmal einem Menschen gelang, die Mauer zu durchstoßen. Und er kam wieder. Unsterblich und ausgestattet mit einer schier unmenschlichen Macht. Als der Alte vom Berg gebot er über seinen eigenen Geheimorden. Dann verlor sich seine Spur, aber ich bin davon überzeugt, dass er heute über eine noch viel größere Macht verfügt!«

Sein Gesicht wirkte wie versteinert und noch immer behielt er den Revolver in der Hand. Nicht wegen Peter, das wäre angesichts des Größenunterschieds auch etwas lächerlich, sondern wegen der anderen Männer, die ihn fassungslos betrachteten.

»Und jetzt werdet ihr mir helfen das Opfer zu vollziehen. Deswegen habe ich euch schließlich mitgenommen. Lisa ist in unmittelbarer Nähe, gleich wird sie leibhaftig unter uns sein. Dann wird Amadon sie holen und ich werde die Gelegenheit nutzen, um mit eurer Hilfe und mit der Macht der Utensilien, die ich in den letzten Jahren zusammengetragen habe, die Mauer zu durchstoßen.« Sein Revolver beschrieb einen Halbkreis und die Mündung wanderte über die Männer; eine tödliche Bedrohung, die jedes seiner Worte nachhaltig unterstützte. »Also macht euch an die Arbeit. Geht genau so vor, wie ich es euch gesagt habe, vollführt jeden Schritt mit größter Sorgfalt.« Er lachte hämisch. »Aber wundert euch nicht, wenn der Effekt etwas anders sein wird als der, den ich euch nannte!«

Deyber hatte die Wahrheit gesprochen; nachdem die Männer die Zeremonie vollzogen hatten, war Peters Mutter plötzlich aus dem Wald getaumelt und vor ihnen zusammengebrochen. Jetzt lag sie auf dem Boden der Lichtung und ein dünnes, blaues Leuchten hüllte sie ein. Dennoch war Peter sich sicher, dass sie jetzt wirklich und wahrhaftig hier war, und nicht nur ein Schemen, eine teuflische Vision ihrer selbst. Er wollte zu ihr eilen, aber er konnte nicht; seine Beine waren wie gelähmt. Immer, wenn er auf Deyber oder seine Mutter zugehen wollte, versagten seine Beine, während er sich mühelos in jede andere Richtung bewegen konnte. Ein Blick auf die alten Freunde Deybers verriet ihm, dass es ihnen nicht besser ging.

Deyber breitete die Hände in einer segnenden Geste über sein Opfer aus und fragte: »Bist du bereit, Opfer des Amadon, die du mich aus dem Dunkel hinaus zur Helligkeit führen wirst?«

Seine Stimme schien gar nicht mehr ihm zu gehören, die Worte ihm wie von selbst von den Lippen zu fließen. Zwischen seinen Händen breitete sich ein irisierender Schimmer aus, ein fast unmerkliches Flackern wie ein Elmsfeuer.

Peter schob sich bis an den äußersten Rand der Lichtung zurück, so weit, bis er die gierende Feuchtigkeit des Nebels spürte, die mit gierigen Fingern nach ihm griff. In Deybers Augen flackerte Wahnsinn, aber noch schien er die Kontrolle über die Situation zu haben.

»Das kannst du doch nicht tun, du Bestie«, keuchte Direktor Klein. Ein heftiges Zittern schüttelte seinen Körper. »Du rufst Mächte, denen du nicht gewachsenen bist …«

Er brach abrupt ab, als Deyber den Revolver aus dem Gürtel zog und auf seinen Kopf anlegte. Ein paar Wolken schoben sich vor den Mond und das gebrochene Licht warf bizarre Schatten der Männer auf den feuchten Waldboden.

Das flackernde Licht gaukelte ihnen irgendetwas vor, was sich aus dem Hintergrund der Lichtung löste, etwas Großes, Massiges mit Hörnern und …

»Oh, mein Gott«, stöhnte Fischer.

»Wehre dich nicht«, sagte Deyber sanft und versenkte seinen Blick tief in Lisas Augen. »Du bist Amadon geweiht und er wird dich zu sich holen, um mir Freiheit und Kraft zu geben.«

Mit diesen Worten zog er einen prunkvoll verzierten Dolch aus der Jackentasche.

Die Lichtung schien sich um Lisa zu drehen. Sie versuchte aufzustehen. Dumpfe Übelkeit stieg aus ihrem Magen empor und ihre Arme und Beine fühlten sich mit einem Mal taub und schwer an. Ihre Umgebung verschwamm vor ihren Augen. Die Anstrengung, die Arme auf den Boden aufzustützen und sich ein paar Zentimeter nach oben zu drücken, war fast zu viel. Ihr Puls raste. Das Blut rauschte in ihren Ohren und vor ihren Augen begannen graue Schatten zu treiben.

Aber sie gab nicht auf. Sie konnte nicht zulassen, dass Deyber das Opfer vollzog. Sie durfte nicht zulassen, dass er Kräfte rief, denen sie alle nicht gewachsen waren. Und sie durfte nicht zulassen, dass er ihren Sohn in unvorstellbare Gefahr brachte.

Der Dolch in Deybers Hand bewegte sich, als wäre er zu eigenem Leben erwacht. Durch seinen Körper lief ein Zittern. Für einen Moment, für einen winzigen Augenblick nur, ließ seine Konzentration nach …

Sie spürte ihre Chance und sie war willens, sie zu nutzen. Mit aller Kraft, die ihr noch geblieben war, schlug sie gegen die unsichtbaren Fesseln, die ihren Verstand umklammerten. Es kam dem Versuch gleich, aus vollem Lauf gegen eine Steinmauer zu springen, um sie zum Einsturz zu bringen. Furchtbare Gewalten schleuderten sie zurück und drohten sie zu vernichten.

Sie schrie auf. Ihr Herzschlag setzte für einen Moment aus. Krampfhafte Schmerzen durchliefen ihren Geist und versuchten sie in einen Strudel mit sich zu reißen. Ein fast unerträglicher Druck drohte ihren Kopf zu sprengen.

Irgendetwas riss ihren Geist mit sich. Sie kämpfte mit aller Kraft dagegen an, aber es war wie das müde Aufflackern einer Kerze gegen eine rauschende Sturmflut. Gewalten, die sich jeder Vorstellungskraft entzogen, zerrieben sie wie Mühlsteine zwischen sich. Fast schien es, als bemerkten sie ihren Widerstand nicht einmal.

Kalte Wut begann in ihr aufzusteigen, Wut, wie sie sie noch nie zuvor empfunden hatte. Deyber wollte ihren Sohn vernichten. Ihr eigenes Schicksal war ihr mittlerweile gleichgültig, aber sie würde nicht zulassen, dass ihrem Sohn unfassbares Grauen widerfuhr. Mit einer Kraft, von deren Existenz sie vorher keine Ahnung gehabt hatte, kämpfte sie gegen die eiskalte, alles erstickende Macht an. Stieß zu, immer und immer wieder, ohne zu wissen, was sie da eigentlich tat.

Der Schleier aus Schmerz und Betäubung, der sich über ihr Bewusstsein gelegt hatte, zerriss. Ein Gefühl von Kraft und Stärke durchpulste sie. Sie ließ nicht nach. Sie drängte den fremden Willen, der sie gelähmt hatte, weiter zurück.

Plötzlich fuhr ein schreckliches Tosen durch den Wald, eine gewaltige Kraft wie ein Orkan, der alles hinwegfegt, was ihm in den Weg kommt. Lisa schrie auf. Grauen drohte sie zu überwältigen. Sie öffnete den Mund zu einem Schrei, aber kein Ton drang über ihre Lippen. Ein Teil ihres Verstands beobachtete ganz sachlich, wie etwas Unfassbares über die Lichtung fegte, Deyber und die anderen Männer in einen blauen Wirbel hüllte. Staub, Blätter und Geäst wirbelten hoch und für ein paar Sekunden verschwand die ganze Welt hinter einer dunklen Wolke, die irgendetwas oder irgendjemanden mit sich riss.

Peter, schrie sie in Gedanken, nur nicht Peter!

Lisa erwachte mit einem bitteren Geschmack im Mund. Sie blinzelte. Sie spürte, wie der fremde Wille, der ihr Bewusstsein bisher beherrscht hatte, schwand. Gleichzeitig verging die Müdigkeit. Alles, was zurückblieb, war ein Gefühl tief sitzenden Schreckens und unglaublicher körperlicher Erschöpfung.

Mühsam rappelte sie sich hoch. Sie sah, wie sich Peter aus der Gruppe der Männer löste und auf sie zugerast kam. Sie breitete die Arme aus; sein Schwung warf sie fast von den Füßen.

»Wo ist Deyber?«, schrie Peter.

»Es ist vorbei«, sagte Lisa und strich ihrem Sohn die Haare aus der Stirn. »Amadon hat ein würdiges Opfer gefunden.«

Bernd Kreimeier

ZEIT DES JÄGERS

Bernd Kreimeier ist so ziemlich der trockenste Mensch, den ich kenne – solange man ihn nicht richtig kennen gelernt hat. Er schafft es spielend, einem die Freude an jedem Science-Ficition-Film zu zerreden, indem er nach einem 90minütigen Kinoabend genüsslich 240 Minuten damit verbringt, alle Fehler in dem soeben gesehenen Film aufzuzählen. Meine Frau hat er einmal fast damit zum Weinen gebracht, einen wunderschönen Sonnenuntergang wissenschaftlich so haarklein zu erklären, dass sie hinterher im Internet nachgesehen hat, was das Wort »Romantik« denn nun eigentlich bedeutet …

Er ist Wissenschaftler (was er so genau studiert hat, weiß ich auch nicht, aber da bin ich nicht allein), kleinlich, pedantisch, haarspalterisch und durch und durch unromantisch – kurz, ein richtig prima Kumpel.

Wenn man ihn einmal kennt.

Dann nämlich geht eine wundersame Veränderung mit diesem staubtrockenen Bücherwurm vonstatten. Wenn er erst einmal anfängt Geschichten zu erzählen (alle streng wissenschaftlich fundiert, versteht sich) verschlägt es einem den Atem. Ich muss mich immer beherrschen, um ihm seine Ideen nicht zu klauen – oder wenigstens nicht so offensichtlich zu klauen, dass er es merkt.

Sie halten das für übertrieben? Bitteschön: Seine Story ist die einzige in diesem Band, die in der Zukunft spielt, richtige Hard-SF eben. Ich schwöre Ihnen, jedes beschriebene Molekül ist an seinem richtigen Platz. Und dennoch ist sie keineswegs das, was man sich üblicherweise unter Science Fiction vorstellt. Die beklemmende Szenerie einer verwüsteten Erde – das ist der Stoff, aus dem Alpträume sind. Wenn Sie also eine Gute-Nacht-Lektüre suchen, dann wählen Sie vielleicht besser eine andere Story.

Der Ruf einer Eule klang leise zwischen den dunklen Bäumen. Ich lauschte auf den Flügelschlag, aber natürlich hörte ich nichts. Meine Hände waren steif und ungelenk in den klammen Handschuhen und mir war kalt. Es war eine mondlose, sternklare Nacht. Das Firmament leuchtete in seit Jahren stetig zunehmender Pracht, seit Staub und Dreck aus der Luft verschwunden waren. Am Horizont war vor wenigen Minuten der Morgenstern aufgestiegen. Der Wind blies stetig und kaum merklich und Tau legte sich über das Gras und die Blätter des jungen Birkenwaldes, der die Hügel bewuchs.

Ich saß auf einem der wenigen alten, schon verrottenden Baumstämme, auf der verbrannten Seite, in den wieder überwachsenen Trümmern einer niedrigen Felsklippe. Zwischen den beiden Findlingen hindurch konnte ich die Lichter des abgelegenen Gehöfts zu Füßen der Hügel erkennen. Die Geräusche des nächtlichen Waldes bildeten einen beständig rauschenden Hintergrund. Ein Tier mit leuchtenden Augen, vermutlich eine verwilderte Katze, schlich aus dem Dickicht hervor und stahl sich lautlos davon, sobald es mich bemerkte. Ich hielt meine Hände gefaltet vor den Mund, um sie mit meinem Atem warm zu halten, während ich nach Osten sah und auf das schwache Licht des Morgens wartete.

Mein letzter Abschuss lag fast zwei Monate zurück. Es hatte einige Zeit gebraucht, eine neue Spur zu finden, und es hatte noch einmal fast zwei Wochen gedauert, bis ich das Ende der Fährte hier in diesen Bergen erreicht hatte. Der Wagen war in Ordnung, aber es wurde immer schwieriger, Benzin zu bekommen. Die Straßen waren hier so schlecht wie nirgendwo sonst, außer an der Ostküste. Der strenge Winterfrost hatte den Asphalt dort aufgebrochen, wo ihn der Krieg verschont hatte, und die Pflanzen bahnten sich hartnäckig eigene Wege. Auf der anderen Seite des Hügels hatte ich den Wagen zurückgelassen und war zu Fuß weitergegangen. Die Fahrt zurück allerdings würde weniger mühsam sein, denn ich kannte jetzt einen Weg durch den kaum zwei Jahrzehnte alten Wald, der erst nach den großen Bränden entstanden war.

Zwei Monate. Gewiss, ich hätte auch ein Jahr verstreichen lassen können, aber ich wusste, dass es in wenigen Jahren mit der Jagd vorbei sein würde. Ich brauchte Rücklagen. Ich wollte keiner dieser mittellosen Bettler in den toten Städten sein, kein Aussätziger, der in diesen heranwachsenden Wäldern dahinvegetierte, kein Zombie vor den Toren der Siedlungen. Zwei Monate hatte es gedauert, länger als je zuvor, und jetzt trennte mich nur noch eine Stunde von meinem Ziel.

Ich löste den Blick von der dunklen Silhouette des Hauses und drehte mich um. Links von mir lehnte die Nimrod am Stamm, in ihrem Futteral vor Kälte und Feuchtigkeit besser geschützt als ich in meiner Jacke. Die Munition steckte in meiner Jackentasche. Ich sah auf die Uhr. Kurz nach sechs. Etwas mehr als eine halbe Stunde noch bis Sonnenaufgang und nach der Dämmerung würde das helle, klare Morgenlicht kommen. Ich griff in meine Jackentasche und nahm das in ein Tuch gewickelte Fleisch heraus. Den Hasen hatte ich einen Tag zuvor erlegt, am Fuße des Hügels. Es war riskant, etwas zu essen, das nicht untersucht worden war. Doch ich hatte Hunger und mein Proviant wäre schon vor einer Woche zu Ende gewesen, hätte ich dasselbe Risiko nicht schon mehrmals auf mich genommen. Das Fleisch schmeckte streng und zäh, nach Wild und nach dem Salz, mit dem zusammen ich es eingewickelt hatte. Ich achtete auf Parasiten, denn Medikamente gegen Befall waren fast unerschwinglich, wie alles andere auch, aber der Hase war gesund gewesen, soweit ich dies beurteilen konnte, denn nicht alle Zeichen waren mit bloßem Auge zu erkennen. Ich hatte ihn ungern erlegt. Es gab viel zu wenig Tiere in diesen seltsam lichten Wäldern.

Es gab überhaupt viel zu wenig von allem.

Die Zeit verstrich. Es war noch immer kalt und feucht, aber die Venus stand jetzt eine gute Handbreit über den Bergen im Osten, während ihr Licht an Intensität verlor, und die erste Röte verfärbte das Land am Horizont. Ich erhob mich, streckte mich mühsam und griff nach der Nimrod. Es war eine gute Waffe, eine der besten, die es noch geben mochte.

Waffen gab es noch im Überfluss, aber vermutlich würde sich auch das einmal ändern. Ich zog das Gewehr aus dem Futteral und musterte es prüfend, dann nahm ich das Tuch und rieb sie sorgfältig ab. Das Metall schimmerte blank und trocken. Ich nahm die Verschlusskappen vom Zielfernrohr und öffnete die Iris des Okulars. Der hölzerne Kolben war angenehm kühl. Der Verschluss an der Mündung klemmte ein wenig, wie immer. Ich nahm ihn ab und öffnete dann das Schloss, kontrollierte die Teile des Abzugs und betrachtete zufrieden das Schimmern des Öls. Öl war teuer, aber eine gut gepflegte Waffe war jetzt fast jeden Preis wert. Ich steckte das Tuch zurück in das Futteral und griff in die Jackentasche, um das Magazin mit den Patronen herauszuholen. Ich öffnete es, zog die zwölf schimmernden Messinghülsen heraus und drückte sie sorgfältig wieder hinein, eine nach der anderen. Ein Ritual, in gewissem Sinne, um einen Rest von Nervosität zu überwinden und die Hände zu lockern. Ich schob das Magazin in das Schloss und ließ es einrasten, lud dann durch und kontrollierte, ob die Patrone richtig in der Kammer lag. Die gesicherte Nimrod über der Schulter, ging ich die wenigen Meter zu der Stelle, die ich mir ausgesucht hatte.

Einer der großen Felsen am Rand des Hügels war flach und leicht geneigt. Auf ihm liegend konnte ich das gesamte Tal überblicken. Ich hatte bereits am vorhergehenden Tag dort gelegen und wusste, was ich wissen musste. Vorsichtig schob ich mich an die Kante heran und drehte mich halb auf den Rücken. Ich rückte das leere Futteral nach vorn und setzte meinen linken Ellenbogen darauf, hob das Gewehr nach vorn, setzte es an die Schulter und schlang den Riemen um meinen linken Arm. Dann legte ich mich zurecht und wartete. Hinter mir stieg eine aufgeblähte, blasse Sonne empor und leuchtete hinter den letzten Resten eines stratosphärischen Staubschleiers über meine Schulter hinweg in das Tal.

Das einfache Haus dort unten hatte bereits einige Minuten im Sonnenschein gelegen, als sich etwas hinter den kleinen Fenstern bewegte. Abwartend sah ich hinüber, während mein Gewehr auf den Waldrand gerichtet blieb, dort, wo der schmale, fast nicht erkennbare Pfad zwischen den Büschen verschwand. Die Tür des Hauses ging auf und die blonde, hoch gewachsene Frau trat heraus. Interessiert beobachtete ich, wie sie zum Bach ging und einen Eimer mit Wasser füllte, während ich gleichzeitig weiter das Haus im Auge behielt. Sie war schlank, ein wenig hager, wie fast alle in diesen Tagen, sie ging sehr aufrecht und ihr Haar glänzte im Sonnenlicht. Der Felsen unter mir erwärmte sich langsam. Ich bewegte die Finger meiner rechten Hand, damit sie nicht unbeweglich wurden.

Sie verschwand wieder im Haus. Ich wartete. Nach einer Viertelstunde, das Licht der Sonne war angenehm warm auf meinem Rücken, kam sie erneut heraus, diesmal mit einem Beutel, dessen Gurt sie über die Schulter geworfen hatte. Sie ging mit gleichmäßigen, langen Schritten auf den Waldrand zu. Nach einigen Dutzend Schritten war sie vom Haus aus nicht mehr zu sehen.

Ich zielte auf sie und bewegte das Fadenkreuz, um sie näher in Augenschein zu nehmen. Sie war jung und wirkte gesund, was mich nicht überraschte. Ihre Kleidung war älter als sie, abgetragen, aber in gutem Zustand, ein altes Hemd, dessen fehlende Knöpfe durch einige Schnüre ersetzt worden waren, eine geflickte, etwas zu eng sitzende Hose und ein Paar Stiefel, die wohl früher einem Mann gehört hatten. Ihr Haar schien frisch gebürstet, es fiel in lockeren Wellen herab und bildete einen seidigen Rahmen für das Gesicht mit den hohen, skandinavischen Wangenknochen und den etwas herben Zügen, die Spuren von Entbehrungen zeigten. Unter dem rechten Auge hatte sie eine kleine, gezackte Narbe. Sie bewegte sich bedächtig auf den Waldrand zu und folgte dem alten Pfad. Einmal blieb sie stehen und blickte zur Sonne empor. Ihre Stirn schimmerte weiß hinter dem Fadenkreuz, und sie schien mich direkt anzusehen. Sie ist hübsch, dachte ich, um mich gleich darauf zu korrigieren: Nein, sie ist schön. Sie kniff die Augen zusammen und schien etwas zu suchen, aber ihr argloses Gesicht zeigte kein Misstrauen, eher schien es, als vermisse sie etwas. Ich fühlte das kalte Metall an meiner Wange. Mein Finger glitt langsam zum Abzug. Sie drehte sich um und das Fadenkreuz verlor sie für einen Moment. Die Mündung folgte ihrem Weg unter der leichten Bewegung meiner Hand. Sie ging weiter den Pfad hinauf. Ich fing ihre langen Beine ein. Mein Zeigefinger erreichte den Druckpunkt. Sie bewegte sich gleichmäßig und sicher auf dem unwegsamen Gelände. Ich zog ruhig durch, der Abzug schwang aus und zugleich presste sich die Nimrod gegen meine Schulter. Der Schalldämpfer verschluckte das Geräusch des Schusses.

Nach einigen gedehnten Atemzügen bewegte ich mich wieder, sicherte die Nimrod, nahm das Futteral auf und schob sie hinein. Mit dem so verstauten Gewehr über der Schulter sprang ich von der Felsplatte und begann mit dem Abstieg den Hügel hinab. Ich achtete darauf, wohin ich trat. Es gab keinen Grund zur Eile.

Der Hang verlief zu dem Pfad hinab nicht besonders steil und so war ich bereits drei Minuten später bei ihr. Ich folgte langsam dem Pfad und erreichte die Stelle, wo ich sie getroffen hatte. Der Beutel lag noch dort und es hatte sich eine kleine Blutlache gebildet. Ihre Flucht hatte sie nur knappe zehn Schritte weit gebracht, ehe sie zusammengebrochen war. Ich näherte mich ihr vorsichtig, aber sie schien keine Waffe zu haben. Bevor ich neben ihr in die Hocke ging, sah ich, dass sie bei Bewusstsein war. Ihre linke Hand lag auf dem Bein, und Blut rann zwischen den langen, kräftigen Fingern heraus. Ihre Rechte hielt ein Jagdmesser umklammert, das sie wortlos fallen ließ, als sie die Waffe in meiner Hand sah. Sie blickte mich an, zornig und verängstigt, aber trotzdem beherrscht. Ich nahm das Messer mit der linken Hand auf und steckte es hinten in den Gürtel.

»Was willst du?«, fragte sie ruhig. Sie hatte eine angenehme, tiefe Stimme, ein wenig heiser, aber fest. Ich griff schweigend nach meiner Gürteltasche, nahm den in Plastik gewickelten, fertigen Verband und begann ihn auszupacken.

»Ziehen Sie Ihre Hose aus.«

Nach einem kurzen Moment des Zögerns gehorchte sie

wortlos, aber ihre dunklen Brauen rutschten ein merkliches Stück höher. Die Kugel war glatt durch den Oberschenkel gegangen und hatte den Muskel durchbohrt, ohne dabei Knochen und Sehnen zu verletzten. Der Einschlag hatte den Muskel gelähmt. Zufrieden zog ich die kleine Flasche aus der Tasche und ließ ein wenig Desinfektionsmittel auf den Lappen tropfen.

»Es wird wehtun«, sagte ich zu ihr.

Sie antwortete nicht. Ich reinigte die Wunde und sie verzog nur ein wenig das Gesicht, während ihr Blick zwischen mir und ihrem Bein hin und her wanderten. Die Blutung ließ rasch nach. Ich wischte noch einmal mit dem Lappen über die Haut und legte dann den Verband um ihr Bein. Dann nahm ich den schmalen Riemen aus der Tasche und band ihr Bein ab, für alle Fälle. Sie warf mir einen seltsamen Blick zu, während sie die Hose wieder an sich nahm und mühsam anzog. Ich packte die Flasche und die Plastikfolie wieder ein und erhob mich.

Sie sah mich an, sagte aber nichts.

»Wie fühlen Sie sich?«

Sie lachte gezwungen und angespannt. »Wie jemand, auf den geschossen worden ist. Was haben Sie mit mir vor? Das hier ist kein Unfall.«

»Später. Ich nehme an, Sie können gehen, wenn ich Ihnen helfe?«

Sie sah mich einige Zeit forschend an, schließlich nickte sie wortlos. Ich half ihr auf und stützte sie.

»Wohin?«, fragte sie scheinbar gleichmütig, doch unwillkürlich weiteten sich ihre Augen, als ich mich dem Hügel zuwandte. Langsam stiegen wir den Hang empor.

Der Weg war beschwerlich. Als wir nach einiger Zeit bei einem tonnenschweren Findling rasteten, hatte die Wunde wieder heftig zu bluten begonnen. Ich musterte meine Gefangene. Ihr Gesicht war bleich, aber gefasst, und zeigte mit keiner Regung, was in ihr vorging. Ihr Verhalten überraschte mich.

»Warum haben Sie nicht um Hilfe gerufen?«

Sie sah mich an. »Mein Mann ist mindestens noch einen

Tagesmarsch entfernt. Niemand hätte mich hören können, und falls doch, dann hätte er gegen Ihre Waffe nichts ausrichten können. Ich will niemanden gefährden und ich kann es mir nicht leisten, meine Kräfte zu vergeuden.«

Ich nickte.

Sie warf mir einen kalten Blick zu. »Behaupten Sie nicht, dass Sie das nicht gewusst haben.«

Ich schüttelte den Kopf. »Ich wusste, dass das Haus leer stand, und dass auch sonst vermutlich niemand in der Nähe war. Natürlich gibt es immer Überraschungen …«

Sie tastete über ihre Wunde. Das Blut war inzwischen durch den Jeansstoff der Hose gedrungen. Sie hatte ihre Furcht gut verborgen, aber inzwischen war die unvermittelte Panik einer unbestimmten, wartenden Beunruhigung gewichen, die sie selbst wohl nicht bewusst wahrnahm. Anscheinend hatte sie tatsächlich nicht die geringste Ahnung, was mit ihr geschah.

Sie hob den Kopf. »Sind Sie so vorsichtig, weil Sie umsichtig sind, oder sind Sie nur feige?«, fragte sie herausfordernd.

»Ich wollte vermeiden irgendjemandem unnötig Schaden zuzufügen«, erwiderte ich, unbeeindruckt von ihrem Versuch.

»Mister«, sagte sie trocken und berührte ihre Wunde, »wenn Sie mich nicht selbst umbringen, dann wird es Ihr Humor tun.«

»Die Schussverletzung werden Sie überleben«, versetzte ich. »Wir werden unser Ziel in zwei Stunden erreichen. Dann werde ich Sie ausreichend versorgen.«

»Und wenn ich mich weigere weiterzugehen?«

Ich sah ihr prüfend ins Gesicht. Offenbar meinte sie es ernst. Ich hatte diesen Moment erwartet.

»Ich habe keine Beruhigungsmittel bei mir, also müsste ich Sie niederschlagen und tragen«, antwortete ich schlicht.

Sie schien zu überlegen, ob ich das tatsächlich tun würde, und erfreulicherweise glaubte sie mir. Sie schüttelte fassungslos den Kopf.

»Was zum Teufel soll das alles?«, stieß sie hervor. »Wenn Sie mich beraubt hätten, das Haus ausgeplündert, wenn Sie mich vergewaltigen wollten, das alles würde noch ein wenig Sinn ergeben, auf eine verdrehte Weise. Das hier ist völliger Blödsinn. Was zur Hölle haben Sie mit mir vor?«

Sie wusste es wirklich nicht. Ich dachte nach.

»Wenn wir den Geländewagen erreicht haben«, sagte ich schließlich, »erkläre ich es Ihnen.«

»Sie haben ein Fahrzeug?« In ihrem Blick mischten sich Erstaunen und Misstrauen. »Wo kommen Sie überhaupt her?«

»Ostküste«, sagte ich knapp. »Ganz nah dran.«

Sie stieß einen leisen Pfiff aus. Wahrscheinlich wusste sie, wie es dort aussah, oder konnte es sich vorstellen. »Das ist ein weiter Weg.«

»Richtig.«

Sie zuckte die Achseln und sah auf ihre Wunde herab. »Nun, dann werden Sie sich von den paar hundert Schritten bis zu Ihrem Wagen nicht mehr aufhalten lassen.« Sie erhob sich schwankend. Hätte ich Sie nicht gestützt, wäre sie wohl wieder hingefallen. Es waren mehr als ein paar hundert Schritte und es würde ein anstrengender Marsch werden. Sie würde trotzdem durchhalten, vermutete ich.

»Wenn Sie Pech haben, werden Sie mich so oder so tragen müssen«, sagte sie nach einer Pause. »Nun, Sie haben schließlich selbst dafür gesorgt, dass ich nicht besonders weit laufen kann.«

Ich antwortete nicht. Sie legte mir den Arm um die Schultern und richtete sich auf. Ihr Blick wanderte zu der Waffe in meinem Gürtel.

»Sie ist gesichert. Ich bin nicht größer als sie, aber mindestens zwanzig Kilogramm schwerer. Lassen Sie's lieber.«

»Richtig«, sagte sie, dabei meinen schleppenden Tonfall spöttisch nachahmend. Ihre Selbstbeherrschung war vollkommen. Langsam nahmen wir unseren Weg wieder auf.

Die Sonne war bereits untergegangen, als wir den Wagen erreichten. Er stand am Ende der ausgebauten Straße, verborgen in einem Gebüsch. Niemand hatte ihn gefunden und sich daran zu schaffen gemacht. Ich schloss die Heckklappe auf und half ihr in den Wagen. Sie konnte kaum noch stehen und ihr rechtes Hosenbein war durchgeblutet bis zu den Knöcheln hinunter. Der Blutverlust war nicht lebensgefährlich, aber beträchtlich. Es ging ihr ziemlich schlecht. Ich bedeutete ihr, sich auf die Liege im Heck des Geländewagens zu legen, und packte eine Ampulle aus. Sie hatte sich kaum ausgestreckt, als sie auch schon in tiefe Bewusstlosigkeit versank. Ich kümmerte mich um die Wunde und gab ihr eine Injektion, die ihr helfen würde, den Blutverlust auszugleichen. Dann klappte ich den Fahrersitz zurück und legte mich schlafen, die Waffe in der Hand.

Ich erwachte unvermittelt, vermutlich, weil sie sich bewegt hatte. Es war schon einige Zeit hell, aber sie schlief noch. Ich warf ihr einen skeptischen Blick zu und kippte vorsichtig den Sessel nach vorn. Sie rührte sich nicht. Ich schloss die Tür auf und rutschte nach draußen. Die Luft war angenehm kühl und feucht. Ich ging mit einem Trinkwasserkanister zu dem nahe gelegenen Bach, der einige Meter enfernt zwischen den Felsen floss, und füllte den Behälter mit kaltem, verhältnismäßig klarem Wasser. Der Geigerzähler hatte nur schwach reagiert. Ich verzichtete daher auf eine weitere Untersuchung und nahm den Kocher vom Beifahrersitz, um das Frühstück zuzubereiten. Die Frau hatte viel Blut verloren und es war ein weiter Weg, auch wenn sie für den Rest ihres Lebens nicht mehr allzu viele Schritte zu gehen haben würde.

Ich hatte das Dosenfleisch bereits gekocht, als sie erwachte. Sie sah bleich und hohlwangig aus. Schweigend kletterte sie aus dem Wagen und hockte sich nieder. Ich schob ihr einen Teller hinüber und sie begann hungrig zu essen. Ich sah stumm zu. Als sie fertig war, musterte sie mich mit zusammengekniffenen Augen.

»Eine Frage«, sagte ich langsam.

»Nur zu«, murmelte sie.

»Gestern Morgen, als Sie zum Wald hinübergingen, blieben sie einmal stehen und sahen zu den Hügeln hinauf. Was haben Sie da eigentlich gesucht?«

Sie hob eine Augenbraue. Ihre unnatürliche Ruhe war wiedergekehrt, kaum dass sie ihren Hunger gestillt hatte. »Das haben Sie bemerkt?«

Ich nickte.

Sie stellte den leeren Teller auf den Boden. »Zwischen den Felsen hat ein Falke seinen Horst, der einzige, den es in dieser Gegend noch gibt.« Sie strich sich durch das nun stumpfe Haar. »Er ist allein. In ein paar Jahren wird er wohl verschwunden sein. Jeden Morgen hat er seine Kreise über dem Hügel gezogen, wenn ich zu den Fallen ging, nur gestern …«

Ich lächelte schwach. »Wahrscheinlich hat ihn meine Anwesenheit gestört.«

»Richtig«, sagte sie. Ihre Stimme blieb kühl, aber in ihren Augen glitzerte ein unverhohlener Zorn. Sie ließ es mich bewusst spüren. Die Frau benutzte ihre Gefühle, wie ein Fechter eine Klinge benutzt.

Ich erwiderte ihren Blick. »Wie heißen Sie?«

Sie lachte wider Willen. »Sie haben eine dicke Haut.«

Ich beschränkte mich auf ein Achselzucken.

»Virginia. So hieß meine Mutter. Sie starb bei meiner Geburt und die Leute dort kannten nur ihren Vornamen. Vielleicht war es auch nur der Ort, von dem sie selbst stammte.«

»Und Ihr Vater?«

Sie hob die Schultern. »Ich denke, dass sie nicht viel mehr von ihm erfahren hat als ich. Sie war so.« Sie lachte leise auf. »Hat man mir wenigstens gesagt.«

Eine Weile sahen wir uns wortlos an.

»Wie ist denn Ihr Name, Mister?«

»Wade … nur Wade«, erwiderte ich langsam. »Das sollte genügen.«

»Natürlich«, meinte sie. Ich griff nach den Tellern und stellte sie zusammen.

»Wollen Sie etwas trinken?«

Sie nickte und ich reichte ihr meine Feldflasche.

»Beantworten Sie mir jetzt meine Fragen?«

Ich stellte die Teller in den Topf mit dem warmen Wasser und reinigte sie langsam, während ich überlegte.

Sie warf mir einen ungeduldigen Blick zu. »Sie könnten wenigstens Nein sagen.«

Ich hob den Kopf und sah sie an. »Sie haben mir bisher keine Schwierigkeiten gemacht«, sagte ich. »Deshalb werde ich Ihnen antworten. Danach werden Sie sich nicht besser fühlen und ich werde Schwierigkeiten haben. Ich werde es trotzdem tun. Zufrieden?«

»Keine Angst. Ich bin kaum in der Lage Sie ernsthaft in Verlegenheit zu bringen.«

»So?«

Sie wartete. Ich stellte die Teller und den Kocher in den Wagen.

»Gibt es bei euch im Osten zu viele Männer und zu wenige Frauen? Ist das hier Ihre Idee von Brautwerbung?«

Ich hockte mich ihr gegenüber hin und begann die Abfälle zu vergraben.

»Himmel, muss man Ihnen jedes verdammte Wort abtrotzen?«, stieß sie mit plötzlicher Heftigkeit hervor. Ich hatte ihr Temperament wohl richtig eingeschätzt, ebenso wie ihre außerordentliche Disziplin.

»Haben Sie sich nie gefragt, warum Sie so gesund sind?«

Sie hatte sich abgewandt, um Luft zu holen, sah mich jetzt aber verblüfft an. »Was?«

Ich wiederholte meine Frage. Sie runzelte verständnislos die Stirn.

»Seit dem Krieg verbreiten sich die Seuchen immer weiter. Fall-out hat die Krebsrate hochgetrieben. Nur wenige Menschen werden älter als dreißig Jahre, es sei denn, sie können Medikamente erhalten, und Medikamente sind selten. Niemand bleibt von Mangelkrankheiten verschont. Medikamente verlieren ihre Wirkung, weil sie zu alt sind, oder weil sich die Erreger angepasst haben.« Ich schob den Ärmel meines Hemdes hoch und zeigte ihr die schorfigen Narben, die sich über meinen Arm zogen, bis hinauf zu Schulter und Hals. »Ich hatte Pseudo-Pocken, als ich geboren wurde, und ich hatte das Glück, sie später loszuwerden. Ich habe ein Dutzend Krankheiten überlebt und jede hat ihre Zeichen hinterlassen.« Ich deutete auf das Netzwerk weißer Linien auf dem Rücken meiner linken Hand. »Helle Blattern.« Dann zeigte ich ihr die tiefen Narben an meiner rechten Schläfe. »Fleischfraß«, erklärte ich ruhig und begann mein Hemd aufzuknöpfen. »Die farblosen, gezackten Male sind ein Andenken an die Kleine Pest, die verfärbten Flecken unter den Rippen hat die Schwarze Hepatitis hinterlassen.« Ich knöpfte mein Hemd wieder zu. »Der Muskelschwund ist noch nicht zu erkennen, aber in ein paar Jahren wird man mich tragen müssen.«

Sie hatte das Gesicht abgewandt, aber ich war sicher, dass sie so etwas schon oft gesehen hatte.

Ich rieb meine frischen Bartstoppeln. »Wenn ich mich ein paar Tage lang nicht reinige, bin ich in Schwierigkeiten. Parasiten sind ein Teil davon. Bestimmte Reinigungsmittel lösen allergische Reaktionen aus. Ganz zu schweigen von …« Ich verstummte. Sie sagte nichts. Ich schob die letzten Erdbrocken über die Abfälle und begann den Boden glatt zu streichen, aber meine Aufmerksamkeit konzentrierte sich auf sie. »Ich bin also einer von vielen, etwas gesünder als der Durchschnitt, etwas weniger entstellt«, fasste ich zusammen. »Ein Mensch wie viele andere.« Ich rieb mir die letzten Erdkrumen von meiner Hand und lehnte mich zurück gegen den Hinterreifen des Wagens.

»Sie dagegegen gehören in eine ganz andere Kategorie. Ich bezweifle, dass Sie auch nur eine der neuen Krankheiten bekommen haben. Ich bezweifle sogar, dass Sie in Ihrem bisherigen Leben mehr als ein, zwei Mal ernsthaft krank gewesen sind. Was immer Sie an Infektionen erlitten haben, Sie haben es wesentlich besser überstanden als alle anderen. Sie sind mehr als zwanzig Jahre alt, denke ich, und haben weder Hautkrebs noch Lungenfäule gehabt. Natürlich bekommen Sie die alte Grippe wie jeder andere auch und Sie müssen auf Ihre Haare und auf Ihre Haut achten, aber alles in allem geht es Ihnen viel besser als den meisten anderen. Zu einer Zeit, wenn jeder gewöhnliche Mensch längst an Krebs oder Milzbrand gestorben ist, werden Sie noch immer leben.«

Ihr Gesicht blieb unbewegt, aber der Ausdruck ihrer Augen verriet mir, dass es die Wahrheit war, und dass sie darüber tatsächlich noch nie nachgedacht hatte.

»Zufall …«, sagte sie schließlich.

»Kein Zufall. Sie leben schließlich im selben Dreck wie wir alle.«

»Dann eben Glück, oder gute Gene, was weiß ich.« Sie hob hilflos die Schultern. »Ich habe keine Ahnung.«

Natürlich nicht. Sie wäre um ihr Leben gelaufen, andernfalls. »Und trotzdem verdanken Sie dieser Tatsache das Loch in Ihrem Bein«, sagte ich. Ich ließ meinen Blick über die ungewöhnlich gerade gewachsenen Bäume wandern und dachte einen Moment nach. »Gute Gene ist gar nicht so weit von der Wahrheit entfernt, denke ich. Ich kenne die Einzelheiten nicht, aber da sind Leute mit medizinischer Ausbildung, die sagen, dass ein verändertes Lymphsystem die Ursache ist.« Ich warf ihr einen Blick zu. »Sie wissen, was das ist?«

»Ich habe zwei Jahre mit jemandem zusammengelebt, der sich Arzt nannte«, sagte sie trocken. »Er ist dann an einem seiner Medikamente gestorben, aber er war nicht dumm, oder ungebildet.«

»Man fand besondere Antikörper, Teil eines neuen Immunsystems. Ohne das notwendige Laborgerät konnte nicht festgestellt werden, wie sich die Lymphozyten selbst verändert hatten. Man hat versucht diese neue Immunität auf andere Menschen zu übertragen, durch Transfusion und Injektion. Ein gewisser Erfolg habe sich eingestellt, heißt es, aber meist sei damit nur ein Stillstand der jeweiligen Krankheit erreicht worden. Die eingespritzten Lymphozyten waren selbst Immunreaktionen ausgesetzt und außerdem kann man einem Imm nicht ständig Blut abzapfen.«

»Imm?«

»Immune. So nennt man die veränderten Menschen.«

Sie schnitt eine Grimasse. »Weiter.«

»Man hat noch ein paar andere Methoden ausprobiert und ist gescheitert. Die Widerstandskaft der Imms ließ sich nicht einfach übertragen. Es war unmöglich, auch nur einen einzigen Kranken zu retten, und vorbeugende Behandlung zeigte nur geringe Wirkungen. Es gab einfach viel zu wenige Imms und viel zu viele, die ihr Blut, ihr Serum benötigt hätten.«

Sie sah mich geistesabwesend an. Ihre Stimme klang etwas zu forsch, als sie nach einer Minute ungeduldig fragte: »Und wie führt das alles zu mir?«

Ich beschloss ihr alles selbst zu sagen. Ich hatte das noch

nie vorher tun müssen und es fiel mir schwer. Die anderen hatten von Beginn an gewusst, worum es ging.

»Bestimmte Eigenschaften lassen sich übertragen. Es gibt Übertragungsmechanismen auf niedrigster Ebene. Irgendjemand hat ein Experiment mit einem Imm gemacht, der unmittelbar vorher gestorben war, bei einem Unfall oder vielleicht aus anderen Gründen. Er entnahm Gewebe des Lymphsystems aus dem Leichnam und versuchte die veränderten Zellen zu isolieren. Es gelang ihm, einem Kranken den so gewonnen Extrakt zu injizieren, und dessen Lymphdrüsen zeigten angeblich eine Zeit lang dieselben besonderen Eigenschaften wie die des Toten – hat irgendetwas mit den Stammzellen zu tun.«

Sie bewegte nervös die Hände und starrte auf den Boden, aber sie sagte noch nichts. Es war nicht mehr notwendig, aber ich machte trotzdem weiter. Ich hatte es versprochen. Es war nur höflich.

»Natürlich hatte das Verfahren seine Nachteile. Die übertragene Immunität war schwächer als die der Imms und sie ließ im Lauf der Jahre nach. Meistens waren mehrere Injektionen notwendig, um den Effekt zu erhalten. Und die Immunität vererbte sich nicht, anders als bei den Imms.« Ich holte tief Luft. »Und außerdem gab es zu wenig tote Imms. Viel zu wenige.«

Ihre Augen weiteten sich. Zum ersten Mal schlich sich echte Angst in ihre Züge. »Und?« Ihre Stimme schwankte ein wenig. Sie hatte unwillkürlich die Fäuste geballt.

»Eine Zeit lang tat sich wenig. Hin und wieder starb ein Imm und falls man ihn rechtzeitig fand, nahm man ihn eben aus.« Ich betonte die Worte. Sie zuckte sichtlich zusammen. Aber ich schuldete ihr eine Erklärung und ich wollte sichergehen, dass sie mich verstand. Vielleicht wollte ich auch nur grausam sein. »Man impfte so viele Menschen wie eben möglich. Imms stellten sich für Untersuchungen und Transfusionen zur Verfügung, aber ohne großen Erfolg. Es blieb so, wie es war. Ein Imm sicherte einem Dutzend Menschen für einige Zeit das Leben, sobald er starb, aber nicht eher.

Zwangsläufig sind Männer aufmerksam geworden, die

sich darauf verstehen, aus dem Dreck und der Asche das wenige aufzulesen, das igendeinen Gewinn verspricht. Die Städte im Osten sind zerstört und tabu, aber zwischen ihnen liegen relativ unversehrte, kleinere Siedlungen, die zwar gelitten haben, aber bewohnbar sind. Dort leben die Männer, die den Treibstoff, die Waffen, die Nahrungsmittel kontrollieren, und dort leben die anderen Leute, die deshalb für sie arbeiten. Es gibt ein paar kleinere Gruppen außerhalb, die Felder bestellen und versuchen allein durchzukommen, und am Rand der toten Städte vegetieren die zahllosen Bettler, die nur so lange am Leben bleiben, wie sie hin und wieder eine Konserve finden oder etwas, das sie den Besitzenden für eine Mahlzeit verkaufen können, wenn es ihnen nicht vorher gewaltsam abgenommen wird. Einige von uns suchen auf eigene Faust oder für hohen Lohn nach den Überbleibseln, aber den Profit machen andere. Für diese Leute sind tote Imms eine Handelsware wie Medikamente, Drogen, Nahrungsmittel und Benzin. Die Mächtigen wollen sich ihre eigene Heilung sichern und die Bettler und Parias gehen leer aus. Immer weniger Leute erhalten Injektionen, aber es gibt trotzdem viel zu wenige tote Imms.«

Sie hatte längst begriffen. Ich sah es an ihrem Gesichtsausdruck und daran, wie sie die Zähne zusammenbiss.

»Innerhalb gewisser Beschränkungen konnte man daran etwas ändern. Ein Imm starb, weil ihm nicht geholfen wurde. Ein Kind wurde zu etwas überredet, was es nicht verstand. Leichen wurden gekauft, ohne dass jemand Fragen stellte. Männer und Frauen verschwanden spurlos, nur weil sie relativ gesund ausgesehen hatten. Bald wurden Imms auf Bestellung umgebracht und Kopfgelder wurden ausgesetzt. Innerhalb weniger Monate war die Ostküste von allen Imms verlassen, die dem Massaker entkommen waren. Männer wurden mit Waffen, Benzin und Fahrzeugen ausgerüstet und für hohe Bezahlung nach Westen geschickt, um den Überlebenden nachzustellen. Ich wurde einer dieser Männer. Ich eigne mich nicht zum Schlachter, aber ich bin ein geduldiger Jäger.« Ich wich ihrem entsetzten Blick nicht aus.

Sie schüttelte wieder den Kopf. »Das …« Sie schluckte.

»Sie verschleppen Menschen nach Osten, damit sie dort … geschlachtet werden?«

Ich nickte.

»Und niemand hindert Sie daran? Um Himmels willen. Die Menschen lassen das einfach zu?«

»Niemand will sich da einmischen, und warum auch? Ihr seid gesund, alle diese Krankheiten lassen euch unversehrt. Indirekt profitiert ihr von den Seuchen, und das macht es leicht, euch einen Teil der Schuld zu geben. Menschen sind getötet worden, obwohl sie keine Imms waren, nur weil sie gesund ausgesehen haben. Ich denke, dass die meisten Menschen im Grunde ihres Herzens einverstanden sind.«

Ich erhob mich und trat zum Wagen hinüber. »Sie wussten wirklich nichts davon«, stellte ich fest, während ich das Handschuhfach öffnete.

»Nein«, antwortete sie mit rauer Stimme. »Ich hatte keine Ahnung.« Sie strich eine Haarsträhne aus der Stirn und ihre Hand zitterte ebenfalls. »Ich bin nur selten in der Nähe einer Stadt gewesen. Das Tal habe ich vor Monaten das letzte Mal verlassen. Man hört nicht mehr viel aus dem Osten.«

Ich rieb mir erneut das Kinn. Die Bartstoppeln standen bereits dicht genug, um die Haut zu reizen, aber ich wollte eine Rasur mit dem Messer hier draußen nicht riskieren.

»Ich dachte es mir. Sie leisteten absolut keine Gegenwehr, anders als die anderen.«

»Die anderen?«

Ich zwang mich ihrem Blick standzuhalten. »Sie sind natürlich nicht mein erster Imm. Ich jage seit zwei Jahren, seit den Tagen der Kopfgelder. Meine Opfer haben bisher allerdings immer gewusst, worum es ging, und ich musste sie früher oder später unter Betäubung halten. Heutzutage ist das eine aufwändige Methode.«

Sie starrte mich an. Zum ersten Mal, so dachte ich, sah ich ihr Gesicht bar jeder Kontrolle. Unglauben und Entsetzen waren darin zu lesen und nach ein paar Atemzügen auch reine Angst.

»Sind Sie es?«, fragte sie schließlich tonlos. »Einverstanden, meine ich?«

Ich verstand nicht sofort. »Im Grunde meines Herzens?«, fragte ich schließlich. Sie nickte.

Ich runzelte die Stirn. »Ich weiß es nicht«, sagte ich dann. »Ich denke nicht viel darüber nach.«

»Kümmert es Sie nicht?« Die Angst beherrschte sie für den Moment, aber da war ein Unterton von Stahl in ihre Stimme zurückgekehrt.

»Sie meinen, ob es mir Leid tut? Natürlich. Niemand verdient den Tod.«

»Nein«, sagte sie und schüttelte den Kopf »Denken Sie denn überhaupt nicht darüber nach, ob es richtig ist?«

»Seit dem Krieg ist nichts mehr richtig gewesen«, erwiderte ich. »Die Frage ergibt keinen Sinn mehr.«

Sie schüttelte nur stumm den Kopf. Ich wusste, was sie sagen wollte. Ich hatte es schon von anderen gehört, in verschiedenen Formulierungen. Die Worte klangen gut, aber sie entsprachen nicht der Wirklichkeit. Sie sagte sie nicht.

»Wie haben Sie mich gefunden?«, fragte sie stattdessen.

»Ein Bettler, weiter im Norden. Er erinnerte sich an eine gesunde junge Frau, die ihm ein Messer abgekauft hatte. Er hatte den Verstand verloren und wusste so wenig wie Sie, was ich wollte, sonst hätte er wohl den Mund gehalten. Sie haben ihn sehr beeindruckt.« Ich warf ihr einen Blick zu. »Hat Ihnen nicht viel genutzt«, ergänzte ich. »Das Messer, meine ich.«

»Nein«, sagte sie nach einem Moment. »Nun, vielleicht leistet es Ihnen ja bessere Dienste. Sie haben es doch noch, oder?«

Ich nickte.

»Ich hatte wohl keine Chance, oder?«

»Ich denke nicht. Sie hätten mir vielleicht entkommen können, so lange Sie diese Schusswunde nicht hatten, aber jetzt? Natürlich könnten Sie es immer noch versuchen, zumindest theoretisch.« Ich griff in das aufgeklappte Handschuhfach und zog die Handschellen heraus.

»Sie denken an alles, nicht wahr?«

Ich antwortete mit einem Achselzucken. »Ich gehe keine unnötigen Risiken ein. Normalerweise hätte ich Sie schon gestern gefesselt, aber Sie haben es mir relativ einfach gemacht.« Ich grinste müde. »Betrachten Sie es als Gegenleistung.«

»Es ist wohl noch nie so leicht gewesen, was?«

»Richtig.«

Sie machte keine Anstalten sich zu erheben. Vielleicht war es ein kleine Herausforderung inmitten der vollständigen Niederlage, vielleicht war sie mit ihren Gedanken auch nur an einem anderen Ort.

»Warum keine Beruhigungsmittel?«, fragte sie unvermittelt.

Es überraschte mich. »Fairness«, sagte ich dann.

Sie lachte. Ihr Lachen klang, als schmerzte es im Hals, aber am Ende war es frei.

»Blödsinn«, sagte sie mit Nachdruck.

»Okay«, antwortete ich. »Ich hatte sie im Wagen vergessen.«

»Blödsinn«, wiederholte sie.

»Ein Betäubungsmittel macht einen Menschen träge, aber nicht unbedingt gefügig. Ich hätte Sie am Ende womöglich doch tragen müssen.« Ich hob die Handschellen. »Außerdem dämpft es auch den Wundschmerz und der Schmerz ist eine zuverlässige Mahnung, dass ich es ernst meine.«

Sie musterte mich und es war unmöglich zu erkennen, was sie dachte, und ob sie mir glaubte.

»Wir müssen los«, sagte ich ruhig.

Sie erhob sich schweigend und humpelte den Wagen entlang. Herausfordernd sah sie mich an. »Wo soll ich mich hinsetzen?«

Ich überlegte und streifte die Liege auf der Ladefläche mit einem Blick, dann deutete ich auf den Beifahrersitz.

Sie stieg ein und schob sich hinüber. Ich setzte mich neben sie, ließ die Handschellen um ihr rechtes Handgelenk und den Türgriff einrasten und zog einmal prüfend daran.

»Zufrieden?«, fragte sie spöttisch. Sie schien sich rasch gefangen zu haben. Ich nickte wortlos. Sie lehnte sich zurück und betrachtete stirnrunzelnd ihre Fessel, aber sie zog nicht daran. Ich stieg wieder aus und packte die Reste des Lagers in den Wagen. Nach einem letzten prüfenden Blick auf den Boden setzte ich mich wieder neben sie, schlug die Tür zu und ließ den Motor an. Ich setzte den Wagen zurück und wendete. Der Asphalt knirschte, als die schweren Reifen über ihn hinwegpolterten, und dann rollte der Wagen wieder über die alte Straße nach Osten.

Nach ein paar Stunden Fahrt löste sie ihren Blick von dem ausgeblichenen Band der Straße, drehte den Kopf und musterte mich.

»Sie meinten jedes Wort«, stellte sie fest.

Ich antwortete nicht.

»Zum Teufel«, sagte sie mehr zu sich selbst als zu mir. »Sie werden mich wahrhaftig diesen ... Tieren ausliefern.« Sie hob den Kopf »Und was haben Sie davon? Welchen Preis zahlt man Ihnen für ein Leben ... für mein Leben?«

Ich hob die Schultern. »Nahrungsmittel, Medikamente, Alkohol. Sklaven brauche ich nicht, so wenig wie Drogen. Vielleicht ein paar exotischere Dinge, was weiß ich. Es hängt meistens davon ab, was der Chief gerade entbehren kann.«

»Der Chief?«

»Das ist der Mann, für den ich arbeite.«

»Nein«, korrigierte sie mich, »der Mann, der mich töten lassen wird.«

»Wie man es nimmt.«

»Richtig«, versetzte sie kühl. »Keine persönlichen Motive?«

»Nein.«

Wir verfielen wieder in Schweigen. Die Straße wurde etwas besser und breiter und einige Stunden später erreichten wir freies Land. Die Ebene lag flach und tot vor uns, eine trockene, karge Wüste. Wir kamen durch ein paar verlassene Ortschaften, die ausgebrannt und verödet die Straße säumten. Der Geigerzähler tickte leise, in einem Takt, dessen Intensität sich zuweilen steigerte, um dann wieder nachzulassen. Die ganze Gegend war heiß, aber keine Todeszone. Es gab wenig Leben hier, und hier und da lagen die skelettierten Überreste verendeter Tiere im Sand.

»Warum machen Sie das?«, fragte sie leise.

»Weil ich dafür bezahlt werde.«

»Das habe ich nicht gemeint«, sagte sie zornig. Ihre linke Hand tastete nach der Handschelle. »Ich frage nach Ihren Motiven. Was treibt Sie an? Hass? Neid?«

»Nein«, sagte ich nur. »Keine Emotionen.«

»Himmel, es gibt doch sicher andere Möglichkeiten, an Nahrung zu kommen. Warum machen Sie ausgerechnet das hier?«

»Es gibt keine anderen Möglichkeiten. Nehmen Sie mein Wort dafür. Auf jeden Menschen, der ausreichend zu essen hat, kommen Dutzende, die nichts haben. Meine Chancen sind verschenkt worden, ehe ich geboren worden bin. Ich habe mich durchgeschlagen, mit Betteln und mit Raub. Niemand ist mir dabei entgegengekommen. Ich habe mich zeit meines Lebens um mich selbst gekümmert. Bis der Chief mir eine Chance gab, weil ich ein guter Schütze war.« Ich warf ihr einen Blick zu. »Ich bin gut in dem, was ich tue. Nicht ausschließlich meine Entscheidung.«

»Können Sie sich vorstellen, wie egal mir das ist?«

Ich zuckte die Achseln. »Vielleicht verabscheue ich das alles«, sagte ich leichthin.

»Ich bin nicht naiv«, sagte sie bitter. Ich war nicht ihrer Meinung. Ihre Hand hatte sich so fest am Haltegriff verkrampft, dass ihre Fingerknöchel weiß unter der Haut hervortraten.

»Es steht ein Leben gegen zwölf«, sagte ich, als ihre Hand sich wieder entspannte. »Einer für ein Dutzend klingt wie ein guter Handel.«

Sie lachte sarkastisch. »Das ist zumindest etwas.«

Ein sinnloses Spiel, dachte ich. Ich sah sie an, aber sie schwieg. Sie fuhr sich mit der Hand über die Stirn und starrte auf die verwitterte Straße.

»Ich habe keinen von ihnen verloren«, sagte ich nach einiger Zeit. »Habe keinen getötet.«

»Das ist lächerlich«, erwiderte sie und schüttelte den Kopf. »Diesen Unsinn glauben Sie nicht wirklich.«

Die Straße wurde wieder schlechter und ich musste einige

hundert Meter langsam zwischen Schlaglöchern, Rissen und geborstenen Betonplatten manövrieren, bis wir die gefährliche Strecke hinter uns hatten.

»Ein Leben für zwölf?«

»Richtig.«

Sie lachte hell. »Belügen Sie mich oder sich selbst?«

»Inwiefern?«, fragte ich.

»In Ordnung, Mann, dann gehen wir es eben Schritt für Schritt durch.« Sie zählte es an ihren Fingern ab. »Sie bringen mich Ihrem Chief, wie Sie ihm die anderen gebracht haben. Da Sie so ein zart besaiteter Mensch sind, wird mich ein anderer von seinen Männern schlachten und zerlegen.«

»Eine Frau«, sagte ich. »Ellen Caine. Sie war Chirurgin und alles, was ihr von der Zeit vor dem Krieg geblieben ist, ist ihre Heroinabhängigkeit.«

»Gut, dann wird mich eben diese Caine zerlegen. Und was passiert dann? Der Chief verteilt die Injektionen an die Bedürftigen.«

»Natürlich nicht«, sagte ich.

»Was passiert also stattdessen?« Ihre Stimme schwankte nun nicht mehr, sie klang kühl und dunkel.

Ich antwortete nicht.

»Ich will Ihnen sagen, was geschehen wird. Ihr Chief wird den Extrakt, das Serum oder wie immer er es nennt für sich selbst verwenden, und zwar nur für sich selbst. Er wird es sich spritzen, immer und immer wieder, bis er sicher ist, dass er keine dieser neuen Krankheiten mehr fürchten muss, und das wird natürlich nie der Fall sein. Bei jeder neuen Krankheit wird er sich eine höhere Dosis verabreichen und während er gesund ist, wird er weiterspritzen, denn er wird sich niemals sicher sein.«

»Niemand verträgt so viel Serum«, erklärte ich.

»Unterbrechen Sie mich nicht«, fuhr sie mich an. »Wenn überhaupt etwas von mir und all den anderen Ermordeten übrig bleibt, wird er es als Rücklage behalten, oder an andere verkaufen, um seinen Besitz zu erweitern, oder er wird … « Sie verstummte mitten im Satz. In ihren dunkelblauen Augen glitzerten Tränen und ich sah, dass sie sich an der rechten Hand mit dem eigenen Fingernagel eine kleine Wunde zugefügt hatte. Nun, sie konnte sich diese Unvorsichtigkeit erlauben.

»Er hortet das Serum und wartet, bis es keine Imms mehr gibt«, sagte ich. »Das treibt den Preis in die Höhe. In Kühlung hält sich das Gewebe ein paar Jahre.«

»Ein Leben für zwölf«, rief sie aus und lachte, während ihr die Tränen die Wange hinunterliefen. »Was für eine Lüge.«

»Richtig«, erwiderte ich. Ich hatte es noch nie ausgesprochen. Nun, es hörte sich genauso an, wie man es erwarten konnte. Sie weinte unaufdringlich und ihre Tränen begleiteten unsere Fahrt, bis wir den Highway erreichten. Die rostigen Fahrzeugwracks lagen wahllos verteilt und bildeten Hindernisse, die mich aus meiner düsteren Nachdenklichkeit rissen.

Wir kamen immer langsamer voran. Im Norden zeichneten sich die bizarren Formen einer verbrannten Stadt ab, deren Namen meine Eltern noch gekannt hatten.

»Wir werden untergehen«, sagte sie unvermittelt. Ihr Blick schweifte über das leere, tote Land um uns herum.

»Vermutlich.«

»Nein, ganz sicher.« Sie wischte sich die letzte Feuchtigkeit aus den Augen. »Wir berauben uns selbst unserer letzten Chancen. Sie tun es, Wade.«

»Wie meinen Sie das?«, fragte ich erstaunt.

»Denken Sie nach. Die Menschen sterben, wenn sie dreißig Jahre alt sind, an Hunger und Seuchen. Wir leben wie die Hyänen von dem, was der Krieg übrig gelassen hat, Maschinen, Benzin und Konserven, und in den Händen dieser Narren, die nur an sich selbst und ihr eigenes armseliges Leben denken, geht alles verloren. Kaum einer von uns kann in dieser Welt noch leben, ohne körperlich und geistig zu Grunde zu gehen. Wir haben nicht einmal mehr die Zeit, um zu begreifen, wie schlecht es steht. Und zu allem Überfluss schlachtet ihr uns ab. Ihr werdet uns in wenigen Jahren ausgerottet haben.« Sie sah mich flehend an, ihre Worte kamen drängend und heftig. »Begreifen Sie, dass vielleicht nur wir … wir Imms die nächsten Jahrzehnte überleben könnten? Die Chancen verringern sich von Tag zu Tag, für alle.«

»Vermutlich haben Sie Recht«, erwiderte ich langsam.

Das Zugeständnis war ihr nicht genug. Sie schüttelte aufgebracht den Kopf. »Sehen Sie sich doch um. Machen Sie einfach nur die Augen auf. Ich bin seit Monaten nicht mehr außerhalb des Tales gewesen, aber was ich gesehen habe, das ist genug. Wir werden immer weniger.«

Es war der richtige Moment. »Sie sagen ›wir‹. Meinen Sie Menschen oder Imms?«

Etwas in ihr zerbrach. Sie sah mich aus aufgerissenen Augen an und zum ersten Mal erkannte ich hinter ihrer unnatürlichen Geduld und Ruhe echten Hass. Sie hatte dazugelernt.

»Das meinen Sie ernst, nicht wahr?« Sie ließ mich nicht antworten. »Natürlich. Das macht die Sache einfacher, nicht wahr?« Sie umklammerte meinen rechten Arm. Sie hatte einen festen Griff, auch mit der linken Hand. »Haben wir kein Recht zu leben? Sind wir keine Menschen?« Ihre Stimme klang ätzend. »Imms. Ich habe es nicht gleich begriffen, weil ich so verdammt dumm bin. Ihr nennt uns Imms und damit fällt es euch ganz leicht, uns abzuschlachten. Die Menschen hier, die Imms dort.« Sie schüttelte fassungslos den Kopf und ihr Blick irrte unstet zwischen meinen Augen hin und her.

Ich muss auch ihre linke Hand fesseln, dachte ich beinahe bedauernd, während ich mich auf die Straße konzentrierte.

»Ihr hasst uns wegen unserer Immunität«, sagte sie. »Weil wir es angeblich besser haben als ihr. Ihr neidet uns etwas, was nicht unser Verdienst ist und was wir eurer Meinung nach auch nicht verdient haben.« Ich spürte, wie ihr Griff schwächer wurde, und sah aus den Augenwinkeln, wie sie in sich zusammensackte. »Ich trauere um diese Welt und Sie degradieren mich zu Mastvieh, um Ihr jämmerliches Gewissen zu täuschen … ach, verdammt …« Sie biss sich auf die Lippen und wandte sich ab. Ihre Hand fiel kraftlos von meinem Arm.

Ich warf ihr einen Bick zu. »Es war eine dumme Bemerkung«, sagte ich. Ich bezweifelte, dass sie meiner Entschuldigung genug Aufmerksamkeit schenkte, um sie auch nur in Zweifel zu ziehen.

Sie antwortete nicht.

Eine Weile später dämmerte es. Ich schaltete die Scheinwerfer ein und beschloss noch zwei weitere Stunden zu fahren, um die verlorene Zeit aufzuholen. Ihre Worte waren mir nicht aus dem Sinn gegangen, obwohl ich sie schon von anderen gehört hatte. Sie redet um ihr Leben, dachte ich. Unwillkürlich hatte ich den Gedanken halblaut ausgesprochen.

»Natürlich«, sagte sie leise und wandte den Kopf. Sie hatte nicht geschlafen, wie ich angenommen hatte. Ihre Augen waren schwarz in der Dunkelheit. »Was würden Sie an meiner Stelle tun?«

Ich wollte sie nicht auf dumme Gedanken bringen, also antwortete ich mit einem Achselzucken. »Keine Spiele«, sagte ich ein wenig ironisch.

»Ich habe den Einsatz nicht festgelegt«, erinnerte sie mich.

»Richtig.«

»Ja.« Ihr Haar rutschte ihr ins Gesicht, als sie den Kopf bewegte, um den Nachthimmel zu betrachten. Ihre Hand tastete geistesabwesend über die Handschelle, während ihr Blick den dunklen Rand der Straße entlangwanderte.

»Ist Ihr Chief ein … intelligenter Mann?«

»Vermutlich. Er hat einen großen Besitz an sich gerissen, und dazu gehört eine gewisse Intelligenz.« Ich warf ihr einen warnenden Blick zu. »Glauben Sie nicht, dass Sie ihn beeinflussen könnten.«

Sie lachte auf. »Kaum. Ich überlegte nur …« Sie blickte mir offen ins Gesicht. »Vielleicht sieht er ein, dass ich wertvoller für ihn bin, wenn ich lebe.«

»Er ist Geschäftsmann«, versetzte ich ruhig. »Falls Sie ihm einen Vorschlag machen wollen, dann denken Sie daran, dass er nur weitere zehn Jahre zu leben hat.«

»Zehn Jahre sind eine lange Zeit.« In ihrer Stimme schwangen Müdigkeit und Ekel.

»Sagen Sie nicht, Sie möchten so leben, eingepfercht wie Schlachtvieh«, sagte ich.

»Nein«, sagte sie erschöpft, »aber es hängt ja nicht von mir ab.«

Ich stoppte den Wagen. »Vergessen Sie lieber das Schicksal der Menschheit. Machen Sie sich nur um sich selbst Sorgen. Sie haben noch eine Woche.«

Sie zuckte nicht zusammen. »Was macht das schon? Ich glaube, mir ist erst jetzt bewusst geworden, in was für einer Welt ich lebe. Vielleicht macht es wirklich keinen Unterschied.« Sie lächelte freudlos. »Ihre Kugel hat mehr als eine Wunde gerissen.«

Ich reagierte nicht darauf und sie sah mich abschätzend an. Ich glaubte nicht, dass sie wirklich verstanden hatte.

»Weshalb haben Sie eigentlich geschossen?«, fragte sie ruhig. »Sie hätten mich in jedem Fall überwältigen können.«

Ich zog den Zündschlüssel aus dem Schloss und steckte ihn in die linke, von ihr abgewandte Hosentasche. »Psychologie«, sagte ich.

Sie wartete nicht lange. »Was soll das heißen?«, fragte sie ungeduldig. »So was wie ein Brandzeichen? Um zu zeigen, dass Sie Anspruch auf mich erheben?«

»Betrachten Sie es als eine psychologische Taktik«, erklärte ich. »Ich kann die Verletzungen nicht kalkulieren, wenn ich Sie niederschlagen muss. Das ist ein unnötiges Risiko, für beide Parteien. Wenn ich Sie mit der Waffe bedrohe und Sie fliehen trotzdem, weil Sie wissen, was Ihnen bevorsteht, dann kann ich die Wirkung des Schusses nicht genau einschätzen. Doch wenn Sie die Gefahr erst erkennen, nachdem die Kugel Sie getroffen hat, sitzen Sie schon in der Falle.« Ich massierte müde meine Schläfen. »Das Wichtigste ist, dass Sie wissen, dass ich zu schießen bereit bin.«

»Sie denken an alles«, kommentierte sie tonlos.

»Ich versuche es.« Ich kippte den Fahrersitz nach hinten, so weit es ging. »Wollen Sie ein Schlafmittel?«

Sie schüttelte den Kopf. Ich erwog, ihr eine Tablette aufzuzwingen, und entschied mich dagegen. Als ich einschlief, sah sie noch immer hinaus in die Dunkelheit.

Das blendende Licht der Morgensonne weckte mich. Ich gähnte und richtete mich mühsam auf. Sie war schon wach, oder hatte vielleicht überhaupt nicht geschlafen, und vielleicht hatte sie mich die ganze Nacht so angestarrt. Ich legte unwillkürlich die Hand auf meine Waffe und verwünschte meine Nachlässigkeit.

»Sie waren sehr unruhig.«

»Ich weiß«, versetzte ich missmutig. »Ich habe schlecht geschlafen.«

»Immerhin«, sagte sie mit diesem freudlosen Lächeln. »Doch nicht meinetwegen?«

»Nichts Persönliches. Ich habe noch nie jemandem erklären müssen, was ich mit ihm mache.«

»Richtig«, sagte sie, und unter dem spöttischen Tonfall hörte ich die Härte heraus, die sie jetzt in ihre Worte legte.

Ich kramte eine der selbst erhitzenden Konservendosen heraus, öffnete sie und begann nach einer Minute zu essen. Sie lehnte die angebotene Portion ab. Das Zeug schmeckte entsetzlich, aber es war eine warme Mahlzeit. Nach einigen Minuten stellte ich die leere Dose zurück und startete.

Der Highway war in einem miserablen Zustand und mit jedem Meter wurde er schlechter, aber noch war es nicht möglich, auf einen anderen Weg auszuweichen. Der letzte Winter hatte arktische Kälte gebracht, schlimmer noch als in den Jahren zuvor, und der strenge Bodenfrost hatte die Fertigteil-Betonplatten vielfach aufgebrochen und angehoben.

Der Tag wurde sehr heiß. Die wenigen schmutzig grauen Wolken am bräunlichen Himmel standen unbeweglich in der stickigen Luft. Irgendwo im Westen brannte das versteppende Land und Rauchwolken stiegen in den hitzeflimmernden Himmel empor. Sie hatte nicht weiter gesprochen und sie machte auch keine Anstalten, etwas zu sagen. Mit unbewegtem, fast maskenhaftem Gesicht sah sie durch die schmutzige Windschutzscheibe, auf der tote Insekten klebten, und hing ihren eigenen Gedanken nach. Ich dachte an den Chief und verglich ihn mit ihr. Sie war intelligent und ehrlich und innerhalb eines Tages war sie hart geworden. Der Gedanke verschlechterte meine Stimmung noch. Ich konzentrierte mich auf die Straße und wechselte auf die Gegenfahrbahn. Noch ein Dutzend Kilometer und eine halb eingestürzte Brücke trennten uns vom ersten intakten Streckenabschnitt.

»Ich glaube, dass ich Sie langsam besser verstehe«, sagte sie plötzlich. Sie sah mich von der Seite an. Ihr Blick war schärfer geworden in den letzten Stunden und wirkte fast verletzend. Aber es lag eine seltsam intensive Neugier darin.

»So.«

»Sie wollen nur Ihre Arbeit erledigen, nicht wahr? Umsichtig und professionell soll das vor sich gehen. Effizient ist, glaube ich, die angemessene Bezeichnung.« Sie sprach betonungslos und gleichmäßig. »Ich schätze, Sie denken von sich selbst in denselben Begriffen wie ... wie von Ihrem Gewehr. Perfekt und funktionsfähig soll es sein. Sie schalten vermeidbare Risiken aus und die unvermeidbaren Risiken halten Sie so klein, wie es eben geht.« Ihr Blick heftete sich auf mein Gesicht. »Keine Gefühle, keine Skrupel.«

Ich beschränkte mich auf ein Achselzucken, ließ mich darauf ein.

»Nur eine Sache passt einfach nicht in dieses Bild hinein, und das lässt mir keine Ruhe. Ich ziehe das ganze Bild in Zweifel, verstehen Sie.« Sie beugte sich etwas vor. »Weshalb haben Sie mir die Handschellen nicht sofort angelegt?«

Ich dachte nicht, dass sie eine Antwort erwartete. Ich starrte einfach geradeaus und wartete ab, worauf sie hinauswollte.

»Ich glaube, dass Sie zu diesem Zeitpunkt noch nicht sicher waren, was mich betraf, ob ich Bescheid wusste oder nicht. Es war ein vermeidbares Risiko, mich diese eine Nacht lang ohne Fessel zu lassen. Ich hätte fliehen können. Natürlich wäre ich nicht weit gekommen, aber ich kannte das Gelände, und vielleicht hätte ich mich verstecken können. Sie haben es mir selbst gesagt. Warum dieses Risiko?« Ihr Gesicht zeigte jetzt angespannte Konzentration. Sie schwieg einen Augenblick. »Da ist noch etwas anderes. Sie haben mir nur Ihren Vornamen genannt. Dabei bedeutet es doch wohl kein Risiko, wenn Sie mir Ihren ganzen Namen nennen. Sie haben bereitwillig vom Chief und dieser Caine gesprochen.«

Sie lächelte plötzlich und ihr Gesicht hellte sich auf. »War es deswegen, weil ich Ihnen auch nur einen Vornamen sagen konnte?«

Ich nickte. Sie hatte eine Reaktion verdient.

»Das mit den Handschellen war eine Gegenleistung, nicht wahr?« Sie nickte entschieden, warf mir einen forschenden Blick zu. »Ja, natürlich. Das waren Ihre eigenen Worte. Sie kommen mir gerade so weit entgegen, wie ich es umgekehrt tue. Sie machen keine Vorleistungen, aber Sie wollen keinem etwas schuldig bleiben. Könnte es sein, dass Sie dem Chief gegenüber eine irrationale Dankbarkeit empfinden?«

»Und wenn?«, sagte ich kurz angebunden.

Sie lachte bitter. »Ihr Charakter fasziniert mich, Wade. Es könnte lebenswichtig für mich sein, Ihre Motive zu begreifen. Zumindest kann ich mich damit selbst ablenken.«

»Wenn es Ihnen wirklich Spaß macht«, erwiderte ich trocken.

»Ich habe nicht mehr viel Zeit für Spiele«, sagte sie nüchtern. »Diese Runde geht um mein Leben und mir gehen die Einsätze aus. Was soll ich tun? Ihnen meinen Körper anbieten?«

»Den habe ich schon«, warf ich ein.

Sie beachtete den Einwurf nicht. Sie schüttelte langsam den Kopf »Nein, das ist der falsche Weg, nicht wahr? Keine Angebote. Kein Entgegenkommen, kein Preis. Sie lassen sich nicht kaufen. Nicht auf diese Weise. Sie wollen etwas ganz anderes und ich komme noch dahinter, was es ist.«

Ich ging nicht darauf ein. Die Straße wurde langsam wieder besser. Nach einer guten Stunde erreichten wir die Brücke. Ich stoppte den Wagen.

Die Brücke überspannte ein ausgetrocknetes Flussbett, in dem die steinernen Reste einer Flutwelle lagen. Ein Teil des Betons war geborsten, einige Pfeiler waren gebrochen und eine der vier Fahrbahnen war komplett in den trockenen Sand abgekippt. Die Leitplanke streckte sich brandgeschwärzt ins Leere, und ein ausgebranntes Wagenwrack hing über die Kante. Unter dem blasenbedeckten Lack schimmerte schon der Rost und die Türen waren abgerissen. Der

Wagen hatte bereits dort gestanden, als ich die Brücke auf dem Hinweg überquert hatte, und er stand vermutlich schon seit dem Krieg hier.

Die Brücke selbst sah wenig Vertrauen erweckend aus. Auf dem Hinweg war eine ganze Platte unter meinem Wagen herausgebrochen und ich war nur knapp davongekommen. Es gab einen Weg durch das Flussbett, aber der Umweg würde uns fast einen ganzen Tag kosten.

Ich lachte plötzlich auf. Sie sah mich verwirrt an.

»McCoy«, sagte ich unvermittelt.

»Was?«, fragte sie verblüfft.

»Mein voller Name ist Wade Hallard McCoy.«

Sie schüttelte den Kopf. »Warum?«, fragte sie und meinte den Zeitpunkt.

Ich antwortete nicht. Eine Frage der Fairness. Vielleicht würde sie es nie erfahren. Ich musterte die Brücke einige Zeit und sie fragte nicht noch einmal. Schließlich nahm ich den Handschellenschlüssel aus der Brusttasche und behielt ihn in der linken Hand. Ich startete den Motor wieder und lenkte den Wagen vorsichtig auf eine der beiden mittleren Fahrspuren. Sie sah auf die Trümmer, blickte dann wieder zu mir und ihr Gesichtsausdruck zeigte zunehmende Beunruhigung. Die breiten Geländereifen fanden keinen wirklichen Halt auf dem groben Schutt, aber wir kamen vorwärts.

»Ein Wagnis, Wade?«, fragte sie unvermittelt. Ich wollte sie auffordern den Mund zu halten, aber in diesem Moment brach die Betondecke schließlich doch noch und der Wagen neigte sich schlagartig nach vorn. Ich trat auf das Gaspedal und er machte einen Sprung nach vorn, doch es reichte nicht. Ein ganzes Brückensegment brach hinter uns heraus und schlug in einer großen Staubwolke im Flussbett auf. Der Wagen hing mit dem Heck über der Kante und blieb einen Augenblick so, dann senkte er sich hinab und schlug mit der hinteren Stoßstange zuerst in die Trümmer unter uns.

Als sich der Staub verzogen hatte, brach sie ihr Schweigen. »Pech.«

»Wie man es nimmt«, entgegnete ich und öffnete den Sicherheitsgurt. Der Motor war abgesoffen und ich hatte die

Zündung ausgestellt, noch ehe die hintere Stoßstange den Boden berührt hatte. Es roch nach Benzin. Ich nahm den Handschellenschlüssel aus der linken Hand und langte hinüber, um sie zu befreien. Sie bewegte sich nicht, bis die Metallzange aufschnappte, dann stieß sie die Tür auf und sprang auf die Betonplatten, zwischen denen das Auto sich verkeilt hatte. Ich warf die Waffen und Vorräte aus dem Wagen, obwohl er kaum mehr in Brand geraten würde. Der Tank war nicht mehr dicht, aber ein rascher Blick hatte mir gezeigt, dass die eingebauten Kanister heil geblieben waren.

Sie saß einige Meter entfernt und wartete erschöpft. Ich legte die Nahrungsmittel und den Kocher neben einen Felsen und ging zu ihr.

»Und jetzt?«

Ich hockte mich vor sie hin und sah ihr ins Gesicht. Ihr Haar war schmutzig geworden und hing ihr in Strähnen über die Stirn. Ihre Augen waren glanzlos und dunkel und Spuren von Tränen zogen sich über die Wangen. Das rechte Hosenbein war blutverkrustet.

»Wir würden zwei Wochen brauchen, um die Baracken zu erreichen«, stellte ich fest. »Ich habe nicht mehr genug Proviant, um uns beide so lange zu verpflegen.«

»Wollen Sie mich hier zurücklassen?« Sie lachte und der leise Spott klang wieder in ihren Worten durch. »Ich bleibe freiwillig. Erschießen Sie mich oder lassen Sie es bleiben, ich werde jedenfalls lieber jämmerlich verrecken, als mich von Ihrem Boss schlachten zu lassen.«

Ich nickte. »Das habe ich nicht anders erwartet.« Mein Blick suchte die Hügel im Westen. »Es sind wenigstens drei Tage bis zu Ihrem Tal.«

»Scheiße«, sagte sie. Es war eine angemessene Zusammenfassung. »Unbewaffnet und ohne Nahrung könnten es genauso gut Jahre sein.«

Wir sahen uns an. Sie wirkte vollkommen gelassen. Ich konnte nicht erkennen, ob sie einfach aufgegeben hatte, oder ob sie sich ihrer erneuerten Hoffnung so sicher war, dass sie nicht mehr zweifelte.

»Was haben Sie vor?«

Ich deutete auf die Vorräte, die hinter dem Felsen lagen. »Das sollte reichen, bis Sie wieder dort sind, wo ich Sie hergeholt habe.« Ich deutete auf die Hügel. »Es gibt wilde Hunde in dieser Gegend«, sagte ich. »Tollwut. Können Sie mit einer Waffe umgehen?«

»Verlassen Sie sich drauf«, sagte sie in einem seltsamen Tonfall.

Ich zog die Waffe aus dem Gürtel und wog sie gedankenvoll in der Hand. »Zweifellos wäre es riskant, wenn ich sie Ihnen sofort gebe.«

»Warum?« Sie meinte nicht die Waffe.

Ich hob die Schultern. »Weiß ich selbst nicht. Es ist ziemlich sinnlos, Sie nach Osten zu schleppen.« Ich erhob mich. »Egal, was ich tue, ich töte nicht sinnlos. Und was immer ich noch tun werde, ich werde Sie nicht hier zurücklassen, damit Sie für meine Fehler bezahlen.«

Sie schüttelte langsam den Kopf. »Jemanden wie Sie gibt es wohl nicht besonders oft.«

»Schaffen Sie's?«

Sie überlegte und die Antwort fiel ihr nicht leicht. »Immer die Straße entlang, mit ausreichend Verpflegung …« Sie sah auf ihr Bein und warf mir einen leicht zu deutenden Blick zu. »Das wird nicht einfach sein, aber natürlich versuche ich es.«

Ich nickte ihr zu und ging dann zum Wagen zurück. Dort suchte ich den Rucksack heraus, packte Munition und weitere Konserven und Konzentrate hinein und stellte ihn nach draußen. Werkzeuge, Benzinkanister und die übrigen Nahrungsmittel schob ich zwischen die Trümmer und verbarg sie sorgfältig unter Betonbrocken. Die Nimrod und eine Taschenlampe behielt ich.

Sie saß immer noch neben dem frei stehenden Brückenpfeiler. Als ich mit dem Rucksack und dem Gewehr auf sie zukam, begann sie die Konserven zusammenzupacken.

»Und was werden Sie jetzt machen?«, fragte sie.

Ich sah mich um. »Ich werde mich vermutlich zu einer Siedlung durchschlagen müssen.«

»Ein weiter Weg.«

»Und eine gefährliche Gegend.« Ich zuckte die Schultern. »Vertrackte Situation. Ich habe eben keine Wahl.«

»Wollen Sie zu Ihrem Chief zurück?«

Ich lachte. »Kaum. Ich schulde ihm jetzt einen Wagen. Wenn er davon erfährt, wird er Entschädigung verlangen, und dann werde ich mich dort wieder finden, wo ich hergekommen bin – in den toten Städten. Trotzdem, dort im Osten ist alles, was ich besitze, einmal abgesehen von den paar Habseligkeiten hier.«

»Ist das so wichtig für Sie?«

»Es ist alles, was ich habe.« Ich musste sie nicht daran erinnern, was ich dafür getan hatte. Sie hatte es nicht vergessen.

Ihre blauen Augen waren heller geworden. »Mit anderen Worten, Sie sind erledigt.«

»Richtig.«

Ein Lächeln ging durch ihr Gesicht.

Ich reichte ihr den Rucksack. »Damit geht es sich besser. Ich nehme die anderen Packen.«

Sie legte ihn schweigend an und schloss die Gurte. Dann sah sie mich an. »Sie wollten mir eine Waffe geben.«

Ich nickte und zog die Automatic aus dem Gürtel, nahm das Magazin heraus und gab ihr die Waffe. Sie nahm sie wortlos entgegen. Ich wog das Magazin in der Hand und sah sie nachdenklich an. Sie zeigte keine Regung. Ich warf es ihr zu und sie fing es geschickt mit einer Hand auf.

»Soll ich es erst einsetzen, wenn Sie fort sind, Wade?«

Ich zuckte die Achseln. »Das ist Ihre Entscheidung.«

Sie ließ das Magazin einrasten und lud die Waffe durch. Ich sah ihr ohne Bewegung zu, wie sie sie entsicherte. Sie war unerfahren, aber nicht ungeschickt. Sie warf mir einen Blick zu, die Waffe in der Hand wiegend.

»Sie riskieren viel, Wade.«

»Wie man es nimmt.«

Diesmal lachte sie nicht. Die Waffe sichernd und in ihren Hosenbund steckend, drehte sie sich um, nahm den Rucksack auf und begann über die Betontrümmer zu steigen. Sie wankte und wenn ich ihr nicht nachgesetzt wäre und sie aufgefangen hätte, wäre sie in die Knie gebrochen.

»Es geht schon«, fauchte sie wütend. Ich musterte ihr Bein und sah den großen Fleck getrockneten Blutes. Die Wunde konnte jederzeit wieder aufbrechen und diesmal würde sie es womöglich nicht überleben.

»Nein«, sagte ich entschieden.

Sie seufzte und ließ sich auf einem Betonblock nieder. Ihr Blick glitt zu dem Wagenwrack.

»Warum?«

»Was?«

»Warum die Brücke? Sie haben gezögert, weil Sie gewusst haben, dass es gefährlich war.«

»Ich werfe keine Münzen.«

»Wie bitte?«

»Ich war Ihnen noch etwas schuldig«, sagte ich. »Nennen wir es eine faire Chance.«

Sie schüttelte den Kopf. »Und wenn die Brücke gehalten hätte?«

Ich antwortete nicht und sie lachte gedämpft.

»Ich verstehe schon.« Sie sah mich an. »Du bist völlig verrückt, weißt du das?«

»Warum haben Sie nicht geschossen?«, fragte ich sie.

Sie sah mich an, traurig und wütend zugleich. »Ich konnte einfach nicht. Ich kann keinen Menschen töten.« Ihre Augen sahen nach Osten. »Ich weiß nicht, ob ich froh darüber sein soll.«

Ich folgte ihrem Blick. Die Reste der Stadt lagen am Rand ihres Weges. Abgesehen vom vielstimmigen Zirpen der Insekten war kein Laut zu hören. Es war bald Mittag und wir hatten noch einige Stunden bis zur Dunkelheit.

Ich trat neben sie und nahm ihr den Rucksack von den Schultem. Als ich ihn anlegte, runzelte sie die Stirn.

»Und jetzt?«

Ich zuckte die Achseln. »Der Chief wird auch ein paar Tage länger auf mich warten.« Ich hob die Nimrod auf und hängte sie mir über die Schulter.

»Was heißt das?«, fragte sie misstrauisch, als ich ihr hochhalf. Doch dann begriff sie. »Mein Mann wird dort sein«, stellte sie ruhig fest.

»Darauf kommt es nicht mehr an.«

Sie schwieg einige Zeit. Vermutlich wog sie die Risiken ab. Nach einiger Zeit nickte sie langsam, so, als ob sie eine Wahl gehabt hätte.

»Ich verstehe«, sagte sie nachdenklich.

»Nein«, sagte ich, »nicht wirklich. Es kommt nicht darauf an.«

Sie sah mich fragend an. Ich nickte ihr zu.

»Ich bringe dich nach Hause, Virginia«, sagte ich nur.

Natürlich hatte sie Unrecht. Ich hatte sie verletzt, aber ihre Überzeugungen hatte ich nicht erschüttern können. Ich hatte die Beruhigungsmittel tatsächlich einfach im Wagen vergessen. Der Brand, vielleicht. Das andere hatte sich daraus ergeben, mit einer Leichtigkeit, die mich erst amüsiert, dann überrascht hatte. Zu Beginn war es nur Spiel. Vieles wird zu einem Spiel, wenn man es oft genug getan hat. Je länger das Leben dauert, je weniger Zeit einem bleibt, desto mehr Dinge verlieren ihren Reiz. Und je kürzer das Leben wird, desto weniger bleibt uns. Die falsche Sicherheit der Baracken hatte schon lange jeden Reiz verloren. Das Spiel verliert seinen Reiz und man erhöht den Einsatz. Vor ein paar Jahren noch hätte ich anders gehandelt. Ich hätte keinen Fehler gemacht. Ich denke, es ist der Brand in meinem Kopf. Eine von den vielen neuen Krankheiten, für die wir immer noch keinen echten Namen haben. Jede setzt uns Schranken, die wir nicht mehr überschreiten.

Natürlich hatte sie Unrecht. Trotzdem war es eine reizvolle Idee. Es passte zu ihr. Wahrscheinlich ließ ich sie deshalb davonkommen.

Ich wüsste nicht, weshalb sonst.

ALISHA BIONDA

MONDVOGEL

Alisha Bionda ist eine junge Autorin, die bisher vor allem im Selbstverlag und bei kleineren Lyrikverlagen veröffentlichte, es aber mehr als verdient hat, einem größeren Publikum vorgestellt zu werden. Sie lebt im Rheinland, ganz in der Nähe eines anderen, deutschsprachigen Möchtegern-Fantasyautors (Nein, Frank, ich meine nicht dich) und plagt sich tagsüber mit einem staubtrockenen Verwaltungsjob herum – da muss man ja in Phantasiewelten flüchten … Ihr erster großer Roman wird im Frühjahr 99 erscheinen. Ich kenne ihn schon und kann nur sagen: Sie dürfen sich drauf freuen.

Aber nun zu der Story. Es ist schon seltsam. Manche Themen scheinen einfach in der Luft zu liegen. Als ich vor einigen Monaten damit begann, diese Anthologie zusammenzustellen, unterhielt ich mich auch mit Alisha. Sie ist nicht nur eine gute Freundin, sondern auch quasi eine Nachbarin, sodass wir uns öfter sehen, und nicht nur beruflich. Ich war gespannt, was sie aus meinen ausführlichen Vorgaben (egal was, Hauptsache phantastisch) machen würde …

Und geradezu schockiert, als ich die Geschichte bekam. Nicht nur, weil sie viel zu lang war (ausgerechnet ich muss das sagen …), nein, sie spielte in einem alten, seit langem leer stehenden Haus, und schon im Titel kamen gewisse geflügelte Zeitgenossen vor, die Sie – wenn Sie meine Story gerade gelesen haben – sicherlich wieder erkennen. Und ich schwöre: Wir haben kein Wort über unsere jeweiligen Geschichten miteinander gewechselt.

Wie sich dann herausstellte, unterscheiden sie sich doch in der einen oder anderen Kleinigkeit.

Trotzdem: Offensichtlich gibt es gewisse Bilder, die wir alle tief in uns tragen. Es kann ja kein Zufall sein, dass so viele unheimliche Geschichten in alten Häusern spielen.

Sollten Sie irgendwann einmal in die glückliche Lage geraten, ein altes Haus zu erben, treten Sie dieses Erbe ruhig an – aber öffnen Sie keine Schranktüren und bleiben Sie um Gottes willen vom Dachboden weg!

»Sind Sie Elyssa Moyet?«

Elyssa stutzte einen Moment. Die fremde Männerstimme klang alles andere als Vertrauen erweckend, zumal der Anrufer versäumt hatte sich vorzustellen.

Er schien ihre Gedanken zu erraten, denn jetzt sprach er weiter: »Entschuldigen Sie bitte, ich vergaß mich vorzustellen. Mein Name ist George Parker. Ich bin der Nachlassverwalter ihrer Großmutter Summer Lane.«

»Meiner was?« Elyssa konnte sich nicht erinnern jemals diesen Namen gehört zu haben. Die Eltern ihrer Mutter waren bei einem Unfall ums Leben gekommen, als sie noch ein Säugling war. Diese Erklärung hatte man ihr zumindest auf ihre kindlichen Fragen gegeben und bisher hatte Elyssa sich immer damit zufrieden gegeben. Aber schon damals hatte eine leise Stimme in ihr gefragt, ob das, was man ihr erzählte, der Wahrheit entsprach, vor allem da das Thema und alles, was ihre Großeltern betraf, danach totgeschwiegen wurde. So als hätten diese nie existiert.

»Ihre Großmutter, Miss Moyet, ist vor einem Jahr gestorben und hat Ihnen ihren gesamten Besitz hinterlassen.«

Elyssa ließ sich in einen bequemen Ledersessel fallen. »Ich …«

»Das alles muss Sie sehr überraschen«, fuhr Parker geschäftsmäßig kühl fort. »Ihre Großmutter hatte einen anderen Namen angenommen. Zu erklären, warum, fehlt mir leider die Zeit, aber es gab dafür triftige Gründe. Daher hatte ich Probleme Sie zu finden, Miss Moyet.«

»Hören Sie, Mr. Parker, ich kann nicht die richtige Enkeltochter sein. Die Eltern meiner Mutter starben kurz nach meiner Geburt.«

»Das wollten Ihre Eltern Sie glauben machen, aber das stimmt nicht, Miss Moyet. Fragen Sie sie.«

»Das kann ich nicht«, erwiderte Elyssa tonlos. »Sie sind ebenfalls letztes Jahr ums Leben gekommen. Sie starben bei einem Autounfall.«

George Parker hüstelte verlegen. »Das wusste ich nicht. Mein Beileid«, sagte er hastig. Als Elyssa nicht antwortete, fuhr er ebenso hastig fort. »Können wir uns morgen in meiner Kanzlei treffen und alle Einzelheiten besprechen?«

Ein gekrächztes *Ja* war alles, was Elyssa zustande brachte.

Sie lag die ganze Nacht wach. Immer wieder hallte der Satz in ihr nach: Das wollten Ihre Eltern Sie glauben machen, aber das stimmt nicht.

»Was habt ihr mir verschwiegen?«, flüsterte sie und knipste zum tausendsten Mal die Nachttischlampe aus. Versuchte zu schlafen. Schlief dann auch. Wie ein Hase. Mit offenen Augen. Also nicht. Und stand am nächsten Morgen völlig gerädert auf. Schlaftrunken schlurfte sie in die Küche und setzte die Kaffeemaschine in Gang. Butchy, ihr schwarzer Maine-Coon-Kater, saß gähnend auf der Granitarbeitsplatte der Einbauküche und beobachtete ihr Treiben gelangweilt.

»Ja, ja, du Faulpelz, gähn ruhig«, wies Elyssa ihn zurecht. Sie liebte das Vieh mit dem langen, schwarz glänzenden Fell und den smaragdgrünen Augen, die den ihren so ähnelten. Überhaupt war Elyssa ein menschliches Pendant zu Butchy: von schlanker, rassiger Statur, mit langem Haar und ebenjenen leuchtend grünen Augen, die durch die schwarzen Locken, die ihr Gesicht einrahmten, effektvoll betont wurden.

Elyssa ging gedankenverloren ins Bad. Als das prasselnde Wasser der Dusche ihre Lebensgeister geweckt hatte und sie sich trocken rubbelte, fragte sie sich erneut, was sie in der Parker-Kanzlei erwartete.

Als Elyssa eine gute Stunde später die Anwaltskanzlei betrat, war ihr ziemlich mulmig in der Magengrube. Und als sie den Knopf für den Aufzug drückte, war sie beinahe sicher, dass nach dem Gespräch mit George Parker ihr Leben nicht mehr so sein würde wie vorher. Woher sie diese Gewissheit nahm, konnte sie allerdings nicht sagen. Sie wusste es einfach.

Elyssa hörte Parkers Ausführungen nur mit halbem Ohr zu, so unglaublich erschien ihr alles, was der Anwalt ihr mitzuteilen hatte. Summer, ihre Großmutter, hatte – bis sie starb – in ihrer unmittelbaren Nähe gelebt. Sie war am selben Tag wie Elyssas Eltern gestorben. Neben einem stattlichen Vermögen hatte Großmutter Summer ihr ein altes Haus vererbt. Darin konnte Elyssa künftig wohnen und von den Zinsen des Vermögens leben. Diese letzte Mitteilung hätte Elyssa aus den Pumps gehauen, hätte sie nicht in einem ziemlich feudalen Ledersessel gesessen.

Sie atmete tief durch. Adieu, langweiliger Bürojob … lebt wohl, nervende Kollegen … und willkommen, neues Leben und Freiheit. Vielleicht schreibe ich endlich das Buch, das ich schon immer schreiben wollte, dachte Elyssa zufrieden. Oder ich mache eine Weltreise … oder … oder … oder …

Voller Tatendrang sah Elyssa Parker an. »Wann kann ich das Haus besichtigen?«, fragte sie und vermochte es nicht, den Jubel in ihrer Stimme zu dämpfen.

»Wenn Sie wollen noch heute«, erwiderte Parker und lächelte arrogant.

Das Lächeln machte Elyssa stutzig. Vielleicht solltest du deinen Jubel ein wenig zurückhalten, gebot sie sich innerlich, vielleicht ist das Haus ja eine Bruchbude.

Das Haus war zwar uralt, aber gottlob keine Bruchbude. Von dem alten weinumrankten Backsteinbau inmitten eines kleinen verwilderten Gartens ging eine morbide Faszination aus. Elyssa ließ den altertümlichen Schlüssel durch die Hände gleiten. Wog ihn, als überlege sie, ob sie ihn überhaupt benutzen und das Haus betreten sollte. War da nicht urplötzlich eine Stimme in ihr, die ihr eindringlich riet, es nicht zu tun? Bewegte sich nicht eine der Gardinen am Fenster? Drang nicht Rauch aus dem Kamin des unbewohnten Hauses?

»Blödsinn!«, sagte Elyssa laut. Was sollte das Ganze? Das Haus lag weder gespenstisch im Moor, noch hatte es den

Ruf, dass dort Geister ihr Unwesen trieben oder eine Wiedergeburt des Hundes von Baskerville die Besucher erschreckte. Und doch war es Elyssa unheimlich zumute, als sie den Fuß über die Türschwelle setzte. Ihre Nerven waren aufs Äußerste gespannt und ihre Emotionen kochten hoch. Elyssa schalt sich einen Hasenfuß. Von nahem betrachtet besaß das Haus sogar einen eigentümlichen Charme. Sie holte tief Luft, steckte den Schlüssel ins Schloss und drehte ihn langsam herum. Es gab ein knirschendes Geräusch und dann gab die Tür Elyssas Druck nach und schwang auf. Im Inneren des Hauses war es nicht so dunkel und muffig, wie sie befürchtet hatte. Liebevoll zusammengesuchte Antiquitäten, die keineswegs düster wirkten und seltsame Deko-Gegenstände hießen den Besucher willkommen.

Die hölzernen Dielenbretter knarrten, als Elyssa ihren neuen Besitz durchstreifte. Sie ging in das geräumige Wohnzimmer mit dem offenen Kamin, der von einer beeindruckenden Marmorbank umgeben wurde. Hier kann Butchy prima sein Schläfchen halten, dachte Elyssa und ließ ihren Blick durch den Raum schweifen. Das Zimmer gefiel ihr. Besonders der alte Ohrensessel. Übermütig ließ sie sich in die weiche Polsterung fallen. Der Sessel stand nahe dem Fenster, das einen Blick auf den Garten ermöglichte. Elyssa legte den Kopf entspannt an die hohe Sessellehne und blickte hinaus. Der Garten wirkte verwunschen. Kein Zweimillimeterrasen, keine niedergemeuchelten Sträucher, dafür aber ein Teich, dem die Grütze über den Rand schwappte. Elyssa stand auf und öffnete das Fenster. Es war Frühling. Die Jahreszeit, die sie am meisten liebte. Sie erinnerte sie an ihre Urlaubsaufenthalte in Südfrankreich. Die Luft an diesem Tag roch genauso: nach in der Sonne gebackenen Algen. Das gab wohl den Ausschlag. Sie beschloss am nächsten Tag in das Haus ihrer Großmutter einzuziehen.

Butchy nahm ihr den Umzug übel. Erst fauchte er sich die Seele aus dem Leib, dann sträubte er sich mit allen messerscharfen Krallen, die ihm zur Verfügung standen, als Elyssa ihn in die Transportbox drängen wollte, und als er in dem neuen Domizil erstmals die Pfoten auf den Wohnzimmerteppich setze, trug sein Gesicht demonstrativ eine hochbeleidigte Miene zur Schau. Brummend verkroch sich der Kater unter dem alten Buffetschrank, der gegenüber dem Wohnzimmer-Kamin stand und war für mehrere Stunden Elyssas Blicken entschwunden.

Die ersten Tage verbrachte Elyssa damit, das alte Haus auf den Kopf zu stellen. Dabei ging sie gründlich und mit System vor. Zimmer für Zimmer durchwühlte sie die Schränke und sah sich jedes einzelne Teil, das Summer besessen hatte, sorgfältig an. Die Garderobe und auch der ausgefallene Schmuck ihrer Großmutter ließen darauf schließen, dass es sich um eine außergewöhnliche Frau gehandelt haben musste. Mit ihrer extravaganten Besonderheit zeugten sie vom Charakter einer Frau, die ihren eigenen Stil entwickelt und sich keinen gesellschaftlichen Zwängen untergeordnet hatte. Was Elyssa jedoch wurmte, war die Tatsache, dass sie nirgends ein Foto von Summer Lane finden konnte. Nicht nur das. Im ganzen Haus war nicht ein einziges Bild. Elyssa wusste, dass sich die Angehörigen mancher afrikanischer Stämme nicht fotografieren ließen, aus Angst, dadurch ihre Seele zu verlieren.

»So ein Humbug!«, sagte sie – wohl, um sich selbst zu überzeugen – so laut, dass Butchy unter dem Buffetschrank, seinem auserkorenen Lieblingsplatz, hervorschoss. Elyssa lachte, als er wie ein schwarz glänzender Pfeil an ihr vorbeischoss und durch das geöffnete Fenster im Garten verschwand. Der Kater liebte die neu gewonnene Freiheit ebenso wie Elyssa. Sie beobachtete, wie er mit hocherhobenem Schwanz, der an einen Waschbären erinnerte, durch das hohe Gras schlich. Dann setze sie sich in den Lehnstuhl. Hier hatte sie die ersten Abende in dem Haus, das ihr immer noch ein wenig suspekt war, verbracht. Es war sonderbar, in der Atmosphäre eines Menschen zu leben, den sie nie kennen gelernt hatte. Es war, als dringe sie ungebeten in die Intimsphäre dieses Menschen ein. Auch das war Blödsinn, immerhin hatte Summer ihr das Haus und das stattliche Vermögen vermacht. Elyssas Mund verzog sich zu einem breiten Grinsen. Sie dachte an ihren Erbsen zählenden Chef und an sein Unverständnis, als sie ihm den Grund für ihre Kündigung nannte: dass sie nun endlich schreiben wollte. Sie konnte es förmlich hinter seiner Stirn arbeiten sehen und rattern hören. In seinen Augen stand die spießige Botschaft: Lassen Sie diese brotlose Kunst und bleiben Sie bei Ihrem anständigen Beruf. Elyssa lachte laut und gehässig. »Dein blödes Gesicht muss ich jetzt bald nicht mehr ertragen«, sagte sie und fröstelte vor dem kalten Klang ihrer Stimme. Nie gekannte Rachegelüste, wenn sie an ihren Vorgesetzten, dem Emotionen völlig fremd schienen, aber auch den ein oder anderen Kollegen dachte, erwachten in ihr. Elyssa zuckte zusammen. Sie war sonst nicht der Typ, der solcher Gefühle fähig war, aber seit sie in diesem Haus wohnte, schien ihre alte Persönlichkeit immer mehr einer ungewohnten Größe zu weichen. Etwas ergriff von ihr Besitz.

Aber wer oder was bemächtigte sich ihrer?

»Jetzt leidest du auch noch an Verfolgungswahn. Das kann ja heiter werden«, wies sie sich laut zurecht und folgte Butchy in den Garten.

Auch der Kater hatte sich verändert. Er wirkte aggressiv und unruhig. Streifte umher wie auf der Suche. Aber nach was?

Sie sah kopfschüttelnd zu, wie Butchy einen Baumstamm hochfetzte und dabei grollend fauchte. »Was ist denn in den gefahren?«, sagte Elyssa und fragte sich, warum der Kater und sie in letzter Zeit derart streitsüchtig waren.

Cadisha wollte sie besuchen. Wollte zum ersten Mal Elyssas neues Heim begutachten. Elyssa wusste, was das bedeutete. Cadisha war ihre beste Freundin und Elyssa liebte sie sehr, aber die temperamentvolle Farbige würde nicht eher Ruhe geben, bis sie alles gesehen hatte. Und wenn sie alles gesehen hatte, würde Frage über Frage über Elyssa hereinbrechen. Sie meinte schon Cadishas rauchige Stimme zu hören: Wie lebt es sich in einem so tollen Haus? Fühlst du dich wohl? Hast du schon etwas über deine Großmutter herausgefunden? Elyssa fragte sich, was sie antworten sollte.

Sie hatte merkwürdige Gegenstände und eine prall gefüllte Vorratskammer voll exotischer Kräuter und Dingen, die sie nicht zuordnen konnte, gefunden. Ansonsten hatte sie sich bisher kein genaues Bild von Summer machen können. Aber was sollte sie erst auf die Frage antworten, ob und wie ihr das Leben in dem Haus gefiel? Das Haus war toll, aber irgendwie hatte es ein Eigenleben. Elyssa hatte immer das Gefühl, als wäre sie nicht allein. Aber konnte sie das irgendjemandem anvertrauen?

Nein! Nicht einmal Cadisha. Erst musste sie hinter das Geheimnis des Hauses gelangen. Und hinter Summers.

Es klopfte heftig. Elyssa löste sich von den vielen Fragen, die Summer und das Haus ihr auferlegten, rannte zur Tür und riss sie auf. Cadisha lachte herzlich, als sie die Freundin sah. Elyssa begrüßte sie überschwänglich, ohne ihr dabei die Gelegenheit zu dem üblichen Begrüßungskuss zu lassen. Cadishas Anwesenheit hatte etwas Reales. Etwas Gutes.

»Na, dann zeig mir mal dein neues Knusperhaus. Ich bin tierisch neugierig«, sagte sie und schob Elyssa beiseite. Cadisha gab sich erst gar nicht die Mühe zu verbergen, wie neugierig sie war. In einer knappen halben Stunde hatte sie all das gesehen, wozu Elyssa Tage benötigt hatte. Sie traten aus dem Arbeitszimmer in der oberen Etage des Hauses. Cadishas Zeigefinger deutete anklagend auf die alte Holztreppe, die zum Speicher hinaufführte. »Und was ist dort oben?«

Elyssa hüstelte. Wie sollte sie der Freundin erklären, dass sie den Speicher noch nicht betreten hatte. Aus einer unerklärlichen Angst heraus. »Da oben ist nur der Speicher, Cadisha. Nichts als Staub und Mäuse.« Sie hoffte, dass der geschickte Schachzug die Freundin von dem Dachboden fernhielt. Allein die Erwähnung von Mäusen schlug Cadisha sonst regelmäßig in die Flucht. Und es funktionierte auch dieses Mal. Cadisha stieß einen spitzen Schrei aus, schlug die Hände vor den Mund und eilte die Treppe hinunter in die Wohnküche. Elyssa folgte ihr kopfschüttelnd. Gottlob war Cadisha keine der Frauen, die sich stundenlang in ihre Hysterien steigerten und so vergaß sie beim Anblick des gedeckten Tisches die fiktiven Mäuse auf dem Speicher und schnupperte an den kulinarischen Köstlichkeiten.

»Was gibt es denn heute Leckeres? Tofu-Burger oder Sprossensalat?«, zog Cadisha Elyssa liebevoll auf.

Die kicherte. »Nein, heute gibt es zur Feier des Tages meine legendären Knoblauch-Scampis, mit Salat und hinterher …«

Cadisha strich sich über den flachen Bauch und trötete dazwischen. »Und hinterher gibt es …«

»Tiramisuuuu!«, riefen sie übermütig. Sie liebten beide das italienische Dessert – auch wenn es die reinste Kalorien- und Cholesterinbombe war. Elyssa warf einen Blick in den Backofen, wo die Scampis schon knofelig vor sich hin brutzelten. Sie aß nicht oft »totes Tier«, wie Cadisha immer vorlaut bemerkte. Aber sie war auch keine fanatische Vegetarierin, die heimlich in der Pommesbude Schaschlikspieße und Flattermänner verdrückte, nachdem sie Parolen herausgeschrien hatte. Elyssa aß kaum Fleisch, aber ab und an verspürte sie die profane Gier einer Kannibalin auf ein bis zwei Bic Macs, aus denen das Fett nur so raustroff.

Nachdem Cadisha die letzte Portion Tiramsu verspeist und selbst den Teller abgeleckt hatte, lehnte sie sich zufrieden zurück und schlürfte ihren Kaffee. »Was bedeutet für dich der Tod?«, fragte sie und sah Elyssa erwartungsvoll an.

»Wie kommst du denn auf die Frage?«

Cadisha spielte mit dem Mr.-Bean-Kaffeebecher. Seit sie nicht mehr rauchte, spielte sie mit allem, was ihr in die Finger kam. »Ich weiß auch nicht. Kam mir gerade so in den Sinn.«

Elyssa spürte, wie eine feine Gänsehaut über ihren Körper zog. Komisch, dachte sie, seit ich in diesem Haus lebe, denke ich ständig an den Tod und jetzt fängt Cadisha auch noch damit an. Sie grinste gequält. »Das Leben hat irgendwann die Eigenart zu enden und man ist bestenfalls eine Erinnerung in den Köpfen der Hinterbliebenen, eine Erinnerung, die mit jedem Atemzug bedeutungsloser wird. Das ist für mich Tod.«

Obwohl der Abend mit den üblichen Lachsalven, für die

Cadisha bekannt war, endete, befiel Elyssa doch ein mulmiges Gefühl, als sie sich von der Freundin verabschiedete. Sie schüttelte den Gedanken ab, lockte Butchy herbei und kroch mit ihm zusammen ins Bett. Der Kater lag auf ihrer Bettdecke und musterte sie aus blitzenden Augenschlitzen. Eine feine Gänsehaut lief über Elyssas Körper. Butchy war mit einem Mal nicht mehr das vertraute Wesen, das sie als kleines Fellknäuel bekommen hatte. Sie schalt sich eine Närrin. Was ist nur los mit dir, fragte sie sich und fuhr dem Kater über das weiche Fell, sodass er schnurrte wie ein Rasenmäher. Aber dieses Mal beruhigte sie das vertraute Geräusch nicht. Nervös horchte sie in die Dunkelheit und fragte sich, warum sie so unruhig war. Der Mond stand in einer halben Sichel am Himmel. Von ihm ging ein besonderes Leuchten aus, das Elyssa bisher niemals aufgefallen war. »Merkwürdig«, murmelte sie und wühlte sich tiefer in die Laken. Gerade als sie bemerkte, dass sie schläfrig wurde, hörte sie ein schlurfendes Geräusch. Hoch über ihrem Kopf.

»Du hast geträumt, Elyssa«, versuchte sie sich zu beruhigen und kuschelte sich tiefer unter die Decke. Genau genommen lugte nur noch ihre Nasenspitze hervor. Bis in die Haarspitzen gespannt lauschte sie, ob das Geräusch noch einmal erklang. Als es ausblieb, atmete sie erleichtert auf.

In den folgenden Nächten ging Elyssa immer mit gemischten Gefühlen zu Bett. Doch nichts geschah. Der Mond nahm an Umfang zu und in der Nacht, als er in vollem Glanze erstrahlte und eine tiefe Unruhe in Elyssa wachrief, kehrte das Geräusch zurück. Lauter und heftiger erklang das Scharren, ertönte das Gerumpel über ihrem Kopf. Auf dem Speicher, den sie immer noch nicht betreten hatte.

Elyssa hielt nichts mehr in ihrem Bett. Sie floh so abrupt aus den Kissen, dass Butchy vor Protest laut auffauchte und aus seiner warmen Kuhle am Fußteil des Bettes floh. Da war das Geräusch wieder! Als ob ein lebloser Körper über die Bodenbretter geschleift würde. Elyssa sträubten sich im wahrsten Sinne des Wortes die Nackenhaare. Auf nackten

Füßen schlich sie in die Diele und lauschte in die Richtung des Speichers. Das Geräusch hatte aufgehört. Aber Elyssa hätte nichts und niemand mehr ins Bett gebracht. Nicht bevor sie der Ursache für die Geräusche auf den Grund gegangen war. Vielleicht waren es ja wirklich Mäuse, die dort oben ihr Unwesen trieben. Sie fragte sich, ob sie Butchy mitnehmen sollte, verwarf den Gedanken aber sofort wieder. Der Kater hatte sich ohnehin verkrochen. Er hatte ihr die nächtliche Störung sicher übel genommen.

War da nicht wieder ein leise schabendes Geräusch? Wie es Dutzende kleiner Mäuse- oder gar Rattenfüße verursachten? Elyssa blickte zur Dielenwand, an der der Baseballschläger lehnte, den sie immer noch nicht untergebracht hatte, weil er nirgends in dem alten Haus hinpasste. Jetzt war sie froh, ihn noch nicht weggeworfen zu haben. Sie umklammerte den hölzernen Stiel, als wäre er ein Rettungsanker. Mit einem flauen Gefühl im Magen schlich sie die Treppe zum Speicher hinauf. Das Geräusch war verstummt. Nur das Tappen ihrer Füße und ihr stoßweiser Atem waren zu hören. Elyssas Hand tastete nach dem Lichtschalter. Die Birne flackerte kurz, gab ein fast zärtliches *Klick* von sich und gab den Geist auf.

»Das auch noch«, fluchte Elyssa, hastete die Treppe wieder hinunter, kramte hektisch in der Nachttischschublade und förderte eine verrostete Taschenlampe zutage. Auch diese flackerte erst, aber als Elyssa mit der Hand gegen die Lampe schlug, wurde das Licht konstant. Elyssa gab einen zufriedenen Laut von sich. »Auf, in den Kampf!«, munterte sie sich auf und schlich im Schein der Taschenlampe wieder die Treppe hinauf. Vor der Speichertür verharrte sie. Sollte sie den Dachboden wirklich betreten? Was, wenn sich dort ein Fremder heimlich eingenistet hatte?

»Dann liegst du wahrscheinlich morgen mit eingeschlagenem Schädel herum«, brummte sie in einem Anflug von Galgenhumor. Die Speichertür war mit einem primitiven Schloss versehen, dass selbst Elyssas ungeübten Versuchen, es zu öffnen, nicht lange standhielt. Sie zählte bis zehn, versetzte der Tür einen derben Stoß und …

… und sah erst einmal nichts. Keinen Fremden, der sich hier heimlich einquartiert hatte, und keine Ratten und Mäuse. Aber irgendetwas musste das Geräusch verursacht haben. Elyssa folgte dem schmalen Lichtschein der Taschenlampe. Auf dem Dachboden stapelten sich alte, verstaubte Möbel. Genau so, wie sie es sich immer in ihrer kindlichen Phantasie ausgemalt hatte, wenn ihr Vater ihr Gruselgeschichten erzählt hatte. Auf diesem Dachboden herrschte jedenfalls gnadenlose Unordnung. Zentimeterdicker Staub auf den Möbeln und Staubpartikel in der Luft, die Elyssas Bronchien kitzelten. Sie musste niesen. Elyssa tappte weiter auf das vor Schmutz blinde Dachfenster zu und stolperte beinahe über eine Truhe.

»Autsch!«, entfuhr es ihr. Sie ließ sich auf ebenjene Truhe fallen und rieb sich den schmerzenden Zeh, der unliebsame Begegnung mit der wurmstichigen Kiste gemacht hatte. Dann setzte sie den Fuß wieder vorsichtig auf den Boden. Der Schein der Taschenlampe streifte dabei unruhig umher. Auf dem staubigen Fußboden waren Schleifspuren!

Elyssa sprang von der Truhe und fuchtelte vor Aufregung mit der Taschenlampe herum. Dabei entdeckte sie, dass die Truhe ursprünglich an der Wand gestanden hatte. Jetzt stand sie aber beinahe in der Mitte des Raumes. Doch wer hatte die Truhe bewegt? Und waren dabei die Geräusche entstanden?

»Das blöde Ding wird sich ja nicht selbst verrückt haben«, sagte Elyssa und fuhr beim Klang ihrer Stimme zusammen. Sie drehte sich herum und ließ den Schein der Taschenlampe umherschweifen. Sie konnte nichts Auffälliges entdecken. Dafür hörte sie etwas. Etwas, dass ihr die Haare wie eine Naturkrause abstehen ließ. Das schleifende Geräusch erklang hinter ihr. Elyssa drehte sich im Zeitlupentempo herum und sah gerade noch, wie die Truhe wieder zum Stand kam.

Elyssas Augen weiteten sich. »Das kann doch wohl nicht wahr sein!«, keuchte sie und fasste die Truhe vorsichtig an. Sie war real. Sie war aus Holz und nichts an ihr war mystisch. Aber sie *hatte* sich bewegt. Da war Elyssa völlig sicher.

Sie berührte die Truhe erneut. Erst jetzt fiel ihr auf, dass das alte Möbelstück als einziges nicht verstaubt war. Im Gegenteil. Es glänzte, als habe es jemand liebevoll gepflegt. Elyssa kniete vor der Truhe nieder und versuchte sie zu öffnen. Zu ihrer Überraschung ließ sich der Deckel der Truhe mühelos anheben.

Der Inhalt sah auf den ersten Blick enttäuschend aus: Bücher, esoterische Gegenstände und eine verbeulte, silberne Kiste. Elyssa betrachtete als Erstes die Bücher. Sie waren allesamt identisch. Kleine schwarze Lederbände. Zögernd streckte sie die Hand aus, nahm eines heraus und klappte es auf. *Tagebuch von Summer Lane,* stand da in einer wunderschön weich geschwungenen Schrift.

»Großmutters Tagebücher«, murmelte Elyssa. Plötzlich war ihre Kehle so trocken wie das Pergament ägyptischer Schriftrollen. Vergessen war die Scheu und der sanfte Grusel, der sie beim Betreten des Speichers befallen hatte. Und vergessen war die äußerst beängstigende Tatsache, dass sich die Truhe eigenständig bewegt hatte.

Tage- und nächtelang las sie in den Tagebüchern ihrer Großmutter. Vor ihrem inneren Auge entstand das Bild einer ungewöhnlichen, missverstandenen Frau, die ihre geheimsten Gefühle auf Papier gebannt hatte. Aber der Inhalt der Bücher brachte auch Licht in Elyssas Familiengeschichte. Sie war nie sentimental gewesen, aber sie hätte am liebsten geweint, als sie die Stelle las, die von ihrer Geburt berichtete.

Sie wurde geboren. Sie wurde heute endlich geboren. Ein Mädchen mit dunklen Haaren und einem Blick in den Augen, der mir sagte, sie ist es! Mit ihr werde ich mein Wissen teilen. Wir sind nicht nur bluts- sondern auch seelenverwandt. Doch Marguerite, meine Tochter, ist von Misstrauen befallen. Sie wird mir Elyssa entfremden.

Elyssa ließ das Tagebuch sinken. »Was ist nur geschehen, Großmutter?«, flüsterte sie leise. »Warum hat Mutter mir erzählt, du und Großvater wäret bei einem Umfall ums Leben gekommen?«

Zum ersten Mal stellte sie sich die Frage, was aus ihrem Großvater geworden war. Von ihm war bisher nicht die Rede gewesen. Sie verwarf den Gedanken aber wieder, denn sie gestand sich ehrlich ein, dass sie viel mehr an Summers Leben interessiert war.

Der Regen prasselte gegen die Scheiben und tanzte dann Reggae in der Dachrinne. Das Wasser gurgelte dabei melodisch. Elyssa kuschelte sich noch tiefer unter die Decke und las weiter. Sie hatte sich in den letzten Tagen völlig isoliert. Selbst Cadishas Anrufe und Einladungen hatten es nicht vermocht, Elyssa aus dem Haus zu locken. Sie konnte sich nicht eher mit der Freundin treffen, bevor sie nicht alle Tagebücher gelesen hatte. Vieles in den Büchern war Elyssa zwar unverständlich, aber sie brannte darauf, das Geheimnis darin zu lüften. Sie fragte sich, wer *Er* war, von dem immer die Rede war. *Er*, der die Geschicke ihrer Großmutter in seiner Hand gehalten hatte. Der ihr aber auch Möglichkeiten eröffnet hatte, die den meisten Menschen verborgen blieben. Elyssa hatte sich nie sonderlich für Esoterik erwärmen können, aber wenn sie alles, was ihre Großmutter niedergeschrieben hatte, ernst nahm, war Summer eine Hexe gewesen. Und sie hatte alles nur für eine Person niedergeschrieben: für Elyssa, die in ihre Fußstapfen treten sollte.

»So ein hanebüchener Unsinn«, sagte Elyssa so laut, dass sie selbst zusammenfuhr. Doch sie las mit hochroten Wangen weiter. Insgeheim war sie über den Eifer, den sie an den Tag legte, erstaunt. Sie las, dass Hexen ihre Zauberkraft von ihren Müttern oder Großmüttern erbten und es wurde ihr kalt und heiß. Trug auch sie diese Gene in sich?

Summer war als junge Frau eine weise Heilerin gewesen. Sie war eine Mischung aus christlicher Gebetsheilerin, Zauberin, praktizierender Volksmedizinerin und Orakel gewesen. Sie hatte pflanzliche Heilmittel hergestellt und über eine eigene magische Autorität verfügt. Elyssa fragte sich, wann ihre Großmutter die Grenze zu der schwarzen Magie überschritten hatte, denn das hatte sie wohl. Wenn Elyssa die teilweise etwas verworren klingenden Eintragungen der Tagebücher richtig gedeutet hatte, hatte *Er* Summer auf die dunkle Seite gelockt. Doch Summer schien dabei glücklich gewesen zu sein.

Vor allem wollte Elyssa in Erfahrung bringen, was Summer dazu bewogen hatte, *Ihm* zu folgen. Sie war auf einem Regenbogen gewandelt oder durch Raum und Zeit geflogen. Nach menschlichem Ermessen war das unmöglich, aber Elyssa wusste es besser. Sie glaubte mittlerweile, dass unter gewissen Umständen so ziemlich alles möglich war. Begierig las sie weiter. Summer hatte ihre Magie auch dafür gebraucht, Schabernack zu treiben. Sie ärgerte die Menschen, die sie nicht leiden konnte, auf ihre ganz spezielle Weise.

»Irre«, murmelte Elyssa, »das würde ich auch mal gern.« Sie dachte wieder an den staubtrockenen Juristen, der ihr in der spießigen Behörde, in der sie noch ein paar Tage bis zur verheißungsvollen Freiheit verbringen musste, so viele Jahre das Leben schwer gemacht hatte. Elyssa hatte sich nicht in ihren kühnsten Träumen vorstellen können, einen Mensch jemals so zu verachten, wie dieses Röhrchen Schlaftabletten auf Beinen. Der Mann war derart von sich eingenommen, dass es beinahe schon wieder komisch war. Dem würde ich nur zu gerne an meinem letzten Tag einen kleinen Streich spielen, dachte sie, ihm und den Kollegen, die an gnadenloser Selbstüberschätzung leiden und sich bis zum Erbrechen aufspielen. »Wer weiß«, frohlockte sie, »wer weiß, vielleicht bereite ich euch noch einen Abschied, dass euch Hören und Sehen vergeht.« Das sah ihr gar nicht ähnlich. Elyssa war immer ein friedfertiger Charakter gewesen. »Sonderbar«, murmelte sie und legte das Buch, in dem sie gerade gelesen hatte, zur Seite.

Immer wenn sie die Bücher aus der Hand legte, befiel sie ein tiefes Gefühl des Verlassenseins. So auch jetzt. Unruhig wanderte sie durch das Haus und setzte sich letztendlich in ihrem Arbeitszimmer an den Schreibtisch. Sie wollte doch ein Buch schreiben. Warum nicht eines über Hexen? Genau, das war es!

Sie wusste aus den Tagebüchern, dass Summer sogar die Gestalt wechseln konnte und sich in eine schwarze Katze verwandelt hatte. Elyssa schaute in Butchys seelenvolle Augen. »Bestimmt hat sie dann so wie du ausgesehen«, sagte sie leise und strich über sein seidenweiches Fell. Der Kater schnurrte genüsslich. Elyssa gab ihm einen Stups auf die braune Brekkie-Nase und schaltete den Computer ein. Dann schrieb sie gedankenversunken: *Die Rache der Katzenfrau.*

»Der Titel ist verdammt gut«, murmelte sie selbstgefällig und spann im Geiste schon die Geschichte einer Frau, die durch ein altes Buch zur Hexe wird, die Gestalt wechselt und die tollsten Abenteuer erlebt.

Erst als der Morgen bereits graute, verließ Elyssa das Arbeitszimmer. Sie kroch ins Bett, lockte Butchy herbei und lehnte sich in den Kissen zurück. Der Schlaf wollte sich einfach nicht einstellen. Irgendetwas trieb sie wieder auf den Speicher. Von Unruhe getrieben griff sie sich die Taschenlampe und hastete die knarrenden Holzstufen hinauf.

Die Truhe stand schon wieder an einer anderen Stelle!

»Wen wundert's«, sagte Elyssa missmutig. »Wie kann es auch anders im Haushalt einer Hexe sein.« Sie konzentrierte sich wieder auf die verstaubte Truhe. Irgendetwas schien sie aufzufordern die Truhe zu öffen – und gleichzeitig versuchte eine andere Kraft sie zurückzuhalten. »Öffne sie schon, du Dummkopf. Du weißt doch längst, was darin ist!«, feuerte sie sich an und kam sich dabei selten dämlich vor.

Nur ein Tagebuch lag noch darin. Sie nahm es heraus. Würde in ihm mehr über *Ihn* stehen? Elyssa fuhr sich mit der Hand über die Augen, als wollte sie den Gedanken verwischen. Dann holte sie die silberne Schatulle heraus, der sie bisher noch keine Beachtung geschenkt hatte. Erstaunt nahm sie wahr, wie schwer der Metallkasten war. Sekunden später wusste sie, warum. Der Inhalt bestand aus sauber gebündelten Briefen und Fotografien.

Obenauf lag das Bild einer Frau: Summer Lane.

Elyssa verschlug es für einen Augenblick die Sprache. Sie starrte fassungslos auf die vergilbte Fotografie in ihren Händen. Sie sah ihrer Großmutter zum Verwechseln ähnlich. Elyssa erblickte ihr eigenes ebenmäßiges Gesicht. Da waren die nixenhaft grünen Augen, das dunkle Haar, die geschwungenen Lippen und hohen Wangenknochen. Summer war ebenso schön, dunkel und exotisch. Nur die Frisur verriet, dass es sich um eine Frau aus einer anderen Zeit handelte.

»Großmutter!«, war das Einzige, das Elyssa herauszubringen vermochte. Sie legte die Fotografie wieder zurück in die Schatulle und ergriff das letzte Tagebuch. Sie brachte es nicht fertig, hinunterzugehen und damit in ihr warmes Bett zu kriechen. Sie musste es sofort lesen. Hier und jetzt!

Und endlich schrieb Großmutter Summer Klartext: Sie schrieb zum ersten Mal unmissverständlich, dass sie eine Hexe war. Und sie schrieb es mit Stolz. Nicht verschämt und auch nicht verschreckt. Schon beinahe informativ. Als habe sie die Absicht Elyssa das Bild einer Hexe zu vermitteln. Und so war es auch.

Elyssa las, dass die Hexe die engste Verbündete des Satans darstellte. Somit stand sie zwischen den Menschen und der übernatürlichen Macht. Summer war erst eine moderne weiße Hexe, eine Wicca, gewesen und hatte sich durch *Seinen* Charme auf die dunkle, die schwarze Seite ziehen lassen. Sie war eine Satansjüngerin geworden. Konnte sich sogar an andere Orte versetzen, an mehreren Orten gleichzeitig sein und die Gestalt wechseln.

»Ja, das wusste ich schon, Großmutter. Was hast du wohl als Katze empfunden?« Elyssa lachte. »Wenn ich die Gestalt wechseln könnte, wäre ich gerne ein Vogel. Die Luft war schon immer mein Element.« Ihr war es, als würde jemand zustimmend flüstern.

Sie widmete sich wieder dem Tagebuch und Summer Lanes letzten Eintragungen. Summer hatte an Hexensabbaten teilgenommen. Die Beschreibungen hierzu nahmen Elyssa besonders gefangen. Vor den nächtlichen Gelagen des Teufels mit seinen Hexen rieben sich diese ihre Körper mit Hexenfett, einer Salbe aus Katzen- oder Wolfsfett, Eselsmilch und geheimen Zutaten ein. Während des Hexensabbats tanzten sie übermütig und gaben sich nicht selten ihren dämonischen Liebhabern hin.

»Wie hast du das nur gemacht, Großmutter?«, flüsterte Elyssa und fragte sich, ob das alles wirklich möglich war. Ob Summer dies wirklich alles erlebt – gelebt – hatte? Elyssa seufzte, legte das Tagebuch zur Seite und wühlte in der Truhe herum. Ihre hektischen Hände berührten plötzlich einen kleinen Metallring. Elyssa zog heftig daran und fuhr erschrocken zurück, als ein metallenes Schnappen ertönte und ein verborgenes Seitenfach zum Vorschein kam. Darin lag ein Buch. Elyssa wagte es nicht anzufassen. Erst jetzt bemerkte sie, dass sie sich an dem Metallring verletzt hatte. Vereinzelte Bluttropfen fielen in das Innere der Truhe. Elyssa beachtete sie nicht. Sie konnte ihre Augen nicht von dem Buch wenden.

»Die Schwarze Bibel – The Book Of Madness«, las sie mit zitternden Lippen. Das satanische Buch sah abgegriffenen und morbid aus. Elyssa konnte sich nicht überwinden, es aus dem Geheimfach zu bergen. Sie wusste, dass es sich um das Werk handelte, dem Summer ihre Kenntnis und Fertigkeit der Hexerei verdankte. Zwischen den zerfallenden Buchdeckeln schlummerte des Rätsels Lösung, wie und warum Summer Lane einen Pakt mit dem Teufel eingegangen war. Das Buch würde auch Elyssa lehren die schwarze Magie zu erlernen. Doch wollte sie wirklich mit Hilfe des Buches Dämonen anrufen und Zauber und Flüche aussenden?

Von dem Buch ging eine Aura des Bösen aus. Elyssa fröstelte es. Ihre Phantasie offerierte ihr Bilder aus finstersten Voodoo-Filmen. Den B-Filmen Hollywoods, die ihr Dasein in den hintersten Ecken der Videotheken fristeten. Elyssa wandte ihre Aufmerksamkeit wieder dem Buch zu. Sollte sie es einfach liegen lassen oder sollte sie es wagen, das Buch an sich zu nehmen? Elyssas zitternde Hände näherten sich wieder dem Band. Ihre Neugier besiegte die Angst, die wellenartig durch sie hindurchgeflossen war. Vorsichtig, als handele es sich um eine giftige Klapperschlange, nahm sie das Buch aus dem Geheimfach. Darunter funkelte ein silbernes Amulett in Form eines sechszackigen Sterns. Das muss Summers Talisman sein, durchfuhr es Elyssa, das magische Amulett, das sie in den Tagebüchern erwähnt hat. Ohne darüber nachzudenken streifte Elyssa es sich über. Die Kette war so lang, dass der Talisman in Höhe ihres Bauchnabels baumelte. Dort, wo er die Kleidung berührte, sandte er stimulierende Wärme aus. Er passte sich perfekt ihrem Körper an. Elyssa hatte das Gefühl, das Schmuckstück schon immer getragen zu haben. Es gehörte einfach zu ihr.

In dieser Nacht begannen die Träume. Sie waren verworren und Furcht einflößend, ließen Elyssa nicht zur Ruhe kommen. Mittelalterliche Hexen huldigten einem gehörnten Gott. Umgeben von Halbmenschen, Halbziegen und anderen Göttern. Da war ein Feuer. Züngelnde Flammen. Purpurrot-goldene Feuerzungen. Der Sabbat fand unweit einer zerfallenen Abtei statt, zwischen Gräbern, nahe einem alten Beinhaus. Und überall war *Er*. Dieses männliche Wesen, um das sich alles drehte. Die Hexen waren seine Dienerinnen, seine Verbündeten, aber auch sein Besitz. Und sie schienen es zu genießen. Eulen gaben mystisch-monotone Laute von sich, während Fledermausschwärme die tanzenden Gestalten umflatterten. Der Feuermantel hüllte alles ein. Schauerliche Sprechgesänge erklangen. Und über allem die Schreie der Eulen. Der Traum war bedrückend, er stellte Elyssas bisheriges Weltbild in Frage und quälte sie.

Dann wiederum träumte sie von einer Hexenhochzeit. Sah die »Braut« in ihrem rostroten Seidenkleid, sah den Wicca-Tempel mit Kreis und zum Pentagramm verschlungenen Dreiecken, einen Büffelkopf – das Symbol des Gehörnten – an der Wand einer großen Halle, in der sich das merkwürdige Szenario abspielte.

Ein anderes Mal erschien ihr eine Hexe, die ihr zum Verwechseln ähnlich sah, mit einem Inkubus-Dämon. Einer menschenähnlichen Gestalt mit einem Schwanz, Klauen und einem deformierten Mund, der unverständliche Laute hervorstieß und sich ihrer bemächtigte. Das Traumbild war so real, dass Elyssa laut schreiend aufwachte.

Der letzte Traum war ein Alptraum, wie er im Buche stand. Elyssa und Summer wurden eins: eine wunderschöne Hexe mit stark ausgeprägten magischen Kräften. Sie wurden verfolgt. Der Mob hatte sich gegen sie verschworen. Ehe sich Summer-Elyssa versah, packte der Mob sie und schleifte sie zum See. Sie wehrte sich verzweifelt. »Die Wasserprobe, die Wasserprobe«, schrie der Mob. Man band ihr Hände und Füße zusammen und warf sie in das eiskalte Wasser. Elyssa versuchte sich verzweifelt an der Oberfläche zu halten. Rief die Dämonen herbei. Rief *Ihn* herbei, aber sie spürte voller Entsetzen, wie sie tiefer und tiefer sank.

Ein einzelnes Wort, das der Mob am Ufer des Sees schrie, war das letzte, das sie in ihrem Leben hörte: *Unschuldig*.

Keuchend wachte Elyssa auf. Ihr schweißnasser Körper wand sich in Krämpfen. Der Traum war viel realistischer als all die anderen Träume gewesen. Sie hatte das Gefühl, als habe sie alles tatsächlich erlebt. Sie fühlte sich sogar betrogen. Betrogen von *Ihm*. Er war ihr nicht zur Hilfe geeilt. In dem Augenblick, als dieser Gedanke sie durchzog, schalt sie sich eine preisverdächtige Idiotin. Sie wusste nicht wer *Er* war, ob *Er* wirklich existierte und demzufolge konnte er sie nicht verraten. Und das Entscheidende war, ob sie wirklich wollte, dass er auch ihr erschien.

Elyssa hatte das Gefühl zu ersticken. Sie musste raus. Fort aus diesem Haus und fort aus seinem Dunstkreis. Als sie das Haus verließ und in ihren Wagen stieg, fiel ihr Blick beim Öffnen der Autotür auf ihre Hand. Die Verletzung, die sie sich an der Metallöse in der Truhe zugezogen hatte, war immer noch deutlich sichtbar. Die Wunde wollte einfach nicht heilen.

Während der Fahrt in das Stadtinnere musste Elyssa immer wieder an Summer und das, was sie darstellte, denken. Sie war eine Hexe – Hexe – Hexe, hallte es wie ein Presslufthammer in ihrem Kopf. Und Elyssa verspürte zum ersten Mal den Wunsch es ihr nachzumachen.

Als wolle sie sich für den Gedanken strafen, drückte sie so heftig auf das Gaspedal, dass das schnittige Cabrio mit einem zackigen Hüpfer auf die Straße schoss. Elyssas Hände umklammerten so krampfhaft das Lenkrad, dass ihre Fingerknöchel weiß hervortraten. Die Wunde begann heftig zu klopfen. Mit jedem Pochen dachte Elyssa wieder an das mögliche Leben als Hexe. Es reizte sie immer mehr, an das Wissen Summers zu gelangen. Es bot ihr eine völlig neue Welt. Für Elyssa waren Hexen bisher immer mystische Frauen gewesen, die im Wald lebten, durch ihn ihre Zauberkräfte erhielten und Kräutersude mixten. Doch die modernen Hexen unterschieden sich frappierend von diesem Bild. Sie konnten auch mit fliegenden Besen nichts anfangen. Sie zogen Autos vor. Waren zum einen irdische, zum anderen aber auch ver-hexende oder be-hexende Frauen und hatten zwischen Himmel und Hölle ihre Daseinsberechtigung. Konnten ihre magischen Kräfte zum Nutzen, aber auch zum Schaden ihrer Umwelt einsetzen. Waren mal Kräuterfrau, mal Vamp mit Sexappeal.

Elyssa stellte das Cabrio auf einem Parkplatz ab und schlenderte durch die Altstadt. Das Straßenpflaster glänzte noch von dem nächtlichen Regenguss. Elyssa durchstöberte Boutiquen, bummelte durch Schickimickigeschäfte und wühlte in CD-Läden. Machte all die Dinge, die sie sonst leidenschaftlich liebte: kaufen, Trends begutachten und zwischendurch kühle Drinks in einer In-Bar schlürfen. Aber dieses Mal stellte sie der Stadtbummel nicht zufrieden. Die innere Unruhe wuchs. Nervöse Geschäftigkeit befiel sie. Sie musste zurück in das Haus.

Als sie beim Haus ankam, ging sie zuerst in den Garten und hielt nach Butchy Ausschau. Ein einsamer Lichtstrahl, der durch die Wolkendecke drang, traf sie. In einem Thriller hätte das alles sehr malerisch und effektvoll ausgesehen, aber Elyssa war nicht nach Cinema. In ihr Leben war genug Mysteriöses getreten. Und sie nahm sich fest vor, *Ihm* auf die Schliche zu kommen. Sie wollte endlich wissen, ob er der war, den sie in ihren Träumen gesehen hatte. Butchy kam herangeprescht, eine Maus zwischen den Zähnen. Eine tote Maus. Das sauber erlegte Tierchen landete unsanft vor Elyssas Füßen. Butchy setzte sich daneben. Elyssa hätte geschworen, dass sein Gesicht ein zufriedenes Grinsen trug. Zufrieden und bösartig zugleich. Und er wollte eindeutig für seine Heldentat gelobt werden. Elyssa tat ihm den Gefallen, wenn auch etwas widerwillig. Sie tätschelte dem Kater kurz den Kopf und sagte halbherzig: »Gut gemacht, Butchy!«

Er sah sie an. Seine Augen hatten etwas Menschliches. Und etwas äußerst Tückisches. In ihnen funkelte etwas, das Elyssa zutiefst erschreckte: Es war eine Art boshafter Intelligenz. Butchy stieß ein leises Knurren aus und versetzte der toten Maus mit der Pfote einen Schubs. Es sah so aus, als spiele er geringschätzig damit. Der kleine Kadaver kollerte über die Terrassenfliesen. Butchy und Elyssa blickten ihm beide nach. In Elyssa erwuchs etwas, das sie nicht einzuordnen wusste und das ihr nicht gefiel. Sie schenkte Butchy, der zum ersten Mal seine Beute verspeiste und sie nicht wie sonst achtlos liegen ließ, um sich über die saftigen Katzenfutterbrocken in der Küche herzumachen, einen letzten Blick, machte auf dem Absatz kehrt und lief wie gehetzt hinauf ins Schlafzimmer.

Das Buch lag immer noch an der Stelle, an die Elyssa es gelegt hatte. »Natürlich liegt es noch da!«, sagte sie betont forsch, ließ sich in die Kissen sinken und ergriff in der Bewegung das Buch. »Der perfekte Stunt«, kicherte sie albern, wurde dann aber wieder ernst und wog das *Book Of Madness* in ihren Händen. Als das alte Leder des Einbandes ihre Haut berührte, öffnete sich die Wunde an ihrer Hand und begann wieder zu bluten. Die Tropfen vermischten sich mit dem Titel des Buches, der plötzlich ebenfalls in roten Fäden von den Seiten floss. Der widerlich süße Geruch des Blutes nahm Elyssa zwar für einige Sekunden den Atem, machte sie aber auch merklich unruhig. Fassungslos sah sie, dass sich die beiden Blutfäden, ihrer und der des Buchtitels, vereinten. Es war wie eine Blutsbrüderschaft, die sie einging. Wie der Pakt mit einer unbekannten Größe.

Lautes, stoßweises Atmen erklang. Dann kicherte es boshaft. Gestalten jagten mit blutrünstigem Gelächter durch den nächtlichen Himmel. Als wären die Mächte des Bösen am Werk. Ein kopfloser Torso verfolgte sie. Elyssa öffnete den Mund, um zu schreien. Aber sie brachte keinen einzigen

Ton heraus. Eine gestaltlose Stimme näherte sich ihr im Flüsterton. »Hallo, Elyssa, wie schön, dich zu sehen. Ich habe lange auf dich gewartet.« Es war *Seine* Stimme. In ihr schwang etwas, das Elyssa gleichermaßen faszinierte und abstieß. Sie lief los. Lief dieser Stimme davon. Doch ein unsichtbares Gummiband hielt sie gefangen. Sie hechtete einige Schritte vor und wurde dann wieder zurückgerissen. Elyssa mobilisierte ihre letzten Kraftreserven und rannte weiter. Das Band zerriss und sie taumelte auf einen Abgrund zu. Elyssa stieß einen Schrei aus und ruderte Halt suchend mit den Armen. Sie fiel: immer tiefer, immer schneller. Mit einem schmatzenden Geräusch schluckte der Schlund sie. Und dort wartete *Er*. Elyssa erblickte zum ersten Mal seine hagere, hoch gewachsene Gestalt. Spürte seine Hände, die nach ihr griffen, und wehrte sich verzweifelt.

Der alles entscheidende Traum suchte sie einige Tage später heim. Elyssa lief durch einen dunklen Wald. Sie war auf der Suche nach *Ihm*. Elyssa legte die Strecke im Laufschritt zurück, doch nach wenigen Schritten fragte sie sich bereits, ob sie nicht einen gewaltigen Fehler machte. Du kannst noch zurückkehren, wisperte es in ihr. Es ist noch nicht zu spät. *Er* ist das Böse. *Er* und die Macht, die *Er* verkörpert. Wende dich von *Ihm* ab!

Aber da war *Er* schon. Stand fordernd vor ihr und winkte sie zu sich. Mit übermenschlicher Schnelligkeit war *Er* bei ihr. War eine einzige schattenhafte Bewegung. Nur ein Wort drang an ihr Ohr: »Komm!« Dabei kräuselte *Er* verächtlich die Lippen.

Elyssas Keuchen war ein zitternder Laut des Entsetzens, denn hinter *Ihm* eröffnete sich wieder der dunkle Schlund, von rotgoldenen Feuerzungen eingerahmt. Der Erebos hieß sie willkommen! Und sie wusste nun, jeder Mensch war wie der Mond: Jeder hatte eine dunkle Seite, die er niemandem zeigt. Und diese dunkle Seite in ihr war stärker als alles andere.

Das Silbergesicht des Mondes sprach sie in der nächsten Nacht besonders an, als ob es einzig und allein für sie schien. Zwinkerte ihr mit dem Auge zu. Sterne glitzerten keck am Nachtgewölbe des Himmels. *Er* lag zu dieser Zeit wie ein einschmeichelndes Flüstern über den Kronen der Weidenbäume. Und von neuem war der Drang in ihr aus der einengenden Hülle ihres Körpers zu schlüpfen. Die Welt erhielt wieder andere Formen und Farben. Elyssa befreite sich von ihrem Urschlummer. Ihr Seelenvogel schwang sich auf. Im Flug strebte sie dem Mond entgegen. Kehrte zurück in den Schoß eines der Elemente. Wurde eine Wandlerin zwischen Dunkel und Licht. Dunkel wie die Nacht, dann wieder mondhell. Eine Nachtgöttin im Federkleid im kosmischen Flug zwischen Materie und Geist. Sie hörte die Stimme der Luft und folgte ihr. Folgte *Seinem* verwirrenden Zauber, *Seinem* Charme und *Seiner* Anziehungskraft. Folgte *Seiner* lasziv boshaften Männlichkeit. Durch *Ihn* und *Seine* mystische Magie verdichtete sich Elyssas Seelenkraft. *Er* weckte ihre schlafende Energie. Ihre ureigene Magie, die unzerstörbar wie das Ein- und Ausatmen des Kosmos selbst geworden war. Durch den Blutpakt mit *Ihm*. Sie wusste, dass *Er* ein berechnendes Spiel mit ihr spielte, doch sie fühlte sich nicht in der Lage sich von *Ihm* zu lösen. Sie fühlte, wie sie dem silbernen Ball am Himmel entgegenstrebte. Und dort war *Er*. Geisterfinger griffen nach ihr. *Seine* Finger. Widerspruchslos folgte sie *Ihm*. Elyssa verlor jegliches Zeitgefühl. Es war wie eine Vereinigung. Sie flossen über den Himmel. Tänzelten durch die Wolken. Befingerten sich. Drehten und wendeten sich und strebten zueinander, ineinander. Bäumten sich auf und erbebten wellenartig.

Die Erde begann zu ächzen. Fledermausschwärme umflatterten sie. *Er* gab einen befehlenden Laut von sich und sie entfernten sich. Elyssa fühlte eine wohltuende Trägheit in sich. *Er* umfasste sie. Sie glitten zu Boden, landeten sanft im Gras, das purpurrot wurde. Blieben eine Weile dort liegen und atmeten den Duft der frischen Erde ein.

Als Elyssa die Augen öffnete, war sie allein. Nur noch *Seine* Stimme schwebte schaurig durch die Nacht. Elyssa fuhr fröstelnd zusammen. Dann löste sich der hypnoseartige Zustand, der sie befallen hatte. Wie von Furien gehetzt rannte sie los.

Sein Lachen scholl hinter ihr her. Amüsiert und arrogant. »Du entgehst mir nicht mehr. Hast du immer noch nicht begriffen, dass du längst mir gehörst? Aber ich will, dass du dich mir freiwillig hingibst. So wie Summer!«

Elyssa prallte entsetzt zurück, als sie plötzlich ein heftiger Windstoß streifte. Als ob *Er* sie im Vorbeigehen berührt hätte. »Ich soll mich dir hingeben? Dir mein Leben weihen? Eher friert die Hölle zu!«, schrie sie.

Das dunkle Lachen erklang wieder. »Du solltest mit deinen Worte etwas vorsichtiger sein. Vor allem, wenn du von meinem Wirkungsfeld sprichst«, erklang es ironisch. Neben ihr? Über ihr? In ihr? *Er* schien überall zu sein. Es war Elyssa nicht möglich, *Ihn* zu orten. *Er* war einfach da. Bevor sie etwas erwidern konnte, erklang wieder *Seine* Stimme. *Diese* Stimme, die jeden Nerv in ihr sensibilisierte. »Ich habe genug Zeit mit dir verbracht«, sagte *Er* mit einem unwilligen Unterton. »Wir werden sehen.«

Es flackerte. *Er* nahm für Sekunden Gestalt an, verlor dann wieder an Kontur und zerfloss in langen Nebelschwaden. Floss der hellen Sichel des Mondes entgegen. Wurde eins mit ihr. Elyssa atmete erleichtert auf. Sie hatte nicht gedacht, dass es so einfach sei, sich von *Ihm* zu lösen.

Doch sie hatte sich zu früh gefreut. *Seine* körperlosen Augen verfolgten sie fortan. Überall hin. *Er* wurde ihr ständiger Begleiter. Zu Anfang störte Elyssa diese allgegenwärtige Präsenz. Sie – *Er* – war wie ein Eindringling. Nicht nur in ihr Leben. Nein, auch in ihre Gedanken. In ihre Seele. Wie ein unliebsamer Hausbesetzer hatte *Er* sich dort eingenistet. Elyssa wusste, wie sehr *Er* es genoss, sie völlig zu kontrollieren. Und sie wünschte *Ihn* sonstwohin. Doch dann wollte sie *Seine* Gegenwart nicht mehr missen. Das spürte sie in dem Moment, als *Er* sich aus ihrer Seele zurückzog. Um sie zu strafen und ihr zu zeigen, dass *Er* sie nicht brauchte, sondern sie *Ihn*.

Elyssa horchte in die Stille, die *Er* in ihr hinterlassen hatte und fühlte sich nicht nur einsam. Sie fühlte sich wie amputiert, fühlte Phantomschmerz. *Seine* Anwesenheit hatte ihr den Alltag reizvoller gemacht. Aber *Er* konnte ihr auch nicht mehr wehtun: *Er* war fort.

Sie hatte sich gewünscht endlich einmal wieder allein zu sein, sich selbst zu gehören. Aber *Seine* Abwesenheit erfüllte sie mit Schmerz. Mit *Ihm* war auch die Möglichkeit, ihre Seele aus dem unliebsamen Gefängnis ihres Körpers zu befreien, gegangen. Dem *Mondvogel* waren die Flügel gestutzt worden.

Elyssa konnte zwar weiterhin Kräuterelixiere mischen und Mondrituale begehen. Schon dadurch hob sie sich von dem Großteil der Menschheit mit ihren geistigen Zwängen ab. Aber sie wusste, dass ihr das nicht mehr genügte. Ihre Seelenreisen würden ihr fehlen. *Er* würde ihr fehlen. Sie wusste, *Er* wartete nur auf ein Zeichen von ihr. Und dann würde sie *Ihm* ganz gehören. Kompromisslos bis zur Selbstaufgabe. Elyssa dachte an Summer, diese ungewöhnliche Frau, die sie leider nie kennen gelernt hatte, aber der sie sich doch näher fühlte als sonst einem menschlichen Wesen. Summer, die all ihr Wissen für sie niedergeschrieben hatte. Die Frage war, wollte sie das gleiche Leben wie ihre Großmutter fristen? Eigentlich hatte sie diese Frage schon beantwortet, doch vor der endgültigen Entscheidung graute ihr. Tief in ihrem Inneren wusste sie längst, wie die Antwort lautete. Aber die Konsequenz, die daraus erwuchs, erschreckte sie. Ihr Leben würde nicht mehr das sein, das es vorher war. Aber wollte sie das? Mit dem Wissen, das sie in sich trug? Sie befand sich auf einer Gratwanderung, in der sich nicht nur ihr Geist befreien und ihre Seele wachsen und wandeln konnte. Die Macht, die ihr die Hand reichte, barg auch ihre Schattenseiten.

Elyssa lächelte still und wandte dem Mond wieder ihr Gesicht zu. Er befingerte es kühl und sanft. Ihre Seele weitete sich, strebte ihm entgegen und breitete die Flügel aus.

Elyssa wachte schreiend auf und fuchtelte wild mit den Armen. Das Amulett, das sie jetzt immer trug, brannte heiße Feuermale auf ihre Haut. Elyssa fühlte etwas in sich erwachen. Eine Kraft, die sie stärkte und etwas von ihr forderte. Sie sprang aus dem Bett. Es war tiefe Nacht. Ein Blick auf die Datumsanzeige ihres Radioweckers zeigte ihr, dass sie vierundzwanzig Stunden geschlafen hatte. »Woah!«, entfuhr es ihr.

Immer noch benommen schlich sie in die Küche. Das hektische Blinken des Anrufbeantworters zeigte ihr ebenso, dass man sie vermisst hatte, wie Butchy, der demonstrativ neben seinem leeren Futternapf saß. Elyssa übersah ihn geflissentlich und hörte zuerst die Nachrichten auf ihrem Anrufbeantworter ab. Es waren zum größten Teil Anrufer, bei denen sie sich im Laufe der Woche zurückmelden konnte. Nur Cadishas aufgeregtem Geplapper musste sie sofort am nächsten Tag entgegenwirken. Wenn Cadisha einmal besorgt war, war sie nicht mehr zu bremsen. Und sie war besorgt.

»Elyssa, was ist los mit dir? Warum meldest du dich nicht? Seit du in diesem Haus wohnst …«

»Ja, ja«, sagte Elyssa genervt und drückte die Lösch-Taste. Cadishas Stimme erstarb augenblicklich. Elyssa knallte Butchy das Futter auf den Teller und ging wieder hinauf ins Schlafzimmer. Sie riss sich die Klamotten vom Leib und schlüpfte in ein enges, schwarzes Kleid. Als einzigen Schmuck trug sie das Amulett. Wenn sie den magischen Talisman berührte, floss ein warmer Strom durch ihren Körper. Zum ersten Mal spürte sie deutlich ihre medialen Kräfte, fühlte, wie sie wuchsen und ihr gesamtes Denken und Handeln beeinflussten. Sie sah wieder den mageren Männerkörper ihres Traumes vor sich und allein diese Vorstellung weckte den Hunger auf einen Mann. Elyssa seufzte laut auf und verließ das Haus. Dabei umspielte ein triumphierendes Lächeln ihre Lippen

Am nächsten Morgen erwachte sie mit einem schalen Gefühl im Mund. Geräusche aus der Küche verrieten, dass ihre Abendbekanntschaft darin herumwerkelte. Sie hatte gehofft, dass der Typ, den sie aufgegabelt hatte, schon weg war. Elyssa hatte noch nie einen festen Partner gehabt. Sie war überzeugter Single und genoss es, alleine zu leben. Sie wollte keinen Mann in ihren vier Wänden. Und die Institution Ehe war für sie die schauderhafteste des Universums noch vor der obligatorischen Rolex-Uhr der Schickimickis und den Klängen von Maria Hellwig.

Sie dachte an den Augenblick als sie den fremden Bettgesellen in der schummrigen Kneipe aufgegabelt hatte. Die breite Brust hatte fast die Knöpfe seines Hemdes gesprengt und mit dem Goldkettchen erinnerte er an die perfekte Karikatur eines Manta-Fahrers. Sie aßen gemeinsam zu Abend und er hatte sich das Essen in den Mund geschaufelt, als ob es sich um seine Henkersmahlzeit handelte. Die Geräusche, die er dabei von sich gegeben hatte, waren auch nicht gerade von feiner englischer Art. Elyssa fragte sich, wie sie die Nacht mit einem solchen Mann verbringen konnte. Sie dachte an *Ihn* und die ekstatische Magerkeit seines Körpers. Das war der Männertyp, der sie sonst ansprach, nicht so eine muskelbepackte südländische Schmalzbacke, die ihr hundert Bellissimas ins Ohr geflüstert hatte. Ich würde es begrüßen, wenn du dich nach dem Frühstück verabschieden würdest, dachte Elyssa, als in der Küche plötzlich wildes Gepolter erklang. Begleitet von schrillem, wütendem Katzengeschrei.

Aber waren es wirklich animalische Laute? Elyssa kamen sie eher wie die Texte ihrer Warlock-CD vor. Zwischen all den unverständlichen Lauten hörte sie etwas, das wie *Sie gehört mir* klang. Dann erfolgte wieder ein abgrundtiefes Fauchen und ein Geräusch, das sich anhörte, als würde ein Stück Stoff zerreißen. Es war nur dunkler. Ein Stöhnen erklang, gefolgt von einem gurgelnden Laut. Dann schoss etwas durch die Diele, das nur ganz entfernt an Butchy erinnerte. Das Wesen war größer, war dunkel behaart und hatte einen langen Schwanz. Aber immer wieder flackerte um ihn der bekannte Katzenkörper auf. Die Erkenntnis traf Elyssa wie der Schlag einer Keule. *Er* und Butchy waren eins. *Er* hatte sich des Katers bemächtigt. Das war der Grund, warum Elyssa das Tier immer fremder geworden war, weshalb sie sich niemals allein in dem alten Haus gefühlt hatte. *Er* war immer in ihrer Nähe gewesen! Der Gedanke verursachte ihr

Übelkeit. Elyssa setzte sich auf die ausgetretenen Treppenstufen. Das Röcheln, das aus der Küche klang, trug auch nicht unbedingt zur ihrer Beruhigung bei. Es gab einen dumpfen Knall und dann wurde es totenstill.

Elyssa wusste nicht, wie lange sie auf der Treppe gesessen hatte. Irgendwann nahm sie all ihren Mut zusammen und zog sich an dem Treppengeländer hoch, schlich sich in die Küche und sah den muskulösen Körper ihres Bettgenossen über den Tisch gebeugt. Als Elyssa in die Locken des Mannes griff und seinen Kopf aus dem Müsliteller zog, blickten Raffaellos dunkle Augen seelenlos zur Decke. In seinem Hals klaffte eine Wunde, bei der jeder Vampir neidisch geworden wäre. Daraus pulsierte mit jedem Herzschlag der Lebenssaft, der immer schwächer und schwächer wurde und dann gänzlich versiegte.

Elyssa stand wie eine Schlafwandlerin da. Ihre Hände glitten aus den Haaren des Toten. Sie drehte sich langsam herum, ging in das Schlafzimmer, zog sich an und schlich wieder hinunter in die Küche. Alles dauerte höchstens fünf Minuten. Dabei fühlte sie nichts. Rein gar nichts. Sie hätte Entsetzen oder Furcht fühlen müssen, aber ihre Empfindungen waren gestorben.

Fast hatte sie erwartet, keinen Leichnam mehr vorzufinden. Ganz so, als habe sie alles nur geträumt. Aber so war es natürlich nicht. Sie wunderte sich nicht einmal darüber, wie viel Kraft sie entwickelte, als sie den Toten zu ihrem Auto zerrte. Sie hievte ihn in den Kofferraum und knallte den Deckel zu. Dann atmete sie tief durch, stieg in den Wagen und fuhr los.

Elyssa zitterte am ganzen Körper. Immer noch sah sie das Bild vor sich, wie die schwere Männerleiche in dem See versank, sah die Kreise, die das Wasser um den leblosen Körper zog, hörte das zustimmende Gurgeln des flüssigen Elements. Elyssas Sinne waren geschärft. Sie nahm die Sprache der Natur deutlicher wahr. Und sie wusste jetzt, dass deren Gesetze weitaus brutaler waren, als sie es sich jemals erträumt hatte. Wollte sie auch dazu gehören oder wollte sie die Macht dieser Kräfte nutzbringend anwenden? Das wird *Er* nicht zulassen, dachte sie und schleppte sich zu ihrem Auto. Der Kofferraumdeckel stand immer noch sperrangelweit auf. Elyssa stieß ein schrilles Lachen aus. Die Szene wirkte wirklich wie aus einem alten Edgar-Wallace-Streifen. Nur verspürte sie nicht die geringste Lust darin eine Hauptrolle zu spielen.

Sie sah das Blut an ihren Händen, roch seinen verheißungsvollen Duft und leckte daran. Ihr Zunge fuhr so lange genüsslich darüber, bis ihre Hände wieder sauber waren. Es erinnerte sie an Butchys Säuberungsrituale. Der Blutgeschmack störte sie dabei nicht. Ganz im Gegenteil. Als ihr bewusst wurde, was sie dabei empfand, erbrach sie sich und setzte sich auf den feuchten Boden des Seeufers. Werde auch ich jetzt zu einem Doppelwesen?, fragte sie sich und dachte im selben Moment entsetzt: Das muss ein Ende haben! *Er* wird aus dir ein Monster machen.

Elyssa konnte sich später nicht mehr erinnern, wie sie wieder nach Hause gekommen war. Auch als sie unter die warme Bettdecke gekrochen war, hörte das Zittern ihres Körpers nicht auf. Die einzige warme Stelle daran, war die, die das Amulett berührte.

Sie versuchte zu schlafen. Wälzte sich hin und her. Ergebnislos. Stunden später fiel sie in oberflächlichen Schlummer und wachte erst wieder gegen Mittag auf. Sie setzte sich zerschlagen im Bett auf und ihr Blick fiel auf die Stelle ihrer Hand, wo die Wunde gewesen war. Seitdem sich ihr Blut mit dem des *Books* vermischt hatte, hatte sich die Wunde geschlossen. Elyssa fuhr mit dem Zeigefinger über den schmalen weißen Strich, der nur noch zu sehen war und dachte wieder an das, was sie empfunden hatte, als sie den Toten im See versinken sah. Sie sah den Mond und die Dunkelheit. Dort war *Er*. Sie hatte den Todesreigen ihres bisherigen Lebens gefühlt. Würde sie wie Phoenix aus der Asche aufsteigen? Und wer, was würde sie dann sein? Jetzt war der Augenblick gekommen einen Schritt weiter zu gehen.

Elyssas Blick fiel auf das *Book Of Madness*. Auf ihm thronte

Butchy, der – erst jetzt wurde sie es gewahr – ständig auf dem Buch hockte. Als wäre er angeschweißt. Er rieb sein Kinn ekstatisch an dem Ledereinband, als wolle auch er eine Verbindung damit eingehen. Dabei sahen seine Augen Elyssa unverwandt an. Butchy und das Buch schienen eine Einheit zu sein, die Elyssa abrupt unterbrach und den Kater verjagte. Was dieser mehr als übel nahm. Elyssa registrierte stirnrunzelnd seinen lautstarken Protest und fragte sich, warum Butchy solch ein gesteigertes Interesse an dem Buch hatte. Warum *Er* ein gesteigertes Interesse daran hatte. Als wolle *Er* es bewachen. Elyssa nahm das Werk an sich und begann zu lesen. Erst zögerlich, vorsichtig. Dann immer interessierter. Ihre Begeisterungsfähigkeit für dieses alte Buch und dessen verwirrenden Inhalt wuchs mit jeder Zeile, die sie las. Und sie stellte sich die bange Frage: Wurde auch sie zur Satansjüngerin? Allein schon der Gedanke schien ihr so abwegig, dass sie laut auflachte. Aber das Lachen hatte einen verzweifelten Unterton. Ihr wurde in diesem Augenblick bewusst, dass sie sich diese Frage wahrscheinlich schon zu spät stellte. Mit sanftem Grusel blätterte sie die vergilbten Blätter um, fand darin die Rituale, die Summer in ihren Tagebüchern beschrieben hatte und die Rezepturen für Salben und sonstige Mixturen. Elyssa blickte gedankenverloren aus dem geöffneten Fenster. Die Sonne hing wie ein dottergelber Ball am Himmel. Es war schon sehr sonderbar. Bevor sie Summers Tagebücher gelesen hatte, war sie immer ein Sonnenmensch gewesen. Doch nun war Elyssa mit einem Mal nachtaktiv. Der Mondschein hatte einen besonderen Einfluss auf sie. Er sprach ihr Innerstes an. Unruhe machte sich in ihr breit. Sie fühlte sich plötzlich wieder eingesperrt. Und wollte hinaus. Doch wohin?

Stunden verbrachte Elyssa in dem Wohnzimmersessel am Fenster und blätterte in dem *Book*. Butchy stand vor der Terrassentür und miaute penetrant. Als Elyssa nicht öffnete, knurrte er zornig. »Du bleibst heute draußen!«, sagte Elyssa. Das Bild des toten Männerkörpers mit dem zerkratzten Gesicht und der zerfetzten Halsschlagader tauchte vor ihrem geistigen Auge auf. Butchy setzte sich vor die Glastür und putzte sich in aller Seelenruhe seine Pfoten. Seine Mordinstrumente, wie Elyssa schaudernd feststellte. Als der Kater sie ansah, war wieder die vertraute Wärme in seinen Augen, aber sie hatte dennoch nicht den Mut ihn hereinzulassen. Als habe er ihre Gedanken erraten, rollte er sich zu einer dunklen Fellkugel zusammen und schloss die Augen und blieb so auf der Terrasse liegen. Nur die aufmerksamen Bewegungen seiner Ohren zeigten, dass er keineswegs so entspannt war, wie er vorgab. Ihm entging keine ihrer Bewegungen. Nicht einmal die allerkleinste.

Es war Abend geworden. Elyssa rannte in die Vorratskammer ihrer Großmutter. Sie klaubte alle Zutaten für das Hexenfett zusammen und schleppte sie in die Küche. Dort mischte sie Gefleckten Schierling, Alraunwurzel und die anderen Zutaten zu einer Salbe. Ihr Körper glühte dabei vor Aufregung wie im Fieber. Sie ging mit dem Salbentopf in das Badezimmer. Dort riss sie sich die Kleidung vom Leib und betrachtete zufrieden ihren graziösen Körper im Spiegel. Jetzt nur noch das Amulett. Und jetzt erst wurde ihr bewusst, dass seit sie es trug, Männer plötzlich auf sie flogen wie Fliegen auf Zuckerrübenkraut. Sogar der Mann einer Schickimickibekannten, die sie auf einer Vernissage kennen gelernt hatte. Julie war zwar keine Schönheit, aber sie besaß hauchfeinen Schick. War eine der Champagnerhaar-Blondinen, denen Elyssa bisher nur mit Vorsicht begegnet war. Sie hat Brüste wie Moskitobisse, dachte Elyssa gehässig und betrachtete im Vergleich ihren vollen Busen im Spiegel. Im gleichen Moment war sie zutiefst schockiert über ihren eigenen Gedanken. Sie dachte an Julies sorgfältig zurechtgemachtes Hochglanzmagazin-Gesicht und an ihren Mann Jean, einen Heißluftballon auf zwei Beinen mit der Intelligenz eines Grashüpfers. Er war fett wie eine Currywurst und dumm wie Stroh, aber er hatte Geld, und das gefiel Julie. In letzter Zeit galt allerdings Jeans Aufmerksamkeit eher Elyssa als seiner Frau. Ein Umstand, den Elyssa keineswegs schätzte.

Sie riss sich von dem Gedanken los und blickte auf den

Topf in ihrer Hand, der merklich zu glühen begonnen hatte. Langsam und genüsslich rieb sie sich mit der Salbe ein, strich und klopfte sie ein. Sie beobachtete verzückt, wie ihre Haut zu glänzen begann und spürte wie diese ihre Poren öffnete und die magischen Inhaltsstoffe in ihren Körper drangen. Die halluzinogene Wirkung ließ nicht lange auf sich warten. Kribbelnde Ameisen durchwanderten ihre Blutbahnen, machten sich keck in Elyssas gesamtem Körper breit. Das Hexenfett fühlte sich wie ein Schutzschild an, wie eine zweite Haut. Der leichte Hausmantel, in den Elyssa schlüpfte, wirkte beinahe störend.

Sie ging barfuß die Treppe hinab ins Wohnzimmer, öffnete dort das Fenster und blickte hinaus. Flammende Abendröte setzte den Himmel in Brand und, nachdem sie genug gesehen hatte, entzündete Elyssa eine Kerze, deren sanftes Licht die makellose Schönheit ihres Gesichtes vollendete. Danach ließ sie sich in den Sessel am Fenster sinken und lehnte den Kopf an die Lehne. Die Abendsonne glühte wie eine feuerrote Wunde vom Himmel herab. Sie blutete aus und überließ der Nacht die Herrschaft. Als sie endgültig erstarb, erhob sich das volle Rund des Mondes am Sternenbaldachin. Elyssa wurde magisch von ihm angezogen. Der Mond hatte für sie eine völlig neue Bedeutung erhalten. Ihr wurde bewusst, dass er schon vorher ihr Leben beeinflusst hatte. Aber sie hatte es nie wahrgenommen. Jetzt, nachdem sich ihr Wissen über seine Auswirkung auf sie gefestigt hatte, hörte sie auf die innere Stimme. Der Pakt, den sie mit dem *Book Of Madness* eingegangen war, verstärkte diese Stimme noch.

Die mondbeschienene Terrasse lockte sie. Und als Elyssa hinaus in den Garten trat, wusste sie: Heute war die Nacht der Nächte. Sie ließ den Mantel von den Schultern gleiten und bot dem Mond ihren nackten Körper, den das Hexenfett immer noch glänzend umschloss, an. Elyssas Gesicht war ein einziges erwartungsvolles Leuchten. Ihre Augen sprühten smaragdgrüne Funken. Dunkle Haarsträhnen lagen wie Vogelschwingen auf ihren Wangen, bedeckten die scharlachroten, erregten Flecken ihrer Haut.

Feuchte, spinnenwebfarbene Abendnebel stiegen aus dem Gras. Die Nacht wob ihr mystisches Netz von Schatten zwischen die Bäume. Es erwachten die magischen Stunden, in denen sich Diesseits und Jenseits liebkosten. Elyssa stand im fahlen Licht der hereinbrechenden Nacht im Garten und dachte an *Ihn*. Gab es *Ihn* wirklich? Sie hatte sich noch nichts so sehr gewünscht, wie *Ihm* endlich gegenüberzutreten.

»Das höre ich gerne«, säuselte eine Stimme.

Elyssa fuhr herum, ergriff ihren am Boden liegenden Mantel und schlüpfte hinein. Ihr Herz begann wie rasend zu klopfen. »Ist da jemand?«, fragte sie. Ein schauerliches Gelächter erklang. Es drang bis in den tiefsten Winkel ihrer Seele. Elyssa erschrak, als sie bemerkte, dass das mephistophelische Lachen sie anzog. Das auch noch, dachte sie.

Eine geisterhafte Gestalt trat aus der Dunkelheit auf sie zu. Ohne jegliche Vorwarnung. Stand plötzlich da, wie aus dem Boden gewachsen. *Er* entsprach nicht annähernd der Vorstellung, die sie sich von *Ihm* gemacht hatte. *Er* war größer, dunkler und verführerischer, als sie es sich in ihren kühnsten Träumen ausgemalt hatte. Und gerade das war die zusätzliche Gefahr, die von *Ihm* ausging. Das wusste Elyssa aus Summers Schilderungen.

Das ungeheuer maskuline Wesen mit dem malafiden Ausdruck in den Augen machte eine herrische Geste. In seinem Blick schwelte etwas. Elyssa hatte Mühe sich dem hypnotischen Einfluss dieser Augen zu entziehen. Sie übermittelten ihr eine geheime Botschaft, versengten sie.

Er verzog spöttisch die Lippen und sah Elyssa herablassend an. »Du hast mich gerufen?«, fragte er sarkastisch und ergötzte sich an ihrem fassungslosen Gesichtsausdruck. Das Timbre *Seiner* Stimme hatte etwas Verführerisches. Sie war nicht in der Lage auch nur ein Sterbenswörtchen herauszupressen. Stattdessen starrte sie *Ihn* immer nur an. Sie spürte nichts als eisige Verachtung und das Lächeln in *Seinen* Augen war so echt, wie Cadishas Gold-Double-Ketten. Es hatte einen maroden Charme und erwärmte sie trotzdem. Das machte *Ihn* umso gefährlicher. Elyssa durchschaute *Seinen* perfiden Charakter, brachte es aber nicht fertig, sich davon zu lösen ebenso wenig wie von den markanten, raubvogelartigen Gesichtszügen.

Er stand da, wie ein stummer Schatten und fixierte sie mit unverwandtem Blick. Blassgraue Nebelschleier hüllten die hoch gewachsene Gestalt ein. *Seine* rechte Hand streckte sich ihr entgegen, als wolle *Er* sie berühren. Elyssas Herz machte einen erschrockenen Satz. Sie trat einen Schritt zurück, drehte sich herum und wollte loslaufen. *Seine* Stimme hielt sie zurück. »Du entgehst mir nicht. Letzendlich wirst du mir gehören. Denn ich will nur dich!« *Er* machte eine unwillige Geste.

Elyssa verharrte mitten in der Bewegung. Es lief ihr kalt den Rücken herunter. Ein leichtes Schwindelgefühl erfasste sie. Sie blickte über ihre Schulter zurück. *Er* stand immer noch an derselben Stelle und sah sie geringschätzig an. *Sein* Blick wurde eine Spur eisiger. Dann verzog sich *Sein* Gesicht zu einem sardonischen Grinsen. Elyssa drehte sich herum und lief zur Eingangstür. Den Weg zur Terrassentür versperrte die imposante Gestalt. Elyssa knallte die Haustür hinter sich zu und stemmte sich mit aller Macht dagegen. Ein hässliches Lachen ertönte dahinter. Dann verstummte es. Elyssa atmete erleichtert auf. *Er* war gegangen. So sehr sie *Ihn* sich herbeigesehnt hatte, so froh war sie, dass *Er* wieder fort war. Und sie schwor sich *Ihn* nie wieder herbeizusehnen.

Ich war ja nur neugierig, redete sie sich ein. Das war der einzige Grund, warum sie sich mit Hexenfett eingerieben und sich dem Vollmond angeboten hatte. Sich *Ihm* angeboten hatte.

Ein Zischeln ertönte hinter ihr. Elyssa fuhr mit einem Aufschrei herum. Da war *Er* wieder. Allgegenwärtig.

»Hast du tatsächlich geglaubt, eine hölzerne Tür könne mich aufhalten?«, fragte *Er* spöttisch. *Seine* Hand fuhr durch ihr langes Haar. Wieder spürte Elyssa die starke körperliche Anziehungskraft und wehrte sich verzweifelt dagegen. Und sie fühlte *Seine* Macht. *Seine* Macht über sie. Diese Macht lebte nicht nur in den Elementen, sondern auch in der Tiefe der menschlichen Seelen. Für *Ihn* war eine Vereinigung mit Menschen nichts Heidnisches. *Er* sah es eher als ergänzende Verbindung zweier Daseinsformen.

Elyssa ging immer weiter von *Ihm* weg, bewegte sich Schritt für Schritt rückwärts zum Fenster, durch das das schwächer werdende Mondlicht fiel. *Er* war in zwei Schritten bei ihr. Elyssa schrie aus Leibeskräften. Als wolle sie mit gesteigerter Stimmgewalt das Urbild des Bösen vertreiben. Sie schrie aber noch aus einem anderen Grund. Als Ventil für ein Gefühl, dass an sexuelle Lust grenzte.

Als ihr das klar wurde, schrie sie noch lauter – jetzt aus Entsetzen über ihre Erkenntnis.

Sie schrie immer noch, als sich *Seine* Gestalt im Dunst des anbrechenden Morgens auflöste und in lang gezogenen Nebelschleiern durch das geöffnete Fenster verloren ging.

In der nächsten Nacht träumte sie wieder von *Ihm*: *Er* wartete auf sie hinter dem schimmernden Licht des Mondes und Elyssa flog *Ihm* entgegen. Ziellos glitt sie durch die kühle Nachtluft. Fühlte den Nachtwind auf ihrem Körper. Sah Menschen, die sich in ihren Häusern verbargen. Auch ihren humorlosen Exchef, der gerade wieder einmal eines seiner heimlichen Schäferstündchen mit seiner Sekretärin hatte. Elyssa belegte ihn mit dem Makel ständigen Misserfolges und freute sich diebisch, als es postwendend eintrat. Arme Sylvie, dachte sie schadenfroh, du wolltest unbedingt einen Akademiker, jetzt sieh, wie du dich mit dem Weichei abmühst. Dann floss sie weiter durch die leichte Wolkendecke. Zum Haus ihrer nimmermüden Kollegin, die außer Ehrgeiz und plakativ gelebtem Kulturgut – dennoch hielt sie einen Chateaubriand für ein französisches Schloss – nichts an Menschlichkeit zeigte. Wie immer war Kristey in einen handfesten Streit mit ihrem Lebensgefährten verwickelt. So soll es auch bleiben, erlegte Elyssa ihr auf, wenn du schon im Büro die Unentbehrliche spielst, sollen dir ab heute zumindest privat die Grenzen gezeigt werden.

Elyssa fröstelte. Es war ein angenehmes, stimulierendes

Frösteln. Die Dämonen ihrer Seele waren zu eigenständigem Leben erwacht. Es machte ihr Spaß, sich an denen zu rächen, die ihr schon lange das Leben zur Hölle gemacht hatten. Jetzt habt ihr die Hölle auf Erden, kicherte sie, und ich werde dafür sorgen, dass es auch so bleibt. Elyssa zuckte zusammen. Sie wusste, dass es noch an der Zeit war, aufzuhören anderen Schmerz zuzufügen. Doch genau wie es bei *Ihm* war, war auch das mittlerweile das Salz ihres Daseins. Er zauberte ihr die Hölle in den Kopf. »Nicht nur dorthin«, wisperte es. Elyssa vollführte eine Kehrtwendung und flog zu ihrem Haus zurück. Die Macht, die sie gespürt hatte, hatte etwas Erotisches und sie bewirkte eins: Sie wollte mehr!

Seit diesem Seelenflug erstickte Elyssa beinahe an der Stille ihres Hauses. In ihr war ständige Unruhe und der Drang hinaufzusteigen. Selbst der Schlaf schenkte ihre keine Ruhe, keine seelische Verschnaufpause. Verworrene Träume lauerten, um in dem Augenblick zuzuschlagen, in dem sie die Augen schloss. In ihren nächtlichen Phantasien durchwanderte sie düstere Gewölbekeller auf der Suche nach *Ihm*. Sie sah *Ihn* und das spöttische Glitzern in *Seinen* Augen. Sie brannte darauf, das Geheimnis um Summer und *Ihn* zu lüften und war längst dahinter gekommen, dass zwischen den beiden eine besondere Beziehung bestanden hatte und dass *Er* jetzt sie an Summers Stelle wollte.

Jeden Morgen wachte Elyssa zerschlagen auf. Die Sehnsucht in ihr wuchs. Ihr Leben hatte sich schlagartig geändert. Immer wieder sah sie den gebrochenen Blick des Mannes vor sich, den *Er* getötet hatte. Und immer wieder meinte sie den Blutgeschmack auf der Zunge zu spüren, als sie sich den Lebenssaft des Toten von den Händen leckte. Je öfter sie daran dachte, desto größer wurde ihr Wunsch sich von diesem Alptraumbild zu lösen.

Elyssa wandelte schlaftrunken durch das Haus. Wie das reinste Nachtgespenst. Sie konnte immer noch nicht fassen, was geschehen war. »Ich habe *Ihn* gesehen, Großmutter, und meine Seele ist geflogen«, flüsterte sie und ließ sich auf das Bett sinken.

»Das ist gut, Elyssa«, säuselte eine Stimme, »*Er* wird dir ungeahnte Macht geben.«

Elyssa setzte sich abrupt auf. Noch vor wenigen Wochen hätte sie mit ihrem Blut unterschrieben, dass Tote keinen Kontakt zu Lebenden aufnehmen konnten. Jetzt war sie klüger. Sie wusste, dass es Summer möglich war. »Großmutter?«, fragte sie, wie ein verschüchtertes Kind. Es kicherte leise. »War es bei dir auch so?« Elyssa horchte in die Morgendämmerung hinein. Als kein Laut erklang, sprach sie weiter. »Was soll ich bloß machen, Großmuter? »

»Das weißt du längst«, flüsterte es. »*Er* wird dich Dinge lehren, die du dir in deinen kühnsten Träumen nicht ausmalen kannst.«

»Darauf verwette ich meinen Kopf«, murrte Elyssa.

Wieder kicherte es. »Den solltest du lieber behalten. Erstens wirst du ihn noch brauchen und zweitens ist er viel zu hübsch.«

Klar, dachte Elyssa gehässig, das musstest du sagen, immerhin sieht er deinem Kopf ja zum Verwechseln ähnlich.

»Genau!«, säuselte die Stimme. »Aber Spaß beiseite, ich habe nicht mehr viel Zeit. Es ist ziemlich anstrengend für mich, mit dir zu plaudern. Du hast meine Gene, mein Blut in dir, Elyssa, und nun auch *Seins*. Aber du hast eine starke Seele und du brauchst *Ihn* nicht so sehr wie *Er* dich! Du beherrschst die Macht der Seele. Nutze sie!«

»*Er* macht mir Angst, Großmutter. *Er* hat sich Butchys bemächtigt und Raffaello umgebracht, nur weil der mit mir geschlafen hat. Und auch ich habe mich verändert. Ich will das nicht, Großmutter.«

Ein verächtlicher Laut erklang, dann erstarb die Stimme.

»Großmutter?«

Keine Antwort.

»Großmutter, ich habe noch so viele Fragen!« Elyssa schlug wütend auf die Bettdecke. »Verdammt!«, schrie sie. »Du hast mir gar nichts gesagt. Gar nichts!«

Elyssa vernachlässigte auch ihre Freundschaft zu Cadisha, die sich energisch darüber beschwerte. Doch sie nahm sich vor sich künftig wieder häufiger mit Cadisha zu treffen. Die mokkafarbene Freundin war ihr letztes Bindeglied zur Normalität. Elyssa brauchte sie, um nicht völlig *Seinem* Einfluss zu erliegen. Elyssa hatte auch die Briefe aus der Metallschatulle gelesen. Sie waren alle von ihrer Mutter, die Summer um Verzeihung bat. Und Elyssa wusste nun, dass ihre Mutter sie vor der schwarzen Macht schützen wollte. Elyssa gestand sich ein, dass es ihr Spaß gemacht hatte, davon zu kosten. Dass sie der Verführung beinahe erlegen wäre. Aber sie dachte immer an Summers Worte, dass sie eine starke Seele habe. Und sie dachte an den toten Männerkörper auf dem Grund des Sees. Der Mord an Rafaello hatte den Ausschlag gegeben. Der und Elyssas erwachte Blutgier. Das hatte ihr deutlich vor Augen geführt, dass sie sich auf gefährliches Territorium gewagt hatte. Sie wusste nun, wie ihre endgültige Entscheidung ausfallen musste. Die Briefe hatten auch Auskunft darüber gegeben, wie sie sich *Seiner* entledigen konnte. Ihre zu vollem Bewusstsein erwachte Seele war frei und stark genug, sich auch weiterhin vom Körper zu lösen. Sie konnte auch ohne *Ihn* auf Reisen gehen. Zwei Mächte lebten in ihr. Sie war Mensch und Magierin. In ihr war vollkommener Dualismus. Nur eins störte ihr neues Lebensgefühl. Das war *Er*.

Aber sie wusste, er konnte ihr nichts mehr anhaben. Denn sie wollte ihn nicht. Sie wollte nicht eines seiner Menschen verachtenden Monster werden. Elyssas Hände umfassten instinktiv das Amulett. Sie hielt es sich vor das Gesicht und betrachtete es näher. Der Schatten des magischen Talismans wurde länger, verselbstständigte sich und fiel auf das *Book Of Madness*. Elyssa ergriff es und zögerte einige Sekunden. Der Titel schien sie höhnisch anzustarren. Elyssa reckte siegessicher das Kinn und murmelte: »Geh dahin, wo du hingehörst.« Dann warf sie die schwarze Bibel mit einem Schwung in das Feuer, das zischend im Kamin züngelte. Das *Book* ging in Flammen auf, die schrill aufzuschreien schienen. Ein verzerrter Schatten wurde darin sichtbar, der nach

Elyssa zu greifen versuchte, dann aber mit jeder Feuerzunge, die die Buchseiten erfasste und auffraß, kraftloser wurde und letztlich den Arm sinken ließ.

»Du gehörst nicht mehr in meine Welt. Bleib gefälligst in deiner«, sagte Elyssa, sah wie die dünne Narbe auf ihrer Hand verschwand und lächelte zufrieden.

Bernhard Hennen

Am Aschermittwoch

»Wenn Sie glauben, ich hätte allein wegen Indiana Jones angefangen, Archäologie zu studieren, dann kennen Sie mich schlecht; schließlich lebe ich nicht in der Traumwelt des Kinos, obwohl ich selbstverständlich schon im ersten Semester gelernt habe, wie man mit einer Bullenpeitsche umgeht. Der eigentliche Grund für dieses Studium ist die Tatsache, dass ich ein knochentrockener Realist bin …«

Diese beiden Sätze stammen aus der nachfolgenden Geschichte. Beide sind gelogen.

Wahr ist, dass Bernhard Hennen Archäologie studierte, als ich ihn kennen lernte. Wahr ist, dass er nicht die geringste Ahnung hat, wie man mit einer Bullenpeitsche umgeht (bevor ich die Geschichte lektoriert habe, wusste er offensichtlich nicht einmal, wie man das Wort richtig schreibt …), dafür aber hervorragend mit einem Breitschwert. Wahr ist, dass er ein so knochentrockener Realist ist, dass ich immer gebannt dasitze und stundenlang schweigend zuhören kann, wenn er Geschichten erzählt, und dass er in seinem studierten Fach als Archäologe bisher keine Sekunde gearbeitet hat.

Dafür in einem Hungerleiderjob als Schriftsteller. Sie wissen schon: Die Leute, die nur arbeiten, wenn ihnen danach ist, dafür jede Menge Kohle abkassieren und ansonsten Gott einen guten Mann sein lassen.

Ich gönne es ihm.

Vor allem, nachdem ich diese Story gelesen habe.

Ich meine: Ich habe zwar nicht studiert, aber ich wusste trotzdem immer, dass das Leben eines Studenten kein Zuckerschlecken ist. Was man aber alles auf sich nehmen muss, um eine bezahlbare Studentenbude zu bekommen, das war mir nicht klar …

Wenn Professor Rohwald auf einen Kongress fährt, dann bedeutet das immer einen Haufen Arbeit. Er ist einer der liebsten Kunden von meinem Chef. Der Prof ist alle paar Monate auf irgendeiner Tagung. Hat 'ne verdammte Ahnung von Blut, der Kerl! Jedes Mal wenn er eine Rede hält, lässt er bei uns mindestens hundert Kopien davon machen und fein säuberlich binden. Einmal hat er sogar Kunstledereinbände mit Goldschnitt genommen. Das war ein Festtag! Der Chef hat damals 'ne Flasche Sekt springen lassen, und das will was heißen. Normalerweise ist der alte Pfund nicht gerade für seine Großzügigkeit bekannt. Ich weiß, wovon ich da rede. Schließlich arbeite ich nicht nur bei ihm, sondern ich hab auch noch ein Zimmer als Untermieter bei den Pfunds. Sie glauben gar nicht, worauf man sich hier in Köln alles einlässt, wenn man ein bezahlbares Zimmer in Uninähe bekommen möchte. Nicht nur, dass ich mich verpflichtete für einen wahren Hungerlohn im Copyshop vom Pfund zu arbeiten, nein, Bestandteil meines Mietvertrages ist auch, dass ich allabendlich mit dem Pudel Farinelli Gassi gehe.

Na ja, wie ich also so dastand und die neuesten Blutgeschichten von Prof Rohwald kopierte, kam der alte Sagel herein, der Leiter des archäologischen Instituts. Kerzengerade und im Stechschritt hielt er geradewegs auf mich zu. Seit unserer ersten Begegnung hatte er einen Narren an mir gefressen, weil ich ihm erklären musste, dass ich zu spät zum Semester gekommen war, da sich mein Abflug aus Nicaragua verzögerte, weil die Contras vorübergehend den Flughafen von Managua besetzt hielten. Das fand der alte Sagel cool. Seiner Meinung nach sollte jeder vernünftige Archäologe alle Indiana-Jones-Filme kennen und auch schon einmal selbst erlebt haben, wie es ist, wenn einem die Kugeln um die Ohren pfeifen. Wie gesagt, wir lagen vom ersten Augenblick an auf einer Wellenlänge. Doch diesmal wirkte er irgendwie verändert. Er fixierte mich mit stechendem Blick.

»Ich habe Sie am Samstag im Fernsehen gesehen, junger Freund.«

Ich schluckte. Mich hatten schon andere auf meinen Kurzauftritt, der am Wochenende über die Mattscheiben der Republik geflimmert war, angesprochen und mir schwante, was Sagel davon halten würde!

»Ich kann das alles erkl…«

»Geben Sie sich keine Mühe! Die Bilder und der Kommentar waren mehr als deutlich! Ich bin hier, um Sie wissen zu lassen, dass ich dafür sorgen werde, dass Sie an meinem Institut kein Examen bestehen werden. Am besten lassen Sie sich gar nicht mehr blicken! Pöbelnde Randalierer sind nicht die Menschen, in deren Obhut ich in Zukunft die Leitung einer Ausgrabung wissen möchte!«

»Aber, Herr Professor, das alles …«

»Schweigen Sie! Übrigens, lassen Sie Ihren Chef wissen, dass wir in Zukunft für den Druck der Institutspublikationen die Dienste eines anderen Betriebs in Anspruch nehmen werden!«

»Das hat doch …«

Ohne sich noch einmal nach mir umzuschauen, wandte sich der alte Sagel ab und ließ krachend hinter sich die Ladentür ins Schloss fallen.

Noch bevor ich eine Chance hatte diesen Auftritt zu verdauen, legte sich eine knochige Pranke auf meine Schulter. »Pöbelnder Randalierer!«, grollte hinter mir der Chef in seinem schönsten Bass. Offenbar hatte er im Papierlager gestanden und alles mitgehört. »Was soll das bedeuten?«

Ich zuckte mit den Schultern. »Weiß auch nicht, was der alte Sagel meint …« Es wäre sinnlos gewesen, dem Pfund zu erklären, dass mein Bruder ein FC-Fan war. Für Fußball interessierte sich der Chef nicht die Bohne! Na ja, jedenfalls hatte am Wochenende der FC die Schalker besiegt, was eine ziemliche Sensation war. Mein Bruder war extra aus Frankfurt gekommen, um sich mit mir das Spiel anzuschauen. Als ich ihn zum Bahnhof zurückbrachte, waren wir beide in rechter Siegerlaune, und da ist es dann passiert. Ein Trupp Schalke-Fans hatte sich zusammengerottet und grölte lauthals was von Schiebung. Mein Bruder ist nicht der Kerl, der so üble Verleumdungen einfach still hinnehmen kann. Schon gar nicht, wenn sie gegen seinen FC ausgesprochen werden. Ehe ich mich versah, war ich mitten in der dicksten Schlägerei und dann tauchte auch noch dieses verfluchte Fernsehteam auf. Dass ich mich nur gewehrt hatte, war den Bildern, die dann abends durch die Wohnzimmer flimmerten, nicht mehr zu entnehmen …

»Mir ist scheißegal, worüber du dich mit dem Prof gestritten hast, aber eins schwöre ich dir! Wenn wir bis zum nächsten Ersten das archäologische Institut nicht wieder zu unseren Kunden zählen, dann setzte ich dich undankbare, kleine Missgeburt einfach so auf die Straße. Und deinen Job bist du dann auch los! Solche Schmeißfliegen wie dich kann ich nicht in meinen Laden gebrauchen!«

»Aber ich …«

»Halt's Maul! Mach dich jetzt lieber vom Acker. Für den Rest des Tages will ich deine dumme Visage nicht mehr sehen.«

Ich salutierte zackig. »Jawohl, Chef!«

Pfund warf ein Päckchen Kopierpapier nach mir, vernichtete aber lediglich die Dekoration im Schaufenster, während ich zur Tür hinausfloh.

Durch die Einfahrt schlich ich über den Hinterhof zum Haus, um mich für den Rest des Tages auf mein Zimmer zu verdrücken, oder besser gesagt, in den Raum, den mein Chef mit der ihm eigenen Bescheidenheit gerne eine »erste Sahne Studentenbude« nannte. Nüchtern betrachtet war es eine winzige Dachkammer ohne Heizung, dafür aber mit reichlich Dachschrägen. Der einzige wirkliche Vorzug dieser Absteige bestand darin, dass man von dort aus in fünf Minuten zu Fuß an der Uni sein konnte. Ein knallharter Nachteil war allerdings, dass man die Stiege zu meiner Dachkammer nur erreichte, wenn man mitten durch das Wohnzimmer vom Pfund marschierte. Und dort lauerte meistens seine gelangweilte Frau Eva …

»Hallo, Süßer …«

Ich hatte es geahnt. Sie lag auf dem Sofa und trug nur ein hauchdünnes Negligee und einen seidenen Kimono. Von der Optik hatten Pfund und seine Frau nicht viel gemeinsam. Sie war gut und gerne zwanzig Jahre jünger als der Chef. Eine Blondine, die aussah wie die Fleisch gewordene Sünde. Soweit ich gehört hatte, war auch sie als Studentin auf Wohnungssuche hierher gekommen, doch im Gegensatz zu mir hatte sie es verstanden, sich binnen eines halben Jahres Dauerwohnrecht zu verschaffen, ohne dafür unten im Copyshop malochen zu müssen. Sie hatte den Chef kurzerhand geheiratet! Und obwohl Pfund im Allgemeinen ein griesgrämiger Sklaventreiber war, vergötterte er seine Frau und konnte ihr nichts abschlagen.

Während mir Eva einen Blick zuwarf wie den, der Adam wohl einst in den Schlamassel mit dem Apfel gebracht hatte, begann ihr widerlicher kleiner Pudel Farinelli zu knurren, als hielte er sich für einen blutrünstigen Bullterrier.

Eva klimperte mit ihren langen Augenwimpern. »Schon frei?«

»Tut mir Leid, ich hab 'ne Verabredung mit einer Toten. Muß bis nächste Woche alles über Königin Zenobia und ihr gottverdammtes Wüstenkaff Palmyra wissen. Prüfungen! Was machen denn deine Vorbereitungen zur Zwischenprüfung?«

Eva zog einen Schmollmund und ließ mich ziehen. Seit einem Jahr wollte sie ihre Germanistikprüfung bei Professor Mucks ablegen und obwohl allgemein bekannt war, dass er etwas für hübsche Studentinnen übrig hatte, hatte sie schon zweimal ein plötzlicher Migräneanfall davon abgehalten, zur Prüfung zu erscheinen.

Ich für meinen Teil verkroch mich indes auf meinem Zimmer und büffelte für mein Seminar! Es musste doch möglich sein, den alten Sagel durch schiere Leistung zu überzeugen! Außerdem dachte ich an den berühmt-berüchtigten Archäologen-Karnevalsball, der heute Abend im Institut stattfinden würde. Das heiterte mich ein wenig auf.

Wenn Sie glauben, ich hätte allein wegen Indiana Jones angefangen, Archäologie zu studieren, dann kennen sie mich schlecht. Schließlich lebe ich nicht in der Traumwelt des Kinos, obwohl ich selbstverständlich schon im ersten Semester gelernt habe, wie man mit einer Bullenpeitsche umgeht. Der eigentliche Grund für dieses Studium ist die Tatsache, dass ich ein knochentrockener Realist bin und rechnen kann! Wer Archäologie studiert und kein verbohrter Volltrottel ist, kann sich zu achtzig Prozent sicher sein, dass er nach Abschluss des Studiums sein Auskommen hat. In welchem anderen Fach hat man eine solche Quote! Das liegt aber nicht daran, dass die Denkmalämter so viele Neueinstellungen hätten, sondern vielmehr daran, dass kein anderes Institut einen vergleichbar hohen Frauenanteil unter den Studentinnen aufzuweisen hat. Und wissen Sie, was das Beste ist? Die meisten der süßen Schnecken sind das, was man gemeinhin höhere Töchter nennt. Wer also kein völliger Idiot ist, der hat eine reelle Chance sich bis zum Ende des Studiums ein paar reiche Schwiegereltern zuzulegen. Also hatte ich mich für den Kostümball als Rudolpho Valentino verkleidet und mich mit Charme gewappnet. Trotzdem wurde der Abend ein einziger Reinfall! Der Ärger mit Sagel musste sich schon herumgesprochen haben und man schenkte mir ungefähr so viel Beachtung wie einem lauwarmen Katzenfurz. Wie Luft behandelten mich die Schönen der Nacht, die noch vor ein paar Tagen, als ich noch als Sagels Liebling galt, mit Begeisterung an meinen Lippen gehangen hatten, ganz egal, was für einen Unsinn ich verzapfte. Trost spendete mir allein die Bowleschüssel, während mich Sagel, der sich als Hans Albers verkleidet hatte, hin und wieder mit einem missbilligenden Blick strafte.

Noch vor Mitternacht hatte ich genug von dieser Trauerveranstaltung und schlich mich davon, um mich in aller Ruhe meinem Unglück hinzugeben. Gegenüber dem Institut liegt ein uralter Friedhof. In Köln gibt es während des Karnevals nicht viele Orte, an denen man dem rheinischen Frohsinn entgehen kann, und so flüchtete ich mich in die Einsamkeit der alten, efeuumrankten Grabsteine. Es war schneidend kalt. Ich legte meinen dicken, wollenen Umhang in den Schnee und ließ mich nieder, um über meine Zukunft bei der Fremdenlegion nachzudenken.

Ich weiß nicht, wie lange ich so dort gehockt hatte, jedenfalls war ich schon ziemlich durchgefroren, als mich plötzlich eine helle Stimme aus meinen trüben Gedanken aufschreckte. »Wollen Sie noch die ganze Nacht dort sitzen, ohne sich mir vorzustellen, mein Herr?«

Ich fürchte, ich habe in diesem Augenblick ein ziemlich dämliches Gesicht gemacht, aber wer rechnet schon damit, mitten in der Nacht auf einem Friedhof neue Bekanntschaften zu schließen. Und obendrein noch solche! So hatte ich mir an langweiligen Nachmittagen in der Mythologievorlesung Venus vorgestellt! Unmittelbar vor mir stand das hübscheste Mädchen, dem ich jemals begegnet war. Sie war vielleicht Anfang zwanzig und hatte wunderbar grüne Augen, so als würde in der Tiefe der Iris ein Hauch von Phosphor glühen. Ihr Gesicht war blass, die Lippen dunkel und sinnlich. Sie war schlank, ohne hager zu sein, und nur ein wenig kleiner als ich. Ihr rabenschwarzes Haar reichte ihr fast bis zu den Hüften. Meine Schöne der Nacht trug ein weites, weißes Kleid, das üppig mit feinster Spitze besetzt war. Was sie in dieser Verkleidung darstellen wollte, war mir nicht ganz klar, doch offen gestanden interessierte es mich auch wenig.

»Frank. Mein Name ist Frank«, murmelte ich leise.

Sie machte einen Knicks und setzte ein strahlendes Lächeln auf. »Auguste Friederike Wilhelmine Caroline Spillner.«

»Äh, wie?«

»Nenne mich Caroline. So haben mich meine Freunde gerufen.«

»Ich hab dich gar nicht kommen hören, Caroline. Bist du schon lange hier?«

»Wie man's nimmt«, sagte sie. »Kaum jemand hört mich kommen! Nachdem du eine Stunde lang quasi auf mir gesessen hast, dachte ich mir, dass wir uns auch kennen lernen könnten.«

»Auf dir gesessen?« Ich verfluchte mich im Stillen dafür,

schon so lange nicht mehr im *Underground* gewesen zu sein. Offenbar war ich in puncto Girlies schon längst nicht mehr auf dem neuesten Stand. Sollte das etwa eine ziemlich direkte Art von Anmache sein? »Auf dir gesessen?«

»Na, auf meinem Grab!« Sie strich über den roten Sandsteinpfeiler, an dem sie lehnte. »Einen hübschen Stein hat mein Mann mir setzen lassen, nicht wahr. Siehst du, dort steht auch mein Name.«

Einen seltsamen Sinn für Humor hatte die Kleine. Ich stand auf und sah mir den Grabstein genauer an. Im Mondlicht war die halb verwitterte Schrift fast nicht zu lesen. Allein der Name Caroline war deutlich zu erkennen. Meine Hübsche war offenbar zu Späßen aufgelegt. Ich lächelte charmant. »Für eine Untote siehst du hinreißend aus.«

Sie blickte kokett zur Seite. »Na ja, ich bin ja auch kein Zombie, sondern ein Vampir.«

Ein durchgeknallter Gruftie war sie also ... Ich musterte sie noch einmal vom Scheitel bis zur Sohle. Was scherte mich das schon! Würden Sie etwa auf einen Abend mit einem Mädchen verzichten, neben dem Claudia Schiffer wie die Vorsitzende eines Seniorenvereins ausgesehen hätte, nur weil bei der Kleinen offensichtlich ein paar Schrauben locker sind? »Was hältst du davon, wenn ich dich auf was zu trinken einlade? Wir könnten dann ja darüber plaudern, wie du zum Vampir geworden bist.«

Sie leckte sich auf so sinnliche Art die Lippen, dass mir wohlige Schauer den Rücken hinabliefen. Allerdings sah Caroline mich dabei ein wenig seltsam an. »Du bist ein eigenartiger Mann, Frank. Der Letzte, dem ich gesagt habe, dass ich ein Vampir sei, ist laut schreiend davongelaufen ...«

Sie trat ein wenig näher und wollte mich offenbar auf den Hals küssen. Anscheinend wollte sie ihr kleines Spielchen bis auf den Gipfel treiben. Ich beugte mich vor. Gegen sinnliche Küsse hatte ich noch nie etwas einzuwenden gehabt, auch wenn das hier alles ein bisschen schnell ging.

Plötzlich schnellte sie zurück und schnitt eine Grimasse. »Du hast ja getrunken!«

Ich zuckte mit den Schultern. »Nur ein wenig Bowle ... Es

ist ja schließlich Karneval! Du wirst kaum jemanden in der Stadt finden, der noch völlig nüchtern ist.«

»Oh doch, das werde ich! Lass uns deinen kleinen Fauxpas vergessen.« Sie streckte mir die Hand entgegen. »Willst du nicht mit mir kommen? Du musst wissen, von Alkohol werde ich jedes Mal ganz krank.«

Dankbar ergriff ich ihre Hand. Sie war ein wenig kühl. Ihr Kleid war wirklich ziemlich dünn für einen Ausflug im Schnee. Ich hob meinen Umhang auf und klopfte ihn aus. »Darf ich ihn dir um die Schultern legen? Du holst dir sonst noch den Tod hier draußen.«

Caroline lachte leise, so als hätte ich einen guten Witz gemacht. Sie hatte sich offensichtlich völlig in ihre Vampiridee hineingesteigert. Ob sie wohl auf Droge war? Dann griff sie doch nach dem Umhang. »Danke, mein edler Wüstenscheich. Ich friere zwar wirklich nicht, aber manchmal kommt es einfach auf die noble Geste an.« Sie wirkte wieder verlegen. »Aber wenn du wüsstest, was …«

Sie wollte dieses Spiel, also schön … »Ich weiß«, antwortete ich pathetisch. »Du lebst vom Blut anderer Menschen, im Sonnenlicht zerfällst du zu Staub und ärgerlicherweise kannst du kein fließendes Wasser überschreiten.«

»Oh!« Sie lächelte und schlang beide Arme um mich. »Du verstehst mich, Liebling! Du glaubst gar nicht, was es für mich bedeutet, nach all den Jahren jemanden zu haben, mit dem ich reden kann.«

Und du glaubst gar nicht, was es mir bedeutet, wenn nach so einem lausigen Tag eine Braut wie du daherkommt und mich umarmt, dachte ich. Als sie mich dann auch noch leidenschaftlich küsste, schwebte ich vollends im siebten Himmel. Wenn man schon nach fünf Minuten Bekanntschaft an diesen Punkt gelangt war, würden gewiss schon bald noch weitere Höhepunkte folgen.

Mit einem Seufzer beendete sie den Kuss. »Liebling, es tut mir schrecklich Leid, aber ich muss jetzt essen. Ich sterbe vor Hunger.«

Etwas benommen versuchte ich mich zu erinnern, wie viel noch in meiner Brieftasche war. Nach dem Auftakt würde ich möglicherweise alles versauen, wenn ich mich jetzt nicht spendabel zeigte. Zehn Mark und etwas Kleingeld ... Das sollte reichen, um sie auf einen Happen ins *Ocakbasi* einzuladen. Ich kannte Necati, den Besitzer, ganz gut. Vielleicht würde er mir sogar was auf Pump geben, wenn sie besondere Wünsche hatte? »Wie wär's mit einem Döner beim Türken, gleich um die Ecke auf der Zülpicher Straße?«

Sie schüttelte den Kopf. »Ich sagte dir doch schon, mein Scheich, ich muss Blut trinken!«

»Wie du meinst. Dann wollen wir beide einen Schluck nehmen. Entführe mich, wohin immer du willst!«

»Schön!« Sie griff mich bei der Hand und es ging los. Überraschenderweise schlug sie nicht den Weg zu den einschlägigen Imbissbuden oder Bars ein, sondern huschte querfeldein über den kleinen Friedhof, durchquerte den Krankenhauspark und schlich durch ein Dutzend Gärten, bis ich völlig die Orientierung verloren hatte. Bei der Art, wie sie Gitterzäune und Gartenmauern überstieg, konnte ich einfach nicht mithalten. Wahrscheinlich hätten sogar die GSG-9-Ausbilder Schwierigkeiten gehabt auf diesem Hindernisparcours mit ihr Schritt zu halten. Irgendwo fing ein Hund an, auf beunruhigende Art zu bellen und ich begann schon zu fürchten, dass der Abend vielleicht vor der Schnauze eines übellaunigen Wachhundes enden würde, als Caroline schließlich vor einer kleinen Villa stehen blieb. »Muss das sein?«, flüsterte ich atemlos.

»Auf der Straße begegnet man einfach zu vielen Leuten ...«, murmelte sie kurz angebunden.

Keuchend lehnte ich mich an das Gitter zur Kellertreppe. Sie gab mir ein Zeichen mich nicht von der Stelle zu rühren. Wie ein Schatten schlich sie die Stufen hinab und war plötzlich verschwunden. Ich hatte nicht einmal die Tür quietschen gehört!

Noch immer etwas benommen von unserem Hindernislauf betrachtete ich das Haus. Wenn das ihre Unterkunft war, musste ich mir keine Gedanken mehr über nette Archäologinnen machen. Wer so ein Haus unterhielt, würde auch locker einen Schwiegersohn finanzieren können.

Wahrscheinlich kundschaftete sie gerade aus, ob ihre alten Herrschaften noch wach waren. Es wäre gewiss nicht der beste Auftakt zu meiner Zukunft, wenn sie mich leicht angetrunken und als Scheich verkleidet kennen lernten. Über mir bewegten sich Vorhänge. Carolines Gesicht erschien am Fenster. Ich hatte angenommen, sie würde mich hinaufwinken. Ein Lager im Dickicht eines verschneiten Friedhofs mochte vielleicht romantisch sein, aber kein Vergleich mit einem angenehm beheizten Schlafzimmer. Doch daraus wurde leider nichts. Statt mir ein Zeichen zu geben hinaufzukommen, bedeutete sie mir lediglich noch einmal durch ihre Geste mich nicht von der Stelle zu rühren.

Lautlos schwang das Fenster auf. Vielleicht wollte sie sich ja nur umziehen und dann in klassischer Manier an der Regenrinne herunterrutschen, um sich wieder mit mir zu verdrücken. Mein Zimmer war zwar kein Palast, aber … Ich lächelte. Wenn man beschwipst und verliebt war, konnte die Welt wahrlich ein wunderbarer Ort sein!

Drinnen wälzte sich jemand ruhelos im Bett. Ich hörte, wie ein Kind ein komisches, leises Geräusch machte, als ob es aufwachen und weinen wolle und es dann doch nicht tat. Jemand murmelte im Schlaf. Ein monotones, einschläferndes Geräusch …

Ich schreckte auf, als mich etwas am Arm berührte. Es war Caroline. Sie hatte sich nicht umgezogen. Irgendwie wirkte sie frischer. Sie hatte auch ein wenig Rouge auf die Wangen gelegt. Ihre Hand war jetzt warm, als sie mich wieder durch ein Dutzend Gärten schleppte. Sie war bei allerbester Laune und redete ohne Unterlass. Wie gerne sie einmal in einer dieser Kutschen ohne Pferde fahren würde und wie faszinierend sie diese Lichter fand, die ohne Flamme brannten.

Wir ließen uns wieder bei ihrem Grabstein nieder und plauderten stundenlang. Sie mochte vielleicht ein bisschen verrückt sein, aber dumm war sie nicht! Auf jede Frage, die ich ihr stellte, wusste sie eine plausible Antwort. Dieses Vampirspielchen trieb sie bestimmt nicht zum ersten Mal. Ihren

Slang, der so gar nicht in ihr angebliches Todesjahr 1820 passte, erklärte sie mir zum Beispiel damit, dass sie, wenn sie manchmal wach in ihrem Sarg lag, den Spaziergängern zuhörte, die den Friedhof besuchten.

Mit Begeisterung erzählte sie mir, sie sei zu ihrer Zeit so etwas wie eine Revoluzzerin gewesen. Sie meinte damit, dass sie Bonapartistin war, und behauptete Napoleon auch einmal von weitem gesehen zu haben. Sie erzählte von prachtvollen Bällen, auf denen sie mit den französischen Offizieren der Besatzungsarmee getanzt hatte, und wie ihre heimliche Liebe, ein Husarenhauptmann, nicht vom Russlandfeldzug zurückgekehrt war. Schließlich hatten ihre Eltern sie mit einem reichen Kölner Kaufmann verheiratet und so war sie von Berlin in die Domstadt gekommen. Doch die Ehe verlief nicht gut. Sie bekam keine Kinder und mochte auch nicht von ihren Revolutionsidealen ablassen. Ihr Mann erlaubte ihr nicht mehr das Haus zu verlassen, weil ihm ihre öffentlichen Auftritte peinlich waren. Schließlich unterstellte er ihr sogar, ein Verhältnis mit dem Arzt angefangen zu haben, der sie einmal in der Woche besuchen kam. Um sie zu bestrafen, sperrte er sie mitten im Winter für eine Woche auf dem Speicher ein. Dort bekam sie eine Lungenentzündung und starb schließlich nach wochenlangem Siechtum.

Die einzige Frage, die sie mir nicht schlüssig beantworten konnte, war, warum sie zum Vampir geworden war. Sie murmelte, sie wäre verschieden, bevor man ihr die Letzte Ölung geben konnte, und war auch überzeugt, dass ihr jahrelanger Hass auf ihren Ehemann sie selbst im Grab keine Ruhe finden ließ.

Es war angenehmer, als ich es mir jemals hätte träumen lassen, mit einem Vampir im Arm auf einem verschneiten Friedhof zu sitzen und zu plaudern. Schließlich wurde sie jedoch unruhig und stand auf.

»Die Sonne geht bald auf«, flüsterte sie entschuldigend. »Du wirst doch wiederkommen, um Mitternacht und ...« Ihre Augen weiteten sich und sie zeigte in Richtung des Friedhofstors. Erschrocken drehte ich mich um. Nahe dem

Tor fiel Schnee von einem der hohen Bäume. Ansonsten war alles ruhig. Als ich Caroline fragen wollte, was sie gesehen hatte, war sie verschwunden. Ein wenig Nebel wallte um ihren Grabstein. Ich sprang auf und suchte sie, doch nirgends war auch nur das Geringste von ihr zu entdecken. Sie hatte nicht einmal Spuren im Schnee hinterlassen!

Schließlich gab ich es auf. Für ein Gruftiegirl, das behauptete ein Vampir zu sein, war dies der passende Abgang. Halb erfroren schlich ich vom Friedhof. Wenigstens hatte sie keinen Zweifel daran gelassen, dass sie mich wieder sehen wollte.

Gut, dass Karneval war und der alte Pfund beschäftigt. Fast den ganzen Tag hatte ich im Bett verbracht und als die beiden am Abend verschwanden, um auf irgendeinen Ball zu gehen, genoss ich den Luxus, mir heimlich ein Bad bei ihnen zu genehmigen, auch wenn Evas kläffender Pudel Farinelli sich alle Mühe gab mir den Spaß zu verderben. Erst als ich aus der Wanne stieg, hatte ich das Gefühl, dass meine zu Eis erstarrten Glieder langsam wieder auftauten. Auch wenn Caroline die heißeste Braut war, die mir jemals über den Weg gelaufen war, schwor ich mir, nicht noch einmal eine ganze Nacht im Schnee auf dem Friedhof zu hocken. Auf der anderen Seite kam mir der eisige Februar sehr gelegen. Immerhin lieferte er ein gutes Argument die Nacht diesmal nicht draußen zu verbringen. Und wenn ich daran dachte, wie schnell sie gestern mit dem ersten Kuss dabei war, dann wurde mir ganz warm.

Pünktlich um Mitternacht wartete ich am Grab auf dem alten Geusenfriedhof. Und wer war nicht da? Typisch, dachte ich mir … Obwohl man von einem Gruftiegirl doch wohl hätte erwarten können, dass sie eine Verabredung um Mitternacht nicht verpasste! Niedergeschlagen hockte ich mich vor den Grabstein. Wenigstens war ich in dieser Nacht besser gegen die Kälte gewappnet als am Abend zuvor in meinem Scheichkostüm.

Ich grübelte schon eine ganze Weile vor mich hin, als mir plötzlich etwas über den Kopf strich. Erschrocken fuhr ich herum und dort stand sie. Ich hatte sie schon wieder nicht kommen hören! Gott, war sie schön! Aller Ärger darüber, dass sie mich um mindestens eine halbe Stunde versetzt hatte, war schlagartig vergessen, als ich ihr in ihre wunderbaren, grünen Augen sah.

»Tut mir Leid, mir scheint, ich habe verschlafen, mein Kavalier. Das ist mir schon lange nicht mehr passiert.«

»Die Kälte«, murmelte ich leise. »Mich hat die letzte Nacht auch sehr erschöpft.«

»Das hat dich also schon erschöpft?« Sie lächelte zweideutig. »Wollen wir zur Stärkung einen Happen essen gehen?« Caroline wandte sich schon wieder in Richtung der nördlichen Friedhofsmauer.

Ich griff nach ihrer Hand. Sie war kalt wie der Tod! »Wir sollten nicht wieder die ganze Nacht im Freien verbringen. Ich weiß da etwas Besseres. Ich habe auch einen Imbiss vorbereitet!«

»Das hast du!« Sie fiel mir in die Arme. »Oh, cherie! Seit mehr als hundertachtzig Jahren hat mich niemand mehr zum Essen eingeladen. Du bist wunderbar!«

Sie wirkte ein wenig scheu, als wir die Straße überquerten und drückte sich eng an die Häuserwände. »Ist es weit«, fragte sie leise.

»Vielleicht fünfhundert Meter, aber …«

»Was ist mit den Menschen los?« Sie war stehen geblieben und blickte zu den hell erleuchteten Fenstern des *Cafés Krümel.* »Wie komisch sie angezogen sind …«

»Es ist Karneval. Man verkleidet sich und feiert …«

»Ja, ich erinnere mich!« Sie wirkte melancholisch. »Es ist so lange her, dass ich das letzte Mal gefeiert habe. Tanzt man noch Wiener Walzer?«

Der Abend begann sich in eine Richtung zu entwickeln, die mir nicht gefiel. »Möchtest du ausgehen«, brummte ich ein wenig missmutig.

»Nicht vor dem Essen!« Sie setzte ihr unwiderstehliches Lächeln auf. »Du hast heute Abend nichts getrunken, nicht wahr?«

Ein Schauer lief mir den Rücken hinab. Mit ihren wunderbar weißen Zähnen würde sie jede Schönheit aus den Zahnpastareklamen um Längen schlagen. »Woher weißt du, dass ich nicht getrunken habe?«

»Ich habe eine sehr feine Nase. Nur Knoblauch vermag ich nicht zu riechen. Das ist … In dieser Hinsicht bin ich anders als andere Vampire. Ich habe auch einen etwas empfindlichen Magen. Raucher und Trinker vertrage ich nicht. Von manchen Medikamenten bekomme ich Ausschlag … Deshalb halte ich mich lieber an Kinder. Die haben sauberes Blut!«

Ich kann nicht eben sagen, dass mir das Thema behagte. Doch bevor wir es weiter vertiefen konnten, waren wir schon auf dem Hinterhof vom Pfund angelangt und ich schloss die Wohnungstür auf. Sie blickte sich aufmerksam um. »Zeigst du mir den Trick mit dem Licht, das ohne Flamme brennt? Wenn ich nachts in die Häuser einsteige, sehe ich mich meistens nicht lange um und ich mache mir auch nie an all den seltsamen Gerätschaften zu schaffen, die die Leute heutzutage in ihren Wohnungen herumstehen haben. Ich habe immer Angst jemanden zu wecken.«

Langsam ging mir ihr Vampirspielchen auf die Nerven! »Also das hier ist ein Lichtschalter«, murmelte ich ein wenig mürrisch und knipste die Lampe im Hausflur an.

Fasziniert blickte sie zu der knallorangen Siebzigerjahrelampe an der Decke. Dann versuchte sie es selber. Wie ein kleines Kind freute sie sich daran, mindestens zwanzigmal das Licht an und wieder auszuschalten. »Ich habe mich immer schon gefragt, wozu diese kleinen Elfenbeintäfelchen an den Wänden gut sind.«

Oben im Haus begann Evas elender Kläffer ein Höllenspektakel zu veranstalten.

»Du hast einen Hund?«

»Nein, nein!«, wehrte ich entschieden ab. »Mit dieser vierbeinigen Plage habe ich nichts zu schaffen! Er gehört der Vermieterin. Ich … Weißt du …« Es war mir unangenehm, auf dieses Thema zu sprechen zu kommen, doch es war wohl besser, wenn ich es gleich hinter mich brachte. »Ich bin nicht sonderlich reich! Ich wohne hier zur Untermiete.«

Hoffentlich würde sie mich jetzt nicht fallen lassen wie eine heiße Kartoffel.

Sie küsste mich und sah mir dann lange in die Augen. »Das macht doch nichts … Du bist der Erste, der wieder mit mir redet, … der mich behandelt wie einen Menschen! Das ist besser als alles Geld.« Sie nahm mich in den Arm und küsste mich. Caroline konnte zupacken wie ein Catcher! So viel Kraft hätte man einer so zierlichen Gestalt gar nicht zugetraut. »Und jetzt zeig mir dein Zimmer, cherie«, hauchte sie mir in einem Tonfall ins Ohr, der eine unvergessliche Nacht verhieß.

Als wir ins Wohnzimmer kamen, fegte uns der Pudel entgegen, als hielte er sich in einem Anfall von Größenwahn für eine ausgewachsene Dogge. Einen Schritt vor uns blieb er stehen und starrte zu Caroline hinauf. Dann begann er plötzlich zu winseln, klemmte den Schwanz zwischen die Beine und verkroch sich unter dem Sofa.

»Den Trick solltest du mir beibringen!«

»Warum? Stört dich der Hund?«

»Stören! Bei Gott, du würdest der Welt einen Gefallen tun, wenn du diesem verzogenen kleinen Mistvieh das Blut abzapfen würdest! Er ist eine einzige Plage.«

Sie hob auf unnachahmliche Weise die linke Augenbraue. »Der ist doch nicht etwa der Imbiss, von dem du gesprochen hast.«

»Nein, der wartet oben auf dich.« Ohne weitere Fragen zu stellen, ließ sie sich die Stiege zu meiner Dachkammer hinaufgeleiten. Ich hatte sauber gemacht und überall Kerzen aufgestellt. Neugierig musterte sie meine Bude und warf sich dann mit einem leisen Schrei auf meine Matratzen. »Wie wunderbar weich! Die sind gewiss nicht mit Rosshaar gefüllt, nicht wahr?«

»Äh, nein …« Ich bemühte mich die Kerzen mit meinem hübschen, silbernen Feuerzeug anzuzünden und unauffällig den CD-Player anzuwerfen. Für den Auftakt hatte ich einen Bolero ausgewählt.

»Sogar eine von den neumodischen Spieluhren hast du!«, jubelte sie voller Begeisterung.

»Das ist ein …« Ich drehte mich um und erstarrte. Sie war gerade dabei, ihr merkwürdiges Spitzenkleid auszuziehen.

»Hilfst du mir mal«, bat sie unschuldig. »Die Verschnürung habe ich schon seit einer Ewigkeit nicht mehr geöffnet.«

Ich räusperte mich leise und gab dann mein Bestes, all die Haken und Knoten an ihrem wunderlichen Kleid zu lösen. Als es endlich geschafft war, ließ sie sich mit einem Seufzer zurück ins Bett sinken. »Was für wunderbar zartes Leinen! Fast wie Seide!«

Wie gebannt starrte ich sie an. Sie war einfach unbeschreiblich …

Caroline lächelte kokett. »Worauf wartest du? Seit ich weiß, dass du nichts getrunken hast, ist mir klar, was du mit dem Imbiss meinst. Ich werde vorsichtig mit dir sein, mein selbstloser Ritter.«

Da war wieder dieses ungute Gefühl! Ich warf einen flüchtigen Blick zu den zwei Chipstüten und den Rotweinflaschen auf meinem Schreibtisch. Aber war ich denn verrückt? Das wunderbarste Mädchen der Welt hatte mich gerade unzweifelhaft dazu aufgefordert, mich von ihr vernaschen zu lassen. Was waren dagegen Chips und Wein! Hastig streifte ich die Kleider ab und stieg zu ihr ins Bett. Sie warf sich auf mich und drückte mich in die Kissen. Ihre Schenkel pressten sich gegen meine Beine. Sie waren ein wenig kühl. Carolines langes, rabenschwarzes Haar streichelte über meine Brust, als sie sich über mich beugte.

»Du wirst nichts spüren«, flüsterte sie. »Es ist fast wie ein Kuss.«

»Nichts spüren? Ich fühle mich besser, als je zuvor und …«

Ihre Lippen berührten meinen Hals. Carolines Zunge war ein wenig wie eine Katzenzunge, rau und samtig. Sie machte leise, zufriedene Geräusche. Nie zuvor war ich so geküsst worden! Es war fast besser als ein Orgasmus. Merkwürdigerweise machte ihr Kuss auch genauso müde und ein wenig schwindlig …

Ich erwachte von einem Schrei, der einer verwundeten Elefantenkuh gut angestanden hätte. Eva hatte offensichtlich einen hysterischen Anfall. Sie schrie nach dem alten Pfund.

Verschlafen tastete ich neben mich. Das Bett war leer! Mit einem Schlag war ich hellwach! Ob sie etwa Caroline in die Arme gelaufen war? Mit einem Satz war ich aus dem Bett und in meinem Bademantel. Fast stolperte ich die Stiege hinab, so sehr beeilte ich mich.

Eva trug nur ein durchsichtiges, schwarzes Nachthemd. Sie kauerte mitten im Wohnzimmer über ihrem Pudel. Als sie mich hörte, drehte sie sich um. Sie sah zum Erbarmen aus. Ihr Make-up war ruiniert. Schwarze Tränen rannen ihr über die Wangen. »Farinelli! Er …«, sie schluchzte. »Er ist tot!«

Schlagartig fiel mir wieder ein, was ich am letzten Abend zu Caroline gesagt hatte: »Du würdest der Welt einen Gefallen tun, wenn du diesem verzogenen kleinen Mistvieh das Blut abzapfen würdest.« Ich tastete nach meinem Hals, doch es war keine Verletzung zu spüren.

»Du hast ihn auch gern gehabt, nicht wahr?«, schluchzte Eva und verging in Tränen. »Du bist ja bleich wie eine Wand.«

»Hab … hab noch nie 'nen toten Pudel gesehen«, murmelte ich und kniete mich neben ihr nieder. Ich musste es genau wissen. Ich betastete Farinellis Hals und drehte den Hund herum.

»Was machst du denn da?«

»Ich fühle seinen Puls. Vielleicht ist er ja nur ohnmächtig …«

Eva schluckte. »Verarsch mich nicht! Er ist doch schon ganz steif und kalt!«

Sie hatte Recht! Es gab nicht den geringsten Zweifel daran, dass der kleine Köter in die ewigen Jagdgründe eingegangen war.

Pfund erschien in der Wohnzimmertür. Überraschenderweise schien ihm der Zustand seiner Frau nahe zu gehen. »Mach dich vom Acker, Frank! Dich können wir hier jetzt nicht gebrauchen«, grollte er finster.

Ich wusste aus Erfahrung, dass es nicht gut war, sich mit dem Alten auf Diskussionen einzulassen, bevor er morgens die erste Kanne Kaffee geleert hatte.

Mit einem zackigen »Jawohl, Chef!«, war ich auf den Beinen und schlich die Stiege zur Dachkammer hoch. Der tote Pudel gab mir zu denken. Gleichzeitig wurde mir aber auch wieder schwindlig. Ich setzte mich auf mein Bett, um in Ruhe darüber nachzugrübeln, ob der fette Farinelli Caroline oder einer Herzattacke zum Opfer gefallen war. Ich war so durcheinander, dass ich mir ganz gegen meine Gewohnheit sogar eine Zigarette anzünden wollte, doch mein Feuerzeug war spurlos verschwunden. Also brütete ich ohne zu rauchen. Bevor ich eine befriedigende Erklärung für Farinellis Tod gefunden hatte, war ich wieder eingeschlafen.

Als ich am späten Nachmittag erwachte, war ich in Schweiß gebadet. Draußen hatte es schon zu dämmern begonnen. Mir wurde klar, dass ich bis über beide Ohren in der Scheiße steckte. Offenbar war ich nach meiner Liebesnacht mit Caroline eingeschlafen und sie hatte sich leise davongeschlichen. Darin war sie ja gut … Für das, was sie dann getan hatte, gab es zwei Erklärungsmöglichkeiten. Ich ermahnte mich zur Ruhe. Als junger Akademiker sollte ich in der Lage sein das Problem mit kühlem Kopf zu durchdenken.

Entweder war sie völlig verrückt und hatte Farinelli erwürgt oder vergiftet. Wenn das stimmte, stellte sich die Frage, was ihr so durch den Kopf gehen mochte, wenn ich ruhig an ihrer Seite schlief. Die zweite These war allerdings noch wesentlich beunruhigender. Was war, wenn sie wirklich ein Vampir war? Das Wort *vernaschen* bekam plötzlich eine völlig neue Bedeutung. War Farinelli etwa ihr Dessert gewesen? Und ich, war ich das Hauptgericht? Sie wusste jetzt, wo ich wohnte. Mit ihrem Talent, Schlösser zu knacken, könnte sie ohne Probleme heute Nacht wieder bei mir vorbeischauen!

Ganz ruhig, alter Junge. Wir leben im zwanzigsten Jahrhundert. Vampire gibt es nicht! Du wirst jetzt in Ruhe nachdenken! Es muss für alles eine ganz plausible Erklärung geben ... Nur leider fielen mir statt Erklärungen nur noch mehr beunruhigende Details ein. Nach unserer ersten Nacht hatte ich keine Spuren von ihr im Schnee finden können. Und dann Prof Rohwald, der Blutexperte. Hin und wieder hatte ich mir seine Vorträge angesehen ... Sein Fachgebiet war eine sehr seltene Art von Blutarmut, die in unserem Stadtviertel ungewöhnlich gehäuft auftrat und merkwürdigerweise nur bei Kindern! Was seine Patienten wohl sagen würden, wenn er als Ursache des Übels einen Vampir diagnostizierte?

Auf der anderen Seite war Caroline das faszinierendste Mädchen, das mir jemals über den Weg gelaufen war. Es gab keinen Zweifel, ich fing an mich in sie zu verlieben. Was sollte ich jetzt tun? Mich an ihr Grab schleichen und ihr einen Holzpflock ins Herz rammen? Niemals! Vielleicht könnte man sie ja zu einer Diät mit Rinderblut überreden? Während ich noch weiter über Schonkost für Vampire nachgrübelte, kam mir ein neuer, erschreckender Gedanke. Wenn ein Vampir einen Menschen bis auf den letzten Tropfen aussaugte, dann wurde aus dem Unglücklichen ebenfalls ein Vampir. Jedenfalls war das in den meisten einschlägigen Filmen so, auf denen mein Wissen über Untote beruhte. Die Frage war, ob das auch für Pudel galt. Farinelli hatte mich zu Lebzeiten mit aller Leidenschaft, derer ein kleiner Hund fähig ist, gehasst. Was würde er wohl tun, wenn er plötzlich über die Möglichkeiten eines Vampirs verfügte? Ich begann zu zittern. Ich hatte ein Problem!

Und ich hatte Hunger! Mit leerem Magen konnte man keinen vernünftigen Schlachtplan ausarbeiten. So schlich ich zur Küche hinunter und machte mir einen ganzen Stapel Toastbrote mit Blutwurst. Im Nebenzimmer unterhielten sich die Pfunds. Eva hatte immer noch nicht aufgehört zu schluchzen. Der Alte erzählte, er habe Farinelli im Papierlager in einem leeren Karton aufgebahrt. Das war alles, was ich wissen musste.

Wieder in meinem Zimmer, überlegte ich, wie man einem Vampirhund zu Leibe rücken konnte. Die klassische Methode wäre, ihm in seinem Sarg einen Eichenholzpflock durch das Herz zu treiben. Nur leider gehören Eichenpflöcke nicht gerade zur Grundausstattung einer durchschnittlichen Studentenbude. Es blieb mir auch nicht mehr viel Zeit. Farinelli würde sich sicher bald aus seinem Papierkarton erheben, um sein untotes Leben zu beginnen.

Mein Blick fiel auf die Bleistifte auf meinem Schreibtisch. Vielleicht reichte so was ja. Immerhin waren sie zum größten Teil aus Holz und spitz waren sie auch. Jetzt fehlte nur noch ein Hammer. Ein Buch würde es vielleicht auch tun. Die schwerste Schwarte, die ich auftreiben konnte, war Pörtners Riesenwälzer *Archäologie*. Damit gewappnet schlich ich mich die Stiege hinunter. Irgendwo im Haus hörte ich Eva schluchzen. Zum Glück ließ sich der alte Pfund nicht blicken und ich entkam ungesehen über den Hof.

Als ich den Copyshop betrat, war es dort schon so dunkel, dass ich Licht machen musste. Ich verharrte und lauschte, ob irgendwelche verdächtigen Geräusche aus dem Papierlager zu hören waren, doch alles blieb ruhig. Es war einfach Unsinn, sich im ausgehenden zwanzigsten Jahrhundert Gedanken über Vampire zu machen! Nur um endgültig sicher zu sein, trat ich noch in den Nebenraum. Dort stand der Karton, von dem Pfund geredet hatte.

Ich würde kurz hineinschauen und dem garstigen Farinelli ein letztes Lebewohl sagen. Ich hob den Deckel vom Papierkarton und begutachtete den Pudel. Farinelli sah aus, als würde er nur schlafen. Ich tätschelte über seinen Kopf. Er war kalt. Ohne Zweifel hatte schon seit Stunden die Totenstarre eingesetzt.

»Na, du kleines Miststück, bist du in der Hundehölle gelandet?«, murmelte ich halblaut. Als Antwort ertönte ein leises Knurren. Ich schluckte. Das konnte nicht sein! Farinelli verdrehte den Kopf und sah mich aus blutunterlaufenen Augen an. Zitternd griff ich nach Buch und Bleistift, die neben der Kiste auf dem Tisch lagen. Ob es wohl helfen würde, ein Vaterunser zu beten?

Der Kläffer hob den Kopf und blickte in meine Richtung. Ich hob das Buch und setzte ihm den Bleistift auf den

Rücken. Hoffentlich hatten Pudel ihr Herz ungefähr an der selben Stelle wie Menschen. Farinelli fuhr herum und schnappte nach meiner Hand. Der Pörtner sauste herab. Es gab ein unangenehm knackendes Geräusch. Evas Liebling stieß ein lang gezogenes Heulen aus, ganz so, als halte er sich für einen Wolf. Jetzt sah ich sein Gebiss. Die überlangen Eckzähne passten tatsächlich besser zu einem Wolf als zu einem Schoßhünchen. Farinelli bäumte sich noch ein letztes Mal auf und … biss zu!

Fluchend zuckte ich zurück. Ein kleiner Blutstropfen perlte von meinem Handrücken. Der Kläffer regte sich nicht mehr, ja, er wirkte regelrecht in sich zusammengefallen. Es war fast kein Blut aus seiner Wunde getreten, doch dafür ragte der Bleistift aus seinen aufwändig frisierten Locken. So konnte das nicht bleiben! Bestimmt würde Eva morgen noch einmal kommen, um Abschied von ihrem kleinen Liebling zu nehmen. Und ich war der Einzige, der außer ihnen noch einen Schlüssel zum Laden hatte … Ich fluchte. Herausziehen konnte ich den Bleistift auch nicht! Dann würde dieser verfluchte Pudelvampir wieder zum Leben erwachen. Und der Blutfleck … Na ja, das war das kleinste Problem.

Ich ging in den Laden hinüber und holte zwei Flaschen Tipp Ex und ein Messer. Ich kerbte den Bleistift ein und brach ihn ab, sodass nur noch die Spitze in Farinellis Brustkorb blieb. Dann gab ich mir alle Mühe, das blutverschmierte Fell mit Korrekturflüssigkeit wieder weiß zu färben. Ich war fast fertig, als hinter mir ein leises Räuspern erklang. Vor Schreck fiel mir die Tipp-Ex-Flasche aus der Hand. Das musste der alte Pfund sein. »Ich kann alles erklären …«

»Erwartet mich auch eines Tages ein solches Erwachen?«

Vor mir stand Caroline.

»Ich …, ähm, also …«

Ihre sonst so entzückenden Augen wirkten plötzlich unheimlich. Sie würde doch nicht etwa …? »Warum hast du das gemacht? Der Pudel hasste mich.«

»Ich war all die Jahrzehnte so allein«, flüsterte Caroline

traurig. »Ich hätte ihn mit in meinen Sarg genommen. Wir wären nachts gemeinsam auf die Jagd gegangen ...«

»Und der Kläffer hätte mir bei der nächsten sich bietenden Gelegenheit die Kehle herausgerissen. Glaub mir, ich kenne Farinelli! Davon träumte der schon seit Jahren. Warum bist du eigentlich schon so früh hier? Ich dachte, du schläfst immer bis Mitternacht.«

Sie leckte sich mit der Zunge über die Lippen und warf mir einen Blick zu, als wäre ich ein Aperitif. »Die letzte Nacht ist mir sehr gut bekommen. Ich habe schon lange nicht mehr so viel Blut getrunken. Es hat mich gekräftigt ...« Sie lächelte kokett. »Wollen wir nicht hinauf zu dir?«

Mein Verstand rebellierte. Wie viele Nächte wie die letzte würde ich wohl noch brauchen, bis ich selbst zum Vampir wurde? Ich lächelte dümmlich. »Nichts lieber als das.« Vernünftige Argumente waren einen Dreck wert, verglichen mit einer Nacht mit Caroline!

Ich hatte das Gefühl, dass es noch mitten in der Nacht sein musste, als der alte Pfund mich mit der ihm eigenen Feinfühligkeit aus dem Schlaf rüttelte. »Aufstehen, du fauler Hund! Du wirst den Laden heute allein schmeißen.«

Noch halb in meinen Träumen gefangen, blinzelte ich ihn an. »Was?«

»Ich werde heute mit Eva in die Eifel fahren. Sie will Farinelli unbedingt auf einem ganz bestimmten Berggipfel beerdigen. Danach sind wir bei ihren Eltern. Du wirst also den ganzen Tag allein hier sein. Aber bilde dir nicht ein, du seist ohne Aufsicht! Ich habe meine Spitzel! Wenn du den Laden zu spät aufmachst oder herumschlampst, dann werde ich davon hören. Die Vortragsunterlagen von Rohwald müssen auch noch gebunden werden. Ich bin damit nicht mehr fertig geworden. Er will sie morgen abholen. Halt dich also ran! Ich erwarte, dass du in fünf Minuten in der Küche erscheinst!«

Ich brummte etwas und Pfund ging. Schon in der Tür drehte er sich noch einmal um. Er zog einen zerknitterten Briefumschlag aus der Tasche seiner Strickjacke. »Hier sind zwei Karten für den Ball in der *Wolkenburg* diese Nacht. Eva und ich werden nicht hingehen können ... Du kannst sie haben. So kurzfristig bekäme ich sie ohnehin nicht mehr verkauft. Sieh zu, dass du da vielleicht ein paar neue Kunden auftust!«

»Jawohl, Chef.« Mit einem Satz war ich aus dem Bett. Karten für den Ball in der *Wolkenburg!* Die mussten ein Vermögen gekostet haben. Ich würde Caroline auf einen richtigen Ball ausführen können! Der Tag war gerettet!

Caroline war einfach unwiderstehlich! Bei anderen Frauen hätte ich laut geseufzt und die Augen zum Himmel verdreht, wenn sie mir mit dem Spruch »Oh, Gott, ich hab nichts anzuziehen« gekommen wären, aber bei ihr war eben alles anders. Wie ein Kind hatte sie sich über die Ballkarten gefreut und nun stand sie vor Evas Kleiderschrank und probierte ein Kleid nach dem anderen an. Ich saß auf dem Bett, sah ihr zu und machte Zukunftspläne. Natürlich würde ein Vampir immer am Rand der Gesellschaft stehen, aber man könnte aus der Not ja eine Tugend machen. Wenn ich daran dachte, wie leicht sie Schlösser knackte, oder vor allem, wie sie als grauer Nebel in die Friedhofserde sank ... Welcher Safe wäre vor ihr sicher? Wir würden als Juwelendiebe die schönsten Plätze dieser Welt besuchen!

Ein Fingerschnippen von ihr riss mich aus meinen Träumen. Sie hatte ein gewagtes, schwarzes Kleid ausgewählt, dazu eine schwarze Halbmaske und ein Pelzjäckchen. Sie sah einfach umwerfend aus. Ich trug wieder mein Scheichkostüm, und sie, sie ging als Vampir! Caroline zeigte mir lächelnd ihre messerscharfen Eckzähne. Kein Zweifel, sie würde der Star des Abends sein!

Ich hatte mich nicht getäuscht. Sie war der Star des Abends! Kaum fünf Minuten verließ sie die Tanzfläche. Man spielte nur für sie sogar Wiener Walzer. Die Karnevalsgecken schlugen sich fast darum, mit der geheimnisvollen Schönen hinter der schwarzen Maske tanzen zu dürfen. Und ich? Ich war todmüde. Die beiden blutigen Liebesnächte mit Caroline, der lange Tag im Copyshop, dies alles hatte meine Kräfte aufgezehrt. Erschöpft saß ich am Rande der Tanzfläche und sah zu, wie meine Braut sich amüsierte. Ich kannte hier niemanden. Die Gäste in der *Wolkenburg*, das war nicht meine Welt. Und wenn sich doch jemand an mich wandte, dann nur, um zu fragen, wer denn die Dame in Schwarz sei, die ab und an neben mir Platz nahm.

Beunruhigt beobachtete ich, wie Caroline nun schon zum dritten Mal mit einem Kerl in einer Husarenuniform tanzte. Der Typ war mir zutiefst unsympathisch. Er hatte eine Figur wie ein Sportstudent und das siegessichere Lächeln eines Golf spielenden Zahnarztes mit gut gehender Praxis. Was sie nur an ihm fand?

Langsam wurde ich sauer und allein die Tatsache, dass ich mir die Drinks in der Wolkenburg nicht leisten konnte, hinderte mich daran, meine Enttäuschung in Martinis zu ertränken.

»Donnerwetter, junger Freund, mit Ihnen hätte ich hier nicht gerechnet!«, erklang neben mir eine vertraute Stimme. Es war Professor Rohwald, der sich als trauriger Clown verkleidet hatte.

»Verdammt, Sie sehen aber gar nicht gut aus …« Der Prof musterte mich mit schief gelegtem Kopf. »Hab heute auch keinen guten Tag.« Er ließ sich neben mir nieder. »Darf ich Sie auf was einladen? Da Sie gewissermaßen ein Begleiter meiner wissenschaftlichen Karriere waren, wollen wir nun gemeinsam ihr Ende begießen.« Er wandte sich nach einem Kellner um und bestellte eine ganze Flasche Wodka. Der Tag sollte offenbar doch noch ein erfreuliches Ende nehmen und da Caroline schon seit Stunden nur Augen für tanzende Herren hatte, hatte ich keine Hemmungen ihr für diesen Abend den Appetit auf mein Blut mit einem guten Tropfen zu vergällen. Leider musste ich mir als Gegenleistung die Geschichte des Professors anhören. Man hatte dem Guten die Forschungsgelder gestrichen, weil seine verschiedenen Strategien zur Bekämpfung der Blutarmut unter Sülzer Kleinkindern ohne jeden Erfolg geblieben waren. Mir brannte es auf den Lippen, ihm zu sagen, wer der Quell dieses Übels war, doch dann besann ich mich eines Besseren. Der Frau, an deren Seite ich reich werden würde, konnte ich das unmöglich antun! Außerdem hätte mir Rohwald niemals eine Vampirgeschichte geglaubt!

Als die Flasche leer war, hatte sich meine Laune deutlich gebessert. Ich sah mich nach Caroline um, doch meine blutdürstige Braut war spurlos verschwunden. Ich überlegte, ob Vampire sich wohl auch die Nase pudern gehen. Das dringende Bedürfnis ungefähr einen halben Liter Wodka loszuwerden, veranlasste mich dann jedoch die Lösung dieses Problems vorläufig zu vertagen.

Mit einiger Mühe kämpfte ich mich die Treppen hinauf. Es ist geradezu unglaublich, wie klein Pinkelbecken sein können, wenn man eine gewisse Promillegrenze überschritten hat. Nachdem ich mich zwar nicht mit Ruhm, dafür aber anderweitig bekleckert hatte, beschloss ich, dass es an der Zeit war, ein wenig frische Luft zu schnappen. Das war nach dem Entschluss, mit Caroline hierher zu kommen, die zweitschlechteste Entscheidung des Tages. Ich stand kaum auf dem Innenhof, als ich das Gefühl hatte, ein Amboss sei mir auf den Kopf gefallen. Und dann sah ich sie! Halb im Schatten verborgen standen Caroline und ihr Husar. Offenbar verwechselte sie den Kerl mit diesem verfluchten Hauptmann, dessen Knochen seit zweihundert Jahren irgendwo in Russland verfaulten. Ich konnte es nicht fassen! Ich hatte diese undankbare Kreatur in meinem Herzen aufgenommen, mich um sie gekümmert, sie in die Gesellschaft eingeführt, und was tat sie, nachdem sie mich zweimal auf egoistischste Weise vernascht hatte? Sie setzte mir Hörner auf!

Ich torkelte zu den beiden hinüber und stellte den Kerl zur Rede. Er wollte mir sogar tatsächlich erklären, was da gerade vor sich ging, als hätte ich nicht gesehen, wie er ihr im Augenblick zuvor noch beim Knutschen die Zunge in den Hals gesteckt hatte, dieser Bastard. Während er noch irgendeinen pathetischen Quatsch über die Tragik von Herzensentscheidungen faselte, verpasste ich ihm einen rechten Haken. Das war zwar sicher nicht fair, doch war ich noch nüchtern genug, um einschätzen zu können, dass der hünenhafte Husar mich in einem fairen Kampf unangespitzt in den Boden gerammt hätte.

Mein Treffer brachte ihn aus der Balance. Er stürzte und schlug mit dem Kopf gegen die Hauswand. Das gab ihm den Rest. Ich wollte gerade Caroline bei der Hand nehmen, um mit ihr zu verduften, als sie mich anfauchte wie ein Panther. »Verpiss dich! Mein armer Jerome ...« Sie kniete sich neben den blonden Trottel und begann zu weinen. Unterdessen begannen sich auch die anderen Gäste auf dem Hof für diesen kleinen Zwischenfall zu interessieren.

Ich begriff, dass es das Klügste war, sich dünne zu machen. Caroline hatte ich verloren und wenn Pfund erfahren würde, dass ich hier in eine Schlägerei verwickelt worden war, wäre ich gewiss auch noch mein Dach über dem Kopf los. Bevor sich herumgesprochen hatte, was geschehen war, hatte ich mich auch schon verdrückt.

Im Tor begegnete mir noch Rohwald. »Sie wollen mich schon verlassen, junger Freund?«

Irgendwie tat mir der Kerl in diesem Moment Leid. »Wissen Sie was«, lallte ich. »Behandeln Sie Ihre kleinen Patienten mit Knoblauchpillen. Das wird helfen!«

Er verdrehte die Augen. »Sie meinen Vitamin E würde ...« Ich hörte nicht weiter auf ihn und lief davon. Mit gebrochenem Herzen und schwerem Schädel schleppte ich mich die Zülpicher Straße hinauf. Am Zülpicher Platz war eine riesige Menschenmenge versammelt, um zuzusehen, wie man eine Strohpuppe verbrannte. Ich drängelte mich weiter, ohne Notiz davon zu nehmen, dass der Karneval nun zu Ende war.

Schließlich landete ich im *Ocakbasi*. Necati hatte einige Erfahrung im Umgang mit gestrandeten Liebenden. Er schnibbelte mir das letzte Kebap vom Spieß. Dazu gab es eine Riesenportion Zaziki und reichlich Raki. Als er schließen musste, drückte er mir die halb leere Flasche in die Hand. Wie gesagt, er wusste, was half! Ich wankte ziellos in die Nacht ...

Als ich wieder zu mir kam, lag ich vor Carolines Grabstein. Sie kauerte neben mir und leckte sich die Lippen. »Es tut mir so Leid, cherie! Ich habe ihn beim Tanzen gebissen. Er hatte getrunken … Ich glaube, ich war beschwipst.«

Ich rieb mir die Schläfen. Mein Kopf fühlte sich an, als ob darin zwanzig Schmiede um die Wette hämmerten. »Kenn ich …«, murmelte ich heiser.

»Es war so schrecklich ohne dich, mein Liebster. All die Menschen … Sie waren nett, doch konnte ich deutlich spüren, dass sie in Wirklichkeit alle nur daran dachten, ob ich mit ihnen ins …« Sie schluchzte. »Ich habe dich so verletzt. Es tut mir Leid. Ich liebe dich und nur dich!«

»Ist schon gut … Oh, mein Kopf!«

Sie schloss mich in die Arme. »Ich habe auch Kopfweh!«

Ich blinzelte zu ihr hinüber. Sie wirkte irgendwie noch blasser als sonst. Caroline hatte die Hände zu Fäusten geballt, so als habe sie Schmerzen.

»Ich glaube, ich sterbe«, flüsterte sie leise.

»Nein, mein Schatz. Du bist unsterblich!« Sie sah wirklich Besorgnis erregend aus. Ich nahm sie auf die Arme und wollte mit ihr zur Uni-Klinik laufen. Vielleicht würde eine Bluttransfusion sie retten.

»Deine Liebe hat mich erlöst.« Mit letzter Kraft gab sie mir einen Kuss, dann löste sie sich in Rauch auf und ich hielt nur noch Evas Abendkleid in den Armen.

Ich konnte es erst gar nicht fassen. Ich saß vor ihrem Grab und heulte wie ein Schlosshund. Es dauerte lange, bis ich darauf kam, was geschehen war. Es war nicht die Liebe … Das Zaziki! Sie hatte gesagt, dass sie Knoblauch nicht riechen könne und dass es giftig für sie sei. Trotzdem versuchte ich mir einzureden, dass sie erlöst und ihre Seele nicht länger verdammt war.

Eva verfolgte mich nach diesem Aschermittwoch noch lange mit misstrauischen Blicken. Sie war durch nichts davon abzubringen, dass sich irgendjemand an ihrem Kleiderschrank zu schaffen gemacht habe. Mehr als ein Monat war vergangen, als sich Professor Rohwald bei mir meldete und mir zu meinem medizinischen Scharfsinn gratulierte. Er hatte die Blutarmut unter den Sülzer Kleinkindern mit Knoblauchpillen besiegt. Bei fast all seinen Patienten war eine Besserung eingetreten. Er fragte mich, ob ich bei meinem offensichtlichen Talent nicht auf ein Medizinstudium umsatteln wolle, und da mich die Archäologen gerade herausgeschmissen hatten, sagte ich nicht Nein. Als zukünftiger Arzt würde ich nicht mehr auf höhere Töchter angewiesen sein! Und als Protegé des Professors bestand nicht der geringste Zweifel daran, dass ich ein glanzvolles Studium absolvieren würde. Es stand sogar schon fest, worüber ich eines Tages meine Doktorarbeit schreiben würde. Über die komplexen Wechselwirkungen zwischen perniziöser Anämie und den natürlichen Heilstoffen des Knoblauchs, so oder so ähnlich würde wohl der Titel der Arbeit lauten. Mit der Zeit begann ich mir sogar wieder einzureden, dass es gar keine Vampire gab.

Im Sommer wurden die Grabsteine auf dem Hussitenfriedhof restauriert. Bei der Gelegenheit öffnete man auch einen Teil der Gräber. Als Ex-Archäologe war es nicht schwer, dabei zu sein, als man an einer ganz bestimmten Stelle grub. Man fand unter dem Grabmal aus rotem Sandstein einen erstaunlich gut erhaltenen Bleisarg. In seinem Inneren lag das halb zerfallene Skelett einer jungen Frau, eingehüllt in vermodertes Spitzentuch. Es konnte keinen Zweifel daran geben, dass die Frau schon sehr lange tot war. Was im offiziellen Grabungsbericht allerdings verschwiegen wurde, war, dass man in ihrer rechten Hand ein silbernes Feuerzeug fand, das aus den Neunzigerjahren des zwanzigsten Jahrhunderts stammte.

Seit jenem Sommertag besuche ich in melancholischen Stunden das efeuüberwucherte Grab und frage mich, was aus uns beiden wohl geworden wäre, wenn es in meinem Leben nur eine einzige Portion Zaziki weniger gegeben hätte.

Frank Rehfeld

DIE BIBLIOTHEK

Wer gerne schreibt, liest meist auch gerne. Kein Wunder, dass Bücher so oft zum Thema phantastischer Geschichten werden – man denke nur an Michael Endes »Unendliche Geschichte« – oder an das berühmte »Necronomicon«, das in Frank Rehfelds »Bibliothek« zu gefährlichem Leben erwacht. Ich vermute, dass er, nachdem ich ihn gebeten hatte, eine Story zu dieser Anthologie beizutragen, einfach durch das ging, was er sein »Wohnzimmer« nennt (es besteht aus Büchern, die irgendwie den fundamentalsten Regeln der Physik trotzen. In diesem Raum sind nämlich deutlich mehr Bücher, als Platz dafür wäre ...) und sich vorgestellt hat, was ein »Nichtleser« beim Anblick dieser zwei Kubikkilometer bedruckten Papieres empfinden mochte.

Ich kenne Frank, seit er ein junger Heftautor war (heute ist er nicht mehr ganz so jung, aber lassen wir das ...), und in gewissem Sinne trifft auch auf ihn zu, was ich schon über Dieter Winkler gesagt habe – wir hatten beide die gleichen Träume und konnten uns stundenlang damit amüsieren, uns gegenseitig mit Geschichten zu nerven, die wir uns im Moment des Erzählens ausgedacht haben – kein Wunder, dass wir uns auf Anhieb verstanden.

Frank Rehfeld schreibt auch heute noch den einen oder anderen Heftroman (aber ich schätze, genau wie ich eher aus Spaß an der Sache), hat darüber hinaus aber eine Anzahl von Filmbegleitbüchern und mehrere reine Fantasy-Romane veröffentlicht. Dass er sich auch auf Horror versteht, das merken Sie ...

jetzt!

Ich habe Bücher immer geliebt. Wenn Sie diese Zeilen gelesen haben, werden Sie verstehen, warum ich solchen Wert auf diese Feststellung lege, dass ich sie meinem Bericht voranstelle, von dem ich schwöre, dass jedes einzelne Wort der Wahrheit entspricht.

Meine Liebe zu Büchern wurde bereits früh geweckt, was sicherlich mit daran lag, dass es in Walnut Falls, dem kleinen Ort, in dem ich aufwuchs, nur wenige Gleichaltrige gab, und dass das Haus, in dem mein Vater mich aufzog, weit außerhalb lag. Die wenigen anderen Kinder in Walnut Falls mieden mich weitgehend. Ich war stets ein kränkliches Kind, ein Erbe meiner Mutter, die starb, als ich erst wenige Jahre alt war, und hinzu kam, dass mein Vater im Ort keinen guten Ruf genoss. Er war ein Gelehrter, ein Erfinder, und die meiste Zeit verbrachte er in seiner Werkstatt, wo er an allerlei seltsamen Maschinen herumbastelte oder über Konstruktionsplänen brütete. Im Ort wurde er allgemein nur als der alte Spinner bezeichnet. Heute weiß ich, dass diese Bezeichnung zu einem großen Teil zutreffend war. Ich wünschte, ich könnte etwas Gutes über meinen Vater berichten, doch nichts von dem, was er jemals erfand, hatte irgendeinen praktischen Nutzen und niemand interessierte sich dafür. Wir lebten praktisch von der Hand in den Mund und das wenige Geld, das hereinkam, verdiente er damit, dass er vereinzelt Reparaturen an irgendwelchen Haushaltsgeräten anderer vornahm.

Aber das liegt lange zurück und die angenehmsten Erinnerungen an diese Zeit betreffen die umfangreiche Büchersammlung meines Vaters. Von Jugendbüchern über technische Fachbücher und billige Schundromane bis hin zu den Klassikern der Weltliteratur fand ich alles in den vielen Kisten und Kartons, die sich auf dem Dachboden stapelten, und in den langen, einsamen Jahren meiner Kindheit und Jugend wurden diese Bücher zu meinen besten Freunden. Es wurde eine Freundschaft, die meinen weiteren Lebensweg beeinflusste.

Mit zweiundzwanzig Jahren verließ ich meinen Vater, zog nach Arkham und studierte an der Miskatonic-Universität

Geisteswissenschaften und antike Geschichte. Das Geld für das Studium verdiente ich mir mit Gelegenheitsjobs. Ich promovierte in beiden Fächern mit Auszeichnung und erhielt eine relativ gut bezahlte Festanstellung als Dozent an der Universität; ein Beruf, den ich nun seit beinahe zwanzig Jahren ausübe.

Eines jedoch hat sich in der ganzen Zeit nicht geändert: Ich habe nie meine Liebe zu Büchern verloren und so dürfte es nicht verwunderlich sein, dass einer meiner Lieblingsorte stets die Universitätsbibliothek war. Es handelt sich um eine – bedenkt man, dass sie zu einer eher kleinen, wenig bedeutsamen Universität gehört – hervorragend ausgestattetete Bibliothek, die sich nicht nur eines äußerst umfangreichen Sortiments an Büchern, sondern auch zahlloser alter Handschriften und sonstiger bibliophiler Kostbarkeiten rühmen kann. Obwohl ich schnell und viel lese, kenne ich dennoch erst einen Bruchteil aller dort aufgereihten Bücher. Manchmal wandere ich einfach nur stundenlang zwischen den schier endlosen Reihen von Regalen herum, nehme mal diesen, mal jenen Band zur Hand und blättere ein wenig darin und schon oft hat mich der Gedanke bedrückt, dass ich es niemals schaffen werde, all die Bücher zu lesen, selbst wenn ich noch so alt werden sollte. Aber das spielt nun keine Rolle mehr.

Es ist nun ziemlich genau drei Monate her, dass mir erstmals eine Veränderung in Henry Fosters Verhalten auffiel. Zu dieser Zeit arbeitete Henry als Archivar in der Bibliothek. Er war Ende fünfzig, also ein paar Jahre älter als ich, und er übte diesen Beruf bereits aus, als ich als junger Student an die Miskatonic-Universität kam. Genau wie sein Schreibtisch, die Regale und Bücher ist er fast selbst zu einem Einrichtungsstück geworden. Er war nicht gerade eine Geistesleuchte, allerdings auch nicht dumm, und genau wie ich liebte er Bücher. Oft haben wir bis spät in die Nacht in der Bibliothek zusammengesessen und über Romane oder die in verschiedensten Fachbüchern aufgestellten Theorien diskutiert und ich habe mir niemals vorstellen können, wie es in der Bibliothek einmal sein würde, wenn er eines Tages kündigen oder sterben würde. Ich wusste nur, dass es dort dann niemals wieder so sein würde wie zuvor.

Als ich am späten Nachmittag jenes bewussten Novembertages nach meiner letzten Vorlesung in die Bibliothek kam, machte Henry einen zerstreuten, fast nervösen Eindruck. Sein graues Haar, das sich allmählich zu lichten begann und hohe Geheimratsecken an seiner Stirn hinterlassen hatte, war zerzaust. In seinen Augen lag ein fiebriger Glanz, als er mich ansah und beinahe überhastet das Buch zuschlug, das er vor sich liegen hatte. Es handelte sich um einen alten, dicken Folianten, dessen Titel ich nicht lesen konnte, da er ihn mit dem Rücken nach oben hingelegt hatte.

»Guten Abend, Professor Henderson«, begrüßte er mich. Seine Stimme klang zittrig, eine nur mühsam unterdrückte Aufregung schwang darin mit.

»Guten Abend, Henry«, erwiderte ich, beunruhigt über die seltsame Verfassung, in der er sich befand. Ich ließ mich auf einem Stuhl vor seinem Schreibtisch nieder. »Irgendetwas Neues?«, fragte ich, während ich damit begann, mir eine Pfeife zu stopfen.

»Nein, nein, nichts«, versicherte er eilfertig. »Was soll es schon Neues geben?«

Ich ließ mir Zeit mit einer Antwort und stopfte meine Pfeife zu Ende. Irgendetwas war vorgefallen und hatte ihn sichtlich aus der Fassung gebracht, doch ich war mir nicht sicher, ob ich das Recht hatte, weiter in ihn zu dringen, wenn er nicht von sich aus darüber sprechen wollte. Wir kannten uns schon seit vielen Jahren und obwohl wir sicherlich keine Freunde waren, konnte man unser Verhältnis doch als freundschaftlich bezeichnen und ich fühlte mich ein wenig für ihn verantwortlich.

»Irgendetwas ist doch mit Ihnen, Henry«, sagte ich und zündete meine Pfeife an. »Sie machen einen sehr verwirrten Eindruck. So kenne ich Sie gar nicht.«

»Es ist nichts«, beharrte er in einem Tonfall, der seine Worte Lügen strafte.

»Vielleicht etwas Privates? Ich habe sicherlich kein Recht mich in Ihr Leben einzumischen und Sie brauchen nicht darüber zu sprechen, wenn Sie es nicht wollen, aber vielleicht haben Sie schlechte Nachrichten erhalten?«

»So … ist es«, erwiderte Henry zögernd. »Es geht um … meine Schwester. Ich habe heute einen Brief bekommen. Es geht ihr ziemlich schlecht. Sie wird voraussichtlich sterben.«

»Das tut mir Leid«, sagte ich teilnahmsvoll. »Ich wusste nicht einmal, dass Sie eine Schwester haben. Sie haben sie nie erwähnt.«

»Sie wohnt in Maine«, berichtete Henry. »Ich habe sie schon seit Jahren nicht mehr gesehen. Wir haben uns nie gut verstanden. Aber sie ist nun mal meine Schwester.«

»Ich verstehe, was Sie meinen«, murmelte ich, obwohl ich mir dessen nicht sicher war. Ich war als Einzelkind aufgewachsen und wusste nichts über geschwisterliche Bindungen. Der einzige Verwandte, dessen Tod ich bewusst mitbekommen hatte, war mein Vater gewesen, als er vor acht Jahren starb. Obwohl ich ihn zu diesem Zeitpunkt schon lange nicht mehr gesehen und nie viel für ihn empfunden hatte, war sein Tod mir unerwartet nahe gegangen, sodass ich in etwa nachvollziehen konnte, was in Henry vorging. »Wenn ich irgendetwas für Sie tun kann …«

»Nein, Professor Henderson, das ist nicht nötig. Ihr Angebot ist sehr freundlich, aber im Moment wäre ich nur gerne etwas allein.«

»Wie Sie meinen.« Ich sog noch einmal an meiner Pfeife, klopfte sie dann aus und stand auf. Nach einer kurzen Verabschiedung verließ ich die Bibliothek, blickte mich an der Tür jedoch noch einmal um. Henry hatte das Buch bereits wieder aufgeschlagen und sich darin vertieft.

Sein Verhalten erschien mir seltsam, doch möglicherweise war das einfach seine Art, mit der Trauer fertig zu werden, und ich machte mir keine weiteren Gedanken darüber.

Während der folgenden Tage hatte ich so viel zu tun, dass ich gar nicht dazu kam, in die Bibliothek zu gehen. Ich hatte schriftliche Arbeiten meiner Studenten zu kontrollieren und einige schwierige Vorlesungen vorzubereiten, doch im Grunde war das nur ein Vorwand, um Henry nicht sehen zu müssen. Ich wusste nicht, was ich ihm in seiner Situation sagen sollte, und so wählte ich den einfachsten Weg und blieb ihm fern, auch wenn dieses Verhalten eine Form von Feigheit darstellte, die mich nicht gerade mit Stolz erfüllte.

Erst fünf Tage später ging ich gegen Abend wieder in die Bibliothek. Auch diesmal las Henry wieder in einem dicken Folianten, den er bei meinem Eintreten beinahe hastig zuschlug. Ich erschrak bei seinem Anblick, verspürte gleichzeitig ein noch schlechteres Gewissen, wie auch eine beschämende Erleichterung, dass ich mich in den letzten Tagen so vollständig von ihm abgewandt und ihn seinen Problemen allein überlassen hatte. Er sah noch bedeutend schlechter als bei meinem letzten Besuch aus; sein Haar war so strähnig, als hätte er es seither nicht mehr gewaschen, seine Wangen waren eingefallen, der fiebrige Glanz in seinen Augen hatte sich noch verstärkt.

»Henry«, murmelte ich, darum bemüht, mir meine Bestürzung über seinen schlimmen Zustand nicht allzu deutlich anmerken zu lassen.

»Professor Henderson.« Kein Wort darüber, dass ich so ungewöhnlich lange nicht mehr gekommen war. Seine Stimme klang gleichgültig, vielleicht sogar ein wenig gereizt, als ob ich ihn bei etwas Wichtigem gestört hätte.

»Sie sehen gar nicht gut aus.« Ich setzte mich auf meinen gewohnten Platz. »Gibt es schon irgendwelche Neuigkeiten von Ihrer Schwester?«

Einen Moment lang starrte er mich verdutzt an, als wüsste er gar nicht, wovon ich spräche, dann zuckte er die Achseln. »Nein, ich habe nichts gehört. Ich nehme an, ihr Zustand ist unverändert.«

»Das tut mir Leid. Warum nehmen Sie sich nicht zwei oder drei Tage frei und fahren sie besuchen?«

Henry verzog das Gesicht zu einer Grimasse. »Warum

sollte ich? Ich sagte doch schon, dass ich mich mit ihr nie besonders gut verstanden habe.«

Diesmal war der gereizte Tonfall in seiner Stimme nicht mehr zu überhören. Unbehaglich rutschte ich auf meinem Stuhl hin und her. Um meine Hände zu beschäftigen, begann ich damit, mir meine Pfeife zu stopfen, wie ich es meistens tat, wenn ich herkam, doch diesmal bedachte Henry mich zum ersten Mal mit einem missbilligenden Blick. Ich fragte mich, was mit ihm los war. Das Schicksal seiner Schwester schien ihm bei weitem nicht so zu schaffen zu machen, wie ich gedacht hatte, doch möglicherweise verstellte er sich nur und täuschte seine Gleichgültigkeit lediglich vor. Offensichtlich war jedoch, dass er nicht darüber reden wollte, deshalb wechselte ich das Thema.

»Ein interessantes Buch, das Sie da lesen?«, erkundigte ich mich und deutete auf den Folianten vor ihm.

Mit einer raschen, Besitz ergreifenden Geste legte Henry beide Hände auf den ledernen Einband des Buches. »Zumindest ungewöhnlich«, erwiderte er. »Eine Übertragung aus dem Arabischen. Es geht um geheime Kulte und dergleichen mehr.«

»Hört sich nicht gerade verlockend an.« Ich wusste, dass sich in der Bibliothek der Miskatonic-Universität eine Menge Werke befanden, die sich mit sogenanntem geheimen Wissen beschäftigten, mit Übernatürlichem, Teufelskulten, Magie und ähnlichen Themen, doch hatte ich mich nie weiter für solche Spinnereien interessiert.

»Sie brauchen es ja auch nicht zu lesen, wenn Sie nicht wollen.«

Wieder klang Henrys Stimme gereizt, als hätte ich ihm etwas angetan. Auf jeden Fall war sein Verhalten äußerst ungewöhnlich und ich konnte mir beim besten Willen keinen Reim darauf machen. Ob er einfach nur verärgert darüber war, dass ich fast eine Woche lang nicht mehr hergekommen war? Nein, das passte nicht zu Henry und vor allem erklärte es nicht seinen unverkennbar schlechten Gesundheitszustand und seine beginnende äußere Verwahrlosung. Er wirkte, als hätte er seit Tagen nicht mehr geschlafen und sich nicht mehr im Geringsten um sein Aussehen gekümmert.

Irgendetwas musste vorgefallen sein, das ihm sehr zu schaffen machte, und ich glaubte nicht, dass es dabei allein um seine Schwester ging, aber ich hatte auch keinerlei Vorstellung, was stattdessen dahinter stecken konnte. Trotz meiner Sorge und auch einer gewissen Neugier hatte ich nicht einmal ein sonderliches Interesse, es herauszufinden. Die Veränderungen, die mit Henry vorgegangen waren, beunruhigten mich, vor allem sein barsches, fast schon abweisendes Verhalten. Bislang war ich stets gerne hierher gekommen, hatte mich hier wohl gefühlt und gerne mit ihm geplaudert. Momentan jedoch war das anders. Henry vermittelte mir das Gefühl unerwünscht zu sein, beinahe ein Störenfried, und ich bedauerte es fast, überhaupt hergekommen zu sein. Aber das war ein Fehler, der sich ja korrigieren ließ. Ich wollte mich Henry nicht aufdrängen und ehe ich hier herumsaß und mich weiterhin unbehaglich fühlte, würde ich es mir lieber mit einem Buch zu Hause bequem machen.

Mit einem Räuspern stand ich auf und steckte meine Pfeife wieder weg. »Auf mich wartet noch eine Menge Arbeit«, log ich. »Ich wollte ohnehin nur kurz vorbeikommen, um Ihnen einen schönen Abend zu wünschen.«

»Das war … sehr freundlich von Ihnen«, behauptete Henry, doch auch diesmal hatte ich das Gefühl, als ob seine Worte nur eine Floskel wären und er es in Wahrheit kaum erwarten könnte, mich loszuwerden, weshalb ich nach einer flüchtigen Verabschiedung beinahe hastig die Bibliothek verließ.

Obwohl ich mich bemühte nicht weiter darüber nachzudenken, ging mir sein merkwürdiges Verhalten nicht aus dem Kopf, doch auch jetzt fand ich keine Antworten. Aber da Henry offenbar keinerlei Lust verspürte sich mit mir zu unterhalten, würde ich mich ihm auch nicht aufdrängen, sondern die Bibliothek genau wie schon letzte Woche in nächster Zeit weitgehend meiden, bis Henry sich wieder beruhigt hatte.

Ich hatte bereits mehr als die Hälfte des Weges zu meinem etwas außerhalb des Universitätsgeländes gelegenen Haus zurückgelegt, als mir auffiel, dass ich meinen Tabakbeutel in der Universität vergessen hatte. Sicherheitshalber durchsuchte ich alle meine Taschen, aber ich hatte mich nicht getäuscht. Zögernd verharrte ich einen Moment. Ich hatte keinen Tabak mehr zu Hause und es war bereits zu spät, um noch irgendwo welchen zu kaufen. Obwohl ich gerade erst den Entschluss gefasst hatte, die Bibliothek in den nächsten Tagen zu meiden, würde mir nichts anderes übrig bleiben, als noch einmal dorthin zurückzukehren, wollte ich an diesem Abend nicht auf meine geliebte Pfeife verzichten.

Mit weit ausgreifenden Schritten machte ich mich auf den Rückweg. Es war inzwischen bereits spät geworden und es hielt sich kaum noch jemand im Universitätsgebäude auf. Es war zu befürchten, dass auch Henry bereits gegangen war und die Bibliothek hinter sich abgeschlossen hatte, doch als ich mich dem Raum näherte, sah ich zu meiner Erleichterung, dass unter der Tür noch Licht hervorschimmerte. Ich drückte die Klinke herunter und die Tür schwang auf.

Henry saß nicht an seinem Schreibtisch, was mich zwar wunderte, zugleich aber auch erleichterte, da ich wenig Lust hatte mich erneut mit ihm zu unterhalten, und sei es noch so kurz. Auch entdeckte ich meinen Tabakbeutel auf einer Ecke des Schreibtischs liegen, ging rasch hin und steckte ihn ein.

Als ich mich bereits wieder zum Gehen wandte, erregte der große Foliant auf dem Tisch meine Neugier und ich trat noch einmal näher, um mir das Buch genauer anzusehen, das Henrys Interesse offenbar so stark fesselte.

Necronomicon stand in Prägebuchstaben auf dem dunklen, im Laufe der Zeit steinhart gewordenen Einband. Weder der Name des Buches noch der des Verfassers, der mit Abdul Alhazred angegeben war, sagten mir etwas, was mich ein wenig verwunderte, da ich nun schon seit so vielen Jahren in der Bibliothek praktisch mein zweites Zuhause aufgeschlagen hatte, und obwohl ich bei weitem noch nicht alle Bücher kannte, wäre mir ein Werk mit einem so seltsamen Titel vermutlich bereits aufgefallen, zumal sich auch mein erster Eindruck bestätigte, dass es sich um ein sehr altes und deshalb sicher sehr wertvolles Werk handelte.

Zögernd schlug ich es auf – und wünschte mir sofort, ich hätte es nicht getan.

Das Buch war in keiner mir bekannten Sprache verfasst, nicht einmal einer Schrift, die ich lesen konnte. Die Buchstaben erinnerten an bizarre Hieroglyphen; Linien, die auf unmöglich erscheinende Art ineinander und umeinander gewunden waren und die vor meinen Augen zu verschwimmen schienen, sobald ich sie genauer ansah. Ich fragte mich, welches Interesse Henry an einem Buch wie diesem haben konnte. Trotz seines Lesehungers, den er mit mir teilte, besaß er eine wesentlich geringere Bildung als ich, und wenn schon ich diese Schrift nicht entziffern konnte, würde er es fraglos auch nicht können.

Ich blätterte ein paar Seiten weiter und gleich darauf verzog ich vor Abscheu das Gesicht. Vereinzelt befanden sich auch Abbildungen in dem Buch, Zeichnungen, die diesen Namen kaum verdienten. Ausnahmslos zeigten sie grauenvolle, blasphemische Scheußlichkeiten, dämonische Fratzen, bei deren bloßem Anblick sich mir der Magen umdrehte.

Ich wollte das Buch entsetzt zuschlagen, doch es gelang mir nicht. Auf eine schwer zu beschreibende Art schlugen mich die grauenhaften Abbildungen in ihren Bann, faszinierten mich auf morbide Art ebenso, wie sie mich abstießen, sodass ich langsam, widerwillig weiterblätterte.

Noch etwas Erschreckendes geschah, je länger ich die fremdartigen Hieroglyphen ansah. Ich war mir völlig sicher, dass ich Schriftzeichen wie diese noch nie zuvor gesehen hatte, und obwohl sie auch jetzt noch vor meinen Augen verschwammen, hatte ich das Gefühl, sie auf unbegreifliche Weise plötzlich verstehen zu können. In meinem Kopf formten sie sich zu verständlichen Worten, dann ganzen Sätzen, deren Inhalt kaum weniger fremd als die Schrift war.

Erschrocken prallte ich zurück und im gleichen Moment verflog der Zauber. Meine Augen brannten und hinter meiner Stirn erwachte ein bohrender Kopfschmerz zum Leben. Ich schloss die Augen und nach ein paar Sekunden verflog der Schmerz wieder.

Bevor ich in Versuchung geraten konnte mich noch einmal näher mit dem abscheulichen Inhalt des Buches zu beschäftigen, klappte ich es hastig zu und atmete ein paarmal tief durch. Ich fragte mich, was Henry dazu bewogen haben konnte, sich mit einem solchen Werk zu befassen, wenn er es zudem noch nicht einmal lesen konnte. Mein Eindruck, ich könne die bizarren Schriftzeichen tatsächlich verstehen, sobald ich sie länger ansah, konnte nur Einbildung gewesen sein.

Immer noch leicht benommen und unter dem Eindruck der Abscheulichkeiten, die ich in dem Buch gesehen hatte, schüttelte ich den Kopf. Gleich morgen würde ich beim Dekan Meldung über das Buch erstatten. Selbst wenn es einen historischen Wert besitzen mochte, hielt ich es für unverantwortlich, ein solches Werk, das jeder Ästhetik Hohn sprach und nur der Darstellung des Abscheulichen frönte, in einer Universitätsbibliothek frei zugänglich zu machen. Ich wagte mir nicht vorzustellen, welchen Schaden die Beschäftigung mit einem solchen Werk in der Psyche eines meiner jungen Studenten oder eines anderen weniger erfahrenen und innerlich gefestigen Menschen wie mir anrichten mochte. Meiner Meinung nach musste dieses Buch, das nur die Ausgeburt eines durch und durch kranken und verdorbenen Geistes sein konnte, unverzüglich aus der Bibliothek entfernt werden. Ich spielte sogar kurz mit dem Gedanken das Buch gleich jetzt mitzunehmen, um es morgen in aller Frühe dem Dekan präsentieren zu können, doch alles in mir sträubte sich gegen die Vorstellung, dieses Machwerk auch nur eine einzige Nacht lang unter meinem Dach aufzubewahren.

Suchend blickte ich mich um, in der Hoffnung, Henry doch noch irgendwo zu entdecken. Ich hatte vorläufig nicht mit ihm sprechen wollen, doch nun, nachdem ich dieses

Necronomicon aufgeschlagen hatte, fühlte ich ein wildes Verlangen ihn nach Möglichkeit sofort zur Rede zu stellen. Vielleicht war sogar das Blättern in diesem Buch für sein verändertes Verhalten verantwortlich, hatten die sinnverwirrenden Hieroglyphen und abartigen Zeichnungen ihn aus dem inneren Gleichgewicht gebracht.

Wo mochte er nur stecken?

Ich rief ein paarmal laut seinen Namen, erhielt jedoch keine Antwort. Es war kaum vorstellbar, dass er einfach nach Hause gegangen war, ohne das Licht zu löschen und die Bibliothek abzuschließen. Selbst wenn er den Raum nur für ein paar Minuten verließ, sperrte er stets hinter sich ab und hängte ein Schild an die Tür. Andererseits war ich mir, was sein Verhalten betraf, in letzter Zeit in keiner Form mehr sicher. Ich musste mir Gewissheit verschaffen, aber das war alles andere als leicht.

Die Bibliothek war ein gewaltiger Raum, der durch die Regalreihen voller Bücher in zahllose verwinkelte, fast labyrinthische Gänge unterteilt wurde, in denen sich jemand, der nicht gefunden werden wollte, mühelos tagelang vor einer ganzen Suchmannschaft hätte verstecken können. Insofern hätte es wenig Sinn ergeben, wenn ich nach Henry gesucht hätte, solange er auf meine Rufe nicht reagierte.

Noch einmal rief ich laut seinen Namen und diesmal meinte ich ein polterndes Geräusch aus dem hintersten Flügel der Bibliothek zu hören. Kurz entschlossen wählte ich eine der Regalreihen aus und ging sie entlang.

»Henry?«

»Verdammt, was ist denn?« Wie ein Gespenst tauchte er aus einem der Seitengänge vor mir auf. So barsch und feindselig wie seine Stimme geklungen hatte, so unwirsch starrte er mich an. »Was wollen Sie noch hier?«

»Ich habe meinen Tabakbeutel vergessen und wunderte mich, dass Sie nicht an Ihrem Platz saßen.«

»Nun haben Sie Ihren Tabak ja geholt. Ich muss noch ein paar Bücher einräumen, wenn Sie mich jetzt also entschuldigen wollen …«

Entschlossen mich von seiner nun beinahe offenen

Feindseligkeit nicht einschüchtern zu lassen trat ich weiter auf ihn zu. »Etwa weitere Bücher wie das, das Sie auf Ihrem Schreibtisch liegen haben?«

Jähes Erschrecken glitt über sein Gesicht. »Sie haben es …«

»Ja, ich habe es aufgeschlagen und einen Blick hineingeworfen«, fiel ich ihm ins Wort.

»Ich … ich hätte nie gedacht, dass es Sie interessieren könnte.« Der fanatische Glanz seiner Augen verstärkte sich noch; sie schienen geradezu von innen heraus zu glühen. »Aber da Sie es sich ja nun angesehen haben … Es ist wunderbar, nicht wahr?«

»Wunderbar?« Ich verzog vor Abscheu das Gesicht. »Es ist furchtbar, eine grauenvolle Blasphemie«, ereiferte ich mich. »Ich begreife nicht, wie man ein solches Machwerk in dieser Bibliothek dulden kann, und erst recht nicht, wie Sie sich solche Abscheulichkeiten ansehen können.«

»Aber …« Henry schüttelte den Kopf. »Ich sehe schon, Sie begreifen es nicht. Sie hätten länger in dem Buch lesen sollen, dann hätten Sie gemerkt, welche unvorstellbaren Geheimnisse es enthüllt.«

»Lesen?« Ich merkte, dass meine Stimme immer lauter geworden war. Etwas leiser, aber immer noch aufs Höchste aufgeregt, sprach ich weiter: »Ich kenne nicht einmal die Schrift, in der es verfasst wurde, wie soll ich es da lesen? Ich habe solche Hieroglyphen noch nie gesehen, ich wusste bislang nicht einmal, dass es sie überhaupt gibt, dabei habe ich durch meine Studien bereits Schriftproben aus nahezu allen frühgeschichtlichen Kulturen zu Gesicht bekommen.«

»Das *Necronomicon* ist etwas anderes«, behauptete Henry. »Ich kann verstehen, was in Ihnen vorgeht, mir erging es am Anfang auch nicht anders. Ich war abgestoßen, fast angewidert. Aber dann habe ich zu lesen begonnen.«

»Sie können diese Schrift wirklich lesen?«, fragte ich ungläubig.

»Ich bin überzeugt, dass Sie es ebenfalls können, Professor Henderson. Ich brauchte die Schriftzeichen nur eine

Weile anzusehen, dann verstand ich plötzlich ihren Sinn. Fragen Sie mich nicht, wie es geschehen konnte. Sie werden es begreifen, wenn Sie erst einmal einen Teil des Buches gelesen haben.« Er trat auf mich zu und ergriff mich am Arm. »Kommen Sie, ich werde es Ihnen beweisen.«

Mit einem Ruck riss ich meinen Arm los und wich ein paar Schritte zurück.

»Ich denke gar nicht daran, auch nur noch einen einzigen Blick in dieses Buch zu werfen«, stieß ich hervor. Es war weniger die Vorstellung, mir die grässlichen Skizzen und Zeichnungen in dem Folianten noch einmal anzusehen, die mich zu dieser heftigen Reaktion veranlasste, als viel mehr die Ungeheuerlichkeit dessen, was Henry gerade gesagt hatte. Es war schlichtweg unmöglich, dass man eine völlig fremde Schrift und Sprache dadurch erlernt, indem man sich die Seiten eines Buches eine Zeit lang ansah, und doch hatte ich vor wenigen Minuten genau diesen Eindruck ebenfalls gewonnen. Auch ich hatte das Gefühl gehabt, als würden sich die Hieroglyphen in mir bekannte Schriftzeichen verwandeln, nachdem ich sie ein paar Sekunden lang angestarrt hatte, als könnte ich den Text so mühelos lesen, als wäre er in meiner Muttersprache verfasst.

»Sie sind voreingenommen, Professor Henderson«, behauptete Henry und schüttelte erneut zornig den Kopf. »Nicht bereit sich auf neue Erfahrungen einzulassen. Leute wie Sie machen mich krank, denn sie sehen nur das, was sie sehen wollen und stehen damit allen Weiterentwicklungen im Wege.«

»Was erlauben Sie sich?« Empört stemmte ich die Fäuste in die Hüften. »Ich werde nicht nur dieses Buch, sondern auch Ihr Verhalten morgen beim Dekan melden. Sie sind ja schon regelrecht besessen davon. Aber dem werde ich einen Riegel vorschieben. Ich hoffe, dass auch Sie endlich wieder zur Vernunft kommen, wenn Sie nicht länger dem Einfluss dieses … dieses Dings ausgesetzt sind.«

Mein rechtschaffener Zorn prallte an Henry ab, verstärkte höchstens noch seinen Fanatismus.

»Das dürfen Sie nicht tun, Professor!«, beschwor er mich. »Das werde ich verhindern!«

»Ach ja, und wie?«, fragte ich. »Wollen Sie vielleicht Gewalt gegen mich anwenden?«

Für einen kurzen Moment sah es aus, als ob er tatsächlich genau das tun würde. Seine Haltung verkrampfte sich, entspannte sich jedoch gleich darauf wieder und er rang sich ein wenig überzeugendes Lächeln ab. »Nein, natürlich nicht«, erwiderte er. »Ich möchte Ihnen nur etwas zeigen, das vielleicht Ihre Meinung ändern wird.«

»Ich sagte doch schon, dass ich in dieses Schundwerk keinen Blick mehr werfen werde, und das gilt ganz genauso für andere Bücher dieser Art, falls sich noch mehr in dieser Bibliothek befinden sollten.«

»Das ist nicht ... nein ... keine Bücher, seien Sie unbesorgt. Aber gerade das habe ich Ihnen klarzumachen versucht, dass das *Necronomicon* kein einfaches Buch ist. Es besitzt Macht, eine völlig fremdartige Macht, die alles in den Schatten stellt, was Sie sich auch nur vorstellen können. Als ich es aufgeschlagen und darin zu lesen begonnen habe, hat es meinen Horizont erweitert, es hat Türen geöffnet, sowohl in meinem Geist, wie auch in der Wirklichkeit. Kommen Sie, ich werde Ihnen etwas zeigen, ein Wunder, das Sie Ihr Leben lang nicht mehr vergessen werden.«

Während er sprach, begannen seine Augen erneut wie von einem unheilvollen inneren Feuer zu leuchten. Der Unsinn, den er von sich gab, erschreckte mich und am liebsten hätte ich ihn und die Bibliothek auf der Stelle verlassen. Doch ich merkte auch, dass er sich mit einem noch so nachdrücklichen Nein nicht zufrieden geben würde. Unter dem unheilvollen Einfluss dieses Buches war Henry wirklich zu einem Fanatiker geworden und nun legte er einen geradezu missionarischen Eifer an den Tag, um auch mir die angeblichen neuen Wunder, die er gesehen hatte, zu vermitteln. Ich fürchtete, dass er tatsächlich handgreiflich werden würde, wenn ich seine Aufforderung zurückwies, und um ihn nicht zu reizen, folgte ich ihm widerwillig.

Er führte mich zwischen den Buchregalen hindurch bis in

den hintersten Teil der Bibliothek, wo ich bislang selten gewesen war, da hier hauptsächlich trockene Fachbücher aufbewahrt wurden, deren Inhalte längst überholt waren, selbst gebundene Doktorarbeiten ehemaliger Studenten, und andere Werke, für die ich kein sonderliches Interesse aufbrachte. Im Laufe der vergangenen zwanzig Jahre war ich erst zwei- oder dreimal in diesem Teil der Bibliothek gewesen und dennoch hatte ich das Gefühl, als ob sich etwas hier verändert hätte, ohne dass ich genauer beschreiben könnte, worin diese Veränderung bestand. Es ging nicht darum, dass die Regale anders stünden, als ich es in Erinnerung hatte, im Grunde waren es überhaupt keine direkt sichtbaren Veränderungen.

Aber ich spürte eine Beklommenheit, die mir fremd war, die lediglich vage den Gefühlen ähnelte, die ich verspürt hatte, als ich in dem unsäglichen Buch auf Henrys Schreibtisch geblättert hatte. Alles um mich herum schien sich trotz der hellen Beleuchtung um eine Winzigkeit ins Reich der Alpträume verlagert zu haben. Die Schatten in den Ecken und unter den Regalen waren eine Spur zu tief und zu schwarz, sodass sie fast stofflich erschienen, und einige Male zuckte ich zusammen, weil ich aus den Augenwinkeln plötzliche Bewegungen am Rande meines Blickfelds wahrgenommen zu haben glaubte, die sich bei genauerem Hinsehen stets als Einbildung entpuppten.

Im nächsten Moment blieb ich wie angewurzelt stehen und starrte in den großen Saal, der sich hinter einem türlosen Durchgang in der Wand erstreckte. Ähnlich wie die restliche Bibliothek war er mit Regalen voller Bücher und Folianten voll gestopft und abgesehen von der hohen kuppelförmigen Decke schien es kaum einen Unterschied zu geben. Nur hatte ich diesen Raum noch nie zuvor gesehen.

»Nun?«, fragte Henry aufgeregt. »Was sagen Sie jetzt?«

»Ich … bin überrascht«, antwortete ich verblüfft. »Ich wusste noch gar nicht, dass die Bibliothek ausgebaut worden ist. Ich wusste nicht einmal, dass es in diesem Haus einen so großen Saal gibt.«

Henry grinste breit. »Kommen Sie, sehen wir uns das genauer an.«

Wir traten durch den Durchgang und beim Überqueren der Schwelle spürte ich für einen kurzen Moment ein Schwindelgefühl, als würde ich fallen, das jedoch gleich darauf wieder verging.

Staunend trat ich an eines der Regale und ließ meinen Blick über die Bücher darin wandern. Irritiert runzelte ich die Stirn und drehte mich zu Henry um. »Was sind das für Bücher?«, fragte ich. »Sie scheinen alle in einer fremden Schrift verfasst zu sein. Wann wurden sie angeschafft und zu welchem Zweck?«

»Beide Fragen kann ich Ihnen nicht beantworten«, entgegnete Henry. »Begreifen Sie denn nicht? Die Universitätsbibliothek ist niemals erweitert worden. Ich glaube, wir befinden uns nicht einmal mehr in der Universität.«

»Das ist … völlig verrückt!«, stieß ich hervor. »Hören Sie, Henry, ich weiß nicht, was für ein Spiel Sie hier treiben, aber ich möchte auf der Stelle wissen, was das alles zu bedeuten hat.«

»Ich wünschte, ich könnte es Ihnen erklären. Fällt Ihnen eigentlich nichts hier auf? Sehen Sie zu den Fenstern.«

Ich blickte zu der Reihe großer, runder Fenster hinüber, die sich an einer Längsseite des Raumes befanden. Es dauerte einen Moment, bis mir klar wurde, was Henry meinte. Als ich mich vorhin auf den Heimweg gemacht hatte, war es bereits dunkel gewesen. Durch die Fenster jedoch fiel heller Sonnenschein in den Raum.

Was ich sah, war schlichtweg unmöglich und dennoch konnte ich durch eines der Fenster deutlich die Sonne sehen. Sie brannte außerordentlich hell, selbst für einen Sommertag, geschweige denn für einen kalten Novembertag.

Fassungslos ging ich auf die Fenster zu. Sie waren zu hoch, als dass ich hinausblicken konnte, doch Henry deutete auf ein niedriges Regal, das ein Stück entfernt unter einem der Fenster stand.

»Ich habe es dort hingestellt, um hinauszusehen«, erklärte

er. »Aber ich muss Sie warnen. Was Sie sehen werden, wird Ihnen nicht gefallen. Bereiten Sie sich auf etwas vor, das Ihrem gesamten Weltbild widerspricht.«

Ohne ihn weiter zu beachten, ging ich zu dem Regal hinüber und kletterte hinauf. Ich weiß nicht, was ich erwartet hatte, und ich weiß auch nicht, wie lange ich aus dem Fenster starrte, aber es waren sicherlich mehrere Minuten, in denen ich mich schlichtweg weigerte zu glauben, was ich sah.

Vor mir erstreckten sich zahllose riesige Bauwerke der unterschiedlichsten Formen, eine gewaltige Stadt mit Häusern, Türmen und Straßen. Aber nirgendwo konnte ich auch nur ein einziges Lebewesen erblicken. Auf den Dächern der meisten Häuser waren Gärten angelegt, allerdings wuchsen dort Pflanzen, wie ich sie noch nie gesehen hatte. Riesige, farnartige Gewächse, vereinzelte Büsche, Sträucher und Zykaden, dazwischen gelegentlich kleine Blumen.

Was ich sah, konnte unmöglich Realität sein. Für kurze Zeit tröstete ich mich mit dem Gedanken, dass ich vermutlich zu Hause in meinem Bett lag und lediglich einen verrückten Alptraum hatte, doch zugleich wusste ich auch, dass es sich nicht so verhielt.

Als ich irgendwann wieder von dem Regal herunterstieg, war ich ein gebrochener Mann. Die Gedanken überschlugen sich in meinem Kopf, doch ich bekam keinen einzigen davon richtig zu fassen. Ich musste mich auf das Regal setzen, weil ich das Gefühl hatte, die Beine würden mir jeden Augenblick den Dienst versagen.

»Wo sind wir?«, flüsterte ich. »Was um alles in der Welt hat das zu bedeuten? Wohin haben Sie mich gebracht?«

»Ich sagte doch, dass ich Ihnen ein Wunder zeigen würde.« Triumph schwang in Henrys Stimme mit. »Und ich bin davon überzeugt, dass dies erst der Anfang ist. Ich habe mich selber erst in einigen wenigen Räumen hier umgesehen, aber es gibt viele, ungeheuer viele, und in allen befinden sich Bücher, mehr, als ich jemals zuvor gesehen habe. Wer immer diese Bibliothek errichtet hat, er hat eine schier unglaubliche Menge an Wissen zusammengetragen. Wissen, das unsere Welt revolutionieren kann. Und ich bin davon überzeugt, dass es das *Necronomicon* war, das den Durchgang hierher geöffnet hat.«

»Das Buch?« Meine Stimme war nicht mehr als ein Wispern. Immer noch war ich bis ins Mark erschüttert.

»Ich habe es vorige Woche entdeckt und begonnen darin zu lesen. Es handelt von schrecklichen Wesenheiten, die einst diese Welt bevölkerten, aber es finden sich auch mächtige Zaubersprüche darin. Ich habe das alles anfangs nur für Unsinn gehalten und einige der Formeln laut ausgesprochen, als ich plötzlich Geräusche aus dem hinteren Teil der Bibliothek hörte. Es waren schaurige Laute, eine Art Ächzen und Stöhnen.« Er schüttelte sich. »Ich kann es nicht beschreiben. Ich habe dergleichen noch nie gehört, aber als ich nachsehen ging, entdeckte ich den Durchgang hierher. Glauben Sie mir, Professor, ich habe mich genauso gefühlt, wie Sie jetzt. Nach einiger Zeit verschwand der Durchgang wieder, aber in der folgenden Nacht konnte ich der Versuchung nicht widerstehen ihn erneut zu öffnen. Ich war mein Leben lang Bibliothekar. Dem Buch zufolge hätte ich auch an jeden anderen Ort gelangen können. Aber für mich gab es nur eine Wahl, die größte Bibliothek, die es je gab. Und hier sind wir.«

»Sie haben … niemandem davon erzählt?«

»Nein. Ich … ich habe es nicht gewagt. Nicht bevor ich mir ein klareres Bild von den möglichen Folgen machen kann. Aber ich bin froh, dass Sie meinem Geheimnis auf die Spur gekommen sind. Sie wären der Einzige gewesen, den ich in nächster Zeit vielleicht ins Vertrauen gezogen hätte. Wahrscheinlich wissen Sie besser als ich, was nun zu tun ist.«

»Im Augenblick habe ich das Gefühl gar nichts mehr zu wissen. Kommen Sie, ich muss hier weg oder ich verliere den Verstand.«

»Sicher.« Henry nickte. »Ich weiß, dass all das nicht leicht zu verdauen ist. Denken Sie erst einmal in Ruhe über alles nach, dann können wir … «

Er brach ab und lauschte aufmerksam. Auch ich hörte

plötzlich Laute, etwas wie das Schaben von Horn, dazwischen ein dumpfes Grollen. Die Geräusche jagten mir eine Gänsehaut über den Rücken.

»Was … was ist das?«

»Schnell, wir müssen weg hier.«

Henry packte meinen Arm und wollte mich mit sich zerren, doch ich sträubte mich.

»Zuerst will ich wissen, was das ist.«

»Dazu bleibt keine Zeit«, stieß er hervor. »Es gibt … Wesen hier. Vielleicht so etwas wie Wächter. Ich habe nur einmal eins davon aus der Ferne gesehen und ich möchte ihnen gar nicht erst zu nahe kommen. Also lassen Sie uns hier verschwinden.«

Als er erneut meinen Arm packte, widersetzte ich mich nicht länger. Wir eilten zwischen den Regalreihen hindurch, als ich vor uns plötzlich eine Bewegung bemerkte. Ich blieb so abrupt stehen, dass Henry gegen mich prallte.

Im nächsten Moment bog die abscheulichste Kreatur, die ich jemals gesehen hatte, ein Dutzend Yards vor uns um die Ecke: ein aufgedunsener Balg, der mit Dornen und Saugnäpfen übersät war, mit stampfenden Säulenbeinen, mit langen, schleimig glänzenden Tentakeln anstelle von Armen und einem Kopf in dem über einem furchtbaren Papageienschnabel ein einzelnes Auge blutig gloste.

Ich stieß einen Schrei des Entsetzens aus, überwand meinen Schrecken aber ebenso schnell wie Henry, fuhr herum und rannte in die Richtung zurück, aus der wir gekommen waren, während die Kreatur hinter uns ein wütendes Grollen ausstieß und die Verfolgung aufnahm.

Henry deutete auf einen Quergang ein Stück vor uns.

»Wir müssen uns trennen«, keuchte er. »Es kann nur einen von uns verfolgen. Sie nach links, ich nach rechts.«

Ohne zu überlegen tat ich, was er gesagt hatte, und rannte in den Seitengang. Über die Schulter warf ich einen hastigen Blick zurück. Die grauenhafte Kreatur zögerte einen Moment an der Gabelung, dann stampfte sie auf ihren massigen Säulenbeinen hinter Henry her.

Dennoch verharrte ich nicht, denn auch aus anderen

Richtungen hörte ich nun das dumpfe Grollen. Seitenstechen peinigte mich, doch ich ignorierte es. Nackte Todesangst trieb mich voran. Nach einigen Sekunden erreichte ich eine weitere Abzweigung und hetzte hinein, rannte weiter in die Richtung, in der der Durchgang zur Universitätsbibliothek lag.

Obwohl ich so schnell lief, wie ich nur konnte, schien das unheilvolle, bösartige Grollen näher zu kommen. Ich war nie ein besonders gläubiger Mensch, dennoch schickte ich in diesen Sekunden, die sich zu endlosen Minuten zu dehnen schienen, ein lautloses Stoßgebet nach dem anderen zum Himmel.

Als ich mit Henry hergekommen war, hatte ich gar nicht den Eindruck gehabt, dass wir uns so weit in den Kuppelsaal hineinbegeben hatten, und obwohl ich mich anhand der Fenster orientieren konnte, erfüllte mich die panische Angst, dass ich mich inmitten der labyrinthischen Regalreihen verirrt haben könnte und womöglich in die falsche Richtung lief, immer tiefer hinein in dieses grauenvolle, fremdartige Gebäude.

Schließlich entdeckte ich vor mir den Durchgang und im gleichen Moment hörte ich hinter mir ein wütendes Fauchen. Ohne anzuhalten, warf ich einen Blick über die Schulter zurück. Eine der Kreaturen hatte mich entdeckt und stürmte hinter mir her. Sie war noch mehr als ein Dutzend Yards entfernt, aber ungeachtet ihres ungeschlachten Äußeren bewegte sie sich mit erstaunlicher Geschwindigkeit und der Abstand zwischen uns schmolz rasch zusammen.

Noch einmal mobilisierte ich all meine Kräfte, rannte so schnell wie noch nie zuvor. Ich erreichte den Durchgang, als ich mir bereits einbildete, den stinkigen Atem meines Verfolgers riechen zu können. Mit letzter Kraft taumelte ich über die Schwelle und wie schon zuvor verspürte ich auch diesmal ein leichtes Schwindelgefühl. Diesmal war es so stark, dass ich das Gleichgewicht verlor. Schwer stürzte ich zu Boden, wagte nicht mich umzublicken, weil ich jeden Moment damit rechnete, dass die grauenhafte Wächterkreatur mich packte und zerriss.

Erst als nach mehreren Sekunden noch nichts geschehen war, öffnete ich die Augen und hob vorsichtig den Kopf. Hinter mir befand sich nichts als eine glatte Steinwand, von einem Durchgang zu einem anderen Raum war nichts zu entdecken. Mühsam quälte ich mich auf die Füße. Jeder Atemzug brannte in meiner Lunge.

»Henry?«

Ich bekam keine Antwort und rief noch einmal seinen Namen, doch auch diesmal passierte nichts. Nur langsam begriff ich, was das zu bedeuten hatte. Ich hatte gehofft, dass er den Durchgang schon vor mir erreicht und sich auf dieser Seite in Sicherheit gebracht hätte, doch offenbar hatte er es nicht geschafft und ich hatte keine Möglichkeit ihm zu helfen. Er hatte sich mit fremden, unheilvollen Kräften eingelassen und war seiner eigenen Neugier zum Opfer gefallen. So sehr ich seinen Tod auch bedauerte – denn dass die monströsen Kreaturen ihn getötet hatten, daran gab es für mich keinen Zweifel –, war ich noch viel zu erleichtert über meine eigene Rettung, um Trauer zu empfinden.

Ich trat an die Wand heran und strich mit den Händen darüber, um mich zu überzeugen, dass sich das Tor wirklich geschlossen hatte, doch unter meinen Fingern spürte ich nur festen Stein.

Mit schleppenden Schritten kehrte ich zum Eingang der Bibliothek zurück und wollte sie schon verlassen, als mein Blick noch einmal auf Henrys Schreibtisch und das Buch fiel, das darauf lag. Ursprünglich hatte ich vorgehabt, mit dem Dekan darüber zu sprechen, um es aus der Bibliothek entfernen zu lassen, doch da war ich noch davon ausgegangen, dass es nicht mehr als einfach ein Buch mit besonders abstoßendem Inhalt wäre. Nachdem ich nun wusste, welche Gefahren es wirklich barg, konnte ich es nicht einfach hier zurücklassen, sondern musste sicherstellen, dass niemals wieder jemand einen Blick hineinwarf und mit den finsteren Geheimnissen experimentierte, die es enthielt. Obwohl sich alles in mir dagegen sträubte, das Buch auch nur ein einziges Mal noch zu berühren, nahm ich es an mich, ehe ich die Bibliothek vollends verließ.

Zu Hause angekommen, versteckte ich es in der hintersten Ecke eines Schrankes, schenkte mir einen großen Cognac ein und stürzte ihn in einem Zug hinunter, um das Glas sofort wieder nachzufüllen. Irgendwann im Laufe der Nacht fiel ich schließlich völlig betrunken ins Bett.

Mit furchtbaren Kopfschmerzen schrak ich früh am nächsten Morgen aus einem von bizarren Alpträumen gequälten Schlaf. Ich meldete mich an der Universität krank und verbrachte fast den ganzen Tag im Bett.

Erst drei Tage später nahm ich den Unterricht wieder auf. Zu diesem Zeitpunkt hatte sich die Aufregung über Henrys spurloses Verschwinden zum größten Teil bereits wieder gelegt. Da man wusste, dass ich flüchtig mit ihm befreundet war, stellte man mir einige Fragen, doch ich täuschte Unwissenheit vor, erwähnte lediglich, dass er mir erzählt hätte, seiner Schwester, die irgendwo in Maine wohnte, ginge es sehr schlecht. Obwohl es nicht zu ihm gepasst hätte, nahm man schließlich an, dass er wohl zu ihr gefahren wäre, ohne offiziell um Urlaub zu bitten, und da es keinerlei Hinweise auf ein Gewaltverbrechen gab, ließ man die Angelegenheit auf sich beruhen.

Der einzige Mensch, der die Wahrheit kannte, war ich und bis heute habe ich schwer daran zu tragen. Ich hatte vorgehabt das *Necronomicon* so bald wie möglich zu verbrennen oder sonstwie zu vernichten, habe es aber nicht über mich gebracht. Mit jedem verstreichenden Tag erscheinen mir die Erlebnisse in jener fremden Bibliothek weniger schrecklich, während ich gleichzeitig die Verlockung in mir wachsen fühle mehr über die Geheimnisse herauszufinden, die so weit über alles Wissen hinausgehen, das ich bislang von der Welt hatte. Mehrmals habe ich das *Necronomicon* bereits aus dem Schrank geholt, ohne jedoch den Mut zu finden es aufzuschlagen.

Henry hatte gesagt, mithilfe des Buches könnte man Durchgänge zu anderen Welten öffnen, und dass er ein Tor zu der Bibliothek geöffnet hätte, hätte nur daran gelegen, dass er an einen solchen Ort gelangen wollte.

Immer häufiger frage ich mich, welche Orte ich wohl

erreichen könnte, wenn ich nur bereit wäre das Risiko einzugehen.

Ich weiß nicht, wie lange ich der Verlockung noch werde widerstehen können.

Harald Braem

DIE NEBELBARKE

Harald Braem ist der einzige in diesem Band vertretene Autor, den ich nicht persönlich kenne.

Aber das macht nichts.

Ich glaube, irgendwie kenne ich ihn nämlich doch. Offensichtlich gibt es Bilder, die in vielen von uns ähnlich geartete Emotionen auslösen. Ich hatte jedenfalls kaum die ersten Zeilen der Geschichte gelesen, da fingen die Bilder in meinem Kopf auch schon an zu leben:

Eine Fahrt mit unbekanntem Ziel in einem kleinen Boot über die stürmische, nebelverhangene Irische See, die Begegnung mit einem geheimnisvollen Schiff …

Harald Braem kennt Irland mit seinen Sagen und Mythen und er weiß, dass nichts rätselhafter und beängstigender ist als die Reise ins Ungewisse.

Vielleicht sind wir ja alle, die wir uns dem Ersinnen von »solchen« Geschichten (Wie meine Schwiegermutter es immer ausdrückt: So'n albernes Zeugs, das es gar nicht gibt) verschrieben haben, irgendwie gleich.

Vielleicht sind wir uns ja auch in einem früheren Leben schon einmal begegnet, oder in einer anderen Welt.

Aber ganz gleich wie: Es gibt einen Ort auf der Welt, an dem ich Harald Braem niemals begegnen möchte (übrigens auch sonst niemandem): Auf einem kleinen Schiff, das vor einem Küstenabschnitt, dessen wirklichen *Namen wir doch lieber geheim halten, über die Irische See fährt.*

Und gleich werden Sie verstehen, warum.

Dies ist eine ziemlich alte Geschichte. Aber nur, weil sie aus einer Zeit stammt, die lange zurückliegt, muss sie nicht unwahr sein. Der Leuchtturmwärter, der als der zuverlässigste Mann in unserer Gegend gilt, hat sie mir einmal erzählt. Und der hat sie von seinem Großvater, der genau wie er Glen McCorney hieß und auch schon Leuchtturmwärter war. Und weil es einfacher ist, die Geschichte so wiederzugeben, wie sie aus seinem Munde kam und genauso bereits aus dem seines Großvaters, werde ich sie, so gut es geht, mit ihren Worten weitererzählen.

Also, es ist bekannt, dass Irland immer ein armes Land war und dass viele Leute deshalb nach Amerika auswandern mussten. Besonders nach der großen Kartoffelfäulnis, wo ganze Dörfer menschenleer wurden und in manchen Dörfern nur noch einzelne Häuser bewohnt waren. Richtige Geisterorte waren das und wer blieb, der hauste verbittert, hielt sich mit Schwarzbrennen, Schmuggel und noch übleren Sachen notdürftig am Leben.

So war es auch hier an der Westküste, auf Valentia Island, vielleicht nicht ganz so schlimm wie anderswo, aber immerhin schlimm. Wir lebten im letzten Haus nahe dem Hafen, das etwas abseits hinter Fuchsienhecken lag und noch älter und windschiefer als die anderen war. Es ging unserer Familie schlecht, besonders seitdem Vater die Gicht plagte und er nicht mehr rausfahren konnte. Drei meiner Brüder hatten eines Tages auf einem Schiff nach Westen angeheuert, der vierte und die beiden Schwestern waren noch zu klein, um arbeiten und Brot herbeischaffen zu können. Also musste ich's tun, das war selbstverständlich für mich.

Ich war vierzehn und ging mit Nachbarn auf Fischfang; ich flickte Netze, salzte Heringe ein, ich packte überall zu, wo es notwendig war. Aber viel sprang nicht heraus dabei, so sehr ich auch schuftete, manchmal zwölf Stunden am Tag und mehr. So ging das Woche um Woche, Monat um Monat; ich dachte nicht viel nach über alles.

Bis zu jenem Abend, als Onkel Brian zu uns kam und diesen Mann mitbrachte, den sie den hinkenden Mullock nannten. Ich weiß es noch so genau wie heute, wie alles begann. Ich kann mich noch an das Wetter erinnern – es war nasskalt und stürmisch draußen, so ein richtiges Hundewetter, wo man bei jedem Schritt nass bis auf die Knochen wird –, und an jedes Wort erinnere ich mich, das in der Stube gesprochen wurde.

Vater hockte dicht am Kamin und hatte die Beine in eine Decke gehüllt. Bei solchem Wetter litt er besonders und wohl am meisten darunter, dass er so gebrechlich und hilflos geworden war. Mutter stopfte wie immer Hemden und Socken. Die kleinen Geschwister lagen schon im Bett nebenan, wo der wärmste Ort war, außer am Kamin mit dem Torffeuer.

Da flog plötzlich die Tür auf und mit einem heulenden Windstoß trat Onkel Brian in die Stube, dicht gefolgt vom hinkenden Mullock. »Schiet«, sagte Onkel Brian, »sieht verdammt aus, als würde draußen die Welt untergehen.«

Er spuckte auf die Holzdielen, was Mutter mit ablehnender Miene und zusammengekniffenen Lippen sah. Sie mochte den Onkel nicht besonders und machte keinen Hehl aus ihrer Abneigung. Dann streifte er das triefende Ölzeug ab und näherte sich mit ausgestreckten Händen dem Kaminfeuer. Der hinkende Mullock tat es ihm nach. Sie nahmen Stühle und setzten sich zu Vater, während Mutter die Stopfsachen und die Petroleumlampe nahm und stumm beiseite rückte. Bei der folgenden Unterredung sagte sie kein Wort, auch später nicht. Ich glaube, sie hat bis zu ihrem Tod zwei Jahre später kaum noch gesprochen.

Vater dafür umso mehr. Er fluchte sich die Seele aus dem Leib und schimpfte so ziemlich auf alles, was ihm einfiel. Onkel Brian genauso, nur der hinkende Mullock schwieg. Er grub eine Flasche schwarzgebrannten Whiskey aus dem Innenfutter seiner Jacke, ließ den Korken springen und gönnte sich einen herzhaften Schluck. Dann reichte er die Flasche an die anderen weiter. So kreiste sie, bis sie leer war, und in der Zwischenzeit fluchten Vater und Onkel Brian um die Wette.

Plötzlich deutete mein Onkel auf mich, und zwar mit einem Gesichtsausdruck, dass mir angst und bange wurde. »Wir brauchen den da, es ist an der Zeit«, sagte er.

»Warum?«, dröhnte Vater. »Kommt ihr nicht mehr allein zurecht mit eurem gottverdammten Zeug da draußen? Der Teufel soll mich auf der Stelle holen, wenn ich euch den Jungen mitgebe. Soll er genauso verdorben werden von dem unsauberen Handwerk, wie ihr es seid? Die Zeiten sind hart und schlecht, aber von allem Schlechten habt ihr euch das Beste ausgesucht.«

»Rick hat es erwischt«, sagte mein Onkel düster. »Wir brauchen einen neuen Mann und wenn wir es noch ein paar Mal schaffen, dann sind wir raus aus dem gröbsten Dreck. Vier, fünf Einsätze noch und wir können uns alle miteinander die Nasen vergolden.«

»Und wenn es schief geht?«, fragte Vater. »Wenn es ihn auch erwischt wie Rick, weißt du, was das dann für Folgen hat? Im Moment ist er unsere einzige Hilfe.« Vater hatte sich auf seinem Sitz vorgebeugt und ich las in seinem Gesicht, dass er äußerst erregt war. Onkel Brians Blick aus wässrig grünblauen Augen ruhte noch immer auf mir und auch der hinkende Mullock sah mich so forschend an, als hinge die Zukunft nur noch von mir ab.

»Er schafft es, er ist vom richtigen Schlag«, sagte Onkel Brian. »Er braucht auch bloß die Kisten zu tragen und ein bisschen das Segel zu führen. Das kann er, ich sehe es ihm an.«

Der hinkende Mullock nickte zustimmend und spuckte ins Feuer. Vater lehnte sich zurück und kratzte sich grummelnd den Bart. Er vermied es, mich anzusehen. Eine Weile blieb es furchtbar still in der Stube, nur die Torfstücke im Kamin zischten laut und sprühten Funken. Als Vater mich endlich mit ganz ruhiger Stimme ins Nebenzimmer schickte, um eine weitere Flasche Whiskey zu holen, wusste ich, dass es entschieden war. Ich stand auf, ging hinaus und machte alles ganz langsam und leise.

Unter dem Bett, in dem die Kleinen schliefen, gab es eine lose Diele, die man herausheben konnte. Darunter lag der

Whiskey, ein paar Flaschen nur, aber sie wurden wie ein Schatz gehütet. Mit sicherem Griff hob ich im Dunkeln das Holz aus seiner Verankerung und griff in die Grube zum kalten Glas. Ich nahm eine Flasche aus dem Versteck und fügte das lose Brett wieder dort ein, wo es hingehörte. Nebenan vernahm ich gedämpftes Gemurmel. Leise, um die Kinder nicht zu wecken, schloss ich die Tür und brachte Vater die Flasche. Das war mehr eine symbolische Geste, denn mit seinen gichtverkrüppelten Fingern brachte er den Korken sowieso nicht heraus. Also musste Onkel Brian eingreifen. Umständlich setzte er das Messer mit dem Korkenzieher an.

Ich stand dabei und sah ihm abwartend zu. Ich wusste, gleich würde er den Kopf heben und mich mit seinen seltsamen Augen mustern, die aussahen wie das Meer zu gewissen Tageszeiten im Herbst, wenn der Sturm kommt – grünblau und endlos tief. Und als er es tat, nickte ich bloß. »Können wir mit dir rechnen, Glen?«, fragte er. Und nach meiner stummen Kopfbewegung: »Dann ist es gut, es soll dein Schaden nicht sein. Halt dich bereit in den nächsten Nächten. Ich weiß noch nicht, wann, aber wenn es so weit ist, kommt Mullock und holt dich.«

Ich nickte noch einmal, aber diesmal beklommen. Eine unbestimmte Vorahnung, dass etwas faul an der Sache war, hatte mich beschlichen.

Ich sollte Recht behalten. Aber davon später. Vorerst zählte nur dieser Abend und die Unterhaltung der Männer, die sich dahinschleppte und schließlich mit dem letzten Schluck aus der Flasche verebbte. Endlich, als die Petroleumlampe verlosch und Mutter nach nebenan in die Kammer verschwand, saßen wir noch eine Zeit lang im Halbdunkel und starrten schweigend in den Kamin, wo die Reste des Torffeuers schwelten.

Du weißt, wie das ist, wenn man so dasitzt und in die Glut und die tanzenden, zuckenden Flammen starrt. Da kann man allerlei sehen im Feuer: Figuren, Fratzen und Bilder, immer andere, neue, Hässliches und Schönes; unendlich viel hat uns das Feuer zu zeigen und das hört erst auf, wenn der letzte Glutfunken erloschen ist. Ja, so ist das, so war das auch damals. Ich träumte vor mich hin und schlief endlich ein. Ich habe nicht mehr gehört, wie die Männer gingen.

Die Tage danach waren wie immer. Bis auf eine Ausnahme. Das war, als ich am Sonntag Doreen unten am Hafen traf, wo sie gebückt zwischen den Steinen Muscheln und Seetang zum Trocknen sammelte. Ich stieß so plötzlich auf sie, dass es unmöglich war, ihr auszuweichen. Sonst hätte ich das bestimmt getan, denn ich mochte Doreen, die alte Hexe, nicht besonders. Keiner mochte sie, die Leute von Valentia Island gingen ihr aus dem Weg, seit sie im Ruf stand, Kathleen O'Haras jüngstes Kind verhext und in einen Idioten verwandelt zu haben.

Ich erschrak heftig, als die hässliche alte Frau so unvermittelt vor mir stand und mich aus ihren trüben, entzündeten Augen musterte. Ich stand da und war wie gelähmt, ich konnte nicht fortlaufen. Sie streckte die rechte Hand aus und deutete mit spitzem Finger zum Himmel. Dann packte sie meinen Arm. Der Himmel war bleigrau, mit wuchtigen schwarzblauen, fast violetten Wolken. Es sah nach noch mehr Regen, nach erneutem Unwetter aus.

»Möwen«, krächzte die alte Doreen, »viel zu viele Möwen um diese Zeit, wo es nicht einmal genug Fische gibt für die Menschen.«

In der Tat trieb ein riesiger Schwarm Möwen die Küste entlang, kreiste sturmzerzaust und kreischend über dem Hafen. Wie Steine schossen ein paar von ihnen herab und tauchten klatschend ins gekräuselte Wasser.

»Es sind Möwen«, sagte ich. »Möwen wie immer.«

Die alte Doreen war verrückt, das wusste jeder, jedes Wort von ihr war wirr und nicht ernst zu nehmen. Trotzdem traf mich ihr nächster Satz wie ein Pfeil, bohrte sich in mein Inneres und beunruhigte mich lange.

»Du willst raus«, sagte sie, »weit raus ..., bis zur verbotenen Insel? Pass auf dich auf, Junge, dass du nicht zu weit fährst und dich im Nebel verirrst. Da ist schon mancher hineingeraten und für immer geblieben.«

Was meinte die Alte, was wollte sie sagen? Wusste sie

etwas von unserem Plan? Wenn ja, dann wusste sie mehr als ich. Es grauste mir, hier so dicht bei ihr zu stehen, ihr Gerede und ihre unheimliche Gestalt ertragen zu müssen. Ich riss mich los, drehte mich um und lief die steinige Mole hinauf, zurück zum Dorf. Und ich weiß bis heute nicht, ob die grässlichen Geräusche hinter mir – dieses kreischende und schneidende Lachen – von Doreen stammten oder von den Möwen, deren Stimmen im Sturm schriller sind, als sie eigentlich sein dürften.

Das war am Sonntag gewesen. Drei Tage später ließ das Unwetter nach, der Sturm legte sich und dann kam Nebel auf. Mit klopfendem Herzen lebte ich dem Einbruch der Nacht entgegen. Irgendwie wusste ich, dass es passieren würde. Heute Nacht schon oder zumindest bald. Und so überraschte es mich nicht, als gegen Mitternacht jemand ans Haus klopfte. Das verabredete Zeichen.

Ich stand sofort auf und war in Windeseile angezogen. Als ich den Türriegel zurückzog und die Tür öffnete, stand draußen der hinkende Mullock.

»Es ist so weit. Bist du fertig?«, fragte er flüsternd.

Statt einer Antwort ging ich gleich mit. Es war richtig so, die Sache war ausgemacht. Dennoch fühlte ich einen Moment lang Angst, als ich neben ihm durch den Nebel stapfte. Aber nur kurz, dann überwog die Neugier in mir. Hatten sie nicht von Reichtum und goldenen Nasen gesprochen? Was mochte es sein, das da draußen auf uns wartete?

Wir hasteten zum Hafen hinunter, wo Onkel Brian bereits im Boot stand. Kaum war ich an Bord, wurde das Tau eingeholt und das Segel gesetzt. Mit dem Wind, der in der Flussmündung zwischen den Inseln zunahm, gewannen wir Fahrt und trieben schnell von Valentia Island fort auf das offene Meer zu. Es war erstaunlich, wie sicher Onkel Brian das Ruder führte, obgleich der Nebel so dicht war, dass wir nur hin und wieder überhaupt etwas von der Küste sahen. Am Wellengang war zu spüren, dass draußen der Wind kräftiger wurde, er riss an meinem Haar und sprühte mir Gischt ins Gesicht. Und schon begann das Boot zu tanzen.

Anfangs riss uns der Strom ein Stück seewärts mit, dann nahmen andere Mächte vom Boot Besitz, warfen es wie treibendes Strandholz hin und her, hoben es federleicht himmelwärts, wo es sekundenlang im Schwebeflug den Wolken nahe dahinschoss, bis es sich zitternd seitlich neigte, um wieder von neuem unaufhaltsam nach unten zu rasen, ins endlose Wellental hinein, als wolle es sich auf den Grund des Meeres bohren, während gleichzeitig schon die nächste Wasserwand berghoch anwuchs und nur durch ein Wunder nicht donnernd über uns zusammenbrach.

Der Nebel riss immer mehr auseinander, ließ Wolken sehen und tanzende Sterne, der volle Mond tauchte das Meer in gleißendes Licht. Wild ist die Irische See, besonders um diese Zeit, stürmisch und unberechenbar wie ein zürnendes Urtier. Aber ich liebe sie. Es ist Freiheit in ihr, etwas Wesentliches, das in uns Menschen tief verwurzelt ist. Wenn es besonders rau zugeht, lache ich in den Sturm und der Sturm lacht zurück mit ungezügelter Stimme. Ich glaube, ich bin ein Stück von ihm, ein Teil vom Sturm und ein Teil vom Meer und die See lacht, weil sie mich wieder erkennt.

Anfangs standen wir noch aufrecht im Boot und so kam es, dass ich im fahlen Frühlicht des Morgens die Inseln draußen wie kantige Rückenflossen zweier übergroßer Fische aus dem Wasser ragen sah: Skellig Michael, die spitze, einem Berg gleich, und rechts davor den kleineren, schroffen Felsen von Bird Rock. Doch dann zwang der Sturm uns nieder. Onkel Brian kauerte in sich zusammengesunken am Ruder, während Mullock und ich alle Mühe hatten uns an der Bordwand festzuklammern und zugleich noch die Segel zu bedienen, wie es nötig war.

Es war für mich die erste Fahrt zu den »Verbotenen Inseln«, aber ich hatte schon viel von ihnen gehört. Die Leute sprachen heimlich über diese Inseln. Nur wenige Menschen kannten sie wirklich. Und genau dorthin fuhren wir jetzt, das war nach dem Kurs ganz klar. Zugegeben, diese Tatsache erfüllte mich ein wenig mit Stolz.

Ich arbeitete hart, fast wie in Trance. Dabei merkte ich kaum, wie Stunde um Stunde verging und es ringsum allmählich heller wurde. Nur das Segel und ich, das war wichtig. Erst ein seltsames Geräusch riss mich aus diesem Zustand: Ein grelles, scharfes Lachen wie aus tausend Geisterkehlen hallte in meinen Ohren …

Ich richtete mich benommen auf. Als ich den Kopf hob, schneite es Möwen aus dem blauen Himmel. So weit ich sehen konnte, war die Luft mit tanzenden, wirbelnden, winkenden weißen Flügelfetzen erfüllt. Mir wurde schwindlig, ich musste die Augen schließen. Als ich sie wieder öffnete, sah ich seitlich den zerklüfteten Felsenrücken von Bird Rock, der Vogelinsel, schwarz und in Schlieren wie weiß getüncht. Ein scharfer, ätzender Geruch entströmte der Brutkolonie und über allem wölbte sich ein Vorhang aus zahllosen schrillen, spitzen Stimmen.

Die See war ruhig geworden. Wir konnten jetzt das Segel einholen und die Paddel benutzen. Langsam glitt das Boot an der Insel vorbei, die die kleinere Schwester der großen Insel war: Skellig Michael, unserem Ziel. Wir steuerten dem Sockel des dunklen Felsens entgegen, fanden nach einigem Suchen eine geeignete Stelle zum Anlegen. Dort sprang Onkel Brian an Land und vertäute das Boot mit Seilen an den Klippen, zog es dicht heran und machte es fest, sodass es die großen Wellen nicht mehr erreichen konnten.

Wenn du jemals nach Skellig Michael kommst, wirst du sehen, dass ich nicht übertreibe, wenn ich nun ihre sonderbare Beschaffenheit beschreibe. Anfangs führt ein kaum erkennbarer Pfad in Serpentinen den Hang hinauf, bald folgen in unregelmäßigem Abstand einzelne, in den Fels gehauene Stufen und schließlich kommt eine richtige Treppe aus Stein. Steil stehen die Stufen übereinander, nahezu senkrecht in den Himmel hinein führt die Treppe. Und mit jedem Schritt lässt man die bekannte Welt hinter sich zurück. Auf der letzten Stufe bereits spürt man die seltsame Stille – und dass es plötzlich hier oben keinen Wind mehr gibt. Als wir die oberste Plattform betraten, lag das Meer tief unten als sanft gekräuselte Fläche, das Festland indes unglaublich fern als grauer Streifen am Horizont, weitab die Küste und noch weiter die Menschen.

Kein Laut kam über den Felsen. Sogar das Kreischen der Seevögel schien jenseits der Treppe zurückgeblieben zu sein. Hin und wieder schwebte unter uns am Felsrand eine Seeschwalbe oder ein bunter Papageientaucher und einmal stob vor unseren Schritten ein wildes Kaninchen davon.

Dann sah ich die uralten Häuser der Insel: rund wie Bienenkörbe und aus unbehauenem Bruchstein gefügt – die verlassene Siedlung der Mönche, in der vor ihnen bereits die mächtigen Druiden unseres Volkes gewohnt haben sollen. Aber das ist schon sehr lange her. Ich muss zugeben, dass mir ein Schauer über den Rücken lief, als ich dies alles sah.

Nicht so Onkel Brian, der zielsicher auf die Rundhäuser zuging, sich bei dem ersten bückte und einen Stein vom Eingang wegrollte. Durch die so entstandene Öffnung kroch er geduckt ins Innere des Hauses. Der hinkende Mullock folgte ihm und schließlich auch ich. Als ich drinnen war und meine Augen sich an das Halbdunkel gewöhnt hatten, sah ich, dass die Behausung innen erstaunlich geräumig war. Der Boden war mit übereinander gestapelten Kisten bedeckt. Auf sie wies mein Onkel und sagte, indem er mich prüfend anblickte, so als wolle er erforschen, ob ich auch wirklich verschwiegen sei: »Das ist es. Das muss alles runter ins Boot.«

»Alle Kisten … die steile Treppe hinab?«, platzte ich heraus. Ich schämte mich sogleich meiner Unbeherrschtheit. Ich wollte schließlich nicht als faul oder feige erscheinen.

Onkel Brian nickte. »Bis heute Abend«, sagte er. »Ich weiß, das wird hart. Am besten ruhen wir uns vorher ein wenig aus.«

Ich schluckte. Trotz des Ratschlags meines Onkels konnte ich mich aber nicht dazu entschließen, es den beiden Männern gleichzutun und mich neben den Kisten schlafen zu legen. Ich schlich nach draußen und machte mich daran, den Rest des Plateaus zu erkunden. Es gab elf weitere Rundhäuser dieser Art, doch sie waren alle leer. Nur in einem Haus lagen die Reste einer zerbrochenen Kiste, eine leere, verstaubte Flasche und ein Stück Tau.

Während ich so von Hütte zu Hütte über die Plattform streifte, beschlich mich ein eigenartiges Gefühl. Nie zuvor war ich so hoch und so nahe dem Himmel gewesen, nie zuvor so weit draußen auf See, und jetzt, als meine Begleiter schliefen, der einzige Mensch auf dem Eiland, der mit wachen Sinnen über die Insel ging und staunend erkannte, wie einsam es hier draußen war.

Wo war die Küste, die Mündung des Stroms mit seinen kleinen, bei Ebbe durchs Watt leicht erreichbaren Inseln, wo Valentia Island geblieben? Ein Streifen Nebel, in dem Himmel und Meer miteinander verschmolzen, hatte alles verschluckt. Hier draußen aber, über dem nackten Felsen im endlosen Meer schien die Sonne, ließ sich von dahintreibenden Wolken nicht einhüllen, teilte die Insel in Licht und Schatten.

Ich ahnte, dass es besser gewesen wäre, jetzt wie die anderen nach den Strapazen der Überfahrt etwas auszuruhen und zu schlafen. Aber meine Sinne waren allzu wach, meine Nerven angespannt und ein Zittern war in mir, das nicht von der Kälte stammen konnte, denn die Sonne war kräftig genug, die Haut zu verbrennen. Also setzte ich mich auf einen einladend zum Sitz geformten Fels und spähte aufs Meer hinaus. Dabei dachte ich nach. Was konnte es mit den Kisten auf sich haben, was mochten sie in sich bergen? Wenn es bloß Whiskey war, den man bequem auch an Land bekommen konnte, warum hatten wir dann eine so waghalsige Fahrt unternommen?

Wenn ich die Augen zusammenkniff, schien es, als gewänne der Nebelstreifen über dem Meer unaufhaltsam an Größe und käme langsam, aber stetig auf uns zu. Auch musste ich, ob ich wollte oder nicht, ständig an die Worte der alten Doreen denken. Ob sie am Ende gar nicht verrückt, sondern einfach nur weitsichtiger als andere Menschen war?

Ich schrak hoch, als dicht an meinem Kopf ein Sturmvogel vorbeischoss, so dicht, dass mich fast sein Gefieder streifte. Auch hatte ich einen Moment lang sein großes, gelbes und, wie mir schien, hellwaches Auge gesehen. Ich konnte nicht mehr länger herumsitzen und ging hinüber zum Haus mit den Kisten, um die Männer zu wecken.

Kurz darauf ging es los. Es war eine elende, nicht enden wollende Plackerei. Die Kisten waren für einen zu schwer. Zu zweit ging es einigermaßen, aber da die Treppe sehr steil war und die Stufen unregelmäßig auseinander lagen, wankten wir unsicher mit unserer Last durch die Gegend. Wir hielten es so, dass ich zuerst mit dem hinkenden Mullock ging, dann Onkel Brian mit mir und schließlich die beiden allein. So konnte immer einer von uns ein wenig ausruhen, bis die Reihe wieder an ihm war.

Bis zum späten Nachmittag, als die Kraft der Sonne nachließ und es kühler wurde, hatten wir es geschafft. Alle Kisten befanden sich an Bord und waren mit Seilen vertäut. Eigentlich hätten wir losfahren können, aber Onkel Brian bestand darauf, dass wir uns wieder ein paar Stunden hinlegten, um auszuruhen. Diesmal war ich froh darüber. Ich hatte mich beim Tragen so angestrengt, dass ich, kaum dass ich lag, augenblicklich einschlief.

Irgendwann rüttelte jemand an meiner Schulter. Ich kam taumelig hoch und wusste zuerst nicht, wo ich war. Es war stockfinster draußen, der Mond drang nur schwach durch den Nebel. Zum Glück war kein Sturm. Das dachte ich jedenfalls, als ich im Boot saß und Mullock die Leinen einholte. Ich dachte es auch noch, als wir am Bird Rock, der schemenhaft und schweigend im Nebel dalag – mehr als zuvor einem bizarren Riesentier ähnelnd anstatt einer Insel –, vorbeiglitten und zügig in Fahrt kamen. Dann aber griff jäh aus dem Nichts eine Bö nach uns und blähte das Segel.

Wegen der Kisten war es nicht einfach, mit dem Segel zu arbeiten. Überall waren sie im Weg, und wir mussten uns mehr als sonst anstrengen, ganzen Körpereinsatz leisten, um das Boot auf Kurs zu halten. Den Kurs schien sowieso nur Onkel Brian zu kennen. Es ist mir noch heute ein Rätsel, wie er es anstellte, bei diesem Wetter überhaupt so sicher zu sein. Obgleich der Wind immer noch harmlos und nicht zu vergleichen mit dem Sturm, den wir auf der Herfahrt gehabt hatten, war, ließ mich die ganze Zeit über das Gefühl nicht mehr los, dass es hier mehr denn zuvor um alles oder nichts ging. Jeder Handgriff musste stimmen. Ich dachte nicht mehr an zu Hause, konzentrierte mich völlig auf das, was im Boot zu tun war.

Die Fahrt verlief schweigend. Es kam mir unwirklich vor, wie wir so durch den immer dichter werdenden Nebel glitten. Wie in einem Traum saßen wir im Boot, wie in einem Traum kontrollierte ich das Segel und wäre nicht die Feuchtigkeit auf meinem Gesicht, das Rauschen des Meeres, das Brüllen des Sturms in meinen Ohren gewesen, so hätte ich geschworen, dass ich gar nicht auf See, sondern daheim im sicheren Bett sei und mir alles nur vorstellte.

Man denkt immer, dass im Nebel alles verschwommen ist, dass er Konturen verschluckt und die Sicht verschleiert. Aber das stimmt nicht. Es gibt einen Nebel, der macht die Wirklichkeit überdeutlich, besonders wenn man angespannt Ausschau hält. Und du kannst mir glauben, das tat ich. Ich sah sozusagen durch den Nebel hindurch. Zwar traten da allerlei zusammengeballte Spukbilder auf, aber ich wusste, dass sie nicht wirklich waren, sondern nur aus nassen Wolken und meiner Phantasie bestanden, und ich starrte einfach durch sie hindurch.

Ich hatte nur eins im Kopf – diese Fahrt endlich zum Abschluss zu bringen und, wohin die Reise auch gehen mochte, heil aus dem Unternehmen herauszukommen. Und weil ich so angestrengt Ausschau hielt, nahm ich auch als Erster die Veränderung wahr. Etwas kam auf uns zu, etwas, das keine Insel und auch nicht die Küste war – und von ihm ging Gefahr aus, das spürte ich mit allen Fasern meines Körpers.

Steif wie ein Ladestock saß ich im Boot und kniff die Augen zusammen. Ich merkte kaum, dass der Sturm nachließ, das Meer glatter wurde und der Wellenschlag leiser. Wir glitten lautlos wie auf einer Wolke dahin, einem Grauen unbekannten Ausmaßes entgegen, das näher und näher kam. Plötzlich sah ich es und obwohl es ein Schiff war, stockte mir einen Moment lang der Atem.

»Schiff voraus!«, rief ich und die beiden Männer zuckten unter meinem Schrei zusammen. »Was für eins?«, fragte Onkel Brian. Also sah er noch immer nichts.

»Eine Barke«, sagte ich.

»Wie sieht sie aus?«

»Sehr groß, irgendwie fremd.«

»Beschreibe sie«, befahl Onkel Brian.

»Es ist schwer zu erkennen … Ich sehe den Steven. Er … sieht merkwürdig aus. So altmodisch … Halt, jetzt kommt es näher, ich kann es deutlich erkennen. Eine Galionsfigur hängt daran …, eine seltsam geschnitzte Figur aus Holz …«

Ich verstummte und in das Schweigen hinein drangen zwei Geräusche, deren Ursache ich mir zunächst nicht erklären konnte. Als ich herausfand, was es war, lief mir eine Gänsehaut über den Rücken. Das eine war ein gleichmäßiges Knarren und Ächzen wie von sehr altem Holz, das Zweite war das Klappern von Mullocks Zähnen. Er stand nun aufrecht im Boot und starrte gleich mir in den Nebel hinein.

»Das ist nicht das Schiff, das wir suchen«, stammelte er, als wenn er betrunken sei.

»Was denn sonst?«, brüllte ihn Onkel Brian an.

»Das ist kein wirkliches Schiff. Das ist … das ist, Gott steh mir bei, es ist die Nebelbarke, der Seelenfänger …«

Die letzten Worte klangen so tonlos, dass ich manchmal denke, er hat sie gar nicht wirklich gesagt, sondern nur gedacht. Trotzdem hatte ich sie verstanden.

Onkel Brian schrie: »Halt dein Maul, du versoffener Kerl! Bist du mit im Geschäft oder nicht? Du weißt genau, wie es läuft! Also reiß dich zusammen und tu deine Pflicht, wie es abgemacht ist. Dieses eine Mal noch. Danach magst du gehen und ich werde mir einen anderen Partner suchen. Einen, der noch einen Rest von Verstand besitzt!«

Das wirkte, obwohl ich nicht weiß, ob seine Stimme Mullock erreichte. Der wurde plötzlich leichenblass, er bekreuzigte sich und kicherte hilflos.

Inzwischen waren wir immer dichter an die Barke herangekommen. Es war ein großes Schiff und, wie ich vermutet hatte, von einer Bauweise und Art, wie ich sie zuvor und auch danach niemals mehr gesehen habe. Mullock schien sich wieder beruhigt zu haben. Auch Onkel Brian saß ruhig an seinem Platz und steuerte unser Boot näher an den dunklen Körper des fremden Schiffes heran. Merkwürdigerweise war die See um uns so glatt wie ein Spiegel geworden. Kein Lufthauch ging. Das Knarren der Planken und ein Glucksen und Plätschern, als räkele sich eine Robbe im Schlaf, waren weit und breit die einzigen Laute.

»Da!« Onkel Brian streckte den Arm aus und deutete zur Reling der Barke hinauf. Da oben stand eine Gestalt und starrte zu uns herunter. »Wer ist das?«, fragte ich beklommen.

In diesem Moment machte Mullock einen hinkenden Schritt auf mich zu. Dicht neben mir klatschte ein Tau aufs Deck. Mullock griff hin und machte es fest. Als er sich aufrichtete, grinste er mich so verzerrt an, dass ich unwillkürlich zurückwich. »Das ist Rick«, flüsterte er. »Du weißt schon: der, der vor zwei Wochen ertrank.«

Kaltes Grausen überkam mich. In was war ich hier hineingeraten? Trieb Mullock mit mir ein böses Spiel? Hatte er am Ende gar vollends den Verstand verloren?

Das Verhalten meines Onkels beruhigte mich wieder ein wenig. Er ging an uns vorbei, packte beherzt die inzwischen an der Bootswand der Barke herabgelassene Strickleiter und kletterte hinauf zu jenem wartenden Mann, der unmöglich dieser mysteriöse Rick und schon gar nicht vor zwei Wochen ertrunken sein konnte, denn die beiden Männer unterhielten sich dort oben halblaut.

Schließlich kletterte auch Mullock auf einen Zuruf meines Onkels hin die Strickleiter hoch und ließ mich im Boot zurück. Das Palaver oben dauerte nicht lange, dann wurden Stricke von der Barke herabgelassen und Onkel Brian befahl mir, sie um die Kisten zu knoten. Das tat ich. Ich war froh, dass ich durch die Arbeit abgelenkt wurde. Sobald ich mit einer Kiste fertig war, gab ich ein Zeichen am Seil und beobachtete, wie Kiste um Kiste nach oben gehievt wurde.

Als die letzte verschwunden war und ich allein im schwankenden Boot saß, tauchte Onkel Brian oben an der Reling noch einmal auf und rief mir zu, ich solle warten. Ich saß also da und wartete ab. »Seelenfänger ... Seelenfänger ...«, dröhnte es in meinem Kopf.

Da war ich nun, im Nebel verlassen, irgendwo auf See, in einer Nussschale von Boot, das im Schlepptau der gespenstischen Barke hing, das Tau wie eine Nabelschnur von hier nach dort und ich mehr tot als lebendig vor Angst. Tausend Gedanken fuhren durch meinen Kopf. Was sollte ich tun? Zum Messer greifen und das Tau kappen? Meinem Onkel und Mullock zu Hilfe kommen? Über Bord springen und versuchen mein Leben zu retten?

Ich befahl mir ganz ruhig zu bleiben, obgleich meine Ohren sausten und mein Herz schlug wie eine Trommel. Dann griff ich zur Strickleiter und klomm Sprosse für Sprosse hoch. Oben angelangt, glitt ich vorsichtig über die Reling und duckte mich auf die Planken. Ein, zwei Minuten lang, die mir wie eine Ewigkeit erschienen, wartete ich ab. Dann machte ich mich auf die Suche.

Es war ganz still an Bord des Schiffes, zu still, wie mir schien. Lauerndes, tiefes Schweigen umgab mich und ich wagte auch nicht, diese furchtbare Stille mit meiner Stimme zu durchbrechen. Vom Bug bis zum Heck suchte ich alles ab und traf keine lebendige Seele. Weder auf der Kommandobrücke noch unter dem Kajütdach war ein Mensch, und das war seltsam, denn ein so großes Schiff konnte nicht ohne Besatzung sein. Schließlich blieb mir nur noch die Möglichkeit in das Schiffsinnere hinunterzusteigen.

Ich tastete mich ein Stück die dunkle Treppe hinab und blieb entsetzt stehen, als eine Stufe unter mir knarrte. Es klang wie ein Schuss in der lastenden Stille. Ich wartete mit angehaltenem Atem. Nichts geschah. Und dann plötzlich glaubte ich die Stimmen meines Onkels und Mullocks aus weiter Ferne zu vernehmen. Sie schienen miteinander zu streiten.

Ich stieg also weiter die Treppe hinunter bis zum Zwischendeck, wo ich rechter Hand auf eine Lampe und Zündhölzer stieß. Mit zittrigen Fingern zündete ich die Petroleumleuchte an und erschrak über die tanzenden Schatten, die das Licht warf. Der Lichtschein ermutigte mich etwas, und ich ging weiter. Sie mussten da sein ich hatte doch ihre Stimmen gehört! Ich suchte das ganze verdammte Schiff ab, zuerst das Zwischendeck, dann das untere Deck und schließlich tief unten im Bauch des Schiffes den Laderaum, der voll gestopft war mit Ballen und Kisten.

Beklommen blieb ich stehen; ich merkte, dass meine Suche umsonst gewesen war. Siedend heiß fiel mir ein, dass ich bei meinem Rundgang wohl verschiedene Kabinen und Aufenthaltsräume der Mannschaft, nicht aber die Kapitänskajüte gesehen hatte. Noch einmal stieg ich durch die Decks, und als ich schon aufgeben wollte, wurde mir plötzlich bewusst, dass ich alle Türen bis auf eine geöffnet hatte, nur diese eine nicht. Warum, das kann ich nicht sagen. Ich war mehrmals an ihr vorbeigegangen und jedes Mal hatte so etwas wie ein innerer Zwang mich dazu getrieben, schnell beiseite zu sehen und weiterzugehen.

Nun stand ich wieder vor dieser Tür und versuchte die seltsamen Schriftzeichen auf dem wappengeschmückten Schild zu entziffern. Es gelang mir nicht und obwohl ich jetzt sicher war, dass sich hinter dieser Tür die Lösung des Geheimnisses befand, brachte ich es nicht über mich, den Türknauf zu drücken. Ich musste all meinen Mut zusammennehmen und die klappernden Zähne fest aufeinander beißen, damit ich es endlich dennoch tat. Knarrend ging die Tür auf und mich packte lähmendes Entsetzen über das, was ich dort drinnen sah …

Ich kann es noch immer nicht begreifen, dieses Schreckliche, das ich dort sah, und ich will es auch heute nicht aussprechen … Nur so viel: Ich musste mich zwingen, mit mir selbst ringen, um nicht taumelnd in das Unbegreifbare, Unbenennbare hineinzustürzen. Ich wäre verloren gewesen.

Irgendetwas, eine unbekannte Kraft, hat mich schließlich gerettet. Mit einem Schrei des Abscheus schleuderte ich die Lampe in die Kajüte und floh wie von Sinnen über den Gang, die Treppe hinauf nach oben. Ich kletterte die Strickleiter hinab ins Boot. Hastig schnitt ich das Haltetau durch. Mit dem Paddel stieß ich mich ab und ruderte verzweifelt von der Barke fort, bis etwas Wind in das Segel greifen konnte.

Das gelang mir gerade noch rechtzeitig. Als ich nass von Schweiß und Tränen den Kopf hob, hörte ich ein Prasseln und Bersten, sah eine rote Lohe aufsteigen und von innen heraus die Barke erfassen. So gut ich konnte, zerrte ich das Segel zurecht, bekam langsam Fahrt, steuerte blindlings in den dichten Nebel …

Dann explodierte das Schiff. Die Detonationen gellten in meinen Ohren, bis mein Kopf zu bersten schien und ich in eine gnädige Ohnmacht versank, aus der ich erst Tage später wieder erwachte. Es heißt, man habe mich halb tot, schwer verletzt und mit schlohweißen Haaren auf den Klippen gefunden und es habe lange gedauert, bis ich wieder ein vernünftiges Wort sagen konnte.

Siehst du, damals bin ich Leuchtturmwärter geworden, wie du es einmal sein wirst, genau an dieser Stelle und in diesem Turm, und ich bin es seitdem geblieben. Eins ist wichtig und ich sage dir das mit dem ganzen Ernst meines Alters: Wir müssen Acht geben, dass sich so ein Unglück niemals wiederholt! Nie wieder dürfen Schiffe, wie die Nebelbarke eines war, in unsere Gewässer eindringen.

Rebecca Hohlbein

COLLIN

Tja, und das war's dann eigentlich auch schon. Fast.

Quasi nach Redaktionsschluss hier noch ein kleines »Gimmick« für Sie:

Da ist nämlich noch die alte Geschichte von dem Apfel, der nicht weit vom Stamm … aber das kennen Sie ja.

Ich werde oft gefragt, ob eines meiner Kinder irgendwann einmal in meine Fußstapfen treten wird, sprich: meine Vorliebe zum Schwafeln und Geschichtenerzählen geerbt hat. Bisher habe ich das erfolgreich verhindern können – ich bin doch nicht verrückt und züchte mir die Konkurrenz im eigenen Haus heran!

Aber das Schicksal ist grausam, sowohl zu alten Männern, die Nacht für Nacht über ihrer Schreibmaschine hocken und versuchen sich irgendwelche haarsträubenden Geschichten aus den Fingern zu saugen und Alpträume von diesem Jungvolk haben, das daherkommt und mal eben eine Geschichte schreibt, die ihnen das blanke Neidgrün ins Gesicht treibt, als auch zu jungen Müttern, die Kinder ja sooo lieben und gar nicht genug davon bekommen können.

Rebecca ist trotz ihrer erst 22 Lenze bereits Mutter eines dreijährigen Monsters, das sie in heimtückisch täuschender Absicht »mein Kind« nennt (und das meine Frau und mich ständig mit »Oma« und »Opa« beschimpft). Bisher hat sie immer behauptet, jung Mutter zu werden wäre wunderschön und einfach nur cool und überhaupt nicht anstrengend.

Nachdem ich diese Geschichte gelesen habe, kann ich ihr irgendwie nicht mehr so recht glauben …

Genug der Vorrede. Here it is: Wolfgang Hohlbein proudly presents: The Next Generation!

»Nein! Ich will dein doofes Butterbrot nicht! Ich will Spaghetti! Spaghetti mit Tomatensoße!« Collins Augen wurden glasig, er ballte die linke Hand zur Faust und umklammerte mit der anderen fest Yoyo, seinen durchgenuckelten Teddybären. Seine Mundwinkel verzogen sich nach unten und an seinen Nasenflügeln bildeten sich kleine Fältchen.

Gleich heult er wieder, dachte Kerstin. Er hat während der vergangen Stunde fast ununterbrochen geplärrt und gleich heult er schon wieder!

Tatsächlich: Schon rann die erste Träne über seine Wange, um schließlich zwischen den Schokoladenspuren an seinem Kinn hängen zu bleiben.

»Collin«, begann sie so ruhig und freundlich, wie es ihr gerade noch möglich war. »Du kannst meinetwegen auch …«

»Nein!«, unterbrach sie der Dreijährige. »Nein! Ich will gar nichts! Ich will nur Spaghetti! Spaghetti Bollonääähse!«

Die letzten Worte hatte er in fast hysterischem Ton geschrien und es konnte nur noch Sekunden dauern, bis er endgültig ausrastete, wie schon so oft zuvor. Aber woher, bitteschön, sollte sie nachts um kurz nach elf ein Paket Spaghetti auftreiben? Noch dazu mit Tomatensoße? Sie hatte die ganze Küche abgesucht, danach die Vorratskammer und sogar den Keller, aber sie hatte keine Nudeln gefunden, und auch nichts Vergleichbares, womit sie dieses kleine Ungeheuer eventuell hätte abspeisen können. Sie spielte einen Augenblick lang mit dem Gedanken sich an dessen Großmutter zu wenden, die schließlich nur einen Block weit entfernt wohnte, entschied sich aber dann dagegen. Kerstin mochte sie nicht und sie schlief auch mit Sicherheit schon. Und außerdem musste dieses Biest ja nicht immer seinen Willen kriegen, oder?

Das Biest stand nun mit tränenüberströmtem Gesicht vor ihr und schrie lauthals abwechseld nach seiner Mama und Spaghetti. Seine Stimme war schrill und hysterisch und tat in den Ohren weh, und nun begannen auch Kerstins völlig überstrapazierten Nerven nach Hilfe zu schreien. Es reichte. Sie konnte nicht mehr. Schluss, aus und vorbei.

Sie packte ihn am Oberarm und schüttelte ihn durch. Collin verstummte für einen kurzen Augenblick, sah erst die Hand an seinem Oberarm und dann sie mit einer Mischung aus Überraschung und Entsetzen an und plärrte dann noch lauter.

»Ruhe, verdammt!«, brüllte Kerstin. »Sei endlich still, hörst du?!«

Aber er hörte nicht. Es hatte keinen Sinn. Ihre Stimme ging gnadenlos in seinem ohrenbetäubenden Geschrei unter.

»Jetzt reicht's!«, sagte sie mehr zu sich selbst als zu ihm, packte ihn an den Hosenträgern, hob ihn hoch, schob Crissie, die mit völlig ausdruckslosem Gesicht im Türrahmen gestanden und die ganze Szene beobachtet hatte, mit der freien Hand zur Seite und schleppte Collin so die Treppe zur ersten Etage hinauf. Collin brüllte wie am Spieß, zappelte und schlug mit wild rudernden Armen um sich. Einige Male traf er sogar und Kerstin hätte sich nicht gewundert, hätte sie den einen oder anderen blauen Flecken davongetragen. Aber irgendwie schaffte sie es, betrat mit ihm das – ihrer Meinung nach viel zu große – Kinderzimmer, hob ihn über die Stangen seines Gitterbettes und ließ ihn mehr oder weniger beabsichtigt einfach hineinfallen. Collin versuchte vergeblich sich mit den Armen abzufangen, landete auf dem Bauch und schlug hart mit dem Kopf gegen die Stäbe.

Wieder verstummte er für einen Moment – und wieder brüllte er gleich darauf in ungleich größerer Lautstärke weiter, wobei er beide Hände vor die Stirn presste, die er sich angeschlagen hatte. Er würde eine dicke Beule davontragen. Aber Kerstin war nicht sicher, ob er ihr Leid tun sollte oder nicht.

»Und hier bleibst du jetzt liegen, ist das klar?«

Sie drehte sich auf dem Absatz herum, verließ mit weit ausgreifenden Schritten das Kinderzimmer, schlug geräuschvoll die Tür hinter sich zu und lehnte sich erschöpft dagegen. Es war das letzte Mal, dass sie sich darauf eingelassen hatte, auf die Zwillinge aufzupassen, so viel stand fest. Nein, falsch. Kerstin verbesserte sich in Gedanken. Es war das letzte Mal, dass sie auf Collin aufpasste. Und wenn Tanja ihr eine halbe Million dafür bot. Sollte sie doch sehen, wo sie mit ihm blieb. Kerstin war viel gewohnt. Sie hatte immer Kinder um sich herum gehabt, denn sie stammte aus einer Großfamilie, und sie hatte auch schon oft bei fremden Leuten als Babysitterin gearbeitet, doch Collin war mit Abstand das schlimmste Kind, das ihr je begegnet war. Wenn er gerade nicht schrie, konnte sie davon ausgehen, dass er Blödsinn machte, und wenn er gerade keinen Blödsinn machte, stand fest, dass er mal wieder irgendeinen Weg hinaus gefunden hatte und sich allein auf einem der zahlreichen Spielplätze in der Umgebung befand.

Einmal hatte er es sogar geschafft fortzulaufen, in einen Linienbus zu steigen und zwei Haltestellen mitzufahren, ehe der Busfahrer auf ihn aufmerksam geworden war und die Polizei gerufen hatte. Kerstin hatte ihn mitten in der Nacht auf dem Revier abholen müssen und als Tanja es später erfahren hatte, hatte sie ihr gewaltig die Hölle heiß gemacht. Und trotzdem hatte sie sie wieder angeheuert; wahrscheinlich, weil sie sonst keinen Dummen mehr fand. Und Kerstin hatte sich wieder breitschlagen lassen, denn sie mochte Tanja und tat es um ihretwillen und aus Mitleid. Aber irgendwo waren Grenzen.

Crissie, seine Zwillingsschwester, war das genaue Gegenteil von Collin. Sie war ruhig und redete kaum und was sie sagte, klang für eine Dreijährige gut überlegt und ziemlich klug. Außerdem war sie viel leichter zufrieden zu stellen und stellte nie etwas an. Irgendetwas musste bei der Genverteilung zwischen den beiden schief gelaufen sein. Hätte man aus beiden ein einziges Kind gemacht, wäre dieses wahrscheinlich absolut durchschnittlich und normal gewesen.

Sie hörte, wie etwas mit einem weichen aber gleichzeitig lauten Knall auf dem Boden im Kinderzimmer aufschlug und das Geschrei, das nach wie vor nicht verstummt war, lauter wurde und sich der Tür näherte. Blitzschnell griff sie nach dem Schlüssel, der auf dem Türrahmen lag, steckte ihn ins Schloss und drehte ihn um. Die Klinke wurde heruntergedrückt. Erst einmal, dann noch einmal, und schließlich immer wieder in einem unablässigen Rütteln. Collin brüllte und sie wünschte ihm fast, dass er an seiner eigenen Zunge erstickte.

Aber es hatte nicht viel Sinn, auf dieses Wunder zu hoffen, also suchte sie ihr Heil in der Flucht und ging die Treppe wieder hinab.

Crissie stand noch immer an derselben Stelle. Nur hatte sie sich in die andere Richtung gedreht und sah ihr mit demselben undeutbaren Blick entgegen. Crissies Anblick stimmte sie sofort wieder friedlich.

»Was ist los, Mäuschen? Möchtest du etwas zu trinken haben?«, fragte Kerstin sie sanft.

Crissie gegenüber war jeder unfähig lauter als in Zimmerlautstärke zu reden und gröber zu werden als einem niedlichen kleinen Kätzchen gegenüber. Sie war nicht nur sehr lieb, sondern auch ausgesprochen hübsch. Sie war ziemlich klein für ihr Alter, viel kleiner als Collin, hatte große, tiefblaue Augen und sehr helle Haut. Ihr Haar war von einem Blond, das schon fast an Gold grenzte, und es kräuselte sich in der Stirn und im Nacken. Außerdem war sie immer sauber. Crissie machte sich nie schmutzig.

»Was hast du mit Collin gemacht?«, fragte die Kleine. In ihrer Stimme war nicht die Spur von Sorge oder Angst, die Kerstin eigentlich bei dieser Frage erwartet hätte. Aber sie war auch nicht wütend und es war kein Vorwurf darin. Sie stellte einfach nur eine Frage, so, als läse sie sie irgendwo ab. So monoton.

Kerstin legte die Stirn in Falten und musterte das Kind aufmerksam. Crissie hatte nie über eine besonders ausdrucksstarke Mimik verfügt, aber jetzt wurde sie aus ihrem Gesicht noch weniger schlau als sonst. Und auch ihre Augen blieben leer und starr auf sie gerichtet. Irgendetwas an ihr war … seltsam.

Kerstin schimpfte sich in Gedanken eine Närrin, ging auf sie zu und ließ sich vor ihr in die Hocke sinken. Sicher war sie einfach nur übermüdet. Es war viel zu spät für ein kleines Kind. Sie hatte einmal gehört, dass zumindest Säuglinge auf Reizüberflutung mit Apathie reagierten. Wahrscheinlich war es bei übermüdeten Kindern ähnlich.

Sie zog sie an sich heran und strich ihr mütterlich mit der rechten Hand durchs Haar.

»Ich habe ihn ins Bett gebracht«, erklärte sie. »Collin war heute ganz schön böse, weißt du? Aber er war bestimmt nur müde. Was ist mit dir, Mäuschen? Bist du nicht auch müde?«

»Du hast ihm wehgetan. Das habe ich gehört«, sagte Crissie mit der gleichen ausdruckslosen Stimme und ohne den Blick auch nur eine Sekunde von ihr gelöst zu haben. »Warum hast du das gemacht?«

»Ich habe ihm nichts getan«, wehrte Kerstin lächelnd ab. »Ich habe ihn nur ins Bett gebracht. Er hat sich den Kopf gestoßen, aber dafür konnte ich nichts. Und nun komm. Ich bringe dich rauf.«

Crissie widersprach nicht, aber sie reagierte auch nicht, und so trug Kerstin auch sie die Treppe hinauf – allerdings um einiges liebevoller als ihren Zwillingsbruder kurz zuvor. Sie ließ sie auch nicht an den Hosenträgern ins Bett fallen (was gar nicht möglich war, denn im Gegensatz zu ihrem Bruder, der sich mit Händen und Füßen dagegen gewehrt hatte, umgezogen zu werden, trug sie ein weißes, mit feiner Spitze besetztes Nachthemdchen aus dünnem Stoff), sondern legte sie behutsam hinein und deckte sie zu. Sie überlegte einen Moment, ob sie ihr anbieten sollte, ihr noch eine kleine Geschichte vorzulesen, entschied sich dann aber in Anbetracht der Uhrzeit dagegen. Stattdessen zupfte sie nur die Bettdecke an den Ecken gerade, hob Collin, der mit rot verweinten Augen mitten im Raum stand und jede ihrer Bewegungen mit bitterbösem Blick verfolgte, wieder in sein Bett, löschte das Licht und verließ das Zimmer.

Als sie die Tür hinter sich zuzog, schellte es. Kerstin atmete erleichtert auf. Tanja. Das musste Tanja sein. Endlich. Sie war erlöst. Mit schnellen, fast federnden Schritten eilte sie die Treppe hinab, schloss die Tür auf, öffnete sie – und ließ vor Enttäuschung die Mundwinkel hängen.

Es war nicht Tanja. Natürlich nicht, schließlich hatte

Tanja einen Haustürschlüssel. Es war Margret, die Großmutter der Zwillinge. Einige neongrüne Lockenwickler zierten ihre spärliche Haarpracht, sie trug einen bunt gemusterten Morgenmantel und braune Schlappen mit Schafswollaufsätzen. Ihr Gesicht sah müde und noch älter aus als sonst, aber ihre Augen waren wach und neugierig wie immer.

»Hallo, Kerstin«, begann sie. »Hör mal, Kind. Ich hab da gesehen, dass da oben, da im Kinderzimmer meine ich, dass da immer noch Licht brennt. Und da dachte ich, hör mal Margret, da hat die Kerstin bestimmt Ärger mit den Kleinen, da kommt die bestimmt nicht mit zurecht. Also bin ich dann lieber noch mal rübergegangen. Ist denn alles in Ordnung bei euch?«

»Ja. Ich komme schon klar. Aber danke der Nachfrage.«

Hoffentlich konnte sie sie möglichst schnell abwimmeln. Margret konnte ziemlich lästig sein, wenn sie wollte. Wenn es dabei wenigstens so gewesen wäre, dass sie gelegentlich geholfen hätte, wäre Kerstin ihr vielleicht wirklich dankbar gewesen. Aber Margrets selbst erwählte Aufgabe bestand nur darin, möglichst viel zu sehen, zu hören und vor allem viel, viel zu reden. Dabei drückte sie sich aber grundsätzlich vor jeder Arbeit, die anspruchsvoller war, als einen Rührkuchen zu backen. Ihrer Meinung nach war es anscheinend auch anstrengender, sich ein paar Sekunden um eines der Kinder zu kümmern, als einen Schneebesen in die Hand zu nehmen und unzähligen unschuldigen Eiern den Garaus zu machen.

»Ja? Wirklich? Ich meine, Oma weiß ja, wie schlimm unser Collin sein kann, wenn er will. Er ist ja ein richtiger kleiner Satansbraten, nicht?« Sie kicherte albern, aber Kerstin war nicht gerade zum Lachen zumute – vor allem nicht, was das Thema Collin betraf.

»Schlafen die Kinder denn jetzt? Ich meine, schließlich war da ja noch Licht. Oder hast du nur vergessen es auszumachen? Nun sag schon, ich meine, das ist ja nicht so schlimm, dann machst du das eben jetzt, nicht? Oder sind die beiden etwa doch noch wach? Ich meine, meine Tanja hört das bestimmt nicht gerne, dass ihre Kinder da mitten in der Nacht …«

Sie brach ab. Kerstin hörte das leise Tappen kleiner Füße, die sich die Treppe hinabbewegten, und eine Kinderstimme, die sie als die Collins identifizierte, ohne sich dafür umdrehen zu müssen. Sie verdrehte die Augen. Na prima! Sie hatte die Tür nicht abgeschlossen und jetzt kam diese kleine Monsterbacke herunter und heulte sich bei seiner Oma aus. Und Kerstin würde sich gleich wahrscheinlich eine halbe Stunde lang anhören müssen, wie untauglich sie als Babysitterin war, und was sie alles anders und vor allem viel besser machen müsste. Und das aus dem Mund einer Frau, die das Windelnwechseln vor gut vierzig Jahren verlernt und seitdem nichts anderes getan hatte, als Rührkuchen zu backen!

Tatsächlich heulte Collin wieder. »Oooooma! Oma, die Kerstin ist böse. Ich will nicht bei der Kerstin bleiben! Ich will mit zu dir kommen. Ich warte bei dir, bis die Mama kommt, ja? Bitteeeee!«

Oma warf Kerstin einen vorwurfsvollen Blick zu, schob sie einfach zur Seite, trippelte an ihr vorbei und ließ sich vor Collin in die Hocke sinken. »Aber Kindchen, du weißt doch, dass das nicht geht. Die Oma muss abends ein bisschen Ruhe haben, weißt du? Ich meine, die Oma ist doch schon eine alte Frau, nicht wahr? Aber erzähl der Oma mal, was die Kerstin gemacht hat? Warum ist die Kerstin denn böse?«

Natürlich musst du Ruhe haben, dachte Kerstin spöttisch. Du bist wirklich eine alte Frau. Und das schon seit mindestens dreißig, fünfunddreißig Jahren.

Kerstin sah, dass Margret sie aus den Augenwinkeln beobachtete, während Collin weitersprach; sofern man die lang gezogenen, von ständigem Schluchzen unterbrochenen Worte dieses Bengels noch als Sprache bezeichnen konnte. Vermutlich suchte sie nach einer Spur von schlechtem Gewissen in ihrem Gesicht. Aber sie würde nicht fündig werden. Kerstin hatte kein schlechtes Gewissen.

»Die Kerstin ist ganz, ganz böse«, wiederholte Collin. Margret hatte ihren Arm um seine Schultern gelegt und ihn an sich herangezogen und Kerstin las in seinen Augen, wie sehr er es genoss, von ihr in Schutz genommen zu werden.

»Die Kerstin hat mich mit dem Kopf vor das Bett geschmissen, siehst du?« Er deutete auf seine Stirn. Er hatte tatsächlich eine beachtliche Beule davongetragen. »Das tut gaaanz doll weh.«

Margrets Miene verfinsterte sich. Sie strich behutsam über die verletzte Stelle an der Stirn des Kindes und drückte es mütterlich an ihre magere Brust, ohne Kerstin dabei auch nur einen Moment aus den Augen zu lassen. Collin heulte buchstäblich Rotz und Wasser. Aber Kerstin war fast sicher, dass es kein Ausdruck der Verzweiflung oder gar des Schmerzes war, sondern reine Tyrannei.

Alles, was dieses Kind tat, tat es, um andere zu schikanieren. Margret, so fand Kerstin, wies ähnliche Charakterzüge auf. Aber sie tat es nicht so offensichtlich. Sie war link.

»Na, dann fragt die Oma die Kerstin doch gleich mal, warum sie das gemacht hat, nicht?«

Kerstin wartete einige Sekunden darauf, dass die Oma sie »doch gleich mal fragte«, hielt ihrem Blick, der klarmachte, dass die Frage bereits gestellt war, dann aber nicht mehr länger stand, holte tief Luft und antwortete: »Ich habe ihm nichts getan. Er ist von selbst gefallen.«

Es war eine Lüge und Kerstin fühlte sich nicht wohl dabei, aber andererseits würde sie sich noch weniger wohl fühlen, würde sie sich eine Moralpredigt von Margret anhören müssen. Und es war gewissermaßen gerecht. Schließlich log Collin selbst oft genug. Für sein Alter sogar viel zu viel.

»Wirklich?« Margret musterte sie aufmerksam. In ihren Augen funkelte es böse. Kerstin war sicher, dass sie ihr kein Wort glaubte. Aber offenbar weigerte sie sich bewusst der Wahrheit ins Auge zu sehen, denn dies hätte bedeutet, dass sie Kerstin rausschmeißen und sich selbst um ihre Enkel hätte kümmern müssen. Also sagte sie: »Collin, mein Schatz. Oma weiß ja, dass du die Mama vermisst, und Oma weiß auch, dass du die Kerstin nicht magst, aber lügen darfst du trotzdem nicht! Ich meine, lügen tun nur böse Kinder, nicht wahr?«

Und damit stand sie auf und schob Monsterbacke Collin mit sanfter Gewalt Richtung Treppe und die ersten beiden Stufen hinauf. Er blickte sie mit völlig entgeistertem Gesicht an und tat schließlich wieder das, was er immer tat. Er schrie. Aber diesmal war es echte Wut, die Kerstin aus seiner Stimme hörte, kein Trotz. Er fühlte sich ungerecht behandelt und er war damit sogar im Recht. Kerstin fühlte sich immer weniger wohl.

Über den sternenlosen Nachthimmel zuckte ein Blitz, dem nach wenigen Sekunden ein fast ohrenbetäubender Donner folgte. Kerstin schrak zusammen, doch im nächsten Moment war sie dankbar für das, was sie vernommen hatte.

»Du solltest jetzt gehen«, sagte sie an Margret gewandt. »Es wird gleich regnen. Ich komme schon zurecht.«

Margret funkelte sie noch einen Augenblick an und Kerstin wusste, dass sie bei einer anderen Gelegenheit – wie Kerstin sie einschätzte, in Gegenwart Tanjas – noch einmal auf das Thema zurückkommen würde, drehte sich dann aber um und wollte das Haus verlassen.

»Collin lügt nicht.«

Margret verharrte mit der Hand auf der Klinke und wandte sich zur Treppe und auch Kerstin drehte sich verwirrt in die Richtung, aus der die Stimme gekommen war.

Crissie stand auf halber Höhe auf den Stufen und starrte sie aus blicklosen Augen an. Im Treppenhaus brannte kein Licht, aber um sie herum schien es auf seltsame Art ... heller zu sein und ihr Haar und ihr Hemdchen waren in ständiger, milder Bewegung, obwohl nicht das geringste Lüftchen wehte. Irgendwie erinnerte sie an das klassische Bild, das die meisten Menschen vom Christkind im Kopf hatten, oder von einem Engel. Aber die Stimme, die sie gehört hatte, war nicht die eines Engels gewesen. Aber auch nicht die eines Kindes. Und schon gar nicht die Crissies.

»Crissie, du ...«, begann Kerstin. Aber ihre Stimme versagte. Was war mit diesem Kind los? Sie war vorhin schon so seltsam gewesen, aber jetzt ... Das war nicht mehr Crissie.

Natürlich ist es Crissie, rief sie sich in Gedanken zur Ordnung. Wer sollte es sonst sein? Es sind nur deine überreizten

Nerven, die dir einen Streich spielen, Kerstin, nur die Nerven.

»Du solltest ins Bett gehen, mein Schatz«, führte Margret ihren begonnenen Satz zu Ende. »Mama wird böse, wenn sie hört, dass ihr so lange auf wart, nicht wahr? Ich meine, ihr beide, ihr solltet jetzt lieber schlafen. Hört, was eure Oma sagt.« Aber Margrets Stimme zitterte leicht und sie klang bei weitem nicht so dominant, wie sie wahrscheinlich gerne geklungen hätte.

Sie spürt es auch, dachte Kerstin. Vielleicht waren es doch nicht nur ihre Nerven.

Crissie blieb noch einige Sekunden reglos stehen und starrte sie an. Obwohl Margret und sie gut einen Meter weit voneinander weg standen, schien sie ihnen beiden gleichzeitig in die Augen zu sehen, sich in ihre Seelen zu bohren. Doch dann gab sie Collin einen kaum sichtbaren Wink mit der Hand und beide verschwanden fast lautlos nach oben und in ihr Zimmer.

Kerstin und Margret starrten ihnen noch einen Augenblick lang nach. Margret war schließlich die Erste, die sich aus dieser Erstarrung lösen konnte. Sie schüttelte den Kopf, wandte sich wieder dem Ausgang zu und trat in die Nacht hinaus.

»Wir unterhalten uns noch«, sagte sie, bevor sie endgültig ging. Doch die Dominanz in ihrer Stimme ließ noch immer zu wünschen übrig.

Nachdem Margret gegangen war, war tatsächlich ein beachtliches Gewitter ausgebrochen. Es regnete wie aus Kübeln, Blitze zuckten in immer kürzeren Abständen vom Himmel und es herrschte ein fast schon beständiges, lautes Donnergrollen. Kerstin hatte vorsorglich alle Fenster des Hauses verschlossen und auch die Rollläden heruntergelassen, um die unheimlichen blauweißen elektrischen Entladungen auch optisch auszusperren. Ihre Chancen, die Zwillinge heute noch zum Schlafen zu bringen, sanken von Minute zu Minute ein bisschen mehr.

Crissie reagierte gar nicht auf das Gewitter. Sie reagierte

auf überhaupt nichts mehr. Diese Veränderung hielt an. Aber Crissie sprach kein Wort mehr und es kam auch zu keinem weiteren Zwischenfall wie dem auf der Treppe oder dem vor der Küche, und so wuchs in Kerstin die Überzeugung, sich alles Unheimliche nur eingebildet zu haben. Das Mädchen starrte nur noch blicklos vor sich hin und machte einen vollkommen apathischen Eindruck.

Collin hingegen hatte natürlich wieder einen Grund, um zu schreien und sich zu weigern, ins Bett zu gehen, und so blieb Kerstin letztendlich nichts anderes übrig, als die Tür des gemeinsamen Kinderzimmers hinter beiden zu verriegeln. Crissie gegenüber fühlte sie sich dabei ein bisschen ungerecht, denn die konnte schließlich nichts dafür, aber sie verjagte ihr schlechtes Gewissen mit dem Argument, dass Crissie ohnehin nichts mehr mitbekam.

Anschließend hatte Kerstin endlich das getan, was sie und wahrscheinlich die meisten anderen Babysitter auch sich unter ihrem Freizeitjob vorstellten: Sie hatte es sich mit einer riesigen Schüssel Chips vor dem Fernseher bequem gemacht. Es lief eine Comedyshow und Kerstin mochte Comedy. So schaffte sie es tatsächlich, abzuschalten, Collins Gebrüll, das aus dem Obergeschoss bis hier herunter tönte, zu ignorieren und alle Gedanken, die auch nur im Entferntesten mit Margret oder den Kindern zusammenhingen, in einen düsteren Winkel ihres Unterbewusstseins zu verscheuchen. Das Unwetter tobte weiter, doch auch das störte Kerstin nicht, als sie gebannt verfolgte, wie Kaninchen ans Kreuz genagelt wurden, Fremdenführungen über Mülldeponien stattfanden und alles, was Rang und Namen hatte, auf fieseste Art und Weise auf die Schippe genommen wurde.

Als die Sendung vorbei war, sah Kerstin erstmals wieder auf die Uhr. Es war schon kurz vor zwölf. Langsam machte sie sich Sorgen, wie sie diese Nacht ganz allein durchstehen sollte. Spätestens ab ein Uhr würde sie auf Tanjas Videosammlung angewiesen sein, die hauptsächlich aus schnulzigen Arztfilmen, Familiendramen oder unnützen Elternratgebern und Aufklärungsvideos für die Kleinen bestand. An Schlaf war nach allem, was Collin sich geleistet hatte, überhaupt nicht zu denken. Er war wütend. Und wenn Collin wütend war, wurde er gefährlich. Er wurde aggressiv und trotzig und baute nur noch Mist. Im Moment hörte sie ihn zwar nicht mehr, aber das hatte nichts zu bedeuten. Und auch die Tatsache, dass er in seinem Zimmer eingeschlossen war, hieß noch längst nicht, dass keine Katastrophe mehr geschehen konnte.

Kerstin überlegte einen Moment, ob sie noch einmal nach den Kindern sehen sollte, entschied sich aber dann dagegen. Die Wahrscheinlichkeit war zwar sehr gering, aber es war immerhin möglich, dass beide endlich eingeschlafen waren, und Kerstin wollte nicht den Fehler begehen sie versehentlich aufzuwecken.

Sie stand auf, trat in den Flur hinaus und öffnete die Kellertreppe. Im Halbdunkel tastete sie nach dem Lichtschalter. Als sie den Schalter betätigte, leuchtete die nackte Glühbirne unter der Decke des schmalen aber ziemlich steilen Treppenhauses grell auf und erlosch fast im selben Augenblick wieder. Das kleine Drähtchen glühte noch einige Sekunden nach und markierte so die Stelle über ihr, an der die Lampe hing.

Kerstin fluchte leise, schaltete das Licht im Flur ein und bewegte sich vorsichtig im schwachen Dämmerlicht die Stufen zum Keller hinab. Unten angelangt hatte sie etwas mehr Glück, was die Beleuchtung betraf. Sie drückte den Lichtschalter und der große Raum, in dem sie sich befand, wurde augenblicklich von hellem, fast weißem Licht durchflutet, das alles, was sich darin befand, im Vordergrund fast überdeutlich erscheinen ließ. Nach hinten hin entstanden lange schwarze Schatten.

Sie bewegte sich gezielt zu einem der schmalen Regale hin, die die gesamte rechte und die gegenüberliegende Wand des Raumes säumten. Es war sozusagen ihr Lieblingsregal. Es reichte vom Boden bis knapp unter die Decke und war voller Flaschen, die ausnahmslos alkoholische Getränke beinhalteten. Flaschen in allen Farben, Formen und Größen, gefüllt mit verschiedenen Sorten Sekt, Wein aller möglichen und fast schon unmöglichen Jahrgänge, Rum, Wodka und diversen Getränken, die schon eine ernsthafte Konkurrenz für alle Narkoseärzte der Welt darstellten. Seit sie für Tanja arbeitete, bediente sie sich fast regelmäßig daran, aber Tanja war es noch nie aufgefallen, und das war besser so. Sie würde ihr dafür nicht die Ohren abbeißen, aber sie hütete ihr kleines Geheimnis trotzdem lieber. Schon wegen ihres Images.

Kerstin überflog das Regal von oben bis unten, verharrte schließlich in der »Wodka-Abteilung« und zog eine längliche Flasche von viel versprechender roter Farbe heraus. Blutorange. Das war genau das Richtige. O-Saft mit Kinderblut. Kerstin kicherte leise über ihren schlechten Witz und drehte am Verschluss der Flasche. Er knackte leise. Anscheinend war es einer der wenigen Verschlüsse, die Kerstin im Laufe der vergangenen Jahre noch nicht aufgedreht hatte. Tanja selbst trank nie. Mehr als ein halbes Glas Sekt zu Sylvester aus Höflichkeit war bei ihr nicht drin und wahrscheinlich war das der Grund dafür, dass sich die Flaschen in ihrem Keller nur so stapelten. Sie gehörte zu den Menschen, die einfach alles hatten und denen man deshalb nur noch Alkohol und Kerzenständer schenken konnte.

Kerstin setzte die Flasche an die Lippen und nippte vorsichtig daran. Das Getränk war sehr süß und ein wenig dickflüssig, aber es schmeckte ausgezeichnet. Sie genoss das warme Gefühl, das sich in ihrem Hals und ihrem Magen ausbreitete und stellte zufrieden fest, dass sich der Alkohol sogleich in ihrem Nacken und ihrem Hinterkopf ausbreitete. Offenbar gehörte dieses Getränk zu den Narkosemitteln. Den nächsten Schluck nahm sie nicht mehr annähernd so vorsichtig. Aus dem warmen Gefühl wurde ein Brennen und nach einigen weiteren, fast gierigen Schlucken spürte sie, wie ihre Augen feucht wurden und sich feine Schweißperlchen auf ihrer Stirn und an ihrem Hals bildeten. Das musste fürs Erste reichen. Sie drehte die Flasche wieder zu und legte sie in das Regal zurück, wobei sie peinlich darauf achtete, sie wieder in genau die Position zu bringen, in der sie sich vorher befunden hatte.

Kerstin drehte sich herum, verharrte für einen Augenblick

in der Bewegung, als sich ein leichtes Schwindelgefühl in ihrem Kopf ausbreitete, und bewegte sich dann wieder zur Treppe zurück.

Sie löschte das Licht, sah für einen Moment überhaupt nichts mehr, tastete sich die ersten beiden Stufen der Treppe hinauf und verharrte erneut mitten in der Bewegung.

Sie war sicher, das Licht im Flur angelassen zu haben. Auch die Tür zum Keller hatte sie offen gelassen. Nun hatte sich entweder beides verändert oder nur einer der Punkte, denn es war und blieb stockdunkel im Treppenhaus.

Kerstin hielt die Luft an und lauschte in die Dunkelheit hinein, doch sie hörte nichts als das unablässige Donnergrollen und – wenn sie sich darauf konzentrierte – das leise Summen des Kühlschrankes in der Küche über ihr. Da war nichts. Sicher war auch die Glühbirne im Flur in der Zwischenzeit durchgebrannt. Es war schließlich immer so. Wenn eine Birne durchknallte, konnte man sicher sein, dass alle anderen im Haus ihrem Beispiel nach und nach folgten und man mit einem bisschen Pech kurz darauf ganz im Dunkeln stand.

Vorsichtig tastete sie sich weiter voran. Ihr Blick suchte vergeblich nach einer Spur von Licht oder auch nur einem Schatten, an dem sie sich orientieren konnte, doch die Finsternis war so vollkommen, wie sie nur sein konnte.

Auf einmal spürte sie einen leichten Windzug. Eigentlich war es nur ein Hauch, eine feine Spur von Luft, die nicht einmal eines ihrer Haare oder gar eine ganze Strähne in Bewegung zu versetzen mochte, aber trotzdem spürte sie es deutlich. Es war kühl in diesem Keller, doch längst nicht so kühl, dass sie sich hätte einreden können, dass dies der Grund war, der sie auf einmal frösteln ließ. Sie sah zu der Stelle schräg über sich hinauf, an der sie die Tür vermutete. Es war noch immer dunkel, aber trotzdem erkannte sie eine Bewegung. Sie spürte sie eher, als dass sie sie sah, aber sie war sicher, sich nicht getäuscht zu haben. Irgendetwas war da.

»Margret?«, fragte sie vorsichtig. Ihre Stimme zitterte. »Margret? Tanja?«

Niemand antwortete. Stattdessen regte sich erneut etwas.

Kerstin blickte nervös über die Schulter zurück und wieder hinauf und versuchte es erneut.

»Wer ist da?«

Aber sie bekam noch immer keine Antwort und aus dem leichten Frösteln, welches sie verspürt hatte, wurde plötzlich ein kalter Schauer, der ihr den Rücken hinunterlief und ihr Herz langsamer und lauter schlagen ließ.

Langsam und vorsichtig tastete sie sich weiter durch die Dunkelheit hinauf. Nichts geschah. Vielleicht war es ja doch nur Einbildung gewesen. Vielleicht hatte sie einfach zu viel von dem Narkosemittel genommen. Und vielleicht war gerade das auch die Ursache dafür, dass sie keinen Deut mehr sah, als sie das Ende der Stufen fast erreicht hatte, obwohl wenigstens das Flackern des Fernsehers bis in den Flur hätte durchdringen müssen.

Als sie die letzte Stufe erreichte, traf sie etwas Hartes mit so ungeheurer Wucht gegen die Brust, dass sie die Treppe mit einem erschrockenen Schrei rücklings wieder hinunterstürzte und benommen am unteren Ende liegen blieb.

Als ihr Bewusstsein zurückkehrte, war das Erste, was sie wahrnahm, ein grausamer, stechender Schmerz, der durch ihre Rippen tobte und ihr ganzes Denken für sich zu beanspruchen versuchte. Jeder Atemzug brannte in ihrer Lunge und Kerstin stöhnte leise. Es war nicht mehr dunkel. Kurze Blitze zuckten durch die Finsternis, tauchten die Decke über ihr in ein unheimliches, blauweißes Licht. Der Luftzug war zu einem von Sekunde zu Sekunde stärker werdenden Wind geworden, der an ihrem Haar und ihren Kleidern zerrte.

Aber das war völlig unmöglich! Der Keller hatte keine Luftschächte, geschweige denn ein Fenster, und sie hatte das Gewitter fachmännisch ausgesperrt!

Neben ihrem Kopf bewegte sich etwas.

Kerstin ließ den Kopf vorsichtig zur Seite rollen. Jede Bewegung bereitete ihr Schmerzen, die ihr die Tränen in die Augen trieben. Sie erkannte zwei abgetragene Kinderschuhe im unheimlichen Flackerlicht neben sich. Collins Schuhe.

Kerstins Blick tastete sich von den Turnschühchen an den Beinen hoch und über seinen Rumpf hinweg zu seinem

Gesicht. Es zeichnete sich hell, fast weiß gegen die von dem flackernden Licht immer wieder unterbrochene Dunkelheit ab und wirkte fahl und magerer als sonst. Seine Lippen waren schmale Schlitze, aus denen jeder Tropfen Blut gewichen zu sein schien, und ein Speicheltropfen rann aus seinem Mundwinkel, über sein Kinn hinweg und landete kalt und feucht auf Kerstins Wange. Doch das Schlimmste von allem waren seine Augen.

Kerstin unterdrückte einen erschrockenen Schrei. Ihr Herz schlug noch schneller, schien ihre Brust sprengen zu wollen und verursachte mit jedem Schlag einen entsetzlichen Schmerz in ihrer Brust. Ihr Atem stockte.

Das waren nicht Collins Augen. Das waren nicht die Augen eines Kindes. Eigentlich waren es überhaupt keine Augen mehr. Es waren nur große, schwarze Löcher mit weißen Murmeln, die von feinen Äderchen durchzogen waren. Kerstin erkannte so etwas wie Bewegung darin, aber kein wirkliches Leben. Zum ersten Mal seit sie Collin kannte, waren seine Augen vollkommen trocken. Und das Schlimmste an ihnen war, dass die Pupillen fehlten.

Kerstin sprang auf, versuchte den Schmerz, der durch ihre Brust tobte und nun auch von ihrem Nacken und ihrer Wirbelsäule Besitz ergriff, zu ignorieren und wich einen Schritt zurück. Collin bewegte sich nicht und nun erblickte sie auch Crissie.

Sie stand am oberen Ende der Treppe und tat, was auch ihr Zwillingsbruder tat: Sie starrte sie an. Auch ihre Augen hatten sich auf die gleiche, grausame Art verändert, aber sie spürte die Blicke der Kinder wie eiskalte Hände auf sich ruhen, die versuchten durch sie hindurch in ihre Seele zu greifen und sie langsam und genussvoll zu zermalmen. Und nun erkannte sie auch die Ursache für den Wind und die Blitze.

Die Ursache war Crissie. Auch sie war blass, so wie Collin, aber irgendwie schien sie innerlich … zu strahlen. Ihre Haut war so hell, dass sie beinahe weiß wirkte, aber jede Vene, jedes Äderchen, von dem sie durchzogen wurde, zeichnete sich in einem Blauviolett darauf ab. Sie schien irgendwie …

transparent. Und geladen. Wie unter Strom, unter riesigen Mengen von Strom. Aber es schadete ihr nicht. Im Gegenteil: Diese Elektrizität war kein Feind, sondern ein Verbündeter ihrer Macht.

Macht. Das war das richtige Wort. Sie strahlte eine unglaubliche, grausame Macht aus, der nichts, aber auch wirklich nichts im Wege stehen konnte. Der Wind in ihrer unmittelbaren Umgebung wehte stärker, fegte die Spinnweben von der Decke und zerrte an den losen Ecken der alten Raufasertapeten, doch an Crissies Körper selbst schien er sich nicht heranzutrauen. Ihr weißes Hemdchen bewegte sich, aber die Bewegung war kaum sichtbar und ihr zerzaustes Haar blieb ohne jegliche Regung.

Natürlich tat der Wind ihr nichts. Er würde selbst dann einen Bogen um sie herum schlagen, wenn er zu einem Sturm ausartete, woran Kerstin keine Sekunde zweifelte. Er würde diesem Kind nichts tun, weil er ihr gehörte. Genauso wie die unzähligen feinen Blitze, die in unregelmäßigen aber sehr kurzen Abständen von ihr ausgingen und durch den Raum schossen.

Kerstin wollte weiter zurückweichen, doch die kalte Wand hinter ihr ließ nicht mehr als wenige Zentimeter Raum. Ihr Herz raste zum Zerspringen und ihre Knie fühlten sich an, als wollten sie jeden Augenblick unter ihr nachgeben.

»Was …?«, begann sie. Aber ihre Stimme versagte.

Collin trat einen Schritt auf sie zu. Es war nur ein winziger Schritt, ein kleiner Schritt von Kinderfüßen, die es noch nicht einmal schafften, ihren Besitzer sicher auf einem Bein stehen zu lassen, aber Kerstin kam er viel zu groß vor. Riesengroß. Und bedrohlich.

Jetzt erst erblickte sie, was er in den Händen hielt. In der linken trug er Yoyo. Er kam Kerstin noch hässlicher und durchgenuckelter vor als sonst. Regelrecht zugesabbert. Und in der anderen hatte er einen langen, gusseisernen Gegenstand, den Kerstin aus dem Wohnzimmer kannte. Es war der Feuerhaken, der neben anderen Mordinstrumenten neben Tanjas protzigem, gemauerten Kamin gestanden hatte. Kerstin hatte ihn einmal gehalten und sich beinahe einen Bruch daran gehoben, denn er war uralt und wie die meisten wirklich alten Dinge viel zu schwer für ihr Volumen, und eigentlich war er überhaupt nicht zum Gebrauch gedacht, sondern diente zur Zierde. Und nun stand dieser abgebrochene Gartenzwerg vor ihr und hielt ihn in nur einer Hand, als wäre er aus Plastik statt aus Gusseisen! Und Kerstin war sicher, dass er sie auch mit genau diesem Ding die Treppe hinuntergeschlagen und entsprechend weit damit ausgeholt haben musste.

Nein, dachte sie. Nein, das ist alles nicht wahr. Es ist einfach unmöglich! Du träumst! Du hast dir im Keller die Kante gegeben und bist eingeschlafen! Es ist nur ein schlechter Traum!

Aber wenn es ein Traum war, dann war es ein ganz besonders hartnäckiger und sehr realistischer. Sie kniff für eine oder zwei Sekunden die Augen zusammen und erwartete, dass der Spuk vorbei war, sobald sie sie wieder öffnete, doch dem war nicht so. Nichts hatte sich verändert. Crissie stand noch immer am oberen Ende der Treppe, starrte sie an und ließ die erste Naturkatastrophe geschehen, die sich im Keller eines Hauses in einem Vorort von Köln ereignete. Sie und ihr Bruder hatten noch immer die selben toten oder todbringenden Augen wie zuvor, nur der Wind war stärker geworden und die feinen Blitze mehr.

Collin trat einen weiteren Schritt auf Kerstin zu und war nun nur noch wenige Zentimeter von ihr entfernt. Der Blick seiner furchtbaren Augen bohrte sich wieder in die ihren und griff nach ihrer Seele und diesmal schaffte er es beinahe. Kerstin verspürte einen Schmerz, der viel grausamer war als jede Art körperlichen Schmerzes, die sie sich vorstellen konnte, und sie wusste, dass er sie für den Rest ihres Lebens begleiten würde. Vorausgesetzt, sie überlebte diesen Alptraum.

Sie wollte zur Seite hin ausweichen, doch einer der Blitze schlug mit ungeheuerer Wucht in der Wand wenige Zentimeter neben ihr ein und schlug unzählige kleine Steinsplitter heraus. Einige von ihnen bohrten sich durch ihre Kleider in ihre Haut und verursachten ein schreckliches Brennen und Stechen, einer traf ihr rechtes Ohr und bohrte sich bis in ihr Trommelfell. Kerstin schrie vor Schreck und unsagbaren Schmerzen, wich zur anderen Seite hin aus, stolperte und beging so einen schweren Fehler.

Sie landete hart auf den Knien, wobei sie nicht einmal mehr spürte, wie die oberste Hautschicht darauf aufriss, und befand sich auf einmal mit Collin auf einer Höhe. Nichts in seinem Blick veränderte sich, doch mit der Rechten hob er den Feuerhaken und setzte zum Schlag an. Kerstin versuchte gar nicht mehr dem Hieb auszuweichen. Jeder Knochen in ihrem Körper schmerzte, Blut rann in dunklen Strömen aus ihrem Ohr und die Steinsplitter in ihrer Haut bissen, als wären sie lebendig und wollten sie millimeterweise auffressen. Sie hatte keine Kraft mehr. So riss sie nur die Hände vor das Gesicht, krümmte sich zusammen und wartete auf den alles beendenden Schlag.

Doch er kam nicht.

Kerstin ließ ihre schweißnassen Hände langsam wieder sinken und sah Collin an. Die Hand, in der er den Feuerhaken hielt, war in der Bewegung über seinem Kopf verharrt, so mühelos, als wäre die furchtbare Waffe so leicht wie eines der albernen Plastikschwerter, mit denen er so gerne spielte. Alles an seiner Haltung erweckte den Anschein, als genösse er den Moment vor dem großen Augenblick, doch sein Blick war völlig ausdruckslos.

Kerstin sah zu Crissie im Eingang hinauf. Sie hielt beide Arme von sich gestreckt, als wolle sie irgendetwas hineinschließen, und ihre Haut schien noch ein wenig heller und transparenter als zuvor. Trotz der großen Entfernung konnte Kerstin erkennen, dass sich ihre Mundwinkel zu einem leichten Lächeln verzogen hatten, und in ihren Augen blitzte es voller grausamer Vorfreude. Und auf einmal begriff sie.

Collin war Crissie. Er war der Körper zu ihrer durch und durch schlechten Seele. Sie beherrschte seinen Körper, sein Tun und sein Denken, als gehöre es ihr. Er war ihr Werkzeug. Er war es immer gewesen, vom Tag ihrer Geburt an, und sie hatte ihn benutzt, um ihre eigenen bösen Phantasien auszuleben, ohne ihr eigenes Wesen dabei in irgendeine Gefahr zu bringen. Und nun würde sie ihn benutzen, um Kerstin zu töten.

Kerstin verstand nicht, warum, doch das spielte jetzt keine Rolle. Sie musste Crissie erreichen. Sie war es, die im Begriff war, sie zu erschlagen, nicht Collin.

Mit verzweifelter Kraft warf sie sich zur Seite, wich so dem Hieb aus, der fast in derselben Sekunde auf sie herabschmetterte und wollte aufspringen, doch Collin (oder Crissie?) reagierte blitzschnell und warf sich auf sie. Sie wollte ihn einfach abschütteln, schließlich wog er trotz allem keine zwanzig Kilo, doch auf einmal gruben sich seine winzigen Milchzähnchen tief in ihren Hals. Kerstin schrie erneut. Der Schmerz war so groß, dass er alle anderen ihrer körperlichen Leiden überschattete, und sie spürte, wie warmes Blut von ihrem Hals aus über ihre Brust und ihren Nacken rann und ihr Sweatshirt sich damit voll saugte.

Sie packte Collin am Schopf und wollte ihn wegreißen, doch er biss noch fester zu, bereit, ihr das Fleisch wortwörtlich herauszubeißen.

Kerstin litt ungeheuere Qualen. Aber sie durfte jetzt nicht aufgeben. Sie hatte noch eine Chance, das wusste sie. Sie musste Crissie erreichen. Sie musste es einfach!

Sie legte ihren Arm um Collin, um das Gewicht zu verringern, mit dem er an ihrer Kehle hing (zwanzig Kilo konnten so verdammt viel sein!), rappelte sich irgendwie auf und betrat die Treppe. In Crissies Augen blitzte es unsagbar böse auf, der Wind nahm zu und grenzte nun tatsächlich an einen Sturm, Blitze zuckten vermehrt durch das Treppenhaus und schlugen zum großen Teil in ihrer unmittelbaren Nähe ein, um Steinsplitter aus den Wänden zu lösen oder kleine Flächen der Treppe in Brand zu setzen, und einer von ihnen streifte ihre Schulter. Ein elektrischer Schlag ging von der Stelle aus, an dem er sie berührt hatte, durchfuhr ihren ganzen Körper und ließ ihr für einen Augenblick schwarz vor Augen werden. Doch der grausame Schmerz, den Collin ihr mit seinen scharfen Zähnen zufügte, ließ nicht zu, dass sie das Bewusstsein verlor.

Sie kämpfte sich weiter voran. Sie wusste nicht, was sie

tun sollte, wenn sie das Mädchen erreichte, aber sie wusste, dass es die einzige Chance für sie war, zu überleben. Und wenn sie dieses Kind dafür umbringen musste und den Rest ihres Lebens in einer Gefängniszelle verbringen würde; sie wollte leben!

Collin ließ für einen kurzen Moment locker, aber Kerstin reagierte zu langsam, und statt ihn abzuschütteln, erreichte sie nur, dass er erneut an der gleichen Stelle zubiss. Seine scharfen Zähne durchtrennten ihre Halsschlagader, und als Kerstin Unmengen von Blut an ihrem Hals herablaufen fühlte, wusste sie, dass sie sterben würde.

Es war vorbei. Sie spürte, wie Collin den Fetzen von Fleisch, den er aus ihrem Hals gebissen hatte, mit der Zunge ganz abriss und herunterschluckte, und wie seine Zähne noch mehr Haut und Gewebe durchtrennten, aber sie verspürte keine Schmerzen mehr. Rote Punkte tanzten in der von grellen Blitzen durchzogenen Dunkelheit vor ihren Augen. Sie machte noch einen halben Schritt und sank in die Knie.

Ihr Blick suchte den Crissies. Crissie war zu ihr hinabgeschritten und stand nun vor ihr wie ein Todesengel. Vielleicht war sie sogar ein Todesengel, Kerstin wusste es nicht. Der Triumph stand ihr in die Augen geschrieben und in den letzten Sekunden, die Kerstin sie noch sah, ehe jeder Rest von Leben aus ihr wich, erlosch Crissies Lächeln.

»Collin lügt nicht«, sagte sie.

Margret war wütend gewesen. Kerstin hatte sie tatsächlich hinausgeworfen. Was bildete sie sich eigentlich ein? Und die Kinder ... Sie hatte Collin geschlagen, darauf verwettete sie ihre Latschen, aber was hätte sie tun sollen? Hätte sie die Kinder etwa mitnehmen und sich die ganze Nacht mit ihnen herumplagen sollen? Nein. Die paar Stunden, bis Tanja heimkam, würden sie schon noch aushalten und wenn sie ganz ehrlich zu sich selbst war, tat Collin die eine oder andere Tracht Prügel sicher gut. Aber nicht von Kerstin. Wenn überhaupt, dann von Tanja oder ihr. Aber Kerstin hatte kein Recht dazu.

Margret hatte ihre Schwester angerufen und ihr alles erzählt. Das Gespräch hatte – wie alle ihre Telefonate – über eine halbe Stunde gedauert, aber zu keinem anderen Ergebnis geführt, als dem, dass sie eben auf Tanja warten müsse. Anschließend hatte sie sich ins Bett gelegt. Doch das Gewitter, das vor der Tür tobte, hatte sie am Schlaf gehindert und so hatte sie sich in einen ihrer Arztromane vertieft.

Es schellte.

Margret erschrak. Wer mochte das sein, so spät in der Nacht? Sicher war es Kerstin, die, fertig mit den Nerven, um Unterstützung bitten wollte. Margrets Miene verfinsterte sich. Sie würde ihr bei dieser Gelegenheit ein paar passende Worte sagen. Sie sollte sehen, was es bedeutete, sich auf ihr Territorium zu wagen.

Sie stand auf, schlüpfte in ihre Latschen und ihren Morgenmantel, und legte sich auf dem Weg zur Tür die Worte zurecht, die sie Kerstin an den Kopf schmeißen würde.

Margret öffnete. Vor ihr standen ihre Enkelkinder.

Jedenfalls dachte sie das im ersten Moment.

DER HERAUSGEBER

Wolfgang Hohlbein, 1953 in Weimar geboren, muss den Lesern eigentlich nicht mehr vorgestellt werden: Seit 1982 ist er hauptberuflich Schriftsteller. Der erfolgreichste deutsche Vertreter des Genres Fantasy hat sich mit seinen spannenden Romanen einen riesigen Leserkreis erobert. Bei Weitbrecht sind von ihm die Romane „Das Druidentor" und „Die Rückkehr der Zauberer" erschienen. Bei Thienemann publizierte er den phantastischen Roman „Wyrm - Das Geheimnis von Morrisons Farm" sowie, gemeinsam mit seiner Frau Heike, das Kinderbuch „Teufelchen".

DIE AUTOREN

Alisha Bionda wurde in Düsseldorf geboren. Sie veröffentlichte bisher in Anthologien und Literaturzeitschriften in Deutschland und im Ausland und gibt die Literaturzeitschrift „Headline" heraus. Ihr erster Roman, „Fürst der Finsternis", erscheint im kommenden Frühjahr.

Harald Braem, geboren 1944, ist Direktor des „Kult-Ur-Instituts für interdisziplinäre Forschung" und Professor für Kommunikation und Design an der Fachhochschule Wiesbaden. Er hat bereits zahlreiche historische und phantastische Romane verfasst. Bei Weitbrecht sind von ihm die Romane „Der Vulkanteufel", der jetzt für das Fernsehen verfilmt wird, und „Der König von Tara" erschienen. Ebenfalls bei Weitbrecht veröffentlichte er die Sachbücher „Das magische Dreieck" und „Magische Riten und Kulte".

Bernhard Hennen, 1966 in Krefeld geboren, ist ausgebildeter Archäologe und Historiker. Er arbeitete als Journalist für verschiedene Zeitungen und Radiosender. 1994 verfasste er gemeinsam mit Wolfgang Hohlbein seinen ersten Fantasyroman „Das Jahr des Greifen", der im selben Jahr als bester deutscher Roman dieses Genres prämiert wurde. Nach zwölf weiteren Romanen gehört Bernhard Hennen mittlerweile zur ersten Riege der deutschen Fantasyautoren.

Rebecca Hohlbein wurde in Neuss geboren und entdeckte schon früh ihre Vorliebe für das Schreiben. Nach zahlreichen Veröffentlichungen in Schüler- und Studentenzeitschriften ist „Collin" ihre erste professionell veröffentlichte Geschichte, der vermutlich im kommenden Frühjahr ihr erster eigenständiger Roman folgen wird.

Bernd Kreimeier studierte bis 1989 Physik und war danach als Informatiker in Forschung und Lehre tätig. Seit 1997 lebt er als Schriftsteller in Irland. Für „Seterra" erhielt er 1986 den Phantastikpreis.

Frank Rehfeld wurde 1962 in Viersen geboren. Seit 1985 ist er freischaffender Autor und hat, zum Teil unter Pseudonym, bereits zahlreiche Romane und Begleitbücher zu Fernsehserien veröffentlicht. Einige Romane entstanden in Zusammenarbeit mit Wolfgang Hohlbein.

Dieter Winkler, geboren 1956 in Berlin, verfasst seit zwei Jahrzehnten Kurzgeschichten für Anthologien und Zeitschriften. Darüber hinaus ist er als Chefredakteur und Fachbuchautor auf dem Gebiet der Computerliteratur tätig und erzielte Erfolge mit seinen phantastischen Romanen. Zurzeit schreibt er an seinem ersten Jugendbuch, das bei Thienemann erscheinen wird.

Die Deutsche Bibliothek – CIP-Einheitsaufnahme

Wolfgang Hohlbeins Fantasy Selection 1999/
hrsg. von Wolfgang Hohlbein.-
Stuttgart; Wien; Bern: Weitbrecht, 1998
ISBN 3-522-71805-4

Umschlagillustration und -typografie: Peter Gric, Wien
Satz: KCS GmbH, Buchholz/Hamburg
Schrift: ITC Giovanni
Reproduktion: Die Repro, Tamm
Druck und Bindung: Friedrich Pustet, Regensburg

5 4 3 2 1* 98 99 00 01 02